Die Insel Zalys

JONATHAN WYLIE

Das steinerne Auge

Roman

Ins Deutsche übertragen
von Annelie von [illegible]

BASTEI LÜBBE

BASTEI LÜBBE TASCHENBUCH
Band 20 348

Erste Auflage: Dezember 1998

Deutsche Lizenzausgabe 1998 by
Bastei-Verlag Gustav H. Lübbe GmbH & Co.,
Bergisch Gladbach
Originaltitel: Dark Fire
Lektorat: Mona Gabriel / Stefan Bauer
Titelbild: Geoff Taylor
by arrangement with Transworld Publishers
Umschlaggestaltung: QuadroGrafik, Bensberg
Satz: Fotosatz Steckstor, Rösrath
Druck und Verarbeitung: 44335
Groupe Hérissey, Évreux, Frankreich
Printed in France
ISBN 3-404-20348-8

BASTEI LÜBBE JONATHAN WYLIE IM TASCHENBUCH-PROGRAMM:

20 258 Schattenlabyrinth
20 301 Das Zeitalter des Chaos
20 314 Die Stadt im Salz

DIE TRÄUMENDE WELT
20 278 Band 1 Der Traumstein
20 289 Band 2 Das Schattenreich

BASTEI
LÜBBE

Dank gebührt Alfred
für die Kröten,
Fledermäuse –
und Grongar!

Prolog

Kerrell Adjeman ließ sie nicht aus den Augen, als sie die Stadt zum ersten Mal sah. Oberflächlich betrachtet war Ifryn die gelassenste Frau, die er kannte, dennoch konnte er nicht anders: Er fragte sich, ob ihre Gelassenheit echt oder nur Fassade war. Was ging hinter ihren sanften braunen Augen wirklich vor? Das Herz in dem kleinen, schlanken Körper raste doch sicher?

»Xantium«, hauchte sie ohne seine prüfenden Blicke zu bemerken. »Die Stadt, die niemals schläft?«

»So wird sie genannt, meine Lady. Unter anderem.«

Sie hatten ihre Pferde auf einem staubigen Berggrat zum Stehen gebracht. Hinter ihnen hatte auch die lange Reihe von Pferden und Wagen angehalten. Ifryn hatte Kerrell an jenem Morgen eine große Freude bereitet, als sie darauf bestanden hatte, offen zu reiten, jetzt, wo sie die Deadlands durchquerten. Sie wollte die Umgebung genauer betrachten können. Sie hatte die relative Behaglichkeit der geschlossenen Wagen und die Gesellschaft ihrer Eltern verlassen und sich als gute Reiterin erwiesen und damit bei ihrem Begleiter noch beliebter gemacht.

Jetzt drehte sie sich um und sah Kerrell direkt an, und ihr langes braunes Haar umrahmte ihr hübsches Gesicht.

»Ich habe einen Namen, *Hauptmann*«, sagte sie, und Belustigung funkelte in ihren Augen, als sie seinen Titel so betont aussprach. »Ich wünschte, Ihr würdet ihn benutzen.«

»Ich fürchte, das wäre unangemessen, meine Lady«, erwiderte er mit neutralem Gesichtsausdruck. »In einigen Tagen werdet Ihr Kaiserin sein. Ich bin nur ein einfacher Soldat.«

»Ihr seid überhaupt nicht *einfach*«, berichtigte sie ihn naseweis. »Ihr vergeßt, daß ich weiß, wer Ihr seid.«

Kerrell neigte zur Bestätigung leicht den Kopf.

»Es ist meine Herkunft, die meine Loyalität garantiert, meine Lady«, sagte er ernst. »Nicht meine Fähigkeiten.«

»Und Ihr glaubt, ich könnte das nicht selbst beurteilen?« gab sie zurück und zog ihre Augenbrauen hoch.

Kerrell war der letzte in der langen Ahnenreihe der Familie Adjeman, und er hatte sich wie sein Vater, sein Großvater und viele frühere Generationen vor ihm dem Dienst des Kaisers verschrieben. Kerrells Vater war kurz nachdem Southan III. den imperialen Thron bestiegen hatte tragisch zu Tode gekommen. Damit war der junge Kaiser seines besten Generals und weisesten Beraters beraubt worden.

Obwohl Kerrell erst zweiundzwanzig Jahre alt war, erwartete man von ihm, daß er in absehbarer Zeit den Platz seines Vaters einnehmen und bald Kommandeur der Imperialen Armee sein würde.

Ifryn hatte in den wenigen Tagen, die sie gemeinsam verbracht hatten, bereits genug gesehen, um zu wissen, daß er seine Position perfekt ausfüllen würde. Schon die Tatsache, daß er als Anführer der Eskorte für die zukünftige Braut des Kaisers ausgewählt worden war, deutete auf ein Vertrauen hin, das sein Alter außer Acht ließ. Viele Männer unter seinem Kommando waren viel älter als er, dennoch wurde deutlich, daß man ihn generell respektierte und seine Autorität ohne ein Anzeichen von Vorbehalten akzeptierte.

Sogar Ifryns Vater, König Fyles, war überzeugt. Kerrells erstes Erscheinen an seinem bescheidenen Hof hatte ein wenig Überraschung ausgelöst, doch das Verhalten des Hauptmanns hatte bald gezeigt, daß die Wahl eines so jungen und verhältnismäßig niedrigen Offiziers keine Beleidigung darstellte.

Als man erst einmal von seiner traditionellen Verbindung zum Kaiser erfuhr, war es in der Tat ganz offensichtlich, daß jede andere Wahl unangemessen gewesen wäre.

»Außerdem«, fuhr Ifryn jetzt fort, bevor er ihr antworten konnte, »bitte ich nicht um Vertraulichkeit, sondern nur um Eure Freundschaft.«

»Innerhalb angemessener Grenzen, meine Lady«, erwiderte er ernst und mit einer leichten Betonung auf ihrem Titel, »ist meine Freundschaft etwas, auf das Ihr zählen könnt, so lange ich atme.« Dabei lächelte er, und das plötzliche warme Funkeln in seinen dunkelbraunen Augen bedeutete Ifryn weit mehr als das Aussprechen ihres Namens.

»Ich nehme Euch beim Wort, Kerrell«, sagte sie und erwiderte sein Lächeln. Es wird sicher gut sein, bei Hofe wenigstens einen Freund zu haben.

Sie betrachtete ihn noch einen Moment, und was sie sah, gefiehl ihr. Sein breites, tiefgebräuntes Gesicht und die weit auseinander stehenden Augen versprachen Ehrlichkeit und Vernunft. Sein langes mittelbraunes Haar war im Nacken zusammengebunden, ein Stil, den sie zuerst ein wenig lächerlich gefunden hatte – keiner der Männer in ihrem Land machte so etwas –, aber jetzt gab sie zu, daß es ihm gut stand. Mehrere seiner jüngeren Offiziere, hatte sie bemerkt, trugen ihr Haar ebenso. Kerrells kräftiger Körper, der sich so geschmeidig bewegte, ruhte jetzt leicht auf dem Rücken seines Pferdes, und seine starken Hände lagen locker auf dem Vorderzwiesel seines Sattels.

»Ich nehme Euch beim Wort«, flüsterte sie und sah zur Seite, und ihr Lächeln war nur noch eine Erinnerung.

Kerrell bemerkte sofort die Veränderung ihrer Stimmung und wandte sich zu seinen Männern um und tat so, als überprüfe er, ob alles in Ordnung war. Der Begleitschutz bestand aus mehr als hundert berittenen Soldaten, die eher wegen ihrer Kampfeserfahrung als um der zeremoniellen Größe willen ausgewählt worden waren. Es waren unruhige Zeiten im Xantischen Reich, und jede Reise, ob kurz oder lang, brachte Gefahren mit sich. Die Kavallerie wurde von mehreren Wagen und Gepäckkarren begleitet, und diese diktierten die Geschwindigkeit, mit der der Konvoi vorwärts kam.

Mehrere Tage unterwegs hatten Kerrell Zeit gegeben, das Mädchen, das die Frau seines Herrn werden sollte, etwas besser kennenzulernen und sich eine hohe Meinung über sie zu bilden. Doch die plötzliche Unsicherheit in ihrer Stimme erinnerte ihn daran, wie überaus sonderbar das alles für sie sein mußte. Ihr Heimatland war eine abgelegene, aber strategisch wichtige Gegend des Reiches, weit entfernt von den Intrigen in Xantium. Sein Herz drängte danach, ihr zu helfen. Schließlich war sie erst achtzehn.

Die Politik stellte hohe Anforderungen an alle, die eine Machtposition hatten, aber von Ifryn erwartete man ein besonders großes Opfer, indem sie einen Mann heiratete, den sie noch nie gesehen hatte: um verschiedene Allianzen zu stärken – und subtil eine Botschaft in alle Welt zu senden. Ihre Ehe – und schon bald ihre Kinder – würden ein Einsatz in einem unergründlichen Spiel sein, das zu verstehen sie sich nicht erhoffen konnte. Ganz gleich, welche Ehre, welcher Reichtum und welche Möglichkeiten sie erwarteten, Ifryns Leben würde nie mehr ihr selbst gehören.

Wie hat sie reagiert, als man es ihr mitgeteilt hat? fragte sich Kerrell nicht zum ersten Mal, als er wieder in ihr nunmehr ernstes Gesicht blickte.

Ifryns Gedanken gingen ähnliche Wege, und sie erinnerte sich an ihre allererste Reaktion auf die Wahl des Kaisers. Zuerst hatte sie es nicht glauben wollen – das konnte nicht möglich sein! –, doch dann, als die Wahrheit sich gesetzt hatte, wurde sie von ihrer üblichen Ruhe im Stich gelassen. In der Abgeschiedenheit ihrer privaten Gemächer, nur in Gegenwart ihres Mädchens Doneta, hatte Ifryn sich dem Entsetzen ergeben, der Furcht und der Wut. »Warum ich?« hatte sie geweint, und ungewohnte Tränen hatten ihre Augen erfüllt. »Wie können sie mir das antun?«

Später wurde ihr klar, daß man ihren Eltern keine Wahl gelassen hatte. Da ihr Land an vorderster Front im Kampf des Reiches gegen die Flut der Barbaren lag, waren sie nicht in der Lage gewesen, Southan zu enttäuschen – selbst wenn sie es gewollt hätten. Auch waren die Vorteile, die ihr neuer Status mit sich bringen würde, zu zahlreich.

Schließlich hatte Ifryn ihr Gleichgewicht wiedergefunden, und es war ihr sogar gelungen, mit Doneta über den Wahnsinn der Wahl des Kaisers zu lachen. In ihrem eigenen kleinen Reich war sie vielleicht Prinzessin – aber *Kaiserin*?

Einige Monate später war Kerrell eingetroffen. In der Zwischenzeit hatte sich Ifryn mit dem Gedanken angefreundet, daß sie ihre Pflicht tun mußte, und sie hatte die Aufgaben, die ihre neue Rolle mit sich brachte, auf eine Art und Weise akzeptiert, daß ihrem Vater das Herz vor Stolz anschwoll. Sie lernte alles darüber, was ihr in Zukunft begegnen könnte, und sie hatte sich sogar beinahe selbst davon überzeugt, daß alles ein großartiges Abenteuer war, etwas, das sie sich in ihren kühnsten Träumen nicht hätte ausmalen können. Dennoch war es immer noch eine Reise ins Unbekannte – dazu eine Reise, für die sie sich nicht ausreichend gerüstet fühlte.

Die Tage, die sie unterwegs mit Kerrell verbracht hatte, hatten sie entspannt. Seine ruhige Art, seine Rücksicht und würdevolle Höflichkeit ebenso wie die Freude, einen Gefährten gefunden zu haben, der ungefähr in ihrem Alter war, hatten ihre Selbstsicherheit zum Teil wiederhergestellt und die Aussicht auf das, was vor ihr lag, etwas weniger beängstigend gemacht. Sie würde sich wirklich glücklich schätzen, ihn in Xantium als Freund zu haben.

Ifryns Blick ging wieder zur Stadt, die wie eine starke Festung über der kahlen Ebene aufragte. Die Sonne ging bereits dahinter unter, und in der Ferne malten Wolken den Himmel rosa, gold, blau und grau. Aus dieser Entfernung ähnelte die Stadt selbst einer sonderbaren, funkelnden Wolkenformation, nur veränderten sich ihre Umrisse nicht. Je tiefer die Schatten wurden, um so geheimnisvoller wirkte die Stadt.

Der Anblick ihrer neuen Heimat entfachte in Ifryn eine eigenartige Mischung an Gefühlen. Er brachte viele Ängste und Unsicherheiten zurück – und das Gefühl, den Boden unter den Füßen zu verlieren. Doch gleichzeitig glaubte sie, niemals etwas so Schönes gesehen zu haben. Mitten in der Einöde der Deadlands wirkte Xantium wie eine magische Schöpfung, voller Wunder und Zauber. Irgendwie wußte sie, daß das Schicksal sie an den richtigen Ort gebracht hatte.

»Sollen wir weiterreiten, meine Lady?« fragte Kerrell leise und riß sie aus ihren Tagträumen. »Wir können bei Einbruch der Dunkelheit an den Toren sein.« Er bemerkte, daß die Prinzessin einen ihrer Ohrringe befühlte – ein Geschenk von ihrer Mutter –, als sei er ein Talismann. Aber sie starrte weiter gebannt auf die Stadt und sagte kein Wort.

In das Schweigen drang der entfernte Laut einer Glocke.

»Man erwartet Eure Ankunft, meine Lady.«

»Kann man uns wirklich auf diese Entfernung sehen?« fragte sie leise.

»In den höchsten Türmen von Xantium gibt es viele scharfe Augen«, erwiderte er.

Seine Bemerkung durchbrach die Verzauberung, die die Stadt auf Ifryn ausübte, und sie sah ihn fragend an. Aber Kerrell führte seine Worte nicht weiter aus.

»Dann sollten wir sie besser nicht warten lassen«, sagte sie entschlossen.

Ifryn gab ihrem Pferd die Sporen und ritt voran auf das Herz des Reiches zu.

Kapitel eins

Ich kann sie hören – sie schreien, obwohl es unnötig ist. Unflätige Worte voller Feuer. Ich könnte sie verstummen lassen, wenn ich es wollte – das hat ihn früher auch schon in Zorn versetzt. Aber es sind jetzt so viele, und ich bin so müde. So müde. Selbst das Fliegen mit den Fledermäusen erfrischt mich nicht. Vielleicht sollte ich schlafen? Nein. Träume sind noch ermüdender.

Warum können sie nicht still sein? Die ganze Welt muß inzwischen von dem Kleinen wissen. Die Glocken haben geläutet, oder?

Die gesamte Bevölkerung der Insel Zalys hatte auf die Hochzeit gewartet – wie es aussah, alle, außer einer Person.

»Ich verstehe nicht, warum so ein Geschrei darum gemacht werden muß«, beschwerte sich Dsordas.

»Das liegt daran, daß du ein unromantisches Schwein mit dem Gemüt eines Steins bist!« gab Fen zurück. »Gaye und Bowen lieben sich seit ihrer Kindheit.«

»Das weiß ich.« Dsordas wirkte verletzt, und seine braunen Augen waren unter den dicken dunklen Brauen fast nicht zu sehen. »Aber warum diese ganze Zeremonie? Wir sind beinahe genau so lange zusammen. Uns geht es auch so gut.« Seine Stimme klang ein ganz klein wenig herausfordernd.

»Du hast einfach nur Glück«, erwiderte sie. »Ich finde mich damit ab. Meine Schwester hat da ganz andere Vorstellungen. Und Bowen würde ihr nicht widersprechen.«

Dsordas warf ihr einen sonderbaren Blick zu und versuchte herauszuhören, ob sie ihn damit kritisierte.

»Sie verdienen diesen Tag«, stellte Fen fest.

»Es ist nur ...« Sein Gesicht wirkte jetzt verdrossen, und er sah ihr nicht in die Augen. »Es ist nur, daß es so unangemessen wirkt ... so, wie die Dinge im Augenblick liegen.«

Fen explodierte, und ihre Worte flogen ihm wie schnelle, scharfe Messer um die Ohren.

»Ein Grund mehr, die Gelegenheit zum Feiern wahrzunehmen«, rief sie. »Ein wenig Freude zu verbreiten! Kannst du nicht einmal an etwas anderes denken?«

»Wenn Zalys frei ist«, antwortete er leise. »Dann werden wir Zeit zum Feiern haben.«

»Und in der Zwischenzeit hören wir auf zu leben?« fuhr sie ihn an. »Niemand soll lachen, tanzen, die kleinen Freuden des Lebens genießen? Nur weil es Ungerechtigkeit gibt, heißt das nicht, daß sonst nichts mehr wichtig ist.«

Da sah Dsordas sie an, und er war entsetzt über ihre Heftigkeit, die ihre blasse Haut rötete und die goldenen Flecken in ihren verwirrend grünen Augen auflodern ließ. Er starrte sie an, und seine Gedanken wurden durch ihre Schönheit abgelenkt, und er fragte sich, wie ein so schlanker Körper so viel Energie enthalten konnte.

»Nun?« hakte Fen nach.

»Ich liebe dich«, sagte er leise.

»Oh!« Sie warf den Kopf erheitert zurück, und ihr blondes Haar flatterte. »Du bist unmöglich!« Sie stampfte nicht mit dem Fuß auf, aber es kam ihm dennoch so vor.

Dsordas lächelte dümmlich, und langsam beruhigte sie sich wieder. Er streckte die Arme aus, und sie schüttelte den Kopf und ging zu ihm. In seinen Armen fuhr Fen ihm mit den Fingern durch die dunklen Locken. Er sah so völlig anders aus als sie, daß man das Paar Hell und Dunkel nannte. Sie widerstand der Versuchung, ihn bei den Ohren zu nehmen und ein wenig Verstand in ihn hineinzuschütteln.

»Für dich«, flüsterte er, »werde ich mich in der letzten

Nacht des alten Jahres in Schale schmeißen und zu dieser Hochzeit kommen. Für dich werde ich sogar versuchen, Spaß zu haben.«

»Das ist auch besser so«, drohte sie, doch in ihrer Stimme war Lachen und Liebe zu hören.

Die Zeremonie sollte am Fournoi-Platz stattfinden, dem einzigen großen offenen Platz auf trockenem Land in der Stadt Nkosa, Hauptstadt der Insel und wichtigster Handelshafen. Normalerweise erlaubte die imperiale Garnison keine großen Zusammenkünfte in der Stadt, aber bei dieser Gelegenheit hatten die Behörden eine Ausnahme gemacht, vielleicht, weil Bowen ein Sohn der einflußreichen Familie Folegandros war. Kommandeur Niering, der Vertreter des xantischen Kaisers in Zalys, hatte offiziell die Erlaubnis erteilt, doch alle wußten, daß er es nicht getan hätte, wenn nicht auch Marschall Farrag zugestimmt hätte – und einige Leute flüsterten, daß Farrag hinterhältige Gründe dafür haben mußte, der Bitte nachzukommen.

Dem Rang nach stand Farrag unter Niering, doch tatsächlich war er in seiner Position als Geheimdienstmarschall der mächtigste und am meisten gefürchtetste Mann der Insel. Sein Netz von Spionen und Informanten reichte in jeden Bereich der Inselgesellschaft. Er kontrollierte die überaus wichtigen Fernrufer, und seine persönlichen Fähigkeiten grenzten an Zauberei. Außerdem benutzte Farrag seine Macht entsprechend seines sadistischen und listigen Wesens, und durch seine bizarre und abstoßende Erscheinung war er noch furchteinflößender.

Der Marschall war schon klein und fett gewesen, bevor er ein paar Jahre zuvor einen Unfall gehabt hatte, der seine Beine gelähmt hatte. Jetzt zeigte er sich in riesigen fleischigen Speckrollen an Gesicht, Hals und Armen. Doch die untere Körperhälfte war stets in einer Art flexibler Kiste verborgen, die zu rollen schien. Ein solcher

Mann hätte sich eigentlich nicht schnell bewegen sollen, doch seine teigigen Hände waren unglaublich flink, und sein ›Wagen‹ glitt selbst über unwegsame Flächen mit einer Geschwindigkeit und Anmut, die Größe und Gestalt des Fahrers nicht recht entsprachen. Man hatte sogar beobachtet, wie er ohne Hilfe oder erkennbare Mühe Stufen erklommen hatte.

Sein Kopf und sein Körper waren vollkommen haarlos, und vier Tätowierungen von starrenden Augen – eine in der Mitte seiner Stirn, eine an jeder Seite über den Ohren und eine auf dem Hinterkopf – verliehen ihm eine noch unheimlichere Aura. Seine eigenen kleinen Augen, die tief in seinem Fleisch verborgen lagen, waren ganz hellblau und stets wachsam. Diesen Augen sowie den überraschend kleinen Ohren entging nichts, und er bemerkte immer wieder gerne, daß er alles sah und hörte, was auf der Insel an Bedeutung vor sich ging. Und wenn er sprach, trat ein letzter, widerwärtiger Aspekt seiner Erscheinung zu Tage. Seine Zunge war lila gefleckt, so dunkel, daß sie beinahe schwarz wirkte, Zeugnis seiner verderbten Angewohnheiten.

In den zwei Jahren, seit Farrag auf Zalys war, hatte es mehrere Anschläge auf sein Leben gegeben. Es ging sogar das Gerücht, einige seiner eigenen Soldaten hätten versucht, ihn zu töten. Sie haßten und fürchteten ihn offenbar ebenso wie die Inselbewohner. Doch alle Anschläge waren fehlgeschlagen, und die Gerüchte über seine Überlebensmethoden – und die entsetzlichen Bestrafungen gegen die Möchtegern-Attentäter – stellten sicher, daß nur Wahnsinnige oder wahrhaft Verzweifelte es noch einmal versuchen würden.

Das Gespenst von Farrags böser Gegenwart hing über der Insel wie eine giftige Wolke, doch in den zwei Tagen vor Mittsommer, dem Datum, das für Gayes und Bowens Hochzeit festgesetzt worden war, hatte man nichts von ihm gesehen oder gehört. Den meisten Menschen war es wohl gelungen ihn aus ihren Gedanken zu verbannen.

Der längste Tag des Jahres brachte nach Ansicht der Inselbewohner besonders viel Glück, doch die Zeremonie sollte erst am frühen Abend stattfinden. Man wollte der drückenden Hitze der Sommersonne entgehen, die die Kanäle zum Dampfen brachte und die Steine so stark aufheizte, daß man sie nicht berühren konnte. Trotzdem war auch in den frühen Stunden des Tages schon viel zu tun, und viele Vorbereitungen waren schon bei Tagesanbruch im Gange.

Zwar lag Zalys viele Stunden entfernt von jeglichem Festland entfernt, doch die Lage inmitten des warmen Larenischen Meeres hatte die Insel zu einem Knotenpunkt vieler wichtiger Handelsrouten gemacht. Die Geschichte der Insel zeugte von ständiger Besatzung durch verschiedene fremde Mächte – von denen das Xantische Reich nur das jüngste war –, und im Zusammenspiel mit dem ständigen Fluß des Handels war die Bevölkerung kosmopolitisch geworden. Dennoch waren die meisten Einwohner dunkelhäutig, wie es das Leben in der Sonne und am Meer mit sich brachte. Daher fielen die Amari-Kinder – jene, die von ihrer Mutter Etha die blasse Haut und das blonde Haar ihrer Vorfahren aus dem Norden geerbt hatten – stets auf. Daß die beiden ältesten, Fen und Gaye, auch noch wunderschön waren, machte sie sogar noch auffälliger. Dies sowie die Tatsache, daß Gaye und Bowen von Kindesbeinen an verliebt gewesen waren, und die Bedeutung der Familie Folegandros auf der Insel, das alles sorgte dafür, daß die Hochzeit ein wichtiges Ereignis im Kalender der Insel war.

Der Fournoi-Platz war an drei Seiten von hohen Gebäuden mit drei oder mehr Stockwerken umsäumt. Es gab dort geräumige Häuser der wohlhabenderen Kaufleute, einige der luxuriösesten Tavernen der Stadt, Juweliere und andere Läden sowie die Unterkünfte der ranghöchsten Beamten des Reiches. Doch auch hier gab es kleinere Anzeichen des Verfalles, der von der Nähe des Meeres herrührte. Farbe blätterte ab und Stuck bröckelte – und jedes Jahr wurde es schlimmer, und die Bürger der Stadt Nkosa und der Insel glaubten, daß alles langsam unterging. Doch all diese Dinge waren jetzt vergessen, verborgen hinter Bannern, Blumen, Laternen und Flaggen, die beinahe alle umgebenden Mauern schmückten.

Der Platz selbst, der mit von der Sonne ausgebleichten Steinen in Rosa und Gelb gepflastert war, quoll über vor Menschen, und als der Abend nahte, erinnerte die Atmosphäre an Karneval. An den meisten Fenstern, die auf den Platz hinausgingen, waren neugierige Gesichter zu sehen, und auf jedem Balkon, mit Ausnahme von einem, drängten sich Zuschauer, die alles von oben beobachten wollten. Der letzte Balkon blieb leer, denn hier versammelten sich stets die Geister einer lange vergessenen Feier, um alle Feierlichkeiten zu beobachten. Jetzt kamen sie zusammen, blasse Schatten im Licht der Abendsonne, doch nur wenige Leute achteten auf sie. Ihre Gegenwart störte niemanden, ihre Gespräche waren für lebende Ohren unhörbar – und es machte ihnen nichts aus, wenn Kinder über ihre altmodischen Kleider lachten. In einer Nacht wie dieser waren die Geister der Verstorbenen nur ein Teil der Kulisse – und ihre Abwesenheit hätte störender gewirkt als ihr Erscheinen.

Die Nordseite des Platzes wurde vom Nkosa-Kanal begrenzt, die Hauptdurchfahrt zum Hafen und einer von Hunderten von Wasserwegen, die die Stadt durchschnitten. Der Kanal war überfüllt von Booten jeder Größe und Form, die auf die Ankunft der Braut warteten. Aufgeregtes Geplapper und Gelächter hallte vom Platz her über das Wasser.

Der einzige Mißklang, den zu ignorieren die Inselbewohner ihr Bestes taten, war die Anwesenheit Dutzender Soldaten des Reichs. Um den Platz herum standen in Abständen paarweise Wachen, Bogenschützen säumten die Dächer und saßen in mehreren Fenstern, und an jedem Zugang zum Platz waren Posten stationiert, sogar am Kanal. Diese Männer durchsuchten alle Personen und konfiszierten alles, was man als Waffe hätte benutzen können. Nachdem Niering die Erlaubnis für diese Versammlung gegeben hatte, wollte er offensichtlich kein Risiko eingehen.

Endlich berührte der Schatten der uralten Sonnenuhr am Südende des Platzes die Linie für sieben Uhr nach Mittag. Die Mengen zogen sich wie abgesprochen zurück und schufen einen freien Gang, der zur Mitte des Platzes führte. In der Mitte stand Nias Santarsieri, der Patriarch der Insel, der den jahrhundertealten Ritus der Vereinigung durchführen würde. Auf sein Zeichen hin versammelten sich die Mitglieder der beiden Familien in seiner Nähe und an den Seiten des Gangs. Etha, Fen und Dsordas und die jüngeren Amari-Kinder auf der Westseite, Bowens Eltern und jüngerer Bruder mit ihren Verwandten, die sehr viel zahlreicher waren, auf der Ostseite. Natürlich bekamen die Familien die besten Plätze für die Zeremonie.

Der ganze Platz verstummte, während der alte Mann in den schwarzen Gewändern schweigend auf die Ankunft der Hauptakteure wartete.

Bowen kam als erster von der Südwestecke auf den Platz geritten. Er ritt auf einem wunderschönen weißen Hengst, einem der wenigen Pferde auf der Insel. In Mähne und Schweif waren bunte Bänder geflochten, und Sattel und Zaumzeug waren mit Blumen geschmückt. Bowen selbst trug lockere weiße Hosen und ein weißes Hemd, das mit einer lila Schärpe zusammengehalten wurde. Er war ein stabil gebauter junger Mann, groß, und sah auf unspektakuläre Weise gut aus. Die Zuschauer waren beeindruckt davon, wie er sich im Sattel hielt und wie erwartungsvoll seine dunklen Augen funkelten. Es sah so aus, als wären die vielen Laternen später am Abend gar nicht nötig. Bowens Lächeln konnte den ganzen Platz erhellen.

Es war für alle offensichtlich, daß er vorhatte, jeden Augenblick des wichtigsten Tages seines jungen Lebens zu genießen – ein Tag, auf den er so lange gewartet hatte –, und als er vorbeiritt, hatten viele Zuschauer Tränen in den Augen.

Er lenkte sein Pferd langsam in die Mitte, stieg ab, gab die Zügel einem Diener und kniete sich vor Nias nieder, um die Segnung des Patriarchen zu empfangen. Als er sich wieder erhob, wandten sich seine Augen und die aller anderen Anwesenden zum Kanal.

Sie mußten nicht lange warten. Nach wenigen Augenblicken kam Gayes Barke in Sicht, die sich ihren Weg durch die Flotte im Kanal bahnte. Das schlanke Boot war frisch gestrichen, in Weiß mit gelben Blumen bis hinauf zum hohen Bug, und der einzelne Ruderer im Heck trug stolz eine scharlachrote Robe.

In der Mitte des Bootes saß Antorkas Amari, und seine kräftige, dunkle Figur stand in deutlichem Kontrast zu seiner Tochter, die neben ihm stand. Sein Gesicht war ernst, der vielen Augen bewußt, die ihn ansahen, doch Gaye lächelte voller Freude, und ihr fließendes Kleid war von blassem, aber lebendigem Gelb, ganz in der Farbe von Frühlingsblumen. Es ergänzte vollkommen ihre helle Haut und helles Haar.

Die Barke landete sanft neben dem Kai, und während hilfsbereite Hände das Boot ruhighielten, stieg Antorkas aus und half seiner Tochter an Land. Gaye entstieg dem Boot so anmutig, daß sie zu schweben schien. Sie nahm den Arm ihres Vaters und schritt ihrem Liebsten entgegen. Selbst der würdevolle Patriarch mußte lächeln, als sie sich näherte und niederkniete, um seine Segnung zu empfangen.

Antorkas zog sich an die Seite seiner Frau zurück und fuhr sich mit einem Finger am Kragen seines formellen Hemdes entlang. Er und Dsordas, der in seiner ungewohnten Kleidung ebenfalls herumzappelte, wechselten Blicke voller Selbstmitleid, und Fen beugte sich näher ans Ohr ihres Geliebten. »Du hast es versprochen!« Dann richteten sich alle Augen auf Gaye und Bowen.

Fen achtete wie viele der Anwesenden kaum auf Nias eröffnende Worte. Als sie die beiden zusammen sah, erkannte sie, daß Dsordas' Vorbehalte gegen die Zeremonie unnötig waren. Sie schienen ihr Glück geradezu auszustrahlen. Daß sie zusammengehörten, war so offensichtlich, daß niemand mit einem Funken Verstand es sich anders vorstellen konnte. Das einzige Wunder war, daß sie so lange gewartet hatten – bis beide zwanzig Jahre alt waren –, bevor sie ihre Beziehung legalisieren ließen. Fen nahm an, daß Bowens Familie dahintersteckte. Sie hatte oft gehört, wie verschiedene Ältere darüber sprachen, daß sie das Beispiel, das dieses Paar setzten, begrüßten. Aber das war jetzt alles Geschichte. Die Stimme des Patriarchen brachte sie in die Gegenwart zurück.

»Jetzt wollen wir beginnen!« rief Nias und hob seine Stimme gen Himmel.

Doch in genau diesem Augenblick ging ein Flüstern und Unruhe durch die Menge am Nordrand des Platzes. Schließlich senkte sich atemlose Stille nieder, als die scheußliche Gestalt von Farrag am Ende des Gangs in Sicht kam.

Er glitt wie in einer obszönen Parodie von Gayes anmutigem Gang auf die Mitte des Platzes zu und trug ein selbstzufriedenes Lächeln auf seinem häßlichen Gesicht. Tätowierte Augen starrten alle an. In seinem Gefolge kamen sechs Soldaten, große Männer mit harten Gesichtern, in Rüstung und Helmen, Speere und Schilde bereit an ihrer Seite. Das regelmäßige Knirschen ihrer stiefelbewehrten Schritte erklang als einziges Geräusch, während ganz Zalys den Atem anhielt.

Es schien ewig zu dauern, bis Farrag und seine Wachen vor Nias und dem blassen Paar stehenblieben.

»Ich überbringe Grüße und gute Neuigkeiten von Kaiser Southan dem Dritten, Herr über viele Länder!« rief

Farrag. Seine Stimme klang fröhlich, doch sein Lächeln reichte nicht bis zu den tiefliegenden Augen.

»Ihr wählt eine sonderbare Zeit, sie zu überbringen, Marschall«, erwiderte Nias. Die tapferen Worte des alten Mannes waren zwar laut, doch in seinen Augen lag Angst, und seine dünnen Hände zitterten.

»Vergebt mir, Patriarch. Ich konnte nicht warten.« Farrags Tonfall klang nicht entschuldigend. »Und diese Zusammenkunft bietet ein ideales Umfeld für solch frohe Kunde.« Er hielt inne und lächelte die Menschen in seiner Nähe an, als wolle er sich ihrer in Zukunft erinnern. Die Zuschauer warteten und wechselten ängstliche Blicke. Fen spürte, wie Dsordas ihre Hand ergriff, bis sie schmerzte, aber nach außen hin blieb er absolut ruhig, sein Gesicht eine Maske.

»Ihr alle wißt«, fuhr der Marschall fort, »daß in fünf Tagen der zehnte Hochzeitstag unseres geliebten Kaisers mit Kaiserin Ifryn gefeiert wird. Das allein ist ein guter Grund, daß all seine Untertanen sich freuen, doch heute morgen habe ich Kunde von einem noch freudigeren Ereignis erhalten.«

Wieder hielt er inne und schwelgte in den offensichtlichen Qualen, die er verursachte. Niemand mußte fragen, wie er diese Neuigkeiten erfahren hatte. Fen bewegte ihre Finger, damit sie nicht zerquetscht wurden, und Dsordas ließ ihre Hand los, ohne sie anzusehen.

Was soll das? fragte sich Fen voller Sorge. *Kommt zur Sache!*

»In den frühen Morgenstunden«, verkündete Farrag, »hat Kaiserin Ifryn einem Sohn das Leben geschenkt, Southan Azari. Der Thronerbe ist geboren!«

Bitte, laß das alles sein, was er zu sagen hat, flehte Fen im stillen. *Bitte.*

Andere hatten offenbar die gleichen Gedanken, denn es zeigten sich ganz schwach Zeichen der Hoffnung und Erleichterung auf den Gesichtern der Menge. Sogar Gaye bekam wieder etwas Farbe.

»Heil, Southan Azari!« rief Farrag unerwartet aus.

Die Wachen hinter ihm wiederholten den Ruf, und weitere Soldaten auf dem Platz stimmten ein – doch das machte die folgende Stille nur um so drückender. Farrag sah sich wieder um, und sein Gesicht zeigte spöttische Überraschung. Sein Blick ruhte auf niemandem länger als einen kurzen Augenblick, doch jeder einzelne – Nias, Bowen, Gaye, Fen, Dsordas und all die anderen – spürte in diesem Moment, wie sich sein Herz zusammenzog. Sie wußten mit grausamer Sicherheit, was als nächstes kommen würde.

»Was ist?« fragte Farrag mit gespieltem Unglauben. »So still! Könnte es sein, daß die Bürger von Zalys ihrem Kaiser nicht loyal ergeben sind?«

Fen fluchte leise und spürte, wie die Anspannung um sie herum ins Unerträgliche wuchs. *Laßt es nicht zu. Gebt ihm keinen Grund.*

»Noch einmal!« herrschte der Marschall sie an, und schnippte mit den Fingern den Wachen zu, die erneut losjubelten. »Heil, Southan Azari!«

Dieses Mal stimmten ein paar Inselbewohner, die sich ebenso wie Fen Sorgen machten, mit ein, wenn auch nur halbherzig.

»Noch einmal!« Jetzt lag Wut in Farrags Stimme. Sein falsches Lächeln war verschwunden.

Die Vorstellung wurde wiederholt, und dieses Mal waren die Rufe viel lauter. Fens Stimme war eine der kräftigsten, obwohl ihr deswegen ganz schlecht war.

Wenn das der Preis ist, den wir zahlen müssen ...

Noch einmal gab es das Zeichen für das aufgezwungene Ritual, und man gehorchte – und jetzt erkannten genügend Leute, was nötig war. Dieses Mal war die Reaktion sehr laut. Farrag sah sich wieder um und lächelte noch einmal gemein, als die Rufe verebbten.

»Schon besser«, bemerkte er milde.

»Können wir jetzt fortfahren?« erkundigte sich Nias mit schüchterner Würde.

»Ich glaube nicht«, bellte Farrag.

Eine plötzliche, unheimliche Stille senkt sich über den Platz.

O nein. Bitte. Was noch? Neben Fen stand Dsordas kurz vor der Explosion.

»Eine Aufgabe habe ich noch zu erfüllen«, erklärte ihr Folterknecht leise. »Weniger angenehm als die erste. Xantium hat mich wissen lassen, daß man eine weitere Geisel aus Zalys benötigt.«

Die Zeit blieb stehen, als das Grauen seiner Worte sich herabsenkte.

»Und ich habe Bowen Folegandros ausgewählt«, erhob Farrag erneut die Stimme.

»Nein!« schrie Gaye. Sie taumelte, als werde sie ohnmächtig, und Bowen eilte ihr zur Hilfe.

Mehrere Leute setzten sich unter plötzlichem Lärm in Bewegung, aber sie blieben stehen, als die Soldaten sich rührten und die Speere zückten. Dsordas war einen Schritt vorgetreten, aber Fen hielt ihn zurück. Jetzt war es an ihr, ihn festzuhalten. Farrag für seinen Teil schien sich wegen der geballten massiven Feindseligkeit keine Gedanken zu machen, als pralle jede Bedrohung an ihm ab.

Da trat Bowens Vater bedächtig vor, und der Lärm erstarb.

»Warum muß es er sein?« bettelte er. »Ihr habt schon meinen ältesten Sohn. Was bringt Euch diese Grausamkeit?«

»Sagar ist nicht mehr in Xantium«, erwiderte der Marschall ungerührt. »Er ist tot.« Vor Entsetzen und Schmerz schnappte die Menge nach Luft. »Er wurde bei einem Fluchtversuch getötet.« Farrag sprach gleichmäßig weiter. »Nach einem solchen Verrat ist es nur angemessen, daß sein Bruder seinen Platz einnimmt.«

Bei diesen Worten drängte sich Bowens jüngerer Bruder, der sechzehnjährige Nason, nach vorne, und achtete nicht auf die Hände der Erwachsenen, die versuchten, ihn zurückzuhalten, oder auf das gequälte Schluchzen seiner Mutter.

»Dann nehmt mich«, flehte er. »Auch ich bin Sagars Bruder.«

»Zurück, Junge!« fuhr Farrag ihn an. »Ich habe Beweise, daß Bowen ein Verräter ist. Auch er schmiedet Pläne gegen das Reich.«

»Das ist eine Lüge!« schrie Bowen verzweifelt.

Gaye machte sich aus seiner Umarmung frei und rannte auf Farrag zu, als wolle sie ihn mit bloßen Händen umbringen. Der Marschall wedelte geringschätzig mit der Hand, ein Licht zuckte auf, und Gayes Beine gaben nach. Sie fiel wie eine achtlos weggeworfene Lumpenpuppe zu Boden.

»Nehmt ihn fest«, befahl Farrag und zeigte auf den entsetzten Bowen. »Sofort!«

Als die Soldaten sich in Bewegung setzten, eilte Antorkas vor; Mord stand in seinen Augen. Dieses Mal versuchte Farrag nicht einmal, seine Verachtung zu verbergen. Seine Hand schnellte vor, und aus seinen Fingerspitzen schoß das blaue Feuer eines kleinen Blitzes. Der Schlag traf Antorkas mitten auf seine breite Brust und schleuderte ihn zurück. Er prallte hart auf dem Steinboden auf.

Im schwindenden Licht lag eine schwache Aura um den Marschall, ein Schild der Macht, den seine Boshaftigkeit fast greifbar machte. Ohne diesen Schild hätten die wütenden Inselbewohner ihn vielleicht überwältigen können, obwohl die unbewaffneten Männer und Frauen von seinen Wachen hingemetzelt worden wären – aber dieses letzte Zeichen von Farrags Unbesiegbarkeit hielt sie zurück. Niemand versuchte, ihn oder die Soldaten anzugreifen, als man Bowen wegführte. Er wehrte sich gegen ihren eisernen Griff, und er wandte sein entsetztes Gesicht zurück, um Gayes schlaffen Körper so lange wie möglich zu sehen, und immer wieder rief er ohne Hoffnung ihren Namen.

Fen war hin und her gerissen zwischen dem Bedürfnis zu schreien, Dsordas zurückzuhalten, damit er nichts Dummes tat, und dem Verlangen, ihrer Schwester und ihrem Vater zu helfen. Schließlich gab ihr Verstand auf. Sie barg das Gesicht in den Händen und weinte.

Kapitel zwei

Aus weiter Ferne über mir höre ich, wie die Würfel der Prophezeiung fallen. Doch die Hände sind nicht die meinen. Sie sind verdorrt und brennen, aber die Flammen sind kalt wie Eis.

Sieben Würfel. Vier rote und drei weiße. Die weißen fallen zuerst. Alles Schädel – für Tod und Gefahr. Von den roten ist einer die Laterne der Weisheit, einer ist Wasser für Reisen, und zwei zeigen den Mond für andere Reiche. Aber die Monde nehmen ab, verdunkeln sich und verschwinden. Und der Traum geht zu Ende.

Wach auf, der Würfel ist zu schwer, ich kann ihn nicht aufnehmen. Meine Hände sind wie Wolken.

Die Menschenmenge verließ den Fournoi-Platz schweigend und voller unterdrückter Wut. Die Dekorationen wirkten verloren und verlassen, und die Fensterläden wurden leise geschlossen, die Fenster schauten gleichgültig auf die düsteren Vorgänge herab. Die Soldaten sahen zu, wie die Inselbewohner mit der Nacht verschmolzen, durch die wenigen schmalen Gassen eilten und durch das Gitter der Kanäle huschten. Einige Wachen machten mürrische und angespannte Gesichter, andere lächelten boshaft und freuten sich über Farrags grausamen Scherz.

Bald war der Platz leer und still. Die imperialen Streitkräfte kehrten in ihre eigenen Quartiere zurück, um die Geburt des Erben zu feiern.

Die Familie Amari fand in dieser Nacht keinen Schlaf. Viele Freiwillige hatten ihnen auf dem Nachhauseweg geholfen, willige Hände hatten die Boote gerudert und Gaye und Antorkas zu Bett gebracht, aber dann war die Familie auf Ethas Bitte hin sich selbst überlassen worden. Ihre Trauer und ihr Kummer waren jetzt ganz allein ihre Sache.

Die einzigen Außenstehenden, die noch eine Weile blieben, waren Habella Merini, deren Wissen über das Reich der Kräuter auf der Insel unübertroffen war, und Foran Guist, ein Arzt und alter Freund von Antorkas.

Auf Fen wirkte ihr Vater durch die graue Blässe unter seiner sonnenverbrannten Haut halbtot. Sein Rücken und seine Arme waren schlimm abgeschürft, und am Hinterkopf hatte er eine Beule von der Größe eines Hühnereis. Foran bestätigte jedoch, daß keine Knochen gebrochen waren und daß die Verletzung an Antorkas' Kopf heilen würde, wenn er nur Bettruhe hielt. Besorgniserregender waren die Verletzungen auf der Brust, wo der Zauberstrahl ihn getroffen hatte. Das rohe Fleisch war zu sehen, als sei es verbrannt worden, und die dichten schwarzen Haare wirkten verkohlt. Habella brachte eine beruhigende Lotion und versorgte Antorkas so gut sie konnte, doch weder sie noch der Arzt konnten vorhersagen, welche inneren Verletzungen er davongetragen hatte.

Zur Erleichterung aller wachte Antorkas um Mitternacht herum einmal kurz auf – nur um vor lauter Schmerz und Wut sofort wieder das Bewußtsein zu verlieren, als er sich an die Ereignisse des Tages erinnerte. Dennoch hatten die Heiler genug gesehen, um darauf zu vertrauen, daß er, wenn auch langsam, genesen würde. Schlaf war jetzt das beste für ihn.

Als Antorkas so ruhend dalag, war sein Gesicht beeindruckend schön, und die weißen Strähnen in seiner dunklen Mähne waren das einzige, was an seine fünfzig Jahre erinnerte. Nachdem die anderen gegangen waren, saß Etha allein an seinem Bett, hielt seine Hand und betrachtete sein Gesicht mit gemischten Gefühlen. Er atmete jetzt tiefer und regelmäßiger, aber sie konnte seinen Anblick nicht vergessen, wie er zu Boden gestreckt worden war, und der Kummer nagte tief in ihr.

Die Tür zum Schlafzimmer öffnete sich langsam, und Fen blickte herein. Als sie sah, daß ihre Mutter noch wach war, kam sie leise herein und gesellte sich zu ihr.

»Wie geht es Gaye?« fragte Etha.

»Unverändert. Wir haben getan, was wir konnten.«

»Ich gehe zu ihr.«

»Bleib hier und sprich mit mir«, sagte Fen schnell. »Habella und Anto sind bei ihr. Sie ist in guten Händen, und du brauchst Ruhe.«

Etha runzelte die Stirn, doch sie rührte sich nicht von der Stelle. Ihr Blick wanderte wieder zu ihrem Mann. Die Stille der Nacht umfing sie.

»Sieh ihn dir an, diesen großen Dummkopf«, beklagte sich Etha voller Zuneigung, und in ihren Augen schwammen plötzlich Tränen. »Warum hatte er nicht mehr Verstand?«

Fen gab keine Antwort. Es wurde auch keine erwartet.

»Er sieht immer noch gut aus«, fuhr ihre Mutter mehr zu sich selbst fort, »aber du hättest ihn sehen sollen, als wir uns kennenlernten. Wie Feuer inmitten von Schnee. Alle Mädchen waren von ihm fasziniert, doch er wählte mich aus.« Sie schüttelte ungläubig den Kopf. »Ich weiß immer noch nicht, warum.«

»Er sagt immer, daß du das schönste Mädchen warst, das er auf all seinen Reisen gesehen hat«, beharrte Fen sanft. »Und das ihn am meisten zum Lachen brachte.«

Ihre Mutter schien sie nicht zu hören.

»Als er mir das erste Mal von seiner Heimat erzählte, wollte ich es nicht glauben«, flüsterte Etha, und in ihren Augen glommen die Erinnerungen auf. »Wenn man ihm glaubte, war diese Insel voller Wunder. Das warme Meer und die Sonne so heiß, daß sie Steine verbrennen konnte.

Riesige Fische, die unter Wasser fliegen konnten. Geister und *Magie*. Was wußte *ich* schon von solchen Dingen?« Ihre Stimme zitterte jetzt zum ersten Mal. »Jetzt sieh dir an, wie weit es uns gebracht hat.«

»Bereust du manchmal, daß du nach Zalys gekommen bist?« fragte Fen leise.

Etha lächelte ihre Tochter an.

»Nein«, erwiderte sie voller Überzeugung. »Ich wäre ihm ans Ende der Welt gefolgt.« Nach einer Weile fügte sie hinzu: »Außerdem würde ohne ihn keiner von euch existieren. Ich trug dich bereits unter dem Herzen, als ich das erste Mal meinen Fuß an diese Küste setzte.«

Fen nickte. Sie kannte die Geschichte gut. Als junger Mann war Antorkas weit gereist, hatte ein Vermögen gemacht und wieder verloren und Gefahren aller Art überstanden – falls die Geschichten, die sie nicht hätte hören sollen, stimmten – und die Bekanntschaft vieler Frauen gemacht. All das hatte sich geändert, als er Etha kennengelernt hatte. Sie hatte ihn völlig in ihren Bann gezogen, und als er sie als seine Frau mit nach Hause auf die Insel gebracht hatte, gab er seine Reisen gerne auf und nutzte eines seiner vielen Talente, um sich seinen Lebensunterhalt zu verdienen. Er wurde Juwelier. Mit den Jahren war seine Kunstfertigkeit immer größer geworden, genauso wie die Familie. Natali, mit drei Jahren der jüngste Sohn, war ihr sechstes Kind.

Fen erwartete, daß ihre Mutter weitererzählte, wie sie ihre Morgenübelkeit zunächst als Seekrankheit fehlinterpretiert hatten – die Reise nach Zalys war ihre erste längere Reise auf dem Wasser gewesen –, und wie Antorkas sich gefreut hatte, als der wahre Grund bestätigt wurde. Statt dessen bekam Ethas Stimme etwas Hilfloses, Bittendes.

»In dir steckt viel vom Norden, Fen«, stellte sie fest. »Ich muß dich nur ansehen, um das zu erkennen. Verstehst du das alles?« Eine Träne rollte über ihre Wange.

Fen war über den Ausbruch ihrer Mutter so durcheinander, daß sie nicht sofort antworten konnte. Etha weinte so gut wie nie. Sie war immer die eigentliche Kraft in der Familie gewesen, lebhaft und gutgelaunt, aber tüchtig, und voller gesundem Menschenverstand, wenn es nötig war. Dieser angeborene Verstand hatte ihren eher unbeständigen Ehemann vor manch unkluger Entscheidung bewahrt. Ethas Figur war jetzt wohlgerundet, aber in ihren grünen Augen funkelte es wie früher, und ihr Gesicht zeigte immer noch die Schönheit und Stärke, die Antorkas so angezogen hatten.

Dennoch hatte Fen sich oft gefragt, welchen Preis ihre Mutter wohl für den romantischen, verwirrenden Beginn ihrer Ehe hatte zahlen müssen. Fen war auf Zalys geboren worden und lebte schon ihr ganzes Leben lang dort, aber manchmal träumte sie von der Heimat ihrer Mutter – ein Land, das sie nur in ihrer Phantasie gesehen hatte. *In dir steckt viel aus dem Norden.* Für ihre Mutter waren diese Erinnerungen real, weit weg und voller Unschuld, aber deshalb vielleicht auch um so schmerzlicher.

Endlich fand Fen ihre Stimme wieder. Sie wollte helfen, den unerwarteten Zweifel ihrer Mutter zu heilen.

»Ich verstehe es ein wenig«, erwiderte sie. »Eines Tages werden wir alle frei sein, und dann werden solche schreckliche Dinge nicht mehr geschehen.«

Die Stimme ihrer Tochter war offenbar der Katalysator, den Etha brauchte. Sie riß sich sichtlich zusammen, wischte sich ungeduldig die Tränen aus den Augen und erhob sich.

»In der Zwischenzeit«, sagte sie mit fester Stimme, »müssen wir Frauen das Beste aus dem Durcheinander machen, das die Männer und ihre Politik hinterlassen haben. Paß gut auf deinen Dsordas auf, Kind. Ich will nicht, daß man auch dir weh tut.

Beobachte ihn eine Zeitlang«, fuhr sie fort. »Ich werde nach Gaye sehen.« Sie stand auf, küßte ihren Mann sanft auf die Stirn und ging hinaus. Die Tür schloß sich leise hinter ihr.

Wieviel weiß sie? fragte sich Fen nervös. *Oder ahnt sie nur etwas*?

Sie sah sich nach ihrem schlafenden Vater um und fragte sich, ob ihm klar war, wieviel Glück er mit der Wahl seiner Frau gehabt hatte.

Gayes Krankheit sollte sich als wesentlich ernster als die ihres Vaters herausstellen. Äußerlich waren ihre Verletzungen nicht so schlimm: ein paar blaue Flecken und Abschürfungen und keine ›Verbrennungen‹, wie Antorkas sie erlitten hatte. Dennoch blieb sie bewußtlos und schien kaum zu atmen, trotz aller Bemühungen, sie aufzuwecken. Keines von Habellas Mitteln zeigte auch nur die leiseste Wirkung, und schließlich verließ die Heilerin das Haus, um die ausführlichen Aufzeichnungen ihrer verstorbenen Großmutter zu konsultieren, von der sie ihr Können geerbt hatte. Auch Foran war sprachlos. Er konnte kein körperliches Problem bei Gaye finden, und er konnte nur spekulieren, daß der Schock ihrem Verstand vielleicht mehr geschadet hatte als ihrem Körper. Diese Vorstellung erfüllte ihre Familie mit Entsetzen, und selbst seine hastig hinzugefügte Meinung, daß dies sicher nur vorübergehend wäre, konnte sie kaum beruhigen.

In der Nacht wechselten sich alle ab, um bei Gaye zu wachen, aber ihr Zustand veränderte sich nicht. Etha, Fen und die beiden nächsten Amari-Kinder teilten sich diese Aufgabe. Der jüngere Antorkas, den alle Anto nannten, war mit siebzehn der älteste Sohn, und seine gefaßte Haltung zeigte, wie ernst er seine Aufgabe nahm. Anders als seine älteren Schwestern war Anto ebenso dunkel wie sein Vater, und er hatte auch dessen künstlerische Ader sowie das manchmal aufbrausende Temperament geerbt. Nur seine verwirrend grünen Augen kündeten vom Erbe der Mutter.

Der nächste war Tarin, ein ernster zehnjähriger Junge

mit den dunklen Zügen seines Vaters, und danach Ia, mit sieben das jüngste der Mädchen. Sie war ebenfalls dunkel, ganz anders als ihre älteren Schwestern. Obwohl sie kaum verstand, was vor sich ging, bestand sie darauf – trotz wachsender Müdigkeit –, ihre Rolle bei der Nachtwache zu übernehmen. Sie hatte Gaye immer abgöttisch geliebt und saß jetzt tapfer an ihrem Bett und sprach mit ihr über alles und nichts, als könne die Schwester sie hören. Die Ernsthaftigkeit des kleinen Mädchens rührte alle, die sie hören konnten.

Der einzige, der nicht bei der Nachtwache mitmachte, war Natali, der kleine Sohn, dessen blondes Haar und blaue Augen ihn zum Liebling vieler Frauen der Insel machten. Sie nannten ihn den ›kleinen Engel‹ und verwöhnten ihn bei jeder Gelegenheit. Doch in jener Nacht waren Natalis Augen vom Weinen gerötet, und er konnte nicht verstehen, was geschah, und niemand – nicht einmal seine Mutter, die ihn ins Bett brachte – konnte es ihm erklären. Er weinte sich in den Schlaf und fühlte sich traurig und vernachlässigt.

Der Morgen brachte Gayes Zustand keine Verbesserung, aber das frühe Sonnenlicht brachte etwas Sonderbares und Verwirrendes an den Tag. Ihr Haar, das nur wenig dunkler gewesen war als das ihrer Schwester Fen, war nicht mehr blond. Über Nacht hatte es alle Farbe verloren. Ihre glänzenden Strähnen waren nun schneeweiß.

Der Morgen fand auch Farrag grübelnd vor. Es war eine ereignisreiche Nacht gewesen, eine, die immer noch unerwartete Auswirkungen haben konnte. Aber jetzt hatte er eine Aufgabe zu erfüllen.

Nach kurzem Nachdenken entschied er sich für einen Fernrufer. Der junge Mann in der Zelle war kaum älter als ein Junge. Über seinem kurzgeschnittenen Haar trug er ein engsitzendes Stirnband mit einem Amberin darin, und sein Körper war in ein schmutziges, lockeres Gewand gehüllt. Er lag mit ausgestreckten Gliedern schlaff auf dem Strohlager, und sein Rücken ruhte an der kahlen Steinmauer. Sein Gesicht war ausdruckslos, als Farrag eintrat, und seine leeren Augen zeigten keinerlei Interesse an seinem Besucher.

»Rolle drei Schädel, Eismann«, sagte der Marschall.

Das hypnotische Kodewort brachte Leben in den jungen Fernrufer, und er setzte sich auf. Sein Blick war jetzt hellwach, aber er war nicht Herr seiner Sinne. Die Worte hatten Farrag völlige Kontrolle über den Jungen gegeben.

»Ich muß mit Xantium reden. Reicht deine Stimme so weit?«

Der Fernrufer, der Eismann genannt wurde, berührte versuchsweise den Stein in seinem Stirnband, dann seine Schläfe und schüttelte langsam den Kopf.

»Kaum.« Seine Stimme war heiser, kaum mehr als ein Flüstern.

Der Marschall überlegte, ob er vielleicht getäuscht wurde, doch dann verwarf er diesen Gedanken wieder. Er nahm eine kleine Glasphiole aus seiner Tasche und glitt zu dem groben Holztisch unter dem einzigen Fenster der Zelle hinüber. Darauf standen eine grobe Steinguttasse und ein Krug Wasser. Vorsichtig ließ Farrag einen einzigen Tropfen schwarzer Flüssigkeit von der Phiole in die Tasse fallen, dann füllte er sie mit Wasser auf und vermischte die Mixtur. Eismann sah jeder seiner Bewegungen aufmerksam zu, und seine Augen glühten.

Farrag drehte sich um und bot dem Fernrufer die Tasse an, der sie ihm aus den dicken Fingern riß und den Inhalt sofort hinunterstürzte. Er schloß die Augen und erzitterte, während der Marschall mit einem dünnen Lächeln auf den Lippen zusah.

»Ich bin bereit«, sagte Eismann nach ein paar Minuten Schweigen.

»Die Nachricht ist für Kanzler Verkho«, sagte Farrag

prompt. »Für sonst niemanden. Ihr werdet sie ihm übermitteln und dann vergessen.«

Eismann nickte. Er war jetzt ganz ruhig.

»Bowen Folegandros ist wie angeordnet verhaftet worden. Ich habe den Gefangenen befragt, aber seine Antworten ergeben keinen Sinn. Vielleicht hat er den Verstand verloren, zumindest vorübergehend. Wünscht Ihr, daß ich andere Methoden anwende, um Informationen zu erhalten? Wann soll er zu Euch geschickt werden?« Farrag hielt inne. »Fügt meinen Unterschriftskode hinzu.«

»Die Nachricht wurde gesendet und empfangen«, sagte der Fernrufer mit ruhiger Stimme einen Augenblick später.

»Wenn eine Antwort kommt, ruft eine Wache, damit man mich holt«, befahl der Marschall. Er wandte sich zur Tür.

»Die Antwort kommt gerade«, sagte Eismann.

Farrag bemühte sich sehr, seine Überraschung zu verbergen. Er hatte keine sofortige Antwort erwartet, und Angst stieg in ihm auf. Behielt Verkho ihn aus irgendeinem Grund besonders aufmerksam im Auge? Ein Zittern der Furcht durchlief seinen fettsüchtigen Körper. Dieser Mann war unheimlich! Vielleicht wollte er etwas anderes. Über die Folgen, die es haben konnte, wenn man nicht genau das erreichte, was der Kanzler wollte, dachte er lieber nicht nach.

Farrag bemerkte, daß der Junge ihn immer noch anstarrte.

»Weitergeben«, befahl er ungeduldig.

Als Eismann wieder sprach, klang seine Stimme ganz anders. Sie war kräftiger, nicht mehr heiser, und hatte eine andere Tonlage.

»Bringt den Folegandros-Jungen sofort zum Festland. Er muß unverletzt bleiben. Seid weiterhin wachsam. V.«

Als die Botschaft vollendet war, sackte Eismann schweigend zusammen, während Farrag schäumte. Die

Anweisung war enttäuschend, kam aber nicht gänzlich unerwartet. Aber warum hatte Verkho *Seid weiterhin wachsam* hinzugefügt? Das war unnötig und eine Beleidigung.

Versucht er, mich zu testen? fragte sich Farrag. *Mir etwas zu sagen? Gibt es da etwas, das ich übersehen habe?*

Für alle Fälle wartete er einen Augenblick lang, aber es kam nichts mehr, keine Erklärung.

»Laßt die beiden Monde außer acht, Eismann«, sagte Farrag voller Ekel.

Als der entlassene Fernrufer wieder mit ausdruckslosen Augen in sich zusammensackte, verließ der Marschall die Zelle. Er fand eine Wache und gab die nötigen Befehle für Bowens Transport. Dann eilte er davon, in Gedanken immer noch in Aufruhr. Es war schon schlimm genug, daß man ihn auf dieser lächerlichen kleinen Insel am äußersten Ende des Reiches postiert hatte. Die erbärmlichen Intrigen auf Zalys hatten diesen Namen kaum verdient, und sie waren sicherlich nicht das Richtige für seine Talente. Aber daß man ihn mit solcher Verachtung behandelte, war unerträglich. Und jetzt hatte Verkho ihn auch noch des Vergnügens beraubt, seinen Gefangenen zu befragen!

Ohne nachzudenken machte sich Farrag auf den Weg zu seinem privaten Garten.

Kapitel drei

Ich sehe ein neues Leuchtfeuer in der Ferne. Weiß sie, was diese Nachtwache bedeutet? Ihr Kopf ist so voller Gedanken über den anderen. Sein Licht war immer da, obwohl er es abstritt.

Welch ein Paar wären sie gewesen. Aber jetzt sind sie getrennt durch die grausame Dunkelheit der See.

Sie müssen fliegen lernen.

Als die Sonne mit dem Versprechen eines weiteren glühend heißen Tages aufging, ließen sich Fen und Dsordas Seite an Seite auf ein Sofa fallen. Ihre Augen waren von Müdigkeit gerötet, aber sie waren immer noch viel zu aufgewühlt, um zu ruhen.

In der vorhergehenden Nacht war Dsordas' Zorn kaum im Zaum zu halten gewesen. Er hatte die Zähne zusammengebissen und war mehrere Stunden lang buchstäblich nicht in der Lage gewesen zu sprechen, so groß waren die Kräfte, die in ihm tobten. Schließlich hatte Fens Verzweiflung ihn erlöst, und er hatte die restlichen Stunden der Dunkelheit wie ein Mitglied der Familie verbracht – was er auch war, nur der Name fehlte. Dsordas war nicht nur Fens langjähriger Partner, er arbeitete auch für Antorkas in dessen Juweliergeschäft und war dort mit dem An- und Verkauf der Ware betraut. Es war eine Aufgabe, die es ihm ermöglichte, sich frei innerhalb sämtlicher Gesellschaftsschichten von Zalys zu bewegen – was er als sehr vorteilhaft empfand.

Zunächst hatte Dsordas die Männer rufen wollen, denen er vertraute, um sofort zurückzuschlagen – viele Mitglieder der geheimen Widerstandsbewegung der Insel hätten genau das gewollt und erwartet –, aber Fen hatte es ihm ausgeredet. Normalerweise gingen diese Diskussionen anders herum, und Dsordas blieb immer aufreizend ruhig, während sie tobte und schäumte – aber irgend etwas an Farrags üblem Spiel hatte sich tiefer in sein Herz gefressen als alle früheren Ungerechtigkeiten. Eine Zeitlang war er ganz untypisch kurz davor gewesen, die Kontrolle zu verlieren.

»Du darfst auf Farrags Provokation nicht reagieren«, beharrte Fen. »Genau das will er doch!«

Irgendwann war Dsordas' Zorn verraucht, und er hatte ihr zugestimmt und sein übliches ruhiges Selbst wieder gefunden – doch stand der Schmerz trotzdem noch in seinen Augen, und er litt unter schrecklichen Kopfschmerzen.

»Du hast Pflichten«, sagte Fen. »So viele Menschen verlassen sich auf dich. Wenn du einen Zug machst, dann, weil du vorbereitet bist, fertig, nicht, weil man dich dazu gezwungen hat. So sehr ich es hasse, nichts tun zu können, wir *müssen* ruhig bleiben, oder wir werden all unsere Pläne zerstören, all unsere Hoffnungen.«

»Aber sie ist deine eigene Schwester!« wandte er mit großen Augen ein.

»Sie würde dasselbe sagen, wenn sie könnte«, antwortete Fen überzeugt.

Dsordas starrte sie an, aber sie blieb unerschütterlich.

»Du weißt, daß ich recht habe«, sagte sie leise.

Einige Zeit später stellte sie eine Frage, die sie schon einige Zeit beschäftigt hatte.

»*Ist* Bowen eines der Kinder?« *Kinder von Zalys* war der Name der Geheimorganisation der Insel.

»Nein«, erwiderte Dsordas bitter. »Ich wollte ihn dabeihaben, aber er wollte wegen Sagar nichts mit uns zu tun haben. Das war auch so eine Lüge von Farrag.«

»Aber *weiß* er irgend etwas?«

»Nichts, was Farrag weiterhelfen würde«, beruhigte er sie. Dsordas wollte noch mehr sagen, doch da kam Etha herein und sah sehr erschöpft aus.

»Papa ist wieder wach«, sie zwang sich zu einem Lächeln. »Beschwert sich wie üblich, also geht es ihm schon besser.«

»Und Gaye?« fragte Fen eilig.

Das Lächeln ihrer Mutter verschwand, und plötzlich sah sie viel älter aus, als sie wirklich war.

»Nichts hat sich geändert, außer ihr Haar«, berichtete Etha. »Das wißt ihr ja schon.«

Sie nickten. Niemand wußte, was das bedeutete. Die Zeit zog langsam unter bedrückendem Schweigen vorbei.

»Dsordas ...«, begann Etha vorsichtig, »könntest du ...?«

»Nicht schon wieder, bitte!« flehte er. »Es hat keinen Sinn.«

»Du hast die Hände dafür«, erwiderte Etha und ließ sich von seinem gequälten Gesicht nicht abhalten.

»Nein, habe ich nicht.«

»Deine Mutter war Heilerin, und du bist auch einer!« gab sie jetzt wütend zurück. »Warum streitest du es ab?«

»Was hat es meiner Mutter schon genützt!« schleuderte Dsordas zurück. »Sie ist tot.« Es klang wie eine Anschuldigung.

»Aber bevor sie gestorben ist«, antwortete Etha inbrünstig, »hat sie so viel Gutes getan, wie sie konnte. Sie hat den Menschen geholfen. Du versuchst es nicht einmal.«

»Ich versuche es nicht, weil ich nicht helfen *kann*!« schrie er zurück. »Überlaß das denen, die wissen, was sie tun.«

»Wir haben alles andere versucht«, sagte Etha jetzt ganz ruhig. »Gaye braucht dich.«

Als sich das nachfolgende Schweigen ins Unerträgliche ausdehnte, suchte Fen verzweifelt nach einem Argument, das diesen schmerzlichen Streit beenden konnte, doch sie konnte keines finden. Sowohl Dsordas als auch ihre Mutter hielten so stark an ihren Überzeugungen fest, daß keine Worte sie vom Gegenteil überzeugen konnten. Wie immer war es ein Wettstreit des Willens.

Zu ihrer Überraschung gab diesmal Dsordas nach.

»In Ordnung«, flüsterte er und sah Etha nicht an. »Es wird nichts nützen, aber ich werde es versuchen.«

»Danke.«

Sie gingen in Gayes Zimmer, und die Frauen traten zurück, als Dsordas seine Hände auf beide Seiten des Kopfes der Kranken legte, so wie er es viele Male bei seiner Mutter gesehen hatte. Sein Gesicht spiegelte seinen mangelnden Glauben, aber er machte weiter, und nach einer Weile schien Gayes Atem kräftiger zu werden, und die Linien in ihrem Gesicht entspannten sich. Aber sie blieb ohne Bewußtsein, und ihre geisterhafte Erscheinung wurde von ihren weißen Haaren noch unterstrichen.

»Es hat keinen Zweck«, sagte Dsordas schwach und zog die Hände zurück. »Ich weiß nicht, was ich tue.«

»Du tust, was du kannst«, sagte Etha. »Niemand kann mehr verlangen.«

»Komm schon«, sagte Fen. »Holen wir uns etwas zu essen.«

Er ließ sich zur Küche führen.

»Wie geht es deinem Kopf?« fragte sie.

»Viel besser!« Er klang überrascht.

Farrags ›Garten‹ lag in einem kleinen Hof, der von den dreistöckigen Mauern der umgebenden Gebäude eingefaßt wurde. Die Fenster, die auf den Hof hinausgingen, waren sicher verschlossen, und es gab nur einen Eingang durch eine Doppeltür. Innen war die Luft sogar zu dieser frühen Stunde feucht und abgestanden, und Insekten surrten und brummten drohend. In der Mitte des Hofes lag ein kleiner, stiller Teich, aus dessen trüben Tiefen ein verrotteter Baumstumpf emporragte. Er war umgeben von kränklich aussehendem Gras, undefinierbaren Büschen und wuchernden Schlingpflanzen.

Als Farrag eintrat, wurde es plötzlich still, als hielte der Garten den Atem an. Neben dem Teich waren mehrere große, häßliche Kröten mitten in der Bewegung erstarrt und hofften, übersehen zu werden. Ihre gefleckte grün-braune Haut verschmolz mit der stinkenden Umgebung, doch der Marschall ließ sich nicht täuschen. Seine grausamen blauen Augen hefteten sich auf die größte Kröte, und er summte einen einzigen, tiefen Ton, der in dem umschlossenen Raum vibrierte. Sein Opfer wurde sichtbar und sank mit geschlossenen Augen auf den Bauch.

Als Farrag sich vorwärts bewegte, sprangen die anderen Kröten mit bemerkenswerter Geschwindigkeit in Deckung. Die größte konnte nicht widerstehen, als der Marschall sich vorbeugte, und sie sprang ihm in die Hände. Als er das Wesen in den Händen hielt, hörte er auf zu summen. Die Augen der Kröte öffneten sich, und sie strampelte verzweifelt, als sie die Gefahr erkannte und in Panik ausbrach. Farrags erfahrene Hände konnten sie jedoch leicht festhalten, und das Tier griff zu seiner letzten Verteidigungsmöglichkeit. Aus Knötchen an seinem Rücken und Hinterkopf quoll eine dicke schwarze Substanz. Der Marschall kratzte einen Großteil des dunklen Schleims mit dem Daumennagel ab und streifte ihn in eine kleine Glasphiole, die er für diesen Zweck bereit hielt. Dann wandte er sich dem letzten Knötchen zu und leckte das Gift ganz langsam und sorgfältig direkt vom Kopf der entsetzten Kreatur, und seine gefleckte Zunge fuhr rauh über rauhe Haut.

Dann ließ er die Kröte zu Boden fallen und eilte achtlos davon. Farrags Körper zuckte heftig, die Fettrollen wabbelten, und seine Augen rollten ekstatisch gen Himmel.

Am späten Vormittag hatten sich Fen und Dsordas gezwungen, etwas zu essen, doch hatten sie immer noch nicht schlafen können. Jetzt waren sie wenigstens allein und lagen bequem beieinander. Doch dieser Friede sollte nur kurz währen, denn sie bekamen einen unerwarteten Besucher.

»Darf ich hereinkommen?« fragte Nason.

»Natürlich«, erwiderte Fen und wunderte sich über den entschlossenen Ausdruck auf dem Gesicht von Bowens jüngerem Bruder. »Wie geht es deinen Eltern?«

»Es geht ihnen gut«, antwortete Nason ohne nachzudenken. »Sie haben mich geschickt, um zu sehen, wie es Gaye und deinem Vater geht – aber eigentlich wollte ich dich sehen«, fügte er mit einem Blick auf Dsordas hinzu.

»Warum?«

»Ich möchte in den Untergrund gehen«, stellte Nason fest. »Die *Kinder*.«

»Dann bist du hier falsch«, sagte Dsordas ruhig, und sein Gesicht war eine neutrale Maske, die Fen kaum nachahmen konnte. »Ich weiß nichts darüber.«

Nason starrte ihn an, und Entsetzen und Fassungslosigkeit machten ihn vorübergehend stumm.

»Aber das mußt du«, flüsterte er schließlich.

»Es ist gefährlich, über solche Dinge auch nur zu reden«, sagte Dsordas leise. »Wie kommst du darauf, daß ich etwas weiß?«

»Ich ... ich weiß, daß ich noch jung bin«, rief der Junge aus, als sein Verstand wieder zu arbeiten begann, »aber ich bin nicht dumm! Und ich werde nicht denselben Fehler machen wie Bowen.« Seine Stimme klang jetzt ein bißchen wütend. »Du kannst mir vertrauen.«

»Wir vertrauen dir«, sagte Fen leise.

»Aber wir können dir nicht helfen«, fügte Dsordas fest hinzu.

»Welchen Fehler hat Bowen gemacht?« fragte Fen, denn sie wußte, sie mußten mehr darüber erfahren, aber das mußte ganz vorsichtig geschehen.

Nason schwieg ein paar Augenblicke, und jugendlicher Stolz ließ Trotz in seinen Augen aufblitzen, auch wenn er ganz offenkundig verwirrt war.

»Er dachte, wenn er sich raushielte und für keine Seite entscheide, wäre er sicher«, sagte er endlich. »Er war ein Narr.«

»Hat er mit dir über diese *Kinder* gesprochen?« wollte Dsordas wissen.

»Nicht genau.«

»Was meinst du damit?«

»Wenn er wach war, wollte er nicht darüber sprechen«, erwiderte Nason, »aber er hat im Schlaf geredet. Unsere Zimmer liegen nebeneinander, und ich habe ihn manchmal gehört, wenn er mit sich selbst stritt. Ich konnte nicht anders, ich mußte mithören«, verteidigte er sich.

»Und?« drängte ihn Dsordas und versuchte, nicht allzu interessiert zu klingen.

»Er hat von jemandem namens Steinernes Auge gesprochen«, sagte Nason. »Er hat manchmal geschrien und Dinge gesagt wie ›Ich sollte ihm helfen. Ich sollte ihm helfen. Aber ich kann nicht. Ich darf nicht.‹«

Fen wirkte verwirrt.

»Aber das Steinerne Auge ist ein Ort, kein Mann«, sagte sie.

»Das weiß ich. Aber Bowen hat davon gesprochen, als sei er ein Mann.«

»Wieso hat dich das zu mir geführt?« fragte Dsordas.

»Manchmal hat er alles durcheinander gebracht. Aus Steinernes Auge wurde der *Soldat* oder das Schwert – und manchmal hat er Dsordas geschrien, das schwöre ich.«

Ein paar Herzschläge lang sagte niemand ein Wort.

»Vielleicht habe ich den Namen falsch verstanden«, sagte Nason unsicher, »aber es war ganz offensichtlich, daß er über den Untergrund sprach.« Die Stimme des Jungen verebbte, seine Zuversicht schwand und löste sich in Luft auf.

»Also bist du zu mir gekommen.«

»Ja.«

»Es tut mir leid, Nason«, sagte Dsordas. »Ich kann dir nicht helfen. Und wenn ich es könnte, würde ich es nicht tun. Verstehst du mich?«

»Nein.« Langsam schwand der gekränkte Blick des Jungen. »Ja«, berichtigte er sich leise.

Dsordas winkte ihn näher zu sich, bis ihre Gesichter nur noch eine Handbreit voneinander entfernt waren. Als er sprach, war seine Stimme leise, aber ruhig und voller Autorität.

»Ich weiß, wie du dich fühlen mußt, Nason, aber du bist nicht dumm. Du weißt, selbst wenn irgend jemand aus dieser oder deiner Familie mit den *Kindern* zu tun hätte – wer sie auch sein mögen –, jetzt wäre der schlechteste Zeitpunkt, etwas zu unternehmen. Nach allem, was gestern geschehen ist. Farrag und seine Männer werden uns noch genauer beobachten als sonst.«

»Ich hasse sie!« rief Nason.

»Das tun wir alle, aber es hat keinen Zweck, unsere Freiheit und unser Leben sinnlos aufs Spiel zu setzen. Also sprich mit niemandem darüber. In Ordnung?«

Nason nickte widerwillig.

»Ich wünschte, es gäbe etwas, das ich *tun* könnte!« Vor lauter Frustration klang seine Stimme schrill.

»Irgendwann wird die Gelegenheit dazu kommen«, antwortete Dsordas. »Aber nicht jetzt!«

»Du weißt *doch* etwas!«

»Nein, weiß ich nicht.« Dsordas lächelte. »Aber wenn der Untergrund entscheidet, einen Zug zu machen, glaubst du nicht, daß man sich dann an uns wenden wird – an dich, mich, Fen und alle, die Zalys frei sehen wollen. Du wirst deine Chance bekommen, wenn die Zeit gekommen ist.«

Nason betrachtete ihn nachdenklich.

»In der Zwischenzeit«, sagte Fen sanft, »sei vorsichtig. Bring dich – oder andere – nicht in Schwierigkeiten.«

Der junge Mann nickte mit ernstem Gesicht.

»Glaubt ihr, daß Sagar wirklich tot ist?« fragte er plötzlich. Nason war ein kleines Kind gewesen, als sein ältester Bruder neun Jahre zuvor als Geisel genommen worden war, und hatte nur noch ganz schwache Erinnerungen an ihn.

»Ich weiß es nicht«, erwiderte Dsordas ehrlich. »Farrag und seinesgleichen lügen ständig, aber wir können nicht sicher sein.«

»Eines Tages werde ich es herausfinden«, schwor Nason und ging schließlich zur Tür. »Ich gehe jetzt besser. Danke, daß ihr mit mir gesprochen habt.« Er blieb wieder stehen und sah sich nervös um. »Ihr erzählt doch meinem Vater nichts, oder?«

»Nein«, erwiderte Dsordas ernst.

Fen wartete, bis sich die Tür geschlossen hatte, bevor sie vor Erleichterung aufseufzte. Dann umarmte sie Dsordas und drückte ihn fest.

»Oh, mein Geliebter«, flüsterte sie, »das alles ist mir so zuwider.«

»Mir auch. Er hätte etwas Besseres verdient.«

»Meinst du, daß er uns geglaubt hat?« Sie zog sich zurück, um ihm ins Gesicht zu sehen, und in seinen tiefbraunen Augen sah sie, daß er ganz in Gedanken war.

»Ich bin nicht sicher. Aber er ist ein vernünftiger Bursche. Selbst wenn er einen Verdacht hat, wird er ihn für sich behalten.«

»Wußte Bowen über dich Bescheid?«

»Nein. Alle Botschaften, die ich ihm geschickt habe, waren anonym.«

»Steinernes Auge?«

»Ja.«

»Was ist mit dem *Soldaten*? Bist du das auch?«

»Nein. Ich bin nicht dumm genug, einen Kodenamen zu benutzen, der meinem so ähnlich ist. Ich werde mich mal vorsichtig umhören.«

»Farrag wird Bowen befragen, oder?« fragte Fen und

zitterte bei diesem Gedanken. »Was, wenn er ihm etwas über das Steinerne Auge erzählt?«

»Das macht nichts. Niemand wird den Namen mit mir in Verbindung bringen.«

»Es gefällt mir trotzdem nicht.« Sie fand, das war die Untertreibung des Jahres. Dann fiel ihr noch etwas ein. »In den nächsten Tagen werden bei dir vermutlich ein paar eifrige Rekruten auftauchen. Nicht alle werden so gute Gründe haben wie Nason, aber viele Leute werden sehr wütend sein über das, was gestern geschehen ist.«

»Ich weiß. Und welcher Zeitpunkt wäre besser für einen von Farrags Informanten, um sich in die Organisation einzuschleusen – solange die Wellen noch hoch schlagen.«

»Du solltest die *Kinder* besser warnen, daß sie auf der Hut sein sollen.« Sie kämpfte ihre Angst nieder.

»Das habe ich schon«, erwiderte er mit einem beinahe selbstgefälligen Lächeln.

»Und du sei auch vorsichtig!« befahl Fen barsch.

»Ich bin immer vorsichtig.«

Später am Tag saß Fen am Bett ihrer Schwester, als Gaye endlich erwachte.

»Bowen!« rief sie voller Qualen, und ihr hübsches Gesicht wirkte plötzlich beunruhigt. »Bowen!«

»Ich bin hier«, sagte Fen hilflos. »Wie fühlst du dich?«

»Alles tut weh«, stieß Gaye hervor. »Ist noch immer Nacht?«

»Nein.« Fen war verwirrt. »Es ist mitten am Nachmittag.«

»Fen? Fen!« Gaye setzte sich mit weit aufgerissenen Augen auf. »Wo bist du?« Sie schrie jetzt. Wie wahnsinnig starrte sie im Zimmer umher, aber sie konnte nichts sehen. Sie war blind.

Kapitel vier

Mauern waren für mich noch nie von Bedeutung. Es gibt immer einen Weg hindurch. Das wissen sogar die Fledermäuse.

Doch diejenigen, die sehen müssen, werden aus dem Feuer mit Dunkelheit bedacht. Sie werden nicht auf das Licht hören. Ihre Sinne sind nicht mehr als Rauch. Ich bin zu schwach, das brennende Schwert zu schwingen.

Sagar Folegandros hatte keine Ahnung, wo er war oder wie er dorthin gekommen war. Und das jagte ihm um so mehr Angst ein.

In der Zelle war es fast völlig dunkel. Es gab kein Fenster, und das einzige Licht kam von den schwachen Reflexionen einer weit entfernten Lampe, die durch die Gitterstäbe der Tür fielen. Die unnachgiebigen Steinmauern waren kalt, aber trocken. Sagar war innerhalb der Geiselenklave noch nie an einem solchen Ort gewesen, aber er hatte davon gehört ... und der Gedanke ließ ihn erschauern.

Was habe ich getan, daß ich so gestraft werde?

Die letzten neun Jahre seines Lebens hatte er in der kleinen Welt der Enklave verbracht, und niemals hatte man ihm erlaubt, die Mauern hinter sich zu lassen und die Stadt dahinter zu besuchen. Er war erst dreizehn gewesen, als er dort angekommen war, verwirrt, verängstigt und wütend – nicht nur auf seine Gefängniswärter, sondern auch auf seine Eltern, die zugelassen hatten, daß man ihn mitnahm. Als einer der ersten ›Gäste‹ hatte Sagar andere Geiseln kommen sehen, von denen manche viel jünger waren als er selbst.

Seit damals war sein Leben erfüllt, aber nicht schwierig gewesen – abgesehen von dem nagenden Mangel an Freiheit und seiner Sehnsucht nach zu Hause. Seine Unterkunft war zwar nicht luxuriös, aber doch bequem. Die meisten seiner Bedürfnisse wurden erfüllt, und das Essen war mehr als angemessen, wenn es ihm auch zu Anfang merkwürdig vorgekommen war. Seine Ausbildung – in Sprachen, Logik und imperialem Recht – war gründlich, was er erst in seinen späteren Jahren seiner Gefangenschaft nur als Vorteil betrachtete, und er war mit anderen Geiseln zusammen. Einige davon waren Mädchen, die ältesten inzwischen schon Frauen, doch eine Romanze hatte es in Sagars Leben nie gegeben. Seine Freundschaft ließ sich nur mühsam erringen, und sein Vertrauen verschenkte er noch widerwilliger, denn die Geiseln wurden stets beobachtet, und wer wußte schon, wer wirklich Freund oder Feind war? Selbstvertrauen war sein Zauberwort geworden in einer abgeschlossenen Welt, wo die Spannungen hochschlugen und echtes Wissen über die Außenwelt strikt rationiert war. Es war eine sonderbare Zeit des Heranwachsens gewesen.

Inzwischen gab es viel mehr Geiseln als am Anfang – und sie alle hatten erkannt, daß eine Flucht unmöglich war. Die Schutzwälle der Enklave waren stark, und ihre Wachen hatten scharfe Augen und waren tüchtig. Selbst wenn sie durch das engmaschige Netz hätten hindurchschlüpfen können, wären sie in eine ihnen unbekannte Stadt gekommen, in der die Militärs angeblich allmächtig und die Einwohner feindlich waren. Und dann gab es da natürlich noch die allgegenwärtige Bedrohung der Repressionen für ihre Heimatländer. Manche von ihnen nährten ihre Wut und ihre Willenskraft, aber sie mußten dafür leiden, und selbst, wenn sie bereit gewesen wären, selbst im Namen der Freiheit zu sterben, hätten nur wenige ihre Freunde oder Familien zu Hause aufs Spiel gesetzt, so wie auch jene in fernen Ländern ihre geliebten Menschen in Xantium nicht in Gefahr bringen würden.

Das Reich zog seinen Vorteil aus dieser doppelschneidigen Waffe.

Es stimmte, daß einige Geiseln spurlos verschwunden waren, aber es hatte niemals eine überzeugende Erklärung dafür gegeben. Die optimistischeren unter den Gefangenen schlugen vor, man habe sie freigelassen, damit sie nach Hause zurückkehren konnten, weil sie ihren Zweck erfüllt hatten, und obwohl es keinerlei Beweise dafür gab, klammerten sich viele an diese Hoffnung. Doch es gab auch schreckliche Gerüchte – die von den Wächtern nicht zerstreut wurden – über das Schicksal jener, die tollkühn genug gewesen waren, einen Fluchtversuch zu wagen. Es hieß, sie würden ganz allein in der Dunkelheit angekettet, jahrelang, und erhaschten nur einen kurzen Blick auf die Wirklichkeit, wenn schweigende Gefängniswärter ihnen ihr mageres Mahl brachten. Diese Unglücklichen konnten sich nicht bewegen oder auch nur strecken, und man sagte, sie wurden wahnsinnig, lange bevor sie starben und in ihrem eigenen Dreck verfaulten. Eine solche Aussicht reichte aus, auch im kühnsten Herzen Angst zu erzeugen.

Instinktiv bewegte Sagar seine Glieder, als müsse er sich versichern, daß keine Fesseln um Handgelenke oder Knöchel lagen. Er fand ein wenig Erleichterung in dieser kleinen Freiheit, aber noch größeres Entsetzen lastete auf ihm.

Was habe ich getan, daß ich so gestraft werde?

Noch immer fühlte sich sein Kopf schwer an, angefüllt von der Dunkelheit, die ihn zuvor umgeben hatte. Sobald er erwacht war, hatte er zu rufen versucht. Seine Rufe waren in den unbekannten Fluren des Kerkers verhallt, und er hatte keine Antwort bekommen. Danach hatte er sich gezwungen, jede Ecke der Zelle zu erkunden. Alles was er fand, war nackter Stein, ein Strohlager und ein leerer Holzkübel. Sonst nichts.

Er rüstete sich für die Wartezeit und klammerte sich an seine dahinschwindende Geduld und Entschlossenheit.

Sicher würde bald jemand kommen und ihm alles erklären. Sie konnten ihn nicht einfach so liegen lassen. Oder doch?

Das letzte, woran sich Sagar vor seiner Inhaftierung erinnerte, war, daß er lesend in seinem Zimmer gesessen hatte und von einem Geheimdienstoffizier aufgesucht worden war – von dem bleichen mit den dünnen, blassen Händen und den rotgeränderten Augen. Er hatte Sagar befohlen, eine farblose Flüssigkeit zu trinken, aber keine Erklärung abgegeben. Widerwillig, aber wissend, daß die Folgen einer Weigerung weitaus schlimmer sein würden, hatte Sagar gehorcht. Experimente mit Geiseln waren nicht unbekannt, aber falls dieser Trank eines ihrer Wahrheitsseren war, hatte er nichts zu fürchten. Er hatte kein Gift gefürchtet. Kooperative Geiseln wurden nicht grundlos getötet.

Er hatte die Flüssigkeit hinuntergekippt und nur einen schwach bitteren Geschmack wahrgenommen – und dann hatte die Schwärze ihn so plötzlich umfangen, daß er nicht einmal Zeit hatte, Angst zu haben.

Wie lange war er bewußtlos gewesen? Er hatte keine Möglichkeit herauszufinden, ob die Sonne schien oder schon die Nacht hereingebrochen war. Es konnten bereits Tage vergangen sein. Er hatte keinen Hunger, aber das bedeutete wenig. Selbst wenn der Trank seinen Appetit nicht beeinflußt hatte, so hatte es seine Angst sicher getan. In der vergeblichen Hoffnung, irgendeinen Hinweis zu finden, ging Sagar wieder zur Tür, spähte durch den Schlitz und lauschte. Nichts bewegte sich, sogar die Luft stand still.

Da fiel ihm die Nachricht wieder ein, und plötzlich fühlte sich seine Haut kalt und klamm an. Er hatte sie vor drei Tagen erhalten, ein kleines Stück Papier, das zwischen den Falten seines Bettes versteckt gewesen war.

Aber ich habe es verbrannt! protestierte er innerlich. *Können sie aus Asche lesen?*

Doch in seinem Kopf war die Botschaft noch ganz frisch, ganz gleich, wie sehr er versucht hatte, sie zu vergessen, sie aus seinen Gedanken zu verbannen.

Nicht alle Bürger von Xantium möchten die Söhne
der Untertanen in Gefangenschaft haben.
Wenn Ihr mehr wissen wollt,
gebt uns ein Zeichen.
Hinterlaßt einen Tropfen Blut
auf einem Hemdkragen, wenn Ihr das nächste
Mal Eure Kleider
in die Wäscherei schickt. Ob Ihr antwortet oder
nicht,
zerstört diese Nachricht.

Der gefährliche Brief war in der üblichen Handelssprache geschrieben, die man im ganzen Reich sprach. Er war nicht unterschrieben, doch ganz unten war ein Zeichen gewesen, das Sagar zunächst für ein Kreuz gehalten hatte. Später war ihm klar geworden, daß es sich um ein Schwert handelte.

Er hatte die ganze Nacht Qualen ausgestanden, während er um eine Entscheidung rang, aber schließlich hatte er sich entschieden, nicht zu reagieren. An keinem seiner Kleidungsstücke war Blut gewesen, als er sie das nächste Mal rausgab, und er hatte das Papier in die Kerzenflamme gehalten und gesehen, wie es zu dunklem Pulver geschrumpft war. Doch es blieb die Möglichkeit, daß er im betäubten Zustand zugegeben hatte, die Nachricht erhalten zu haben.

Aber das konnten sie ihm doch nicht vorwerfen? dachte er hilflos. *Ich habe nicht geantwortet!*

Er setzte sich wieder auf die Strohmatratze, lehnte sich mit dem Rücken gegen die Wand und grübelte über die mögliche Ungerechtigkeit seines Schicksals nach. Die ganze Zeit beobachtete er die Tür und klammerte sich an die Hoffnung, daß er bald freigelassen würde.

Doch sein erster Besucher erschien durch eine der soliden Mauern der Zelle. Der Geist erschien ohne Vorwarnung und glitt völlig geräuschlos aus dem Stein. Das blasse Leuchten ließ die Zelle ganz unwirklich erscheinen.

Das ist ein nützlicher Trick, dachte Sagar. Er war überrascht, hatte aber keine Angst. Seine Kindheit auf Zalys hatte ihn mit solchen Gespenstern vertraut gemacht. Die Lebenden, das wußte er, hatten von den Toten nichts zu befürchten.

Der Geist sah sich in der Zelle um und richtete seine durchsichtigen Augen schließlich auf Sagar. Sein Mund bewegte sich, aber man hörte keine Wort, und Sagar konnte nicht Lippenlesen. Er machte sich nicht die Mühe zu antworten, denn er wußte, daß keine Laute zwischen ihren beiden Welten wechseln konnten. Statt dessen betrachtete er das Äußere seines Besuchers. Er war merkwürdig – Sagar hatte in Xantium schon Geister gesehen, aber niemals so nahe. Der Mann war in Militäruniform gekleidet, anscheinend von hohem Rang, doch Sagar erkannte den Stil nicht. Sein Gesicht war ein sich ständig bewegender Nebel.

»Bringt nächstes Mal einen Schlüssel mit«, schlug Sagar vor, mehr um den Klang seiner eigenen Stimme zu hören als in der Hoffnung auf eine Antwort.

Die Lippen des Geistes bewegten sich noch einmal unhörbar.

»Ach, geht weg!« Sagar war aufgebracht und wollte einen echten Menschen.

Das geisterhafte Bild verschwand sofort.

Nachdem die Hebammen und Ärzte des Hofes ihre Arbeit vollendet und sich versichert hatten, daß alles in Ordnung war, erlaubten sie dem Kaiser, seinen neuen Erben zu sehen. Während Southan III. voller Ehrfurcht auf den winzigen Jungen in den Armen seiner Frau starrte, lag Ifryn still da, während der Schmerz langsam verebbte und Zufriedenheit sie durchflutete. Es war lange her, seit sie ihrer zweiten Tochter das Leben geschenkt hatte, und sie hatte beinahe die schrecklichen Qualen vergessen und die freudige Erleichterung, nachdem alles vorüber war. Zumindest war Southan Azaris Ankunft in dieser Welt schnell und ohne Komplikationen über die Bühne gegangen – und der Ausdruck auf dem Gesicht seines Vaters war sehr viel wert.

Der Kaiser sah seine Frau voller Zuneigung an, und in seinen Augen spiegelte sich das Wunder. Ifryn lächelte schwach.

»Das hast du gut gemacht«, sagte er.

Die Worte klangen so feierlich und so unangemessen, daß Ifryn laut auflachte. Sofort bereute sie, sich bewegt zu haben, als die Bewegung ihre Schmerzen wieder aufflackern ließ. Southan machte sich sofort Sorgen.

»Geht es dir gut?« fragte er nervös. »Soll ich eine Krankenschwester holen?«

»Nein, es geht mir gut«, antwortete sie leise. »Bring mich nur nicht zum Lachen.«

»Das wollte ich nicht«, sagte er ernst.

»Küß mich lieber«, schlug Ifryn lächelnd vor.

Er beugte sich vorsichtig über das Baby, das einmal Southan IV. werden sollte. Ganz unerwartet sanft für so einen großen Mann streifte er zärtlich ihre Lippen. Die Spitzen seines Schnurrbarts kitzelten, aber das störte Ifryn nicht.

»Ein Junge!« keuchte der Kaiser, als könne er es immer noch nicht glauben.

»Er hat deine Augen«, sagte sie. Vater und Sohn hatten beide tiefblaue Augen.

»Ja. Und mein dunkles Haar.« Seine Stimme klang rührend stolz.

»Was davon noch übrig ist!« bemerkte Ifryn.

Southan schienen für einen Augenblick die Worte zu fehlen.

»Es tut mir leid, daß es so lange gedauert hat«, sagte sie. »Zehn Jahre ist eine lange Zeit, wenn man auf einen Erben wartet.«

»Ich habe nie daran gezweifelt, daß es irgendwann dazu kommen würde!« erwiderte er ungewohnt leidenschaftlich. »Es hat sich gelohnt zu warten. Warum solche Dinge so lange dauern, wissen nur die Götter, nicht die Menschen.«

»An fehlender Übung hat es nicht gelegen, das ist sicher«, sagte sie.

Angesichts ihres schelmischen Lächelns errötete Southan. Er sah so lächerlich aus, daß Ifryn beinahe wieder gelacht hätte, aber ihr fehlte die Kraft, ihn noch weiter zu necken.

»Geh und hol die Mädchen«, wies sie ihn an. »Sie wollen ihn sicher sehen, und ich brauche Schlaf.«

Southan zog sich vom Bett zurück, ohne den Blick von seinem Sohn zu wenden, dann drehte er sich um und schritt zielstrebig zur Tür. Dabei gewann er seine übliche militärische Haltung zurück. Er hatte kaum die Klinke berührt, als die Tür aufsprang und die kaiserlichen Töchter hereingestürmt kamen. Vrila, mit achteinhalb die älteste, war als erste am Bett, ihre langen Haare flatterten und ihre blauen Augen hatte sie weit aufgerissen, aber Delmege, kaum sieben Jahre alt, lief nur zwei Schritte hinter ihr. Sie hatte dunkle Haare wie ihr Vater, aber ihre riesigen Augen waren braun und sanft wie die ihrer Mutter. Beide Mädchen standen einen Moment schweigend da, während Southan zu ihnen kam, und dann plapperten sie so aufgeregt drauflos, daß man kein Wort verstehen konnte.

»Sch«, machte Ifryn. »Ihr wollt Azari doch nicht zum Weinen bringen.«

»Er ist so klein!« flüsterte Vrila anklagend.

»Und dein Bauch war so groß!« fügte Delmege hinzu.

»Er wird schon bald wachsen«, sagte Ifryn und lächelte über die Ungläubigkeit der Mädchen. »Wie ihr.«

»Ich war nie so klein«, entschied Delmege.

»Kann ich ihn halten?« fragte ihre Schwester hoffnungsvoll.

»Nicht jetzt, meine Süße. Sieh mal. Er schläft.«

»Kann er sprechen?« fragte Delmege.

»Noch nicht, Kleine.«

»Natürlich nicht«, fügte Southan hinzu und versuchte, streng zu klingen, doch das mißlang ihm kläglich. »Er ist gerade erst geboren worden.« Der Kaiser lächelte hinter dem Rücken der Mädchen seine Frau an.

Ein Klopfen an der Tür beendete ihr Gespräch. Doneta, Ifryns Mädchen, das sie vor zehn Jahren aus ihrer Heimat begleitet hatte, sah sich vorsichtig um, trat ein und machte einen Knicks.

»Es tut mir leid, Euch zu stören, Eure Majestät«, begann sie. »Aber der Kanzler bittet, daß Ihr ihn zu einer dringenden Konferenz aufsucht.«

Southans Lächeln verschwand.

»Natürlich«, erwiderte er und warf Ifryn einen um Verzeihung heischenden Blick zu. »Kommst du zurecht?«

»Doneta und ich kommen ganz gut zurecht. Aber nimm diese beiden mit, oder ich werde niemals Ruhe finden.«

Southan schob die protestierenden Mädchen hinaus und drehte sich noch einmal um, um seiner Frau ein kurzes, strahlendes Lächeln zuzuwerfen. Doneta nahm ihr den schlafenden Säugling ab, legte ihn in sein Bettchen und zog sich dann zu ihrem Stuhl in der Ecke zurück, wo sie über das Baby und seine Mutter wachen konnte, während beide schliefen.

Die Kaiserin lag ganz still, dankbar für die Ruhe, aber der Schlaf wollte sich nicht einstellen, und bald grübelte sie über die vergangenen zehn Jahre nach, eine Zeit, in der ihr Leben sich völlig verändert hatte.

Als sie ihren zukünftigen Ehemann zum ersten Mal traf, war sie über seine physische Erscheinung erschrocken – er sah in jeder Hinsicht so imposant aus, wie es einem Kaiser gebührte. Damals war er sehr formell und offensichtlich sehr erfreut über die unerwartete Schönheit seiner Braut gewesen, aber dennoch ließ er sie spüren, daß sie wenig mehr war als ein Besitz, ein einzelnes Stück in einem riesigen, komplizierten Spiel von Politik und Macht.

Die Hochzeit war ein angemessen glanzvolles Ereignis, aber sie hatte Ifryn kaltgelassen. Die Zeremonie und die Worte bedeuteten wenig. Die wahre Bedeutung ihrer Vereinigung lag in den sich verändernden Einflüssen und erneuerten Allianzen, die auf die Hochzeit folgten, und die neue Kaiserin war sich dessen bewußt. Nichtsdestoweniger kannte sie auch ihre Pflichten. Sie füllte ihren Teil der Charade bis zur Perfektion aus, wirkte strahlend wie es erwartet wurde und akzeptierte ihre Rolle mit soviel Gleichmut, wie sie nur zustande brachte. Innerhalb eines Jahres war sie schwanger.

Dennoch, schon bevor Vrila geboren wurde, hatte Ifryn begonnen, ihren Mann in einem anderen Licht zu sehen. Die Monate an seiner Seite hatten sie gelehrt, daß auch er nur ein Mann war – wie alle anderen –, und ihr war bald klar geworden, daß seine äußere Erscheinung – die dominierende Körperlichkeit und das dunkle, gute Aussehen – irreführend war. Unter seiner beeindruckenden bunten Schale war er schwach, sowohl an Charakter als auch an Intellekt, und sie hatte herausgefunden, daß er sich leicht ihrem Willen unterordnete, wenn sie es darauf anlegte.

Gleichzeitig hatte in ihrem Herzen eine sonderbare Metamorphose stattgefunden. Was als Pflicht begonnen hatte, wandelte sich ganz allmählich zu echter Zuneigung und schließlich zu Liebe – obwohl oder vielleicht auch weil sie seine Fehler so deutlich sah. Southan war immer zärtlich und darauf bedacht, ihr zu gefallen, und er war ein hingebungsvoller Vater.

Leider konnten andere den Kaiser ebenso leicht manipulieren – und viele hatten weniger anständige Motive als Ifryn. Deswegen ging sie jeglicher Politik und allen Hofintrigen aus dem Weg und beschränkte sich auf ihre Pflichten in Familie und Haushalt. Natürlich machte ihre selbstauferlegte Zurückhaltung sie nicht blind für das, was draußen vor sich ging. Sie war sich schmerzlich bewußt – in den letzten Jahren immer deutlicher –, daß Southan zwar die Galionsfigur des Reiches war, die echte Macht aber woanders lag. Sein eiliger Abgang in eben dieser Stunde bewies es erneut.

Niemand konnte es sich leisten, eine Aufforderung von Kanzler Verkho zu ignorieren. Nicht einmal der Kaiser.

Kapitel fünf

Von hier aus wirkt der Himmel ganz tief. Ich kann die Zeichen lesen. Wolken, Rauch, das Muster, das die Schwingen der Vögel zeichnen. Sie alle erzählen die Geschichte der Zukunft. Ist es meine Pflicht zu wählen?

Vor langer Zeit betrachtete ich die Muster des Schlamms neben dem Flußufer. Sie sagten mir, daß ich hier liegen und in den hellen Himmel schauen würde. Den hellen und tiefen Himmel.

Hellsicht ist keine Gabe. Sie ist ein Fluch.

Kanzler Verkho Yulsare war allein in seinem asketischen Arbeitszimmer, als einer seiner Leutnants die Tür öffnete, um die Ankunft des Kaisers zu verkünden. Southan schritt herein und spürte sogleich das gewohnte Unbehagen dieses Ortes. In Verkhos Zimmer gab es keinerlei Prunk. Es war ein Arbeitszimmer, absolut zweckmäßig, nicht geschmückt, nicht sanft, nicht menschlich. Es war ein Ort, der der stärksten Waffe des Kanzler geweiht war, der Information. In der Mitte des Zimmers stand ein großer Holzschreibtisch, in den Regalen, die zwei Wände ausfüllten, standen Reihe um Reihe Bücher und Kisten, und die Aktenschränke an den anderen Wänden beherbergten noch mehr Geheimnisse.

Um die Form zu wahren, erhob sich Verkho von seinem Stuhl, aber beide Männer waren sich ihres tatsächlichen Status, ihrer relativen Macht bewußt. Der Kanzler verbeugte sich flüchtig. Er war eine imposante Gestalt, einer der wenigen Männer, die genauso groß und breitschultrig waren wie der Kaiser. Sein langes glänzendes Haar und der widerspenstige Bart waren schwarz wie die Nacht, aber seine Augen waren besonders auffällig.

Sie waren grau – aber so hell, daß sie beinahe silbern wirkten. Es hieß, Verkhos Augen leuchteten in der Dunkelheit wie die einer Katze. Selbst jetzt, in dem gedämpften Licht des Arbeitszimmers, funkelten sie, und es fiel Southan schwer, seinem Blick standzuhalten.

»Es tut mir leid, daß ich gezwungen war, ausgerechnet jetzt eine Audienz einzuberufen«, begann Verkho. Er klang kein bißchen entschuldigend. »Ich hoffe, daß es der die Kaiserin und Eurem Sohn gut geht?«

»Alles ist in Ordnung.«

»Hoffen wir, daß es so bleibt.«

»Was meint Ihr damit?« fragte Southan wütend.

»Ich habe soeben die Information erhalten, daß die Verschwörer mit dem Anführer, der sich selbst *Soldat* nennt, wieder aktiv werden«, erwiderte der Kanzler mit ernster Stimme. »Ich fürchte, daß die Geburt eines Erben sie zu gefährlichen Taten verleiten könnte. Vielleicht schmieden sie sogar ein Komplott gegen das Leben Eures Sohnes.«

»Das ist absurd«, platzte der Kaiser heraus. »Was könnte ihnen der Tod eines Babys bringen?«

»Zeit und Unsicherheit. Wenn Ihr wieder ohne einen Erben wärt, so gäbe es Zweifel, ob in den nächsten Jahren noch einer geboren würde. Vergebt mir, daß ich dieses heikle Thema anspreche, aber es ist sieben Jahre her, seit Euer letztes Kind geboren wurde, und falls Ihr wieder so lange warten müßt, ist die Kaiserin vielleicht schon zu alt, um Kinder zu bekommen. Und in dieser Zeit wäre die kaiserliche Nachfolge unsicher. In einem solchen Klima, wenn das Reich sowohl von jenseits der Grenzen als auch innerhalb bedroht wird, könnte alles passieren.«

»Aber die Kaiserin ist bei bester Gesundheit!« wandte Southan ein. »Es gibt keinen Grund, warum sie nicht noch einen Sohn bekommen sollte.«

»Vielleicht nicht«, stimmte Verkho kühl zu, »aber allein die Möglichkeit solcher Schwierigkeiten, die unausweichlichen Gerüchte, könnten ausreichen, Eure Herrschaft zu destabilisieren.«

Das klang für Southan schrecklich plausibel. Er vertraute Verkho nicht völlig, weil er seine Arglist kannte. Er war ein gewiefter Politiker, aber das Reich war tatsächlich in einem prekären Zustand. Finanziell, militärisch und politisch gab es Probleme, die mit jedem Tag schlimmer zu werden schienen. Die xantischen Grenzen wurden von allen Seiten von ständig ehrgeizigeren Nachbarn bedrängt, und in einigen der inneren Provinzen wurde es immer unruhiger. Nach Jahrhunderten der Expansion und solider Stabilität hatten die letzten paar Jahre nur Stagnation und Verfall gebracht. Die Armeen des Reiches hatten in letzter Zeit mehrere kleinere Kriege gegen ihren eigenen Willen ausfechten müssen: nicht zur Eroberung, sondern zur Verteidigung, und es sollten noch mehr folgen. Xantium selbst war stark von den Lieferungen und Steuern der Außenwelt abhängig, mit denen die Stadt am Leben erhalten wurde – eine weitere gefährliche Situation. In einer solchen Atmosphäre konnten sich Bündnisse mit jedem Tag ändern, und nur die Armee und das mit Hilfe der Fernrufer weitgespannte Netz von Verkhos Spionen hielt das Reich zusammen. Da war es kein Wunder, daß die verschiedenen Splittergruppen in Xantium die Unsicherheit der Zeit dafür zu nutzen versuchten, ihre eigenen Ziele zu verfolgen. Aber den kaiserlichen Erben zu bedrohen, seinen eigenen Sohn – das war zuviel!

»Welche Beweise habt Ihr gegen den *Soldaten*?« wollte Southan wissen.

»In letzter Zeit hat es viele heimliche Aktivitäten gegeben«, antwortete Verkho prompt. »Und der Zeitpunkt kann kaum als Zufall betrachtet werden. Meine Agenten sind Zeuge mehrerer Treffen zwischen unzuverlässigen Elementen geworden, jüngerer Mitglieder des Adels.«

»Wer?«

Der Kanzler spulte eine Liste von Namen herunter.

»Das überrascht mich kaum«, konterte Southan. »Junge Männer ziehen die Gesellschaft von Gleichaltrigen vor.«

»Aber die Häufigkeit ihrer Treffen ist ungewöhnlich«, fuhr Verkho unerschüttert fort. »Einige dieser Hitzköpfe sind tatsächlich Freunde. Und doch treffen sich auch jene regelmäßig in den Spielsalons, die angeblich Feinde sind. Einige von ihnen waren sogar dumm genug, in den Sperrgebieten Waffen zu tragen. Irgend etwas braut sich da zusammen – und welchen besseren Schutz könnte es für ihre Aktivitäten geben als die Vorbereitungen zu Eurem zehnten Hochzeitstag – und zur Geburt Eures Kindes.«

Die beiden Männer starrten sich über den Schreibtisch hinweg an, der eine aufgewühlt, der andere kalt wie Eis.

»Gibt es sonst noch etwas?« fragte Southan schließlich.

»Leider ja«, antwortete der andere. »Mehrere fremde Kaufleute haben in letzter Zeit die Stadt ohne offenkundigen Grund besucht. Sie haben nicht einmal versucht, ihre wahren Ziele durch echten Handel zu verschleiern. Ich mag keine Spione in Xantium.«

Nein – nicht, wenn sie nicht zu Euch gehören! dachte Southan, aber er sagte nichts.

»Mehrere Geiseln sind von der Organisation kontaktiert worden, die das Zeichen des Schwertes benutzt«, fuhr Verkho fort. »Sie sind sehr clever vorgegangen.« Dieses Eingeständnis kam ihm nur schwer über die Lippen. »Wir konnten noch keinen von ihnen auf frischer Tat ertappen – aber das werden wir schon bald.« Er hielt inne und brachte seine Wut wieder unter Kontrolle. »Warum sollten die Rebellen in der Enklave Unruhe stiften, wenn nicht etwas Schwerwiegendes im Gange ist? Eine der Geiseln hat sogar versucht zu fliehen.«

»Wer?«

Verkho nahm einige Aufzeichnungen auf seinem Schreibtisch zu Hilfe, aber Southan nahm ganz richtig an, daß das eigentlich nicht nötig war. Das Gedächtnis des Kanzlers war phänomenal.

»Sagar Folegandros, von der Insel Zalys. Es gibt keinen Zweifel, daß der *Soldat* etwas damit zu tun hat.«

»Zalys?« fragte der Kaiser verwirrt. »Welchen Schaden können sie uns zufügen?«

»Allein wenig oder gar keinen.« Der Rest der Antwort blieb unausgesprochen. »Ich habe Schritte unternommen, um die Insel für seine Narretei zu maßregeln.«

»Was hat das alles mit meinem Sohn zu tun?«

»Wie ich schon sagte, der Zeitpunkt ihrer Aktivitäten ist aufschlußreich. Aber wir haben auch das hier.« Verkho nahm ein Stück Papier vom Schreibtisch. »Das ist ein Teil einer Nachricht, die einer der Geiseln zugeschanzt wurde. Der Rest ist verbrannt, wie Ihr seht, aber das hier allein spricht Bände.«

Der Kanzler übergab dem Kaiser das Papier und beobachtete ihn genau. Southan nahm es mit spitzen Fingern entgegen.

»Es ist nur eines von vielen Sendschreiben«, fügte Verkho hinzu, »aber die anderen, einschließlich das an Sagar, waren völlig zerstört.«

Der Kaiser starrte auf den Fetzen Papier in seiner Hand. Es war die rechte Seite eines größeren Stücks Papier, und nur noch ein oder zwei Worte standen am Ende jeder Zeile. Die linke Seite war gezackt und schwarz von der verzehrenden Flamme, die den größten Teil der Nachricht vernichtet hatte. Das meiste, was noch zu lesen war, wirkte ziemlich harmlos: das Wort ›haben‹ in der zweiten Zeile, ›... wollt‹ in der dritten Zeile, ›... Zeichen‹, ›Kleider‹ und ›Nachricht‹ in den letzten drei Zeilen. Doch Southans Augen kehrten immer wieder zu den anderen Fragmenten zurück. Sie waren in der Tat aufschlußreich. In der ersten Zeile stand das Worte ›Söhne‹, wie ein Leuchtfeuer heraus, und die fünfte zeigte das unheimliche Wort ›Blut‹. In der untersten Ecke stand unverkennbar das Zeichen des Schwertes.

Southan wollte zu gerne glauben, daß die Nachricht gefälscht war, einer von Verkhos bizarren Tricks, aber sie kam ihm echt vor. Und er konnte sich beim besten Willen nicht vorstellen, was Verkho mit einer derart ausgeklügelten List bezwecken könnte. Es war wohl am sichersten für ihn, die Nachricht als echt zu betrachten.

»Welche Schritte habt Ihr unternommen?« fragte er leise.

»Wir haben unsere Wachen in der Enklave und in der gesamten Stadt verdoppelt. Ich habe General Kerrell bereits gebeten, die Wachen an den kaiserlichen Gemächern zu verstärken – unauffällig natürlich, – und meine eigenen Männer beobachten die Küchen.«

»Ihr rechnet mit Gift?«

»Es zahlt sich aus, mit allen Möglichkeiten zu rechnen«, antwortete Verkho überheblich. »Ganz gleich wie unwahrscheinlich.«

»Aber das Baby wird von der Mutter gestillt«, wandte Southan ein.

»Es gibt Gifte, die mit der Milch von der Mutter an das Kind weitergegeben werden. Die Kaiserin könnte ebenfalls in Gefahr sein.«

Einige Stunden später, als der Mittsommertag zur Hälfte vorbei war, bekam Verkho eine weitere Besucherin. Sie war nicht herbeizitiert worden – das war nicht nötig gewesen. Er wußte, daß sie von sich aus kommen würde. Es überraschte ihn nur, daß sie so lange gewartet hatte. Verkho hatte sich bereits auf das Treffen gefreut.

Clavia Bhazak war einmal schön gewesen, aber die vielen Jahre des Ränkeschmiedens und des teilweise enttäuschten Ehrgeizes hatten ihren Tribut gefordert. Jetzt waren die Falten der Unzufriedenheit für immer in ihr Gesicht eingegraben, und ihre grünen Augen waren zwar immer noch scharf, doch drehte sich kein Mann mehr nach ihnen um. Ihre einst gertenschlanke Gestalt zeigte erste Zeichen von Überfluß und Ausschweifungen, die unter keinerlei Geschmeide versteckt werden konnten, und selbst die Wolke ihres roten Haares hatte das Feuer ihrer jüngeren Tage verloren. Für eine Frau war sie groß, aber immer noch eine Handbreit kleiner als Verkho, ihr Halbbruder. Die beiden, die so unterschiedlich in Aussehen und Temperament waren, hatten dieselbe Mutter, und vielleicht hatten sie von ihr das Talent zur gesellschaftlichen und politischen Intrige geerbt. Woher sie ihr Können auch hatten, sie waren ein gefährliches Paar. Verkho hätte es niemals zugegeben, aber Clavias Ränke hatten bei seinem eigenen Aufstieg zu Ruhm und Einfluß in Xantium eine große Rolle gespielt.

»Die Schlampe hat also endlich geworfen«, spie Clavia ohne Vorgeplänkel aus. »Könnten wir den Welpen doch ertränken.«

»Wie hübsch du das ausdrückst«, spottete Verkho und lächelte böse.

Clavia starrte ihn boshaft an.

»Provozier mich nicht, *Bruder.*« Aus ihrem Mund klang das Wort wie ein Fluch. »Du weißt, was das bedeutet. Warum konnte sie nicht noch ein Mädchen bekommen?«

»Ein Junge ist besser für unsere Zwecke«, sagte er ruhig.

»Bist du wahnsinnig?« kreischte Clavia. »Jetzt hat Southan einen Erben!«

»Genau.« Verkho nickte und grinste dreckig.

»Ich schwöre, eines Tages bringe ich dich um«, zischte seine Halbschwester frustriert.

»Das ist Verrat, meine Liebe. Vielleicht sollte ich dich einkerkern lassen.« Es machte ihm offensichtlich Spaß, sie aufzustacheln, aber er ließ abrupt davon ab. »Laß es mich erklären. Ich bin überrascht, daß du nicht genügend Verstand hast, es selbst zu merken.«

Clavia wartete ungeduldig und mit finsterem Gesicht, aber sie ergab sich seinem Sarkasmus.

»Bevor dieser Junge da war«, erklärte Verkho, »waren uns die Hände gebunden. Wäre Southan gestorben, hätte sich die Hälfte der Adeligen darum geschlagen, daß ihre Söhne seine Töchter heirateten und hätten den Thron beansprucht. Unsere eigenen Ansprüche wären abgewiesen worden. Bestenfalls wären wir ins Chaos gestürzt worden. Aber jetzt ...« Er lächelte raubtierhaft. »Jetzt ist die Erbfolge klar. Der Junge wird der nächste Kaiser. Sollte Southan, nur mal angenommen, einen *Unfall* haben, während sein Erbe noch ein Kind ist, wer außer seinem Kanzler könnte allen Ernstes die Verantwortung für die Herrschaft beanspruchen? Von da wäre es nur noch ein kleiner Schritt, bis ich selbst als Kaiser anerkannt wäre. Niemand würde uns im Weg stehen. Ifryn zählt nicht, Kerrell hat Loyalität gegenüber dem Kaiser oder seinem Regenten geschworen, ungeachtet seiner persönlichen Gefühle. Wen haben wir da noch? Ich ...« Er zögerte und nickte Clavia dann respektvoll zu. »Wir werden endlich unseren rechtmäßigen Platz beanspruchen.«

Während ihr Bruder sprach, hatte sich Clavias wütender Gesichtsausdruck langsam in ein Lächeln verwandelt, doch jetzt sah sie ihn zweifelnd an.

»Vielleicht unterschätzt du Ifryn«, äußerte sie. »Sie allein ist harmlos, aber ich glaube, für ihre Kinder würde sie kämpfen. Und Kerrell könnte sich auf ihre Seite stellen«, fügte sie angewidert hinzu. »Du weißt, daß die beiden sich so nahestehen wie Zwillinge im Mutterleib.«

»Dein Mißfallen könnte nicht zufällig etwas damit zu tun haben, daß der General deine Avancen zurückgewiesen hat, oder?« fragte Verkho und tat unschuldig.

»Antworte mir!« rief Clavia wütend und wurde rot.

Der Kanzler nickte selbstgefällig. Seine Gedanken waren schon viel weiter.

»Unsere geliebte Kaiserin ist eine perfekte Mutter«, sagte er sarkastisch, »und genau damit werden wir ihren kleinen Kampfgeist auch brechen. Wie wäre es, wenn der

Junge, durch ein Mißgeschick oder ihre Vernachlässigung, sich als Idiot herausstellen würde und nur lallen und sich in seinem eigenen Dreck wälzen könnte? Hätte sie dann auch die Nerven zu kämpfen? Oder Kerrell?«

»Wäre das möglich?« fragte Clavia bewundernd.

»Natürlich. Das läßt sich ganz einfach arrangieren. Ich habe Southan erst heute morgen vor den Gefahren von Gift gewarnt.«

»Du hast *was*?« rief sie aus.

»Soll er doch wachsam sein«, lachte Verkho. »Das wird ihm nichts nützen. Ich werde der letzte sein, den man verdächtigt, habe ich doch den Kaiser vor einer solchen Möglichkeit gewarnt. Und denk nur daran, welche Auswirkungen es auf Southan haben wird, wenn so etwas seiner Aufmerksamkeit entgeht. Auch wenn der angebliche Attentatsversuch auf seinen Sohn fehlschlägt, wird sein Sohn, sein Erbe nicht viel mehr als ein Tier sein. Welchen besseren Grund könnte es für einen Kaiser geben, den Verstand zu verlieren und den eigenen Tod zu beschleunigen?«

»Ich muß dich um Verzeihung bitten, Bruder. Du bist noch hinterhältiger als ich dachte.«

»Danke, meine Liebe«, sagte er und neigte dankend den Kopf. »Möchtest du etwas Wein?«

»Nur, wenn wir aus derselben Flasche trinken.«

Sie lachten gemeinsam in dem Wissen, daß auch diese Vorsichtsmaßnahme wenig nützen würde, falls sie Verkhos Vertrauen verwirken sollte. Er nahm den Wein, goß ein und schob einen der Kelche über den Schreibtisch. Sie nippte anerkennend daran und beobachtete ihn über den Rand des Glases hinweg.

»Ich nehme nicht an, daß du irgend etwas mit der Aufregung in der Geiselenklave zu tun hattest?« fragte sie neugierig.

Verkho streckte die Hände aus.

»Ich kann nichts vor dir verbergen.«

»Einer von ihnen ist entkommen?« Sie ignorierte seinen Tonfall.

»So sieht es aus«, antwortete er glücklich. »Ein Bursche namens Sagar aus Zalys. Er ist einer von denen, die eine Nachricht vom *Soldaten* bekommen haben.«

»Der schon wieder!«

Clavia verzog das Gesicht.

»Ein Gegner, der meiner Fähigkeiten würdig ist«, sagte der Kanzler und klang fast erpicht auf ihn. »Die meisten sind überhaupt keine Herausforderung für mich, aber er ...« Seine Augen funkelten, als er am Wein nippte.

»Er wird immer dreister«, sagte sie.

»Ja, aber alles kann zu unserem Vorteil gewendet werden. Ich habe ein Fragment einer seiner Nachrichten benutzt, um Southan einen Denkanstoß zu geben. Dummkopf, der er ist, wird er das nicht ignorieren. Sieh mal. Hier ist eine Kopie der gesamten Nachricht.« Er wartete, während Clavia die Nachricht las. »Und das hat Southan gesehen.«

Sie warf einen schnellen Blick über das verkohlte Fragment und brach in Lachen aus.

»Da mußtest du verdammt vorsichtig mit der Flamme umgehen«, bemerkte sie bewundernd.

Verkho zuckte die Achseln und nahm ihr Lob lässig entgegen.

»Warum Sagar?« fragte Clavia.

»Er ist im Augenblick nicht wichtig. Wir müssen ihn nur für eine Weile sicher aus dem Weg haben. Aber mit seinem Bruder Bowen könnte das etwas anderes sein«, fügte Verkho begeistert hinzu. »Über ihn habe ich ein paar interessante Berichte gehört.«

»Also hast du für Sagars ›Flucht‹ gesorgt, um eine perfekte Ausrede dafür zu haben, seinen Bruder nach Xantium zu befehligen?«

Verkho nickte und runzelte die Stirn.

»Wenn dieser groteske Stümper Farrag es nicht vermasselt«, sagte er bitter. »Das traue ich ihm glatt zu.«

»Ah, aber du gehst so entzückend mit Leuten um, die versagt haben, Bruder.«

Sie lächelten einander an.

»Gibt es irgendwelche Neuigkeiten aus Zalys?« fragte Clavia anzüglich.

»Nein. Aber sicher bald«, erwiderte der Kanzler. »Das Schiff sollte jetzt jeden Tag hier eintreffen, aber Farrag ist nicht solch ein Narr, daß er nichts gemerkt hätte. Ich kann es mir nicht leisten, daß er zuviel weiß.«

»Und in der Zwischenzeit haben wir hier viel zu tun«, schloß Clavia.

»Ich bemühe mich, beschäftigt zu sein«, lächelte er.

Kapitel sechs

Ich bin gefangen in einem Traum, in dem ich seit siebenunddreißig Jahren den Würfel werfe. Aber wessen Traum ist das?

Ich war schon hier, lange bevor er kam, um die Geschichte neu zu schreiben. Das Feuer ist jetzt überall, aber es war nicht immer so. Früher sahen nur die Götter hinter die Tagwelt. Deshalb ...

Ich bin es müde, mit den Göttern zu würfeln.

Verkho war seit seiner Ankunft in Xantium geschäftig gewesen, doch seine Geschichte begann schon lange vorher. Formal betrachtet war er ein entfernter Cousin von Southan III., aber der illegitime Sohn eines verarmten niederen Adelsmitglieds aus dem nördlichen Teil des xantischen Mutterlandes zählte nur wenig. Er wuchs wild und unwissend auf und verfügte lediglich über Fähigkeiten in grausamen Sportarten. Sein Vater sagte sich von dem ungebildeten Tunichtgut öffentlich los, obwohl Verkho seinen Namen trug. Doch insgeheim bewunderte er wie so viele unbedeutende Adlige das gewalttätige und sture Wesen des jungen Mannes und gab mit Geschichten über seine Heldentaten auf der Jagd an. Doch das alles änderte sich dramatisch, als Verkho sechzehn wurde.

Nach allgemeiner Überzeugung hatte der junge Mann damals eine ›göttliche Eingebung‹. Niemand wußte genau, was geschehen war, aber die Wirkung auf Verkho war ziemlich bemerkenswert. Bis dahin hatte er alle, die schwächer oder weniger glücklich waren als er, erbarmungslos gequält, doch nun lag Wärme in seinem Blick, und seine Hände konnten heilen. Seine Augen, die plötzlich ganz hell geworden waren, hielten andere in ihrem

Bann, und er predigte Hingabe an die Liebe und die Götter. Der unaufrichtige Junge sprach jetzt mit der Stimme eines Mannes das Lob der alten Götterwelt, und das mit einer Beredsamkeit, die jedem Verständnis widerstand. Noch außergewöhnlicher war die Tatsache, daß der ungebildete junge Mann jetzt mehrere Sprachen sowohl schreiben als auch sprechen konnte, und zwar so gut, daß sich kein Gelehrter mit ihm messen konnte. Es hieß sogar, Verkho habe die Gabe des Hellsehens, und dieses Talent habe ihn von zu Hause fortgetrieben. Ganz gleich, was wirklich dahinter steckte, es war offensichtlich, daß die unspektakuläre Welt seiner Geburtsstadt plötzlich zu klein für das neue Wunderkind geworden war.

Die nächsten Jahre seines Lebens lagen hinter geheimnisvollen Nebeln verborgen. Einige sagten, er habe sich in das entlegene Bergkloster einer obskuren Sekte zurückgezogen, deren barbarische Rituale eine durchschlagende Wirkung auf den jungen, erwachenden Verstand gehabt hätten. Andere glaubten, er habe als Eremit gelebt, meditiert und jeden Atemzug den Göttern und ihrem Dienst geweiht. Eine noch weitaus skurrilere Theorie besagte, er habe seine Zeit damit verbracht, mit den Göttern oder ihren Dienern zu feilschen, und Verkho habe seine Seele gegen eine ganze Reihe weltlicher Talente eingetauscht. Doch all diese Ideen waren reine Spekulation. Der einzige Mann, der alles hätte aufklären können, schwieg unerbittlich.

Schließlich tauchte Verkho in der Welt der Lebenden als Wanderer wieder auf. Seine Zeit im Exil hatte sein Äußeres noch umwerfender gemacht. Er sah zwar wild und ungepflegt aus, aber seine dunklen Haare und der dunkle Bart glänzten durch parfümierte Öle, und seine Augen funkelten und nahmen Frauen gefangen und brachten mit ihrem Blick sogar starke Männer ins Wanken. Doch sein Ruf als Starez – ein selbsternannter heiliger Mann – wuchs weiter. Mit seinen heilenden Händen tat er viel Gutes, und er lebte von Spenden – ganz gleich, ob Goldmünzen von einem reichen Kaufmann oder etwas Eintopf eines dankbaren Bauern –, aber er erwarb sich ebensoviel Gunst, indem er Flüche für Feinde verkaufte. Man wußte, daß sowohl seine Heilkräfte als auch seine Flüche sehr zuverlässig waren.

Um Verkhos zwei größten Verdienste rankten sich jedenfalls einige Geschichten, die inzwischen im ganzen Reich wohlbekannt waren und ohne Zweifel durch ständige Wiederholung immer bunter geworden waren. Die erste betraf einen jungen Mann, der sich weigerte, dem Glücksspiel nachzugehen. Im xantischen Reich, wo das Wetten schon fast eine Religion war, wäre das allein schon seltsam genug gewesen, doch der Grund, warum Verkho sich weigerte, war noch unglaublicher. Er wollte nicht spielen, weil – so behauptete er jedenfalls –, er immer gewinnen würde! Der Starez wurde viele Male herausgefordert, doch lehnte er jedesmal ab. Schließlich bedrängte ein betrunkener junger Lord ihn allzu lange und sagte, er würde seine eigene Frau gegen eines von Verkhos Haaren wetten, daß er den heiligen Mann beim Würfelspiel *Das Vermögen des Kaisers* schlagen könne.

Darüber erboste sich Verkho so sehr, daß man ihn von Gewalttätigkeiten zurückhalten mußte. Die Zunge des Starez konnten die Männer des jungen Lords jedoch nicht im Zaum halten, und seine Beleidigungen und giftigen Ausdrücke überzeugten seinen Gastgeber noch mehr davon, daß er Angst habe zu spielen. Ganz allmählich beruhigte sich Verkho und bat nach einigen Augenblicken fast unheimlichen Schweigens, daß die Wette abgeändert würde. Der Verlierer der Wette würde zum Barbier gehen und sich den Kopf kahl scheren lassen. Sein Möchtegerngegner bekam plötzlich das Gefühl, daß es ein Fehler gewesen war, auf der Wette zu bestehen, doch jetzt konnte er nicht mehr zurück. Und schließlich riskierte er nicht mehr seine Braut, sondern nur noch sein Haar. Zwar war er mehr als nur ein wenig stolz auf sein Aussehen, doch das Risiko erschien ihm gering.

Das Vermögen des Kaisers wird mit zweimal sieben Würfeln gespielt, die jeweils sechs Seiten haben. Auf den flachen Oberflächen sind sieben Symbole angebracht, so daß auf jedem Würfel ein Symbol fehlt. Beide Spieler beginnen mit dem Würfeln aller sieben Würfel, aber danach, je nachdem was der Gegner gewürfelt hat, können sie wählen, wie viele Würfel sie bei jeweils sieben Würfen werfen wollen, um ihr Ergebnis zu verbessern. Die sieben Symbole sind nach einer Rangfolge geordnet: eine Krone – als ›Kaiser‹, ein Schädel, ein Mond, Wellenlinien für Wasser, ein Stern, eine Sense und eine Lampe.

Nach sechs Würfen hatte der junge Lord vier Kaiser und drei Sensen, ein hohes Ergebnis. Verkho hatte jedoch vier Monde, und sollte er bei seinem letzten Wurf noch einen fünften bekommen, würde er gewinnen. Nach einiger Überlegung entschied der junge Lord, den Wahrscheinlichkeiten zu trotzen und noch einmal zu versuchen, sein Ergebnis zu verbessern. Er nahm alle drei Sensen, obwohl eine davon nicht einmal in einen Kaiser verwandelt werden konnte, und warf sie erneut. Dem Ergebnis folgte erstauntes Luftholen, ungläubiges Gelächter und Jubel in der Menge der Zuschauer. Er hatte zwei Kaiser und einen Schädel geworfen, so daß er auf sechs Kaiser und das nächsthöhere Symbol gekommen war. Es war das Beste, was er hatte erreichen können. Verkhos Monde waren jetzt nutzlos. Selbst wenn er noch zwei Monde warf, würde er verlieren. Da sieben gleiche Symbole unmöglich waren, gab es nur einen Wurf, um die sechs Kaiser zu schlagen. Das war der ›Kreis‹ – je eines von allen Symbolen –, und die Chancen dagegen waren viel zu groß, als daß man sie je berechnet hätte.

Der feine Gastgeber lehnte sich zurück und lächelte triumphierend.

Verkho, der bis dahin anscheinend gespielt hatte, ohne sich besonders um das Ergebnis zu kümmern, warf einen Blick auf den Tisch und nahm alle sieben Würfel auf. Einige Zuschauer protestierten, die Chancen stünden besser, wenn er einige davon liegen ließe, doch er ignorierte sie.

Langsam öffnete er seine Faust und ließ die Würfel auf den Tisch fallen. Sechs kamen sehr schnell zum Liegen, und jeder Würfel zeigte ein anderes Symbol. Plötzliche Stille senkte sich im Zimmer, als der letzte Würfel zwischen die anderen fiel und dann eine Ewigkeit lang auf einer Ecke balancierte. Jene, die schneller begriffen, hatten schon erkannt, daß nur noch ein Schädel fehlte, um den Kreis zu vervollständigen.

Endlich kam der letzte Würfel zur Ruhe, und alle außer Verkho waren sprachlos.

»Sehr angemessen«, murmelte dieser. »Jetzt wollen wir mal sehen, wie *Euer* Schädel aussieht. Bringt mir die Schere. Ich werde die Haare selbst schneiden.«

Danach wagte es niemand mehr, Verkhos Glück im Spiel auf die Probe zu stellen.

Der zweite wichtige Vorfall, der dem Wanderer zugeschrieben wurde, geschah, als er sich im Hause eines wohlhabenden Kaufmanns aufhielt. Während der wenigen Tage seines Aufenthaltes hatte Verkho nicht nur die Gicht des Mannes geheilt und dafür gesorgt, daß seine Rivalen viel Pech hatten, er hatte sich auch gleich seine Belohnung genommen, indem er sowohl die Tochter als auch die Frau des Kaufmanns verführte. Als der gehörnte Kaufmann von ihrer Schande erfuhr, beschloß er, unerbittlich Rache zu nehmen. Als sich die beiden Männer das nächste Mal trafen, bot er Verkho einen Kelch Wein an. Der Starez nahm einen großen Schluck und runzelte dann die Stirn, während der Kaufmann atemlos wartete. In diesem Augenblick traten Frau und Tochter ein und wurden Zeuginnen der Szene.

»Vielleicht ein wenig sauer«, bemerkte Verkho. »Was meint Ihr?« Er bot den Kelch seinem Gastgeber an, der unwillkürlich zurückzuckte und glaubte, das Gift müsse inzwischen schon wirken.

»Ganz so schlecht ist er nicht«, fuhr Verkho fort, und

seine funkelnden Augen fixierten das schweißnasse Gesicht des Kaufmanns. »Trinkt etwas davon.« Die beiden letzten Worte waren schneidend wie Klingen. Der Kaufmann merkte, daß er sich von diesen unheimlichen Augen nicht lösen konnte, und er spürte, wie sich seine Finger um den Stiel des Kelches schlossen. Er wollte den vergifteten Wein zur Seite schleudern und irgendeine Ausrede gebrauchen, doch seine Hände gehorchten ihm nicht. Langsam hob er den Kelch an die Lippen und nach einem letzten fragenden Blick in diese erbarmungslosen Augen nahm er einen kleinen Schluck.

Plötzlich wand er sich vor Schmerzen und fiel zu Boden. Doch als die Frauen an seine Seite eilten, streckte Verkho die Hand aus, nahm ihm den Kelch ab und rettete seinen blutroten Inhalt. Der Kaufmann starb innerhalb weniger Minuten, während Verkho mit kaltem Blick zusah. Dann schluckte er genüßlich den Rest des tödlichen Getränks hinunter und ging, ohne ein weiteres Wort zu verlieren.

Daraus entwickelte sich die Legende, daß er gegen alle Arten von Gift immun sei, und auch wenn das nicht völlig der Wahrheit entsprach, so hatte er es doch oft genug bewiesen, um die Geschichte zu bestätigen.

Nachdem er mehrere Jahre lang durch das Reich gereist war, nahm Verkhos Ehrgeiz schließlich deutlichere Formen an und brachte ihn an die Tore der Hauptstadt. Seine Ankunft in Xantium wurde von derart sensationellen Ereignissen begleitet, daß man sich noch nach zwölf Jahren lebhaft daran erinnerte.

Irgendwie war das Gerücht entstanden und mit jeder Stunde stärker geworden, daß ein wilder Mann ›mit Sternen in den Augen‹, beim alten Tempel Wunder enthüllen würde. Niemand konnte sagen, wer diese Geschichte in Umlauf gesetzt hatte oder dafür verantwortlich war, aber am späten Nachmittag des bezeichneten Tages hatte sich eine richtige Menschenmenge auf dem Hügel versammelt. Niemand war sich sicher, was geschehen sollte, aber es lag eine Stimmung wie Karneval in der milden Herbstluft, mit allem was eine heitere und erwartungsvolle Menge an Gerüchen und Lärm so mit sich bringt.

Seit Jahrhunderten waren nicht mehr so viele Menschen im alten Tempel gewesen. Nur eine Handvoll Exzentriker huldigte noch den alten Göttern, und der Tempel, einstmals eine stolze und üppig geschmückte Halle mit goldenem Dom, war jetzt nur noch eine Ruine, deren nackte Steinmauern und Säulen sich dem Himmel entgegenstreckten. Nur hier und da, wo die Schnitzereien weniger abgenutzt waren, konnte man noch die Bilder des Pantheon erkennen, doch nur wenige Menschen konnten die alten Götter noch beim Namen nennen, geschweige denn, ihnen ihre Huldigung darbringen.

Später konnte sich niemand mehr erinnern, wie Verkho in ihrer Mitte aufgetaucht war, so daß einige glaubten, er sei wie ein Geist durch die Mauern gekommen. Gerade war noch nichts von dem angekündigten wilden Mann zu sehen gewesen, und im nächsten stand er auf dem Steinaltar inmitten der Menge. Er überragte sie alle, und sein irisierendes schwarzes Gewand strahlte ebenso wie sein dunkles Haar, und seine Augen schienen tatsächlich voller Sterne zu sein.

Die Menge zog sich instinktiv zurück und machte einen weiten Kreis um den Altar frei. Schweigen senkte sich herab, als der heilige Mann sich langsam umdrehte, um sie zu betrachten. Sogar die Kinder, die Hunde, selbst die Luft selbst wurde ganz still. Als Verkho schließlich zu sprechen begann, ertönte seine Stimme sehr laut und schien die Grundfesten der Stadt zu erschüttern.

»Dieser Ort hier vibriert vor Macht!« rief er. »Magie liegt in seiner ganzen Existenz. Warum vernachlässigt ihr ihn?« Niemand antwortete auf seine leidenschaftliche Anklage.

»Ist Euer Gedächtnis so schlecht?« wollte er wissen. »Diese Steine haben nichts vergessen.«

Die Menge kam unbehaglich in Bewegung. Das hatten sie nicht erwartet.

»Die Götter mögen Euch vergeben, aber ich kann das nicht«, donnerte Verkho. »Hat denn keiner von Euch Augen zu sehen?«

Allmählich fragten sich die Zuschauer, warum sie überhaupt hergekommen waren. Das da war nur wieder so ein Wahnsinniger. Aber niemand verließ den Platz.

»Zeigt sie uns!« rief jemand. »Zeigt uns die Magie.«

Andere Stimmen fielen ein.

»Irgendeine Magie – falls es sie noch gibt!« rief ein Skeptiker.

»Aye, zeigt es uns!«

Verkho hob die Arme, bis der Lärm verebbte. Er war jetzt ganz ruhig, entschlossen und geschäftsmäßig.

»Dieser Altar«, sagte er und sah hinunter auf die gekerbte Steintafel, auf der er stand, »hat viel gesehen.«

Plötzlich erschien zu seinen Füßen ein nackter Junge. Er wehrte sich verzweifelt, doch er konnte der funkelnden schwarzen Klinge nicht entgehen, die von unsichtbaren Händen auf ihn gerichtet wurde. Wieder und wieder fuhr sie nieder, bis der Junge still dalag und sein Lebensblut in kleinen Bächen über die Kerben lief und auf den Boden darunter tropfte. Der Vision folgten Schreie und entsetztes Keuchen bei den Zuschauern, aber die meisten sahen fasziniert mit offenem Mund und aufgerissenen Augen zu, bis das Bild so abrupt verschwand, wie es gekommen war.

Aufgeregter Lärm brach aus. Das traf schon eher ihren Erwartungen. Vielleicht würde dieser Verrückte ihnen doch noch eine gute Vorstellung liefern. Sie verlangten bereits begierig mehr. Und Verkho gab ihnen genau das.

»Da!« überschrie er den Lärm und streckte gebieterisch den Finger aus. »Unter dem Bild von Meyu.«

Diejenigen, die in der Nähe des Bildes standen, zerstreuten sich eilig und machten den Boden unter dem Relief des Sonnengottes frei.

»Die Steine erinnern sich an ihren Zorn!« rief Verkho, und während er sprach, sprangen zwei bewaffnete Männer in Rüstungen aus dem Nichts hervor. Schwerter schlugen gegen eingebeulte Schilde, jeder Schlag ein Zeichen der Wut. Immer weiter kämpften die Gegner, ohne auf ihre ehrfürchtigen Zuschauer zu achten, bis der letzte Schlag sein Ziel erreichte. Die Klinge des Kriegers schlug in das Gelenk der Rüstung seines Gegners und drang tief in dessen Achselhöhle ein. Blut spritzte aus der Wunde und aus dem Visier des besiegten Soldaten, als er zu Boden ging.

»Und noch andere Leidenschaften haben sich hier zugetragen!« rief Verkho, ohne der Menge Zeit zu lassen, wieder zu Atem zu kommen.

Als die bewaffneten Männer verschwanden, erschienen die Gestalten eines Mannes und einer Frau, die umschlungen am Altar lehnten. Ihre Gewänder, die sie als Anhänger der Götter auswiesen, waren heraufgezogen und um ihre Taillen geschlungen, während ihre nackten Unterkörper sich einander im Liebestaumel entgegendrängten.

Gelächter stieg aus der Menge auf, und lüsterne Kommentare wurden gebrüllt, aber die Liebenden machten gelassen weiter. Nach einigen Augenblicken wischte Verkho sie hinweg. Der Lärm der Menge wurde stärker, aber er wartete geduldig, bis alle sich wieder beruhigt hatten. Jetzt fraßen sie ihm aus der Hand und erwarteten das nächste Schauspiel der Magie und fragten sich nicht mehr, ob der Aufstieg zum Tempel sich gelohnt hatte.

»Findet Ihr diese Dinge lustig?« fragte er schließlich, und zum ersten Mal lächelte er. »Wie wäre es dann *hiermit?*«

Alle merkten, daß nun doppelt so viele Menschen versammelt waren. Der ganze Platz war voll kniender Betender, die ihre Augen in Buße oder Kontemplation geschlossen hielten. Plötzlich wurde es kalt, und die Atmosphäre des Karnevals war verschwunden.

»Man erinnert sich an ihre Gebete«, sagte Verkho zur Menge. »Auch an Eure würde man sich erinnern, wenn Ihr denn welche sprechen würdet.«

Da fielen viele Menschen auf die Knie, doch nur wenige wußten, wie man betete oder zu wem. Ein paar versuchten es, doch in der stärker werdenden Kälte verstummten sie bald. Die Bilder der Vergangenheit wurden schwächer, nur die Menge blieb zurück – denn auch Verkho war verschwunden, und niemand hatte es bemerkt.

Leise zerstreute sich die Versammlung, und man fühlte sich plötzlich entmutigt und betrogen – aber niemand würde den wilden Mann mit den Sternen in den Augen vergessen. Erst als der Hügel wieder ganz leer dalag, sahen sich einige Menschen um – und sahen, daß der Tempel jetzt von Geistern bevölkert war. Was sie angezogen hatte, konnte niemand verstehen.

Die Neuigkeiten von den Ereignissen beim alten Tempel verbreiteten sich so schnell in Xantium wie Flammen in trockenem Farndickicht, und schon bald wollte jeder den wilden Mann und seine Wunder sehen. Doch nach seinem unauslöschlichen ersten Auftritt entschied sich Verkho dafür, weniger dramatisch weiterzumachen. Er besuchte ein paar private Haushalte und nutzte seine mannigfaltigen Talente, um die Neugierigen in Jünger zu verwandeln, doch sein nächster öffentlicher Auftritt kam erst einige Tage später. Er übernahm einen Stand auf einem der Marktplätze im Südteil der Stadt und hieß die Kranken vortreten, um sie zu heilen.

Zunächst erschienen die Leute nur zögerlich, aber schließlich wurden ein paar Freiwillige von geringfügigen Leiden geheilt, und je größer die Menge wurde, desto ehrgeiziger wurde Verkho. Die meisten seiner Patienten wurden in eine hypnotische Trance versetzt und einfach angewiesen, daß ihre Krankheiten verschwunden seien, sobald sie wieder aufwachten. Doch sein denkwürdigster Erfolg kam auf ganz andere Art zustande. Er kümmerte sich um ein Mädchen, das an Krämpfen litt, als ein Junge mit ausgestreckten Armen über den offenen Platz vor dem Stand gestolpert kam. Die unerwartete Unterbrechung schien Verkho zu verärgern, und er schlug dem Jungen mit der flachen Hand gegen den Kopf. Der Junge, der keinerlei Versuch unternahm, sich zu wehren, taumelte und fiel zu Boden, während die Menge wütend murmelte. Sie wußten, daß er blind war.

»So kann man nicht ...«, kreischte jemand, aber er wurde durch die unzusammenhängenden Rufe des Kindes unterbrochen. Der Junge setzte sich jetzt auf und starrte verwundert um sich.

»Ich kann sehen!« schrie er. »Ich kann sehen!«

Die Zuschauer, deren Stimmung gerade hatte umschlagen wollen, zogen sich ehrfürchtig zurück. Verkho nahm davon keine Notiz und beendete seine Arbeit mit dem Mädchen. Dann zog er sich im Schutz einer wachsenden Zahl von Anhängern zurück und wurde viele Tage lang nicht mehr gesehen.

Zweifellos hätte Verkho so weitermachen und Reichtum und Einfluß anhäufen können, doch inzwischen hatte sein Ehrgeiz zugenommen. Er hatte die Macht gekostet, und sie war ganz nach seinem Sinne. Sein Ziel war nun absolute Herrschaft.

Er nutzte weiterhin seine ungewöhnlichen Fähigkeiten, um Zugang zu den höheren Schichten der Gesellschaft von Xantium zu erlangen, und er wartete, bis sich die richtige Gelegenheit bot, sich zu präsentieren. Diese Gelegenheit kam, als er die Bekanntschaft des Schatzmeisters des Reiches machte, des Mannes, der das riesige bürokratische Netz zur Durchsetzung der Steuergesetze kontrollierte und die finanziellen Fäden des gesamten Reiches in der Hand hielt. Der Name des Ministers war Padin Uldara, und sein einziges Kind Maissa war von einer geheimnisvollen Krankheit befallen, durch die es immer wieder das Bewußtsein verlor. Die Häufigkeit und Dauer dieser Anfälle nahmen zu, und während das Kind bewußtlos war, floß ihr Blut so langsam, daß man ihren Puls kaum spüren konnte. Die Ärzte bekannten, daß sie sprachlos waren, und die Angst wurde immer größer, daß der nächste Anfall ihren Tod bringen konnte.

Als Verkho zum ersten Mal an ihr Bett gerufen wurde, berührte er sie nicht, sondern starrte nur unbewegt in ihr bleiches Gesicht und kniete sich schließlich wie im Gebet nieder.

»Sobald ich das Haus verlasse, wird sie erwachen«, sagte er zu den ungläubigen Eltern des Mädchens. Sie knüpften nur wenig Hoffnung an diese Behauptung. Auch wenn dieser Anfall nicht länger dauerte als sonst, würde Maissa noch mindestens einen halben Tag lang bewußtlos bleiben. Als Padin jedoch den Starez zur Tür gebracht hatte und in ihr Schlafzimmer zurückkehrte, fand er Frau und Tochter weinend einander in den Armen liegend. Maissa war bei vollem Bewußtsein!

Danach, so hatte Verkho prophezeit, würden ihre Anfälle seltener werden, und jedesmal konnte der Heiler sie schnell beenden. Bei vielen seiner späteren Besuche bestand Verkho darauf, mit dem Mädchen allein gelassen zu werden, weil seine Heilung so schneller wirken könne. In der Zeit fand Padin Gefallen an dem heiligen Mann und erkannte, daß dieser viel mehr zu bieten hatte, als sein wildes Äußeres vermuten ließ. Der Starez würdigte eifrig die komplizierte Arbeit des Ministers und hatte sogar einige Vorschläge zur Lösung seiner Probleme. Es wunderte kaum jemanden, daß Verkho schon bald einen Posten im Schatzamt angeboten bekam und mit Padins Hilfe die Bekanntschaft der Machthaber am kaiserlichen Hof machte.

Padin und seine Frau freuten sich so sehr über die Genesung ihrer Tochter, daß sie ihr zunehmend sonderbares Verhalten nicht bemerkten. Sie wurde vergeßlich und manchmal teilnahmslos, und sie ignorierte die verschiedenen Freier, die ihr ihre Aufwartung machten, jetzt, wo sie wieder gesund und in einem Alter war, da man an Heirat dachte.

Als der Minister schließlich bemerkte, daß Verkho nicht so gütig war wie er sich gab, war es zu spät. Maissa erwartete ein Kind, wollte oder konnte aber nicht preisgeben, wer der Vater war. Schließlich durchschaute Padin den Bann, den Verkho um ihn und seine Familie gelegt hatte, und er beschuldigte ihn der Vergewaltigung. Verkho hatte jedoch schon eine Antwort parat. Er wies den Vorwurf zurück und bezichtigte Padin der Verleumdung. Verkho behauptete, der Minister sei in einen massiven Betrug verwickelt, und der Beweis, den er vorlegte, war sehr eindrucksvoll, obwohl Padin bis zuletzt alles abstritt. Als Folge davon wurden Padin und seine Familie unehrenhaft ins Exil geschickt, und Verkho, der in der Hierarchie des Hofes schon viele Bewunderer und Anhänger hatte, wurde befördert. Vier Jahre später hatte er die Position inne, die einst Padin bekleidet hatte.

Während seiner ersten Jahre im Schatzamt kam Clavia nach Xantium. Sie sollte sich von Anfang an als unschätzbare Verbündete in Verkhos Intrigengespinst erweisen, doch ob es ihr klar war oder nicht, er behielt stets die Oberhand in ihrer Beziehung. Als Clavia bereits eine Zeitlang in Xantium war, schmiedete sie allmählich eigene Pläne. Doch ihr Halbbruder hatte noch nicht genügend Einfluß, um sie in die höheren Ränge der Gesellschaft bei Hofe einführen zu können, und so konnten sie nichts gegen die Heirat des Kaisers mit Ifryn unternehmen.

Trotz dieser frühen Niederlage war Verkhos Aufstieg nicht mehr zu bremsen. Er stellte sich als wahres Genie auf dem Gebiet der Finanzen, des Geheimdienstes und der Manipulation heraus. In den nächsten Jahren weitete er sein Netz von Kontakten und Spionen über die Stadt und das Reich aus, und er prahlte damit, daß er in ganz Xantium alles sah und alles hörte. In angemessener Zeit stieg er zum Kanzler auf.

Gleichzeitig machte er sich natürlich viele Feinde, und niemand konnte abstreiten, daß er der meistgehaßte und gefürchtete Mann im Reich war. Zwar waren viele seiner Gegner im Exil oder hatten ein vorzeitiges Ende gefunden, dennoch gab es mehrere Anschläge auf Verkhos Leben. Daß er diesen Verschwörungen voller Geringschätzung entgehen konnte, stärkte nur seinen legendären Status, und die üblen Bestrafungen, die gegen die Verräter erhoben wurden, steigerten die Ehrfurcht vor ihm noch.

Bei einer berüchtigten Gelegenheit hatte Verkho insgeheim Aufruhr und Aufstand in der Stadt gefördert, indem er ungerechte Entscheidungen über Steuern gefällt hatte. Er sorgte dafür, daß er ganz besonders bestimmte Feinde in Wut brachte, deren üblicher Treffpunkt das Stadion der Stadt war. Er ging sogar so weit, den Rebellen einige kleinere Siege zuzugestehen – die sie als Zeichen seiner Schwäche verstanden –, und schließlich schenkte er ihnen einen Sieg, indem er frühere Entscheidungen zurücknahm. Die Feiern der Rebellen konzentrierten sich natürlich auf das Stadion.

Während der Unruhen waren Verkhos Spione in Aktion getreten und hatten sichergestellt, daß die Anführer identifiziert wurden, und hatten ihren Herrn darüber informiert. In der Sicherheit seines Wissens, wartete der Kanzler den rechten Augenblick ab. Als die Rebellen gehörig angetrunken waren, ließ er das Stadion von loyalen Truppen umstellen. Die meisten der lästigen Verschwörer wurden getötet, einige inhaftiert oder ins Exil geschickt, und ein paar wenige wurden auf freien Fuß gesetzt, damit sie über das Schicksal jener berichten konnten, die sich Verkho widersetzten.

Wie er seine Ziele auch erreichte, fest stand, daß Verkho dem Reich neue Stärke und Stabilität brachte. Damit gewann er die Dankbarkeit und Loyalität von Southan III. Selbst Kerrell, der den Kanzler zutiefst verabscheute, konnte seinen Einfluß nicht bestreiten und gab zu, daß sich Verkhos Methoden der Informationsgewinnung bei seinen eigenen militärischen Feldzügen als unschätzbar erwiesen hatten.

Als Southans Erbe geboren wurde, war Verkhos Einfluß unerreicht. Nur ein Ziel blieb ihm noch: der Titel des Kaisers.

Kapitel sieben

Die Liebe ist etwas Sonderbares und verbirgt sich hinter vielen Namen. Zärtlichkeit, Zuneigung, Respekt, Sehnsucht und Beschützerinstinkt. Sie ist all das, und doch keines davon allein. Die Liebe entzieht sich jeder Definition.

Ich werde sie in diesem Leben nicht mehr erfahren. Aber ich habe sie in anderen gesehen.

Abgesehen von kurzen Perioden, in denen sie für ihren Sohn sorgte, hatte Ifryn bis zum frühen Abend geschlafen. Als sie dann richtig wach war, besuchte Kerrell sie.

Mit den Jahren hatte er sich in vielerlei Hinsicht verändert. Er war jetzt General und hatte das Oberkommando über alle Feldoperationen der Armee des Reiches. In den zehn Jahren, seit sie hergekommen waren, hatte er zugenommen und verfügte nun über eine kompakte Statur. Doch er war immer noch stark und athletisch – ein Mann in den besten Jahren –, obwohl er inzwischen von Pflichten in Atem gehalten wurde, die er als junger Mann nicht gehabt hatte.

Und doch war er in vielerlei Hinsicht noch derselbe wie früher. Seine braunen Augen lächelten Ifryn immer noch an, ganz gleich, welche Probleme er hatte. Sein Gesicht war immer noch gebräunt durch ein Leben, das vorwiegend draußen stattfand, und sein langes Haar trug er zurückgebunden. Und getreu seinem Wort war er immer ihr Freund gewesen – auch wenn seine Pflichten ihn einen Großteil seiner Zeit von der Stadt fernhielten. Wenn er fort war, vermißten sie einander, aber stets hatte ein strenges Gefühl für Anstand die Beziehung zwischen der Kaiserin und dem General geregelt. Viele Dinge waren unausgesprochen geblieben.

Taktvoll wie eh und je zog sich Doneta zurück, als Kerrell eintrat.

»Ich bin froh, daß Ihr wach seid, meine Lady«, begrüßte er sie. In all den Jahren, die sie sich kannten, hatte er sie nicht ein einziges Mal bei ihrem Vornamen genannt. »Geht es Euch gut?«

»Es geht«, lächelte sie. »Jetzt, wo ich Euch sehe, geht es schon besser.«

Kerrell spähte in das Kinderbettchen, in dem Southan Azari fest schlief.

»Mein nächster Herr«, bemerkte der General sanft. »Mein Schwert steht Euch zu Diensten, mein Lord«, fügte er formell hinzu.

»Er wird es ein Weilchen noch nicht brauchen«, sagte Ifryn lächelnd.

»Nein.« Kerrell wußte von Verkhos Theorien, da er mit Southan gesprochen hatte, aber er sah keinen Grund, dem Befehl des Kaisers nicht zu gehorchen und Ifryn alles zu erzählen.

Beide glaubten, sie sollten sie nicht unnötig beunruhigen. Aber sie durchschaute ihn.

»Ihr klingt nicht so sicher.«

Kerrell zögerte, doch dann wurde ihm klar, daß allein sein Zögern Bände sprach für die Frau, die schon immer seine Gedanken hatte lesen können.

»Kanzler Verkho befürchtet Unruhen«, bekannte er. »Aber er sieht ja überall Schatten.« Seine Worte klangen selbst für ihn wenig überzeugend. »Er hat mich gebeten, die Wachen im Palast zu verdoppeln.«

»Wegen ihm?« Ifryn sah zum Kinderbettchen.

»Ja«, gab Kerrell zu. »Ihr solltet es eigentlich nicht wissen.«

»Ich werde nichts verraten«, versprach sie. »Gibt es einen Grund, Angst zu haben?«

»Ich glaube nicht, aber es bleibt mir nichts anderes übrig, als ihn ernstzunehmen.«

»Weil Verkho es so verfügt?«

»Ja.« Die Abscheu in der Stimme des Generals war unüberhörbar.

Southan gegenüber war Kerrell unerschütterlich loyal, und obwohl dies eine seiner größten Stärken war, gehörte es auch zu seinen größten Problemen. Er war zu diplomatisch, um der Kaiserin gegenüber etwas zu äußern, doch Ifryn wußte um seine Gefühle, auch wenn er sie gut versteckte. Ihr war klar, daß er Verkho verabscheute und sich große Sorgen über den Einfluß des Kanzlers auf Southan machte, und es gab Zeiten, in denen er es sehr bedauerte, daß die Autorität des Kanzlers seine eigene überstieg. Er fragte sich sogar, ob er wie so viele andere auch ins Exil geschickt worden wäre, wenn er sich gegen Verkhos Übermacht gewehrt hätte, oder ob er nur verschont wurde, weil er so ein guter General und Militärtaktiker war.

»Ihr stellt seine Motive in Frage?« fragte Ifryn, die durch Mißtrauen beunruhigt war.

»Das steht mir nicht zu, meine Lady«, antwortete er formell.

»Er hat dem Reich über alle Maßen geholfen«, wandte sie unsicher ein. Erst in den letzten Jahren war ihr richtig bewußt geworden, wie abhängig Southan von Verkho war.

»Ganz ohne Frage«, gab Kerrell zu.

»Und warum finde ich in meinem Herzen dann keinen Platz für ihn?« fragte sie sich laut.

»Jemanden zu mögen hängt niemals von seinen beruflichen Fähigkeiten ab«, erwiderte er. »Ihr beide seid sehr unterschiedlich.«

»Was heißt, daß ich für das Reich völlig nutzlos bin«, neckte sie ihn und versuchte, ihr Gespräch ein wenig aufzuheitern.

Kerrell erhaschte ein leises Lächeln.

»Aber Ihr seid eine solche Zierde für das Reich, meine Lady«, antwortete er, und in seinen Augen funkelte es.

»Genau wie die Wandteppiche, General!« rief sie aus

und tat, als sei sie wütend. »Bin ich nicht mehr wert als ein paar Stiche?«

»Alle Männer mit ein wenig Verstand kennen Euren wahren Wert.« Er war plötzlich ernst geworden.

»In Wahrheit könnte ich genauso gut aus Stoff sein.« Sie ließ sich in einen Anfall von Trübsinn fallen. »Ich habe mich selbst versteckt, mich nur um meine Kinder gekümmert, um meinen Mann ...« Ihre Stimme verebbte. *Hätte ich wirklich mehr tun können? Was weiß ich von solchen Dingen? Wie hätte ich mit jemandem wie Verkho konkurrieren können?*

»Womit sonst sollte sich eine Kaiserin beschäftigen?«

»Mit Angelegenheiten des Reiches?«

»Das ist Männerarbeit.«

Das hatte Ifryn auch gedacht. Und hatte sich entsprechend verhalten. Aber jetzt ...

»Außerdem«, fuhr der General fort, »kann Stoff so etwas nicht hervorbringen.« Er zeigte auf Southan Azari. »Und *er* ist die wahre Zukunft des Reiches.«

»Jede Närrin kann Kinder bekommen«, erwiderte sie mit einem Anflug von Bitterkeit. »Ich habe die kaiserliche Last neun Monate lang getragen, aber jetzt habe ich meine Arbeit getan. Es ist Zeit, mich wieder an die Wand zu hängen.«

»Redet nicht so!« Jetzt war in Kerrells Stimme echte Wut zu hören. »Ihr ...« Er schluckte hinunter, was er hatte sagen wollen. »Ihr seid die Kaiserin, aber jeder Mann, der behauptet, daß Eure Bedeutung damit endet, wird sich mir gegenüber verantworten müssen.«

»Und gegenüber Southan, will ich doch hoffen«, fügte sie schelmisch hinzu. Sie war gerührt von seinem Ausbruch.

»Natürlich«, stammelte Kerrell. Sein Gesicht wurde ein wenig dunkler, und er wandte sich ab, denn er wußte, er war zu weit gegangen.

Da erwachte Southan Azari und begann zu weinen. Beide waren froh über die Unterbrechung.

»Reicht ihn mir bitte«, bat Ifryn in geschäftsmäßigem Ton.

Kerrell war verblüfft und wollte sich weigern, doch ihr aufmunterndes Lächeln überzeugte ihn, daß er es versuchen sollte. Er nahm das Baby sehr vorsichtig hoch und hielt es von seinem Körper ab. Sein Gesicht spiegelte die Angst, daß er solch ein zartes Wesen verletzen könnte, und er lächelte erleichtert, als der Säugling sicher in Ifryns Armen lag.

»Danke«, sagte sie. Als er das Kind weiter anstarrte, gab sie ihm einen Wink. »Ich glaube, der Anstand gebietet, daß Ihr jetzt geht.«

»Natürlich«, Kerrell wurde noch roter, und beinahe wäre er aus dem Zimmer gerannt.

Doneta trat ein und sah Southan Azari zufrieden an der Brust seiner Mutter nuckeln. Ihr fragender Gesichtsausdruck verschwand.

»Ich habe mich gefragt, warum der General wie ein verwirrtes Kaninchen herausgerannt gekommen ist«, bemerkte sie lächelnd.

»Ich glaube nicht, daß Männer gerne daran erinnert werden, daß sie einmal genauso winzig und abhängig waren«, sagte Ifryn nachdenklich.

»Er ist nicht vor dem Baby geflohen«, stellte das Mädchen fest.

»Still, Doneta. Unser General flieht vor niemandem.«

»Vor keinem *Mann* vielleicht«, erwiderte das Mädchen unbeeindruckt.

Als die Nachricht von Farrag eintraf, saß Verkho bereits seit über einer Stunde in seinem Schreibzimmer bei der Arbeit. Welcher Fernrufer auch immer einen Bericht empfing, alles, was für den Kanzler bestimmt war, wurde sofort an seine persönliche Assistentin weitergeleitet, die unter dem Namen *das Herzstück* bekannt war. Sie war ein einfaches Mädchen, deren Talent groß und Verstand lebendig genug waren, um mit den Anforderungen ihrer Rolle fertigzuwerden. Sie brachte die Nachrichten dann unverzüglich zu Verkho.

Bei Erhalt dieses letzten Berichts errechnete Verkho schnell, daß es auf Zalys gerade früher Morgen war. In Xantium, das weiter östlich lag, war die Sonne schon vor über einer Stunde aufgegangen. Der Kanzler grübelte eine Weile über die Nachricht und den Zeitpunkt nach und fühlte sich plötzlich von Farrags Worten verunsichert. Der Marschall auf Zalys hatte seine Befehle, dennoch mischte er sich ständig ein.

»Antwortet wie folgt«, sagte Verkho zu seiner Assistentin. »Schickt den Folegandros-Jungen sofort zum Festland. Er muß unverletzt bleiben. Seid weiterhin wachsam. Fügt meinen Kode hinzu und sendet es jetzt.«

Das Herzstück nickte. Einen Augenblick später berichtete sie. »Die Nachricht wurde gesendet und empfangen.«

»Gut. Ihr dürft gehen.«

Als sie sich zurückzog, lächelte Verkho beim Gedanken an die möglichen Auswirkungen seiner sofortigen Antwort in sich hinein. Besonders gut gefiehlen ihm die Worte »Seid weiterhin wachsam«. Das würde dem Narren ein wenig zu Denken geben.

Doch das Lächeln des Kanzlers verschwand, bevor er wieder an die Arbeit ging. Ihm war die andere Sendung eingefallen, die er von der Insel erwartete.

Kapitel acht

Manchmal schwimme ich mit den Delphinen. Ihr Pfeifen und Schnalzen bedeutet mir mehr als das meiste, was ich an menschlicher Rede zu hören bekomme. Dennoch habe ich nie dieses Land verlassen, niemals das Meer gesehen.

»Soweit ich es beurteilen kann, ist mit ihren Augen alles in Ordnung«, sagte Foran. »Die Linsen sind klar, sie reagieren auf Licht, und es gibt keinen Hinweis auf Schädelverletzungen.«

Der Arzt saß neben Etha und Fen an Antorkas' Bett. Gayes Eltern hatten auf die Nachricht von ihrer Blindheit erschrocken und bestürzt reagiert, und sogar Etha war in dumpfe Niedergeschlagenheit verfallen. Antorkas erholte sich inzwischen schnell, doch fühlte er sich deswegen nur noch jämmerlicher.

»Warum sie und nicht ich?« murmelte er traurig.

»Es muß irgendeinen Grund dafür geben«, sagte Fen.

»Welche Kräfte Farrag auch benutzt, ihre Auswirkungen entziehen sich meiner Kenntnis«, erwiderte Foran, »aber ich denke, nicht Gayes Körper wurde verletzt, sondern ihr Geist. Sie *will* nichts mehr sehen.«

»Ohne Bowen«, nickte Etha traurig.

»Das ist lächerlich«, krächzte Antorkas. »Natürlich will sie sehen!« Er warf einen anklagenden Blick auf seinen alten Freund, doch Foran wich ihm nicht aus.

»Bewußt ja«, antwortete er. »Aber der Kummer hat so schlimme Auswirkungen auf sie ... es gibt Facetten des Geistes, die wir nicht verstehen.«

»Was können wir tun?« Fen versuchte, die Diskussion so vernünftig wie möglich zu halten.

»Wir tun schon, was wir können«, versicherte ihr der

Arzt. »Habella gibt ihr einen Linderungstrank, doch ich fürchte, die einzige, die sie heilen kann, ist sie selbst.«

Antorkas bemühte sich sehr, seine Wut, die Schuldgefühle und die trübe Hilflosigkeit zurückzuhalten, die in ihm hochkochten.

»Dafür wird er bezahlen«, schwor er. »Eines Tages ...«

»Eines Tages, aber noch nicht jetzt«, warf Fen eilig ein, und dann wiederholte sie die Argumente, warum sie nicht auf Farrags Provokation reagieren, sondern sich lieber Zeit lassen sollten. Ihr Vater hörte ihr zu, wenn auch nur widerwillig, aber die Gedanken ihrer Mutter waren woanders.

»Wir werden auf Gaye aufpassen«, sagte Etha. »Es wird immer jemand da sein, mit dem sie reden kann – wenn sie es will. Sie wird niemals allein sein.«

»Gut«, bemerkte Foran.

»Wir können Bowen nicht ersetzen«, erklärte Etha und warf einen Blick auf ihren Mann und auf Fen. »Aber vielleicht kann unsere Liebe sie davon überzeugen, wieder sehen zu wollen.«

Foran lächelte zufrieden, als er den entschlossenen Ausdruck sah, der wieder in Ethas Augen aufleuchtete.

»Anto ist jetzt bei ihr«, sagte er.

»Und Ia«, fügte Fen hinzu.

»Gaye schlief noch, als ich ging ...«, begann der Arzt, aber er wurde von einem schrecklichen, durchdringenden Schrei unterbrochen, der das Gespräch sofort zum Stillstand brachte. Nach kurzem entsetztem Schweigen wurden allen klar, daß es Gayes Stimme gewesen war, verzerrt durch eine unbekannte Angst, und es entstand ein plötzliches Durcheinander, als alle zu ihr laufen wollten. Sogar Antorkas quälte sich trotz seiner eigenen Schmerzen aus dem Bett.

Die Szene, die sie in Gayes Zimmer erwartete, war herzzerreißend. Ia lag zusammengerollt in einer Ecke, als versuche sie sich zu verstecken, und weinte jämmerlich. Anto saß auf dem Bett und hielt die zitternde Schwester in seinen Armen, die nun aufrecht saß und mit blicklosen Augen über seine Schulter starrte.

»Es ist gut. Es ist gut«, murmelte er. »Du bist in Sicherheit. Es war nur ein Traum.«

Etha eilte an Gayes Seite, Foran dicht auf ihren Fersen, während Fen zu Ia lief, um sie zu trösten. Antorkas erreichte schwer atmend die Tür.

»Was ist geschehen?« fragte Foran.

Gaye antwortete nicht. Ihr Gesicht war aschfahl, und es war ihr nicht anzumerken, ob sie die Frage gehört hatte.

»Sie schlief«, antwortete Anto an ihrer Stelle. »Dann setzte sie sich plötzlich auf und schrie.« Seine Stimme wankte und spiegelte sein eigenes Entsetzen.

»Ich habe es gesehen«, keuchte Gaye und klammerte sich an ihren Bruder.

»Was, meine Süße?« fragte Etha.

»Es hat den ganzen Himmel ausgefüllt!« Gaye klang zu Tode erschrocken. Antorkas hatte ihr Bett erreicht und kniete sich unter Schmerzen nieder. Etha sah die beiden Kranken an, und in ihren Augen lag Sorge.

»Es war nur ein Alptraum, Gaye«, sagte Foran sanft, aber fest. »Du bist in Sicherheit. Wir sind alle hier.«

Gaye reagierte nicht auf seine Worte, doch ihr Griff um Anto wurde fester.

»Es kommt!« weinte sie.

Dann wurde ihr Körper schlaff, und sie fiel in eine tiefe Ohnmacht.

Der Kaufmann mit Namen Ravel Alexi ritt langsam auf Nkosa zu und dachte an seine eigenen Pläne. Hinter ihm folgte ein zweiter Esel und zog stoisch einen schwer beladenen Wagen. Hier, zwischen den Gläsern voller Oliven, Öl, Kräutern und Gewürzen und der Kiste mit kostbarem Amberinkristallen lag der Auslöser von Ravels Freude. Der Zweck dieser lange geplanten Reise war es gewesen, in den Besitz einer sorgfältig verschlossenen, viereckigen Schatulle zu gelangen, die groß genug für einen menschlichen Schädel war.

Vor und hinter den Eseln gingen zehn Soldaten, die er in der Imperialen Garnison angeheuert hatte. Die Anmietung solcher Wachen war für Kaufleute, die in entlegenere Teile von Zalys reisten, üblich, insbesondere, wenn sie mit Amberin handelten.

Selbst so nahe bei der Stadt war die Straße hier nicht mehr als ein Trampelpfad – schmal und voller Schlaglöcher und Geröll. Auf Zalys wurde der größte Teil des Handels traditionell mit Booten abgewickelt, daher waren die Straßen vernachlässigt, doch Ravel hatte sehr gute Gründe dafür, warum er seine Ladung nicht dem Wasser aussetzen wollte.

Die Soldaten hatten keinerlei Interesse für die Ziele oder die Waren des Kaufmanns und sahen die Reise als angenehme Abwechslung von den alltäglichen Pflichten in der Kaserne. Sie hatten zu ihrem Zeitvertreib die Dorfbewohner terrorisiert – nachdem der Kaufmann seine Geschäfte abgeschlossen und ihnen damit sozusagen die Erlaubnis gegeben hatte. Selbst jetzt lachten sie noch darüber, wie sie eine alleinstehende Hütte niedergebrannt hatten, nachdem der Besitzer versucht hatte, sie daran zu hindern, sein Schwein zu stehlen. Der Inselbewohner war geflohen und beobachtete aus der Ferne, wie in den Ruinen seines brennenden Heims sein einziges Tier gebraten wurde.

»Wir hätten ihn ebenfalls rösten sollen!« bemerkte gerade einer der Wachen.

»Aye«, stimmte ein anderer zu. »Diese blatternnarbigen Inselbewohner sind nicht mehr wert als Schweine.«

»Aber es war ja gar nichts an ihm dran«, widersprach der dritte. »Nicht so wie die Sau.« Er schmatzte noch nachträglich mit den Lippen.

»Nur Sehnen und Knochen«, fügte sein Gefährte hinzu und brachte damit die anderen zum Lachen.

Am späten Nachmittag kamen sie an den Felsenbecken vorbei, in denen die Haikämpfe abgehalten wurden, doch jetzt war alles ruhig. Hier lief der Pfad über felsiges Gelände und wurde noch schmaler, doch als sie dieses Stück Weg hinter sich hatten, lag Nkosa nur noch ein paar hundert Schritte entfernt. Sie umrundeten ein kleines Vorgebirge und sahen sich einem älteren Bauern gegenüber, der vor einem mottenzerfressenen Esel und einem altersschwachen Wagen mit hoher Strohladung her ging. Der Weg war zu schmal, um an ihm vorbeizureiten. Ein paar Schritte hinter den Soldaten gab es eine Ausweichmöglichkeit, der Farmer jedoch hatte die steinige Strecke schon fast überquert. Dennoch hatten die Soldaten nicht die Absicht, ihm den Weg freizumachen.

»Aus dem Weg«, befahl der Anführer und wedelte gleichgültig mit dem Arm.

»Aber ... ich bin schon fast vorbei«, bettelte der Bauer.

»Wir machen Abschaum nicht den Weg frei.« Die Soldaten marschierten unnachgiebig weiter. »Beweg dich!«

Der Bauer versuchte, seinen Wagen zu wenden, doch der Esel stemmte sich gegen diesen ungewohnten Richtungswechsel und verdrehte die Deichsel. Der Wagen rutschte zur Seite und kam schlitternd quer zum Weg zum Stehen.

»Schafft ihn aus dem Weg«, befahl der Anführer seinen Männern. Die Soldaten marschierten entschlossen vor und grinsten.

»Nein. Bitte«, bettelte der Inselbewohner.

»Schnallt den Esel ab, wenn Ihr nicht wollt, daß er auch mit hinüberfällt«, sagte einer der Soldaten.

Der Bauer zögerte voller Verzweiflung.

»Beeilt Euch, oder Ihr geht gleich mit!« fuhr der Kommandeur ihn an. »Dieser Mann muß ein Schiff erreichen«, fügte er hinzu und zeigte auf den Kaufmann.

Mit zitternden Händen löste der Bauer die Seile. Die Soldaten hievten den Wagen über die Kante, und er rutschte den felsigen Abhang hinunter. Er wurde immer schneller, schlug schließlich langsam einen Purzelbaum und zerschellte auf den Felsen darunter zu Feuerholz. Das Stroh wurde in alle vier Winde geweht, während der Bauer bestürzt zusah.

»Jetzt tretet zur Seite!«

Der Bauer und sein verängstigtes Tier drückten sich flach gegen den Felsen, als die Gruppe vorbeimarschierte. Kurz danach machte es sich Ravel in einem der öffentlichen Lagerhäuser der Stadt bequem und überwachte das Ausladen seiner Güter. Den Zwischenfall hatte er längst vergessen.

Er hatte schon erfahren, daß die *Schlange* bereits angelegt hatte, und er hatte Ilest, dem zweiten Offizier des Schiffes, eine Nachricht geschickt. Der junge Mann mit dem verkniffenen Gesicht erschien innerhalb einer Stunde. Er trug die Insignien des Geheimdienstoffiziers auf seiner Tunika.

»Ihr habt ihn?« fragte er ohne großes Vorgeplänkel.

»Natürlich«, antwortete Ravel. »Er liegt sicher in meinem Büro. Kommt. Habt Ihr die Bezahlung?«

Ilest nickte, und Ravel ging voran zu einem Raum neben dem Lagerhaus. Es war eine von vielen Kammern, wie sie Kaufleute anmieteten, die regelmäßig auf Zalys Geschäfte machten und einen sicheren und privaten Raum für wertvolle Güter brauchten. Ravel schloß die Tür mit einem Schlüssel von seinem Bund auf, ging hinein und zündete eine Lampe an. Dann schloß er eine metallbeschlagene Truhe auf und entnahm ihr eine offenbar schwere Schatulle. Er stellte sie vorsichtig auf einen Tisch und wählte einen dritten Schlüssel, dann hielt er inne und lächelte seinen Begleiter an.

»Darf ich den Berechtigungsschein sehen?«

Ilest holte das versiegelte Papier aus seiner Tunika und überreichte es wortlos. Ravel brach das Siegel und warf einen Blick auf den Inhalt. Es war ein Schuldschein über eintausend Goldimperial, unterzeichnet von Kanzler Verkho persönlich. Jedes Schatzamt im Reich hätte ein solches Dokument eingelöst, und man würde auch Ravels Kredit garantieren. Dem Kaufmann lief das Wasser im Munde zusammen.

»Und ein kleiner Bonus«, fügte der Seemann hinzu, »für Eure Schnelligkeit.« Er warf einen Beutel auf den Tisch. Ein Klimpern von schweren Münzen war zu hören. »Mein Herr weiß loyale Dienste zu schätzen«, erklärte Ilest. »Es wird Euch an nichts fehlen, wenn Ihr das nächste Mal nach Xantium kommt.«

»Vielen Dank.« Ravel war angenehm überrascht von dieser Geste, doch er hatte nicht die Absicht, nach Xantium zu reisen. Er hatte andere Pläne. Er öffnete die Schatulle.

Drinnen lag eine stumpfe Scheibe von der Größe eines Männerkopfes, sicher eingebettet in sauberes Stroh. Die rauhe Oberfläche der Scheibe sah aus wie Glas, das viele Jahre lang im Meer gelegen hatte, wie Milchglas, dennoch ließ sich die Klarheit darunter erahnen.

»Darf ich?« fragte Ilest.

»Natürlich.«

Der zweite Offizier beugte sich vor und hob die Scheibe an, und es machte seinen starken jungen Armen keine Mühe.

»Seht hier«, zeigte Ravel. »Der ignorante Bauer, der es gefunden hat, hat versucht, es mit einer Axt aufzubrechen.«

Die Oberfläche war tatsächlich leicht aufgeplatzt, und es fehlte ein Stück von der Größe eines Daumennagels. Das Glas darunter war kristallklar. Ilest ging näher ans Licht, legte sein Auge auf das Loch und lächelte. Dort, tief in der Mitte der soliden Scheibe, war eine Rundung von der Größe einer Faust zu sehen, eingebettet in silbernes Metall, welches unleserliche Markierungen enthielt.

»Der Talisman ist unbeschädigt«, verkündete Ilest. »Das habt Ihr gut gemacht.«

Ravel verbeugte sich dankend, und der Seemann legte die Glasscheibe wieder ins Stroh zurück.

»Der Mann, der ihn gefunden hat?«

»Tot«, berichtete der Kaufmann eilig. »Seine Frau auch.«

»Sonst hat ihn niemand gesehen?«

»Niemand.«

»Und die ... Behörden hier ...?«

»Sie haben kein Wort davon erfahren.«

»Dann habt Ihr Euch Eure Belohnung wirklich verdient«, schloß Ilest.

Ohne Vorwarnung schnellte seine Hand vor, und ein winziges spitzes Messer stach in Ravels Hals. Die Augen des Kaufmanns wurden groß, doch er hatte keine Zeit, aufzuschreien. Das tödliche Gift wirkte sofort. Ilest fing ihn auf und ließ ihn sanft und leise zu Boden gleiten, dann schnitt er ihm die Schlüssel ab.

Ruhig schloß er die Schatulle und drehte den Schlüssel um. Er steckte den Beutel Gold ein und faltete den Schuldschein sorgfältig, bevor er ihn wieder in seine Tunika steckte. Dann nahm er die Schatulle an sich und verließ den Raum. Er schloß die Tür hinter sich ab und ging ohne Eile zurück zu seinem Schiff.

Die *Schlange* segelte mit der Abendflut. Die Ladung bestand aus Amberin, einem Käfig voller Kröten, einem Gefangenen namens Bowen Folegandros und – auf keinem Schiffspapier zu finden – nun auch aus einer Schatulle in der Kabine des zweiten Offiziers.

Kapitel neun

Ich spüre, wie die Steine im Tal der Geister erkalten. Erinnerungen versinken immer weiter, und die Geschichten schlafen. Wer bleibt noch übrig, sie wieder ins Leben zurückzurufen, ihren Schmerz zu heilen? Selbst meine eigenen Augen sind blind. Ich sehe nur Himmel.

Über dem Larenischen Meer graute der Morgen, und der Bootsmann der *Schlange* blinzelte am Bug vorbei in die aufgehende Sonne. Doch für mindestens einen der Passagiere an Bord hatte die Zeit ihre Bedeutung verloren. Alles, was Bowen sehen konnte, war immer und immer wieder Gaye, die zu Boden fiel. Er spürte, wie man ihn fortführte und konnte nicht glauben, was geschah, während sie so still dalag.

Die vier Wände seiner kleinen, verschlossenen Kabine waren nicht real für ihn. Das Schwanken des Schiffes, wie es durch die Brandung pflügte, bedeutete ihm nichts. Er konnte nur an Gaye denken. Seine Sehnsucht nach ihr ließ ihn verzweifeln, er spürte sein Verlangen mit dem ganzen Körper und fühlte sich unendlich einsam. Es war einfach nicht möglich, daß sie nicht zusammen waren, nicht nach all dieser Zeit. Er weinte, rief ihren Namen, schrie in sinnloser, unzusammenhängender Wut, schlug mit Fäusten und Stirn gegen das harte und unnachgiebige Holz.

Seine Träume, die schon immer unangenehm gewesen waren, drangen jetzt auch in seine wachen Stunden ein. Es gab kein Entkommen vor den Qualen der Selbstbezichtigung, des Hasses und des bodenlosen Grauens, die sein ganzes Sein erfüllten. Doch das schmerzlichste und das hilfloseste Gefühl war die Liebe. Kein Folterknecht konnte schlimmer sein als die Erinnerung an Gayes Gesicht, ihr Lächeln ...

An jenem schicksalsschweren Mittsommertag war etwas in Bowen übergelaufen, und seine Raserei hatte sogar die hartgesottenen Seeleute der Imperialen Marine aus der Ruhe gebracht. Als er erst einmal in seiner Zelle eingeschlossen war, waren seine einzigen Besucher ein Galeerensklave, der ihm schnell ein Tablett mit Essen hinschob und gleich wieder flüchtete, und ein junger Offizier, der ihn nur kurz anstarrte und dann ohne die Miene zu verziehen wieder verschwand.

In seiner ersten Nacht an Bord hatte Bowen keinen Schlaf gefunden. Seine Verzweiflung war stärker als jede Erschöpfung. Und sobald er die Augen schloß, setzte sich etwas Graues über ihn und erfüllte seine Welt mit einer schrecklichen, unentrinnbaren Wirklichkeit.

»Gaye ist am späten Abend aus ihrer Ohnmacht erwacht und hat dann normal geschlafen«, sagte Fen. »Und in der Nacht ist nichts weiter geschehen.«

Fen und Dsordas gingen Hand in Hand durch die Olivenhaine südlich von Nkosa. Es war ein wunderschöner Morgen, klar und sonnig, und die Sommerhitze war hier durch die kühle Brise, die von den Bergen herunterwehte, weniger drückend. Unter anderen Umständen hätte ihnen beiden die süße Landluft sehr viel Vergnügen bereitet, doch dieser Tag wurde von Gayes Unglück überschattet.

Dennoch fanden sie wie immer Trost in der Gesellschaft des anderen, und als man sie erst einmal zu diesem Spaziergang überredet hatte, waren sie froh, dem Haus für eine Weile entrinnen zu können. Etha hatte sie hinausgescheucht und gesagt, sie sollten ihr nicht im Weg herumstehen.

Beide waren übermüdet vom Schlafentzug, aber trotzdem hatten sie beschlossen spazierenzugehen. Sie brauchten Raum zum Atmen, Alleinsein und Reden. Ohne nachzudenken hatten sie einen Weg gewählt, der sie über Gassen und Brücken an den südlichen Stadtrand brachte. Von dort aus überquerten sie die Dünen und nahmen den Küstenweg auf die Arena zu.

»Hat sie nicht schon genug gelitten?« fragte Dsordas grimmig. »Es sieht aus, als wollte sie jemand absichtlich quälen.«

»Heute morgen hat sie sich an nichts mehr erinnert«, sagte Fen. »Das war immerhin ein Segen.«

»Was hat sie noch mal gesagt?«

»Etwas von erfülltem Himmel. Und dann, kurz bevor sie ohnmächtig wurde, sagte sie ›es kommt‹.«

Dsordas wirkte nachdenklich.

»Ungefähr zur selben Zeit, als sie träumte, war mir schlecht«, murmelte er.

»Was ist los?« fragte Fen eilig. »Das hast du mir nicht erzählt.«

»Nichts. Es geht mir gut«, erwiderte er beruhigend. »Ich habe mich schon viel besser gefühlt, als ich nach Hause kam – und du mußtest dich um andere kümmern. Aber mir war schlecht, und mein Kopf tat so weh, daß ich dachte, er würde zerspringen. Es war, als würde mich ein großes Gewicht niederdrücken.«

»Du glaubst, daß die beiden Dinge zusammenhängen?«

»Ich wüßte nicht wie. Es sei denn, es ist wieder einer von Farrags gemeinen Zaubertricks.« Diese Worte ließ er nur so nebenbei fallen, aber Fen war bei dem Gedanken entsetzt.

»Komm!« protestierte Dsordas eilig. »Niemand ist so mächtig. Ganz besonders nicht dieser ekelhafte Misthaufen.«

Sie gingen schweigend weiter und liefen den Hügel hinauf, der ein beliebter Aussichtspunkt war. Kurz vor dem Gipfel machten die Bäume Platz für Unterholz, Büschen und Blumen.

»Sieh mal!« rief Fen aus und zeigte auf eine fünfblättrige scharlachrote Blüte mit einem langen gelben Staubgefäß. »So etwas habe ich noch nie gesehen.« Sie trat vor und beugte sich hinunter, um daran zu riechen – doch Dsordas ergriff ihren Arm und zerrte sie fort.

»Warum hast du das gemacht?« Sie rieb sich den Arm und war überrascht und ein wenig verletzt. Sonst war er immer sehr sanft zu ihr.

»Sie wird dir weh tun«, sagte er mit ausdrucksloser Stimme.

»Aber es ist doch nur eine Blume!«

»Vertrau mir«, erwiderte er abwehrend. »Es tut mir leid, wenn ich dich erschreckt habe.«

»Du *weißt* doch was!« beklagte sie sich. »Wie deine Mutter früher. Was könnte sie mir anhaben?«

Sie hatte ihn durchschaut, und Dsordas wurde mißmutig.

»Die Pollen sind schlecht für dich«, knurrte er. »Wenn du sie einatmest, wirst du krank.«

»Aber *woher* weißt du das?« beharrte Fen und ließ sich nicht abwimmeln.

»Ich werde es dir beweisen.« Er berührte die Staubgefäße, und seine Fingerspitze wurde ganz gelb.

»Verletzt es dich denn nicht?«

»Nein. Diese Dinge wirken unterschiedlich auf die verschiedenen Menschen«, erwiderte Dsordas. »Gib mir deine Hand.«

Vorsichtig tupfte er ein wenig Staub auf die Rückseite ihrer Hand und blies ihn dann fast augenblicklich weg. Auf Fens heller Haut zeigte sich ein winziger roter Fleck, während seine Hand keinerlei Spuren zeigte.

»Verschiedene Menschen reagieren unterschiedlich auf die Dinge«, fuhr er fort. »So wie Tarin keinen Fisch essen kann, ohne Ausschlag zu bekommen.«

Fen nickte.

Auf einer Insel war es sehr selten, daß jemand keinen Fisch essen konnte.

»Bei dir ist es dasselbe mit diesen hier«, erklärte Dsordas und zeigte auf die Blume.

»Das erklärt immer noch nicht, woher du das weißt.«

»Ich habe die Verantwortung für dich«, lächelte er. »Ich muß mich um dich kümmern.«

»Du beantwortest meine Frage nicht«, stellte sie fest, und ihre grünen Augen funkelten.

Ein paar Augenblicke lang war nur das Summen der Insekten und das leise Rascheln der Blätter im Wind zu hören.

»Manchmal habe ich so ein Gefühl«, gab Dsordas schließlich zu. »Ich kann es nicht erklären.« Er hob die Hände, um ihren Kommentar gleich abzuwehren. »Ich will nicht mehr darüber reden. In Ordnung?«

Fen nickte und war klug genug, ihn nicht weiter zu bedrängen. Sie gab sich mit einer flapsigen Bemerkung zufrieden.

»Gut, daß meine Mutter nicht hier ist. Sie würde dir keine Ruhe lassen!«

Sie gingen den Hügel hinauf und sahen sich um. Im Westen lagen in der Mitte der Insel die Berge, wo sich in riesigen Höhlen die Kolonien der Fledermäuse befanden. Im Norden, hinter der Stadt und hinter weit entfernten, baumbewachsenen Hügeln verborgen, lagen die Strände, wo am meisten Amberin gefunden wurde. Das funkelnde blaue Meer erstreckte sich bis zum östlichen Horizont und war hier und da gesprenkelt mit Fischerbooten.

In der Nähe des Hügels war das Land ein Flickenteppich aus Grün und Gold. Olivenbäume überzogen die terrassenförmigen Hänge, und in den Tälern, wo Wasserläufe den Boden noch fruchtbarer machten, wuchsen viele verschiedene Feldfrüchte, und es gab Weiden für Ziegen und Schafe. Nur die kahle obere Ebene wuchs wild, jeder andere Flecken Erde wurde voll ausgenutzt.

Ein wenig weiter gen Norden lag die Stadt Nkosa mit ihren Gebäuden in Rot, Ocker und Weiß unter ihnen ausgebreitet. Das Netz aus Kanälen hielt sie zusammen und führte schließlich hinaus in die Lagune, die hinter mächtigen Sandbänken lag. Diese natürlichen Barrieren wurden von zwei breiten Portalen durchbrochen, die es der Flut und den Schiffen gestatteten, ein- und auszulaufen.

»Die Flut kommt in vier Tagen«, sagte Dsordas leise.

Sie wußten beide, was er dachte. Man versuchte schon lange unter sehr viel Mühen, die periodische Überflutung der Stadt zu verhindern, doch jedes Jahr wurde es schlimmer. Die vom Fluß aufgebauten Sandbänke, die Nkosa zu einem sicheren Hafen machten, bedeuteten auch eine Bedrohung für die Stadt – sie mußten ständig verstärkt werden, und die Kanäle dahinter verschlammten und veränderten sich. Das machte das Navigieren gefährlich. Wenn das Hochwasser mit einem starken Ostwind zusammentraf, kam es noch schlimmer. Dann stieg das Wasser in der Lagune so stark an, daß Gassen, Erdgeschosse und manchmal sogar der Fournoi-Platz überflutet waren. Die Stadtbewohner errichteten immer ausgeklügeltere Schutzanlagen, aber gegen die Naturgewalten konnten sie nichts ausrichten. Nkosa versank allmählich im Meer.

»Hoffen wir, daß sich der Wind nicht dreht«, sagte Fen.

Dsordas nickte abwesend. Seine Gedanken waren weit weg, als er sich die anscheinend unvermeidbare Katastrophe vorstellte. Die Garnison hatte sich fast alle der gut gesicherten Gebäude zur eigenen Nutzung genommen und überließ es den Inselbewohnern, für sich selbst einzustehen, doch sogar die Soldaten erkannten den Wert von Nkosas Lagerhäusern und Handelsplätzen. Sollte das Schlimmste eintreten, würde Niering seinen Männern befehlen, beim Pumpen und Aufbau der Schutzvorrichtungen zu helfen.

»Vielleicht sollten wir unsere imperialen Herren besser schnell loswerden«, schlug Fen grinsend vor. »Du weißt, was die alte Legende sagt.«

»Daß die einzige Möglichkeit, unsere Insel vor dem

Versinken zu retten, darin besteht, uns von der Tyrannei zu befreien?« fragte er barsch. »Sehr überzeugend. Seit wann kümmert sich das Meer um die Menschen?«

»Es war nur ein Witz«, sagte Fen lahm. Die Heftigkeit ihres Geliebten verblüffte sie.

»Es gibt da noch einen Mythos«, fuhr Dsordas fort, als habe er sie nicht gehört. »Es heißt, daß einer der alten Götter ins Meer verbannt wurde, weil er die anderen Unsterblichen verärgert habe. Vielleicht sollten wir ihn dazu bringen, uns zu helfen, die Insel wieder zurechtzurücken!«

Seine sarkastischen Worte ließen durchblicken, wie gering er solche Gedanken schätzte, und er starrte wütend auf den Hafen, als wolle er ihn allein durch die Kraft seiner Gedanken neu anordnen. Fen wußte, daß manche Menschen die alten Geschichten ernster nahmen als Dsordas, aber sie wußte es besser, als in seiner momentanen Stimmung noch etwas dazu zu sagen.

»Komm«, sagte sie sanft. »Wir gehen ein Stückchen.«

Sie führte ihn über ein paar Hügel auf einem kaum erkennbaren Pfad fort von der Stadt zu einem Platz, der die Arena genannt wurde. Es war ein steinübersätes natürliches Amphitheater, das früher einmal – und gelegentlich immer noch – als wichtiger Treffpunkt für die Inselbewohner diente. Über die Jahrhunderte war es nicht nur Zeuge religiöser Zeremonien, politischer Rhetorik und juristischer Streitigkeiten geworden, sondern hatte auch unzähligen Vorstellungen von Schauspielern, Geschichtenerzählern und Musikanten als Bühne gedient. Es hatte Freude und Trauer gesehen, Heiterkeit und Kummer, Trunkenheit, Wahnsinn und Gewalt. Es hatte Liebe in all ihren Formen genährt, die Folgen des Hasses gesehen und die Kälte der Gleichgültigkeit gespürt. Feuer hatten hier gebrannt, Eis hatte sich gebildet. Die Sonne hatte das Theater in einen glühendheißen Kessel verwandelt, doch auch Wind, Regen, Donner und Hagel hatten diesen Ort gestaltet. Männer waren hier geboren worden, andere waren vor dem ungerührten Stein gestorben. Für viele war dies der Ort, wo die Geschichte der Insel weiterlebte. Wenn Zalys eine Seele hatte, dann lag sie in der Arena.

Dsordas und Fen gelangten an jene Stelle an den Rand des kleinen Tals, wo eine sonderbar geformte Ansammlung grauen Felsens namens *Steinernes Auge* lag. Der Name war nach dem Loch entstanden, das in einem bestimmten Winkel durch den Felsen verlief. Man hatte den Eindruck, daß der Fels auf die Menschen in der Arena hinunterblickt.

Alles, was man durch das Auge des Felsens von unten sehen konnte, war ein Stückchen blauer Himmel, doch am Rand konnte man die äußere Seite des Felsturms erklimmen und den geschwungenen Tunnel hinunterblicken, der die Mitte des Tales einfaßte.

Fen kletterte hinauf und spähte hindurch. Die Innenseiten des Loches waren von Generationen kleiner Kinder glatt gerieben worden, die glaubten, es bringe ihnen Glück, wenn sie von einem Ende zum anderen hindurchkrochen. Fen lächelte, als sie daran dachte, wie sie selbst hindurchgeklettert war, und wie ihr eifrige Hände am unteren Ende geholfen hatten, wieder hinauszukriechen. Jetzt war sie zu groß, um es noch einmal zu versuchen, aber sie verspürte kein Bedauern. Der Ort war für sie nicht mehr derselbe.

In der Arena war alles still und ruhig.

Ein Gefühl der Leere hing über dem Ort, und plötzlich wurde Fen von einer überwältigenden Traurigkeit übermannt.

»Es stirbt«, sagte Dsordas leise und faßte die unfaßbaren Gedanken in Worte.

»Was soll das heißen?« Sie kletterte zu ihm hinunter.

»Das heißt, daß es hoffnungslos ist, auf die alte Art zu schielen, um die Probleme zu lösen. Wir müssen lernen, auf uns selbst zu vertrauen. Wenn es hier jemals Magie gegeben hat, dann ist sie jetzt verschwunden.«

»Aber sie kann nicht einfach verschwinden«, protestierte Fen. »Dieser Ort *wußte* zu viel.«

»Jetzt ist er nur noch Felsen und Erde.«

»Aber er hat zugehört«, beharrte sie. »Das weißt du genau. Und er hatte seine eigene Stimme. Alle haben es gehört, auf die eine oder andere Weise.«

»Oder haben es zumindest geglaubt.«

»Ist das nicht dasselbe?«

Dsordas zuckte mit den Achseln.

»Es spielt keine Rolle mehr«, sagte er. »Der Ort stirbt schon lange.«

Fen wußte, daß er recht hatte, aber sie konnte es nicht so einfach akzeptieren. Farrag und ihre Feinde hatten so etwas wie Zauberei zu ihrer Verfügung, und es schien ihr nur gerecht – sogar notwendig –, daß die Insel über ihre eigene Magie verfügen sollte. Sie hätte nicht erklären können, wie sie diese sonderbare Quelle hätten nutzen sollen, doch verspürte Fen ihren Verlust wie einen stechenden Schmerz.

»Die Geister waren immer hier«, sagte sie traurig.

»Jetzt nicht mehr. Es ist, als mieden sie diesen Ort.«

»Gehen wir zurück.« Fen war plötzlich unerklärlich kalt.

Sie wandten sich von der Arena ab, und ihnen wurde klar, daß auch sie es vermieden hatten, das Amphitheater zu betreten.

Sie machten sich auf den Weg zur Stadt.

»Ich frage mich, warum nur einige Menschen als Geister zurückkehren«, sagte Fen. »Warum nicht alle?«

»Ich habe mich oft dasselbe gefragt«, erwiderte Dsordas lächelnd. »Meine Mutter wäre ein guter Geist gewesen.«

»Vielleicht können sie es sich nicht aussuchen, wo oder wann sie erscheinen wollen«, schlug Fen vor. Sie war froh, daß seine Stimmung sich gebessert hatte.

»Mutter hätte es vermutlich geschafft, dabei zu sein, wenn sie es wollte«, bemerkte er kläglich. »Viel mehr interessiert mich, *warum* sie zurückkommen. Ihr Erscheinen wirkt so sinnlos.«

»Muß alles einen Sinn haben?«

»Alle Arten von Leben, ja«, erwiderte er mit unbewußter Ironie.

»Sogar ich?« fragte Fen spitz.

Dsordas sah sie fragend an.

»Worauf willst du hinaus?«

»Dein Lebenssinn ist leicht zu erkennen, aber *ich* will nur zusehen. Ich bin nur passive Zuschauerin, aber auch ich brauche Selbstvertrauen. Laß mich daran teilhaben.«

»Das tust du bereits.«

»Eigentlich nicht. Ich habe nichts *getan*. Und ich weiß nicht mehr, als das wenige, das du mir sagst.« *Hätte ich wirklich mehr tun können*? fragte sich Fen. *Wie hätte ich hoffen können, gegen diesen Farrag zu konkurrieren?*

»Es ist zu gefährlich. Je weniger du weißt ...«

»Vertraust du mir nicht?« unterbrach sie die vertraute Litanei.

»Jetzt bist du lächerlich. Das ist Männerarbeit.«

»Das dachte ich auch mal. Aber jetzt ...«

»Ich könnte es nicht ertragen, wenn dir etwas zustoßen würde.« Er blieb stur bis zuletzt. »Ich liebe dich zu sehr.«

»Also kannst du als einziger ein Risiko eingehen?« fügte sie ungläubig hinzu. »Meine Liebe für *dich* zählt gar nichts?«

Sie starrte ihn an, und sein letzter Widerstand schmolz dahin.

»In Ordnung«, flüsterte er, zog sie an sich und küßte sie heftig.

»Du versprichst es?« fragte sie atemlos, als sie sich wieder trennten.

»Solange du mir versprichst, vorsichtig zu sein.«

»Ich bin immer vorsichtig«, grinste sie ihn an.

Farrag rauschte an dem nervösen Wachtposten vor der zerstörten Tür zum Raum des Kaufmanns vorbei. Ravel lag noch dort, wo der diensthabende Sicherheitsoffizier des Lagerhauses ihn gefunden hatte.

Farrag beugte sich hinunter, um die kalte Haut des Kaufmanns zu berühren und den winzigen Einstich an seinem Hals zu untersuchen. Er richtete sich wieder auf und blickte den Offizier an. Äußerlich wirkte Farrag ruhig, doch innerlich kochte er vor Zorn. Das hier war ein professioneller Mord gewesen, noch dazu ohne Vorwarnung. Der Marschall mochte keine Geheimnisse auf seiner Insel.

»Was fehlt?« fragte er und warf einen Blick auf die noch offenstehende Truhe.

»Nichts«, erwiderte der Offizier prompt. »Ich bin seine Aufzeichnungen durchgegangen, und seine Lager sind komplett. Sogar der Amberin ist noch da. Aber die Tür war von außen verschlossen.« Der junge Mann klang besorgt. Er hatte tüchtig und gründlich gearbeitet, als er erst einmal den Mut gefaßt hatte, die Tür aufzubrechen, doch jetzt sah er sich nicht nur Farrags möglichem rachsüchtigen Mißfallen gegenüber, sondern auch einem unerklärlichen Rätsel.

»Wer war als letzter mit ihm hier?« fragte Farrag.

»Ein Seemann von der *Schlange,* aus Xantium«, erwiderte der Offizier und war froh, daß er diese Information schon erhalten hatte. »Aber das war gestern abend«, fügte er widerwillig hinzu. »Er war nach allem was man hört ein Offizier, aber niemand hier kennt seinen Namen.«

»Nun, Ravel kannte ihn offensichtlich«, sagte Farrag mehr zu sich selbst. »Wo ist dieser Seemann jetzt?«

»Die *Schlange* ist letzte Nacht abgesegelt«, berichtete der junge Mann und wartete nervös auf den Wutausbruch. Nichts geschah. Statt dessen wurde Farrag sehr still und preßte die Hände zusammen.

»Dafür wird jemand bezahlen«, schwor er leise.

Kapitel zehn

Unruhe liegt über der Welt und Gift im Wind. Die Fledermäuse sind nicht die einzigen, die es spüren. Warum kann ich nichts sehen?

Manche Dinge sind viel zu groß, als daß man sie sehen könnte. Wie tief ist der Himmel? Kennen die Götter ihre eigenen Grenzen? Wo fängt der Wind an, wo endet er?

Das Schicksal reitet auf den Schwingen des Schmerzes. Ich sehe ihre Schatten, aber nicht ihre Substanz.

Seit der Entdeckung von Ravels Leiche hatten Farrags Leute die Soldaten, die die Eskorte des Kaufmanns bildeten, die Beamten des Lagerhauses und die Hafenarbeiter vernommen – und alle anderen, die vielleicht gesehen hatten, wie der Offizier auf die *Schlange* zurückgekehrt war. Doch trotz ihres Eifers erfuhren sie nur wenig. Die einzig wichtige Information war, daß der Kaufmann manchmal allein reiste, wenn er Waren zusammentrug. Es wurde ein Kommando zusammengestellt, um seine Schritte nachzuvollziehen, und man erhielt schließlich die Nachricht von zwei Bauern, ein Paar in einer entlegenen Hütte an der Nordküste, die tot waren – anscheinend vergiftet. Dennoch wußte niemand sicher, ob Ravel dafür verantwortlich war, und auf jeden Fall war es undenkbar, daß solche Leute irgend etwas besessen hatten, was das bestehende Rätsel begründen könnte.

Selbst das Wetter verschwor sich gegen Farrag und seine Nachforschungen. Der Wind blies weiter heftig aus Nordwesten, so daß es unmöglich war, ein elegantes Schiff wie die *Schlange* einzuholen, doch Farrag schwor, falls sie jemals nach Zalys zurückkehrte, würden ihr Kapitän und seine Mannschaft ein paar sachdienliche

Fragen zu beantworten haben. Der Marschall erwog sogar, wegen des Schiffes mit Xantium in Kontakt zu treten, doch er zögerte, sich zu kompromittieren. *Seid weiterhin wachsam*. Verkhos Worte verfolgten ihn immer noch. Hatte er versagt? Oder war es nur ein hinterhältiger Trick des Kanzlers, den er besser ignorieren sollte? Falls eines davon zutraf, mußte er vorsichtig vorgehen.

Schließlich verhängte Farrag ein paar geringere Strafen über jene, von denen er sich hintergangen fühlte, und dann verbannte er die Angelegenheit aus seinem Kopf. In den Nachwehen von Bowens Exil hatte er sich um andere Dinge zu kümmern. Er hatte natürlich von Gayes Blindheit gehört und sich über diesen unerwarteten Bonus gefreut. Um so besser! Wenn das nicht mal eine Reaktion dieser stinkenden Inseltrottel provozierte ...

Doch alles blieb ruhig – zumindest oberflächlich –, so daß sich der Marschall entschloß zu handeln. Das war ein Spiel, das er liebte. Die Zeit für seinen nächsten Schachzug war der Tag der Feierlichkeiten zu Ehren des zehnten Hochzeitstages des kaiserlichen Herrscherpaares.

»Das ist er«, sagte Dsordas leise. »Der in Schwarz, links vom zweiten Becken.«

»Er ist nicht in Uniform«, flüsterte Fen.

»Er ist nicht im Dienst. Und Geheimdienstoffiziere sollen sich bei Gelegenheiten wie diesen nicht unter den Pöbel mischen.«

Dsordas und Fen saßen mitten in einer größeren Gruppe Inselbewohner, die sich auf den Felsen über den Gezeitenbecken versammelt hatten. Sie waren gekommen, um aus der Ferne die Haikämpfe zu beobachten, die von einigen geschäftstüchtigen Soldaten anläßlich der Feierlichkeiten organisiert worden waren. Unter den Inselbewohnern standen, viel näher an den Sportereignissen, aber immer noch in diskretem Abstand zum Wasser, Trauben von Soldaten und Offizieren mit ihren Gästen in Zivil. Die Organisatoren hatten örtliche Fischer dafür bezahlt, daß sie Haie zur Verfügung stellten, denn sie wußten, daß ihre Gewinne aus den nachfolgenden Glücksspielen ihre Auslagen mehr als wiedergutmachen würden. Größere Geldbeträge waren bereits auf verschiedene Dinge gewettet worden: auf junge Taucher – Inselbewohner, die ebenfalls für ihre Vorstellung bezahlt wurden –, und darauf, wer von ihnen als erster Blut lassen würde, darauf, wie lange sie im Wasser bleiben konnten, wer den ersten Hai töten würde, welcher der Männer verletzt oder sogar getötet werden würde – und viele weitere ähnliche Wetten, die sich die verdrehten Hirne der Glücksspieler ausgedacht hatten.

Einer der Wettbewerbe war schon vorbei. Die zerfetzten Überreste eines kleinen Hais wurden gerade von einigen Fischern auf die Felsen gezogen, die den Kadaver als Fleisch für sich beanspruchen würden. Das Wasser des Beckens war hellrot gefleckt, und der Wind trug gelegentlich einen Hauch von stinkendem Fleisch und aufgerissener Haut herüber, doch die meisten Zuschauer waren einstimmig der Meinung, daß es ein enttäuschender Wettbewerb gewesen war. Der Hai hatte den Kampf offenbar sofort aufgegeben, als sein kleiner, scharfer Verstand erkannt hatte, daß er gefangen war. Die Taucher hatten einen relativ leichten Sieg errungen, und keiner von ihnen hatte auch nur einen Kratzer davongetragen.

Viele der Inselbewohner waren ebenso enttäuscht wie die Soldaten, obwohl sie insgeheim stolz auf die Fähigkeiten der Taucher waren. Als seefahrendes Volk fürchteten und haßten sie Haie, und sie sahen nichts Falsches daran, sie auf solche Weise für den Sport zu benutzen. Mann und Messer im Kampf gegen Zähne und Flosse gehörten zu einer alten respektablen Tradition auf Zalys, doch erst, seit die xantische Garnison sich eingemischt hatte, wurde Wetten als unerläßlicher Bestandteil des Spektakels akzeptiert.

»Hat Panos gewonnen?« fragte Fen, die versuchte, den verwirrenden Vorgängen zu folgen.

»Ich bin mir nicht sicher«, erwiderte Dsordas. »Er hat sicher schwer gewettet.«

»Verzweiflung?«

»Hoffen wir es«, antwortete ihr Liebhaber leise.

Normalerweise hätte das Paar eine derartige Veranstaltung gar nicht besucht. Fen machte es traurig, und ihr war bereits ein wenig übel, Dsordas verachtete derart grausame und sinnlose Taten, aber er hatte versprochen, Fen ein Ziel zu liefern, eine aktive Möglichkeit, den *Kindern* zu helfen. Panos zu beobachten war die sicherste Aufgabe, die ihm einfiel.

Ihr Blick wanderte zum zweiten der vier Wasserbecken. Dieser Hai war größer als der erste und schwamm in seinem Gefängnis wütend im Kreis. Er versprach, einen besseren Kampf zu liefern. Dennoch beschloß einer der Organisatoren, ein stämmiger Soldat mit Bart, das ganze noch ein wenig zu beleben. Nach der schändlichen Kapitulation der ersten Kreatur wollte er kein Risiko eingehen. Irgendwo hatte er einen streunenden Hund gefunden, den er jetzt bei den Hinterbeinen packte. Er schleuderte ihn herum und ließ den jaulenden Hund ins Becken fallen. Gejubel, Gelächter und heftiges Wetten auf die Überlebenschance des Mischlings folgten.

Der Hund tauchte spuckend und bellend wieder an der Oberfläche auf und hielt zappelnd aufs Ufer zu. Einen Augenblick lang sah es so aus, als würde er es schaffen, doch da schoß die stumpfe Schnauze des Hais empor, und ein einziger Biß teilte das entsetzte Tier in zwei Hälften. Schon bald war nicht mehr von ihm übrig als ein kleiner roter Fleck auf der wirbelnden Wasseroberfläche. Geld wechselte unter noch mehr Heiterkeit und aufgeregten Spekulationen die Hände. Der Hai hatte jetzt Blut geleckt und war gierig auf mehr.

Einige der Taucher wirkten besorgt, während die Augen der anderen als Reaktion auf die Herausforderung leuchteten. Ganz besonders ein junger Mann hatte den Blick fest auf seinen Gegner geheftet, während Tropfen von Meerwasser an seinem gebräunten, muskulösen Körper hinunterliefen und das Licht der Morgensonne brachen. Es war Helian, bekannt als ›die Klinge‹, ein ungebildeter Bauer aus einem der nördlichen Dörfer, der in manchen Gegenden für seine Künste im Haikampf verehrt wurde. Der junge Mann war ein Favorit der Menge, und das wußte er. Er war einer der drei Männer, die gleich zu Beginn des Kampfes tauchten, und er war es, der als erster Punkte machte, indem er dem Hai mit seinem mit Haken versehenen Messer einen langen, zackig klaffenden Schnitt am Rücken zufügte.

Danach wurde der Kampf – und das Wetten – immer rasender. Zwei Taucher wurden verletzt. Einem wurde glatt die Hand abgebissen, der Schenkel des anderen wurde zur Hälfte zerfetzt, doch beide wurden lebend aus dem Wasser gezogen, und schließlich ergab sich der Hai.

Fen sah schon lange nicht mehr hin, denn ihr war schlecht vom Geheul der Menge und von ihrer Blutrünstigkeit, und sie war froh, daß sie eine Entschuldigung hatte, sich auf etwas anderes zu konzentrieren. Panos war entzückt. Sein Gesicht war rot, und er schrie mit den anderen und plazierte geschäftig Wetten. Geld und Schuldscheine wechselten die Besitzer, obwohl die Transaktionen fast wie nebenher liefen, und die Spieler kaum mehr als einen kurzen Augenblick das aufgewühlte, verschmutzte Wasser aus den Augen ließen.

»Er verliert«, flüsterte Fen.

»Gut«, erwiderte Dsordas. »Kommst du jetzt allein zurecht? Ich muß ein paar Leute treffen.«

»Ja.«

»Du weißt, was du zu tun hast?« beharrte er, und ließ sie offensichtlich nur ungern allein. »Wir wissen bereits, daß er hoch verschuldet ist – aber nicht genau, mit wieviel oder bei wem. Beobachte, wie er sich hier schlägt und folge ihm dann in gewissem Abstand. Was du auch erfährst, ganz gleich, wie unbedeutend es dir scheinen mag, es könnte genau der Aufhänger sein, den wir brauchen.«

»Ja!« wiederholte Fen etwas ungeduldig.

»Malo wartet mit seinem Boot am dritten Anleger der Brücke, falls du ihm über Wasser folgen mußt. Alles klar?«

»Geh endlich! Ich komme schon klar.«

Dsordas konnte einer letzten Anweisung nicht widerstehen.

»Was du auch tust, komm ihm nicht zu nahe«, sagte er leise. »Du kannst jederzeit weggehen. Es ist nicht der richtige Zeitpunkt für Heldentaten – für niemanden.«

Als Antwort zog Fen ihn an sich und küßte ihn.

»Ich werde so vorsichtig sein wie du«, versprach sie flüsternd.

Als Dsordas aufstand, drang aus der Menge ein Keuchen herauf, und er drehte sich um, warf einen Blick auf das dritte Becken und sah gerade noch, wie das Wasser hoch aufspritzte.

»Was war das?«

»Ein Teufelsrochen«, antwortete Fen voller Unglauben. »Sie haben einen Teufelsrochen da drin, keinen Hai!«

»So wie es aussieht, einen sehr großen.«

»Aber sie sind harmlos«, protestierte sie. »Ich bin mit ihnen geschwommen. Warum wollen sie ihn töten?«

»Ich habe gesehen, wie sie kleine Boote zum Kentern bringen«, berichtete Dsordas. »Wenn er noch einmal so springt, könnte er leicht einen Mann mit in die Tiefe ziehen und ertränken.«

Wie zur Demonstration brach der Mantarochen wieder durch die Wasseroberfläche, und seine riesigen, dreieckigen Flügelflossen und die Hörner schienen nach der Luft zu greifen, während sein peitschenähnlicher Schwanz durch die Luft knallte. Der Donner beim Auftreffen auf das Wasser hallte wie ein Protestschrei über die Menge, und Gischt spritzte in alle Richtungen.

Fen wurde plötzlich ganz kalt, doch Dsordas nahm das Leid des Rochen lediglich als weiteren Beweis für die Verderbtheit der Menschen.

»Vielleicht bietet er ihnen eine gute Vorstellung, wenn sie ihn ordentlich antreiben«, bemerkte er angewidert und resigniert. Er kniete sich nieder und fügte leise hinzu: »Konzentrier dich auf deine Aufgabe. Ich verlasse mich auf dich.« Er küßte sie schnell auf die Wange und war verschwunden.

Fen bemühte sich, ihre Aufmerksamkeit wieder auf Panos zu richten, doch immer wieder blickte sie zu dem gefangenen Rochen hinüber. Um sie herum summten die Gespräche. Es war klar, daß sie nicht die einzige war, die die kalte, unnatürliche Feindseligkeit der Kreatur spürte. *Er versucht doch nur zu entkommen,* sagte sie sich, doch konnte sie sich nicht davon überzeugen. Sie erinnerte sich, wie sie einmal als Mädchen mit einem wunderschönen Paar Teufelsrochen geschwommen war. Sie waren sehr neugierig gewesen und überhaupt nicht gefährlich. Sicher, es gab Geschichten, die davon erzählten, wie ein Schlag ihrer Finnen ein Boot zerstören konnte, doch Fen glaubte, daß so etwas durch überschäumende Verspieltheit passierte, nicht aus Böswilligkeit. Es gab wohl keinen Zweifel, daß große Rochen über sagenhafte Kräfte verfügten – einer hatte angeblich volle zwei Wegstunden lang ein Fischerboot mit sich gezogen, nachdem man ihn harpuniert hatte, und andere hatten anscheinend schwere Anker aus dem Meeresboden gezogen –, doch Fen hatte sich nie auch nur im geringsten von ihnen bedroht gefühlt. Im Gegenteil, sie war von ihren wißbegierigen Freunden ganz bezaubert gewesen. Doch jetzt war sie nicht mehr so sicher. *Vielleicht, wenn man sie genügend anstachelt ...*

Die Aufmerksamkeit der gesamten Menge, einschließlich die von Panos, richtete sich jetzt auf das Wasserbecken des Mantas, und die Wetten wurden immer wilder. Wieder einmal trat Helian vor, zuversichtlich und lächelnd, doch dieses Mal tauchte er allein. Sofort wurde die Wasseroberfläche aufgewühlt, so daß man darunter nichts mehr erkennen konnte, doch dann, als der Rochen in die Luft sprang, teilte sich das Wasser explosionsartig. Er riß den Taucher mit sich, der anscheinend mit ausgestreckten Armen an der Unterseite des Tieres hing.

Für die gebannten Zuschauer sah es so aus, als fielen Mann und Rochen in Zeitlupe wieder ins Wasser, und in diesen wenigen Augenblicken sahen alle, daß Helians Gesicht und Brust abgehäutet, sein Torso in Stücke gerissen waren und sein Bauch weit offen klaffte und Blut zwischen dem schäumenden Wasser aufleuchtete. Der Taucher war tot, bevor er noch einmal auf das Wasser traf, und einen Augenblick später stürzte der Rochen auf seinen ausgeweideten Körper.

Einen langen, atemlosen Augenblick lang schwieg die Menge, als der Widerhall des Sturzes verebbte. Dann erklangen Schreie und wütende und erstaunte Rufe – und ein Mann lachte und konnte sein Vergnügen nicht verbergen, als alle anderen ihm ihr Geld gaben. Panos' Pechsträhne war zu Ende.

Fen gaffte ihn dümmlich an und wußte, was sie gesehen hatte, aber sie wollte ihren Augen nicht trauen. Die Zähne eines Teufelsrochens waren winzig und flach, im Oberkiefer hatte er gar keine! Wie konnte das passiert sein?

Jetzt versammelten sich Soldaten um das Wasserbecken, die Speere bereit zum Schuß, und die Taucher zogen sich entsetzt zurück. Von ihrem erhöhten Platz aus sah Fen, wie mehrere Lanzen geworfen wurden, und Jubel brach aus, als eine davon offenbar ihr Ziel traf. Einen Augenblick später kam hektische Bewegung in die Soldaten, als der erfolgreiche Speerwerfer angegriffen wurde. Der Rochen sprang auf die Felsen zu, auf denen der Mann stand, sein Schwanz peitschte vor, und die Spitze schlug dem Mann ins Gesicht. Er fiel schreiend hintenüber, während der Rochen schwer landete und zurück ins Wasser glitt und eine funkelnde Spur aus Blut hinterließ.

Alle zogen sich in sichere Entfernung zurück, und der verletzte Soldat lag sich windend und schreiend da, sein Gesicht in den Händen vergraben. Nach einer letzten Zuckung blieb er still liegen. Das Wort ›Gift‹ lief tonlos durch die Menge.

Nur ein Mann blieb gleichgültig. Panos war viel zu sehr damit beschäftigt, sein Geld einzustecken und sein Glück aufzuaddieren. Er wandte sich ab und ging in Richtung Stadt davon.

Fen war viel zu entsetzt, um sofort zu reagieren, doch schließlich rappelte sie sich auf und kletterte mit zitternden Beinen über die Felsen zurück zum Pfad. So sah sie nicht, daß der Rochen schließlich doch besiegt wurde, aufgespießt von einem Dutzend Lanzen und schließlich von rachsüchtigen Tauchern hingemetzelt.

Nicht zu schnell, ermahnte sie sich. *Komm ihm nicht zu nahe.* Sie hatte gehofft, zusammen mit der Menge gehen und sich in den Menschenmassen verbergen zu können, doch bei der unerwarteten, schrecklichen Wendung der Ereignisse war sie froh, dort wegzukommen, auch wenn es ihre Aufgabe etwas schwieriger machte. Sie wartete, bis Panos ihr ein gutes Stück voraus war und folgte ihm dann mit immer noch zitternden Beinen.

Am Fluß winkte Panos zwei Soldaten in einem Boot herbei. Sie nahmen ihn an Bord und ruderten hinüber in einen der Kanäle. Fen blieb außer Sichtweite, bis sie sicher war, wohin sie fuhren, dann suchte sie Malo. Er war ein starker junger Seemann und kannte die Strömungen besser als die Soldaten, daher hatten sie nicht allzuviel Abstand, als auch sie in den Kanal einfuhren. Es hätte schwierig werden können, Panos unauffällig durch den Irrgarten der Kanäle zu folgen, doch schon bald war klar, wohin er wollte.

»Fournoi-Platz«, murmelte Malo.

»Laß mich am anderen Ende raus«, sagte Fen und

beobachtete, wie ihre Beute ausstieg, die Soldaten entließ und unbeschwert davonging. Malo sprang hinaus, um sein Boot ruhig zu halten.

»Soll ich warten?« fragte er.

»Nein. Danke.« Fen folgte in Gedanken schon Panos.

»Sei vorsichtig«, sagte Malo noch.

Auf dem Fournoi-Platz waren die Menschen mit den Vorbereitungen für die Feierlichkeiten später am Tag beschäftigt. Fen wurde kurz mulmig, als ihr wieder einfiel, was am Nachmittag hier stattfinden würde, aber sie schob ihr Unbehagen beiseite und bahnte sich ihren Weg über die sonnenwarmen Steine.

Panos konnte man leicht verfolgen, nicht nur, weil er offensichtlich in bester Stimmung war, vor sich hin pfiff, andere Mitglieder der Garnison grüßte und auf ein Straßenlokal zuhielt. Er setzte sich an einen freien Tisch und verlangte lauthals nach Wein, und der Kellner, der ihm zu Diensten eilte, wurde mit einer Handvoll lässig auf das Tablett geworfener Münzen belohnt. Der Geheimdienstoffizier trank in großen Schlucken mit offensichtlicher Befriedigung und strahlte alle an, während Fen über den besten Platz zur Beobachtung nachdachte. Schließlich wählte sie ein benachbartes Lokal und bestellte sich einen Tee. Sie nippte vorsichtig an dem duftenden Gebräu und versuchte, ihr wild hämmerndes Herz zu beruhigen.

Du kann jederzeit weggehen. Dsordas' Worte beruhigten sie, aber sie war dadurch um so entschlossener, etwas Nützliches zu erfahren. Dsordas hoffte offenbar, daß die Spielschulden Panos verwundbar machten – und er damit zu einer möglichen Quelle von Informationen für sie würde oder, falls er wirklich verzweifelt war, sogar von Hilfe. Das kam Fen jetzt ziemlich vergeblich vor, doch hatte sie sich fest vorgenommen, bei ihrem ersten Versuch nicht zu versagen, sondern ihren Wert für die Untergrundorganisation zu beweisen.

Schon bald gesellten sich mehrere weitere Offiziere zu

Panos. Ihre Gespräche waren laut und fröhlich und drehten sich hauptsächlich um die sensationellen Ereignisse bei den Felsenbecken und Panos' ebenso erstaunliches Glück. Die Gruppe trank mehrere Flaschen Wein und zog die Aufmerksamkeit vieler Gäste an den umstehenden Tischen auf sich. Fen bemerkte, daß besonders zwei Männer mit harten Gesichtern oft hinübersahen, finster blickten und miteinander tuschelten. Nach einer Weile standen die beiden auf und gingen davon, ohne sich weiter umzusehen, und Fen vergaß sie wieder. Es war ein ständiges Kommen und Gehen, und sie konnte sich kaum an alle erinnern.

Endlich stand Panos auf und verabschiedete sich mit den Worten, daß er nun besser gehe und seine Gläubiger auszahle.

»*Diese* Haie zu reizen, wäre nicht so ratsam«, stimmte ihm einer seiner Gefährten zu.

Panos lachte und machte sich auf den Weg, und in seinen Taschen klimperten laut die Münzen. Fen zwang sich dazu, noch ein paar Augenblicke zu warten, dann stand sie auf, winkte dem Wirt und folgte Panos. Er ging zu einem der Hauptzugänge des Platzes, und es war ein leichtes, ihm unauffällig zwischen den vielen Menschen zu folgen, doch dann bog er schließlich in eine schmale Gasse im engen Herzen der Stadt ab. Hier gab es weniger Fußgänger, und sie mußte vorsichtiger sein. Sie tat so, als ginge sie an dem Zugang zur Gasse vorbei und kam gerade noch rechtzeitig, als er wieder abbog. Sie eilte hinter ihm her, weil sie ihn nicht allzu lange aus den Augen lassen wollte. Doch noch bevor sie die zweite Ecke erreichte, hörte sie Laufschritte, einen Schrei und dann Geräusche eines Kampfes. Er dauerte nur wenige Minuten, und Fen zuckte zusammen, als sie die Schläge und Schmerzensschreie hörte. Sie zögerte und drückte sich tiefer in die Schatten einer Tür. Zwei Männer tauchten auf, und jeder von ihnen trug etwas, das sie nicht erkennen konnte. Dann rannten sie in verschiedene Richtungen davon. Aus der zweiten Gasse war kein Laut zu hören.

Schließlich überwand Fen ihre Unentschlossenheit und kroch vorwärts, denn sie konnte nicht widerstehen, um die Ecke zu spähen. Panos lag zusammengekrümmt an der Mauer auf der anderen Seite, ein paar Schritte von ihr entfernt. Die Fensterläden der Gasse waren alle fest verschlossen. Es war totenstill.

Panos stöhnte.

Er lebt noch.

Behutsam betastete er seine Taschen, dann fluchte er leise, hustete und spuckte. Er versuchte, sich aufzusetzen und an der Wand hochzuschieben, aber mit einem schmerzerfüllten Keuchen fiel er wieder hin. Unfreiwillig machte Fen einen Schritt vor und blieb stehen, als Panos aufblickte und sie zum ersten Mal ansah. Sein Gesicht war verquollen und blutig, ein Auge zugeschwollen und seine Oberlippe gespalten, dennoch konnte er seine Überraschung nicht verbergen.

»Seid Ihr in Ordnung?« fragte Fen leise, doch sie kam nicht näher.

»Sehe ich so aus?« röchelte er unter Schmerzen und hievte sich in eine sitzende Position an die Mauer. »Ihr könnt jetzt aufhören zu glotzen.«

»Ich ...«

»Freunde von Euch, oder?« krächzte er, und seine Stimme troff vor Verachtung.

»Nein!«

»Ihr Inselbewohner seid doch alle gleich.« Panos hustete wieder, tupfte sich die Lippen mit einem schmutzigen Ärmel ab und zuckte zusammen. »Sie haben die Fensterläden ganz schnell geschlossen. Bloß nichts sehen. Und Ihr ... ausgerechnet Ihr habt keinen Grund mir zu helfen.«

Er weiß, wer ich bin. Fen war einer Panik nahe. *Komm ihm nicht zu nahe.* Doch ihre Füße weigerten sich, ihr zu gehorchen.

»Nun helft mir schon!« knurrte er boshaft. »Bringt diesen Mist in Ordnung.« Er zeigte auf sein zerstörtes Gesicht. »Flickt meine Rippen. Oder besser noch: bringt mir mein Geld zurück. Das hier ist nichts im Vergleich dazu, was meine *Freunde* mit mir machen werden, wenn ich sie nicht bezahle.«

Er klang so bemitleidenswert, sah so hilflos und schmerzerfüllt aus, daß Fen einen Augenblick lang nur das Leiden eines menschlichen Wesens sah. Panos hustete wieder, und noch mehr Blut tropfte über sein Kinn.

»Ihr würdet mir einen Gefallen tun, wenn Ihr mir jetzt den Rest geben würdet«, murmelte er und klang unerträglich müde.

»Euer Kommandeur, kann er nicht ...«, begann Fen.

Panos spuckte aus.

»Er würde keinen Finger rühren. Farrag hat verfügt, daß seine Offiziere nicht spielen dürfen, niemals Schulden machen. Das ist nicht natürlich!« Anstelle seiner Gereiztheit trat plötzlich Selbstmitleid, als begriffe er erst jetzt in vollem Umfang, was geschehen war. »Götter, was soll ich nur tun?« keuchte er, und ein feiner roter Schleier breitete sich auf seinem Hemd aus.

In diesem Augenblick hörten beide am anderen Ende der Gasse das Geräusch nahender Soldaten. Panos sah zu Fen hoch, und später war sie nicht sicher, ob sein Blick ein Flehen oder eine Warnung gewesen war, aber er sagte kein Wort mehr.

Fen drehte sich um und rannte los.

Kapitel elf

Die Skala zeigt zwei verschiedene Zeiten: eine für die Sonne, eine für die Steine. Der Schatten der Steine ist voll und tief, doch mit dunklem Feuer gezeichnet. Er bricht in Stücke, seine Stärke verwischt. Wie deutlich sie sehen! Wie mächtig – doch orientierungslos – sie sind. Sie haben die Fallstricke oder das Vergnügen der Welt noch nicht erfahren. Alles wird davon abhängen, was man ihnen beibringt.

Ich höre das Echo ihrer Stimmen und möchte so gerne ihre Fragen beantworten, doch ich kann die Skala nicht kontrollieren.

Die Zeiten ändern sich.

»Du hast was?« Dsordas schrie nicht, aber sein Entsetzen war deutlich zu sehen.

»Ich habe mit ihm geredet«, wiederholte Fen störrisch.

»Du kleine Närrin. Was habe ich dir gesagt?« Er war aufreizend ruhig, beinahe resigniert, und das erfüllte sie mit Groll.

»Ich konnte nicht anders!« schrie sie.

Dsordas ließ das so stehen.

»Wußte er, daß du ihm folgst?«

»Nein.«

»Bist du sicher?«

»Ja!« Fen hielt inne und fügte dann widerwillig hinzu: »Ziemlich sicher.«

»In Ordnung. Vielleicht hat er also gedacht, daß ihr euch zufällig begegnet seid«, fuhr Dsordas unerbittlich fort. »Erzähl mir genau, was er gesagt hat.«

Fen gab das Gespräch so gut sie konnte wieder. Dsordas unterbrach sie nicht, und als Fen am Ende angelangt war, hatte sie ihre Fassung wiedergewonnen.

»Er ist jetzt wirklich in Schwierigkeiten, mehr als je zuvor – und er haßt Farrag«, schloß sie. »Von ihm wird er keine Hilfe bekommen. Ist er dadurch nicht ideal für unsere Zwecke?«

Dsordas nickte abwesend. Er war tief in Gedanken versunken.

»Und das hätten wir nie erfahren, wenn ich nicht mit ihm geredet hätte«, fügte Fen triumphierend hinzu und forderte ihn heraus, ihr zu widersprechen.

Er nickte wieder mit ernstem Gesicht.

»Sag was!« verlangte sie. »Gib zu, daß ich recht habe.« Keine Antwort. »Laß mich nur ein einziges Mal einen Streit mit dir gewinnen«, bettelte sie.

»Ich dachte, du gewinnst immer«, antwortete er abgelenkt.

Seine Gedanken waren ganz woanders.

»Was kann das schon geschadet haben?« beharrte Fen. Es ärgerte sie, daß ihr Geliebter die ganze Zeit an etwas anderes dachte.

»Hast du seine Angreifer erkannt?« ignorierte Dsordas ihre Frage.

»Ich konnte sie nicht richtig sehen.«

»Inselbewohner?«

»Nach ihrer Kleidung zu urteilen, ja.« Langsam dämmerte es Fen. »Warte mal. Ich bin ziemlich sicher, daß ich sie vorher schon mal gesehen habe – sie waren in der Taverne und haben beobachtet, wie Panos sich betrank. Sie verließen vor ihm das Lokal und haben darauf gewartet, daß er ihnen in die Falle ging.«

»Was darauf hindeutet, daß sie wußten, wohin er wollte.«

»Ja, das nehme ich an.«

»Aber du hast sie nicht erkannt?«

»Nein.«

»Würdest du sie wiedererkennen?«

»Ja. Ich glaube.« Fen kam noch ein anderer Gedanke. »Könnten es eure Leute gewesen sein?«

»Wenn ja, dann haben sie auf eigene Faust gehandelt. Das werde ich bald herausfinden.« Er hielt inne. »Vielleicht haben sie auch einfach eine gute Gelegenheit genutzt«, fügte er nachdenklich hinzu. »Panos war leichte Beute, nachdem er herumgeprahlt und zuviel getrunken hatte. Oder vielleicht hatten sie ihre eigenen Gründe dafür, ihn abzupassen und ihre Schulden einzutreiben. Oder vielleicht ...«

»Was?«

»Es wäre auch möglich, daß Farrag das Ganze arrangiert hat.«

»Das ist verrückt.«

»Denk mal darüber nach. Es ist beinahe zu schön. Was, wenn die ganze Vorstellung extra für uns stattgefunden hätte?«

»Aber man hat ihn halb totgeschlagen!«

»Es mußte natürlich echt aussehen«, fuhr Dsordas fort und nickte. »Solche Verletzungen kann man nicht so leicht vortäuschen.«

»Sie waren nicht vorgetäuscht!« rief Fen aus und glaubte, ihren Ohren nicht zu trauen. »Das meinst du doch nicht ernst?«

»Stell dir nur mal vor, Farrag hätte irgendwie Wind davon bekommen, daß wir uns für Panos interessieren«, erklärte er geduldig. »Also arrangiert er einen großen Gewinn für ihn, sorgt dafür, daß sein Mann sich so auffällig wie möglich benimmt – nur für den Fall, daß wir es nicht gemerkt hätten –, dann holt er zwei seiner eigenen Männer in Verkleidung, damit sie Panos ausrauben und zurücklassen, damit er demjenigen, der ihm folgt, seine Geschichte vorheulen kann.«

»Nein. Das ist zu weit hergeholt«, antwortete Fen. Trotzdem klang sie schon weniger überzeugt.

»Nach dem, was Panos dir erzählt hat«, fuhr Dsordas unbeirrt fort, »hat er uns praktisch angebettelt, ihm zu helfen und ihm die Chance zu geben, ein bezahlter Verräter zu werden. Aber er könnte auch der Mann sein, den

Farrag schon immer in unsere Organisation einschleusen wollte.«

»Das glaubst du doch nicht wirklich, oder?« Der Gedanke jagte Fen furchtbare Angst ein.

»Auch wenn diese Möglichkeit nur entfernt besteht, müssen wir sie doch in Betracht ziehen. Farrag ist grausamer und gerissener als wir uns vorstellen können.«

»Aber falls du unrecht hast, verpassen wir eine wunderbare Gelegenheit«, widersprach sie. »Falls Panos *wirklich* in Schwierigkeiten ist, dauert es vielleicht nicht mehr lange, bis man ihn umbringt – und dann nützt er uns gar nichts.«

»Andererseits«, konterte Dsordas, »falls ich recht habe und wir uns an ihn heranmachen, setzen wir uns einer zweifachen Bedrohung aus. Unsere Pläne einem möglichen Informanten zu offenbaren, wäre schon schlimm genug, aber ...«

»Aber was?«

»Er hat dich erkannt«, erwiderte er und zeigte zum ersten Mal seine Gefühle. »Falls dieses angeblich zufällige Zusammentreffen zu einem Kontakt mit den *Kindern* führt, hat Farrag eine weitere Möglichkeit, uns zu treffen ... durch dich. Das kann ich einfach nicht riskieren.«

Seit Mittsommer war die Sonne fünfmal aufgegangen, doch Gayes Zustand war unverändert. Sie war immer noch blind und tief deprimiert. Doch die anderen körperlichen Beschwerden klangen ab, und sie lernte entschlossen, sich in ihrem Heim zurechtzufinden – ein Ort, der jetzt ganz unerwartete Gefahren bereithielt. Ihre Familie, einschließlich Antorkas, der sich inzwischen wieder völlig erholt hatte, verbrachte viel Zeit mit ihr, half ihr, redete ihr gut zu, und sie lernte, sowohl mit ihrem Zorn als auch mit ihrem Kummer zu leben.

Die Tatsache, daß an diesem Tag der zehnte Hochzeitstag des Kaisers war, hätte für den Haushalt der Familie

Amari wenig bedeutet – wenn eines nicht gewesen wäre. Am Tag zuvor war ein Edikt erlassen worden, das alle Eltern von Kindern zwischen drei und fünf aufforderte, ihre Sprößlinge am späten Nachmittag auf dem Fournoi-Platz zu versammeln. Der Zweck der Versammlung war angeblich, den Kindern als Teil der Feierlichkeiten Geschenke des Reiches zu übergeben, doch das Edikt war eindeutig als Befehl formuliert, nicht als Bitte. Alle spürten, daß Farrag hinter dem anonymen Dekret steckte, doch niemand kannte seine Gründe. Die Unsicherheit trug das Ihre zu den allgemeinen bösen Befürchtungen bezüglich des Anlasses bei, doch alle wußten, daß Ungehorsam zu schwerer Bestrafung führen würde. Als die Sonne langsam unterging, war Natali daher in seine besten Kleider gehüllt. Der kleine Junge war der einzige, der keine Bedenken wegen der Zusammenkunft hatte, und er freute sich offenbar, Mittelpunkt der Aufmerksamkeit zu sein. Da seine Familie so sehr mit Gayes Elend beschäftigt war, hatte er sich vernachlässigt gefühlt und war gleichzeitig traurig und wütend zugleich. Jetzt würden sie zur Abwechslung mal alle auf ihn achten!

Der Fournoi-Platz war der reinste Backofen aus Lärm, Farben und Hitze. Die meisten der umstehenden Gebäude waren mit Flaggen in den kaiserlichen Farben Blau und Gold geschmückt. Der Rand des Platzes, ganz besonders die schattigen Plätzchen an der Westseite, waren überfüllt, und die Tavernen machten beste Geschäfte. Einige der kleineren Kinder standen immer noch bei ihren Familien, doch die meisten waren geflüchtet und hatten die von der Sonne durchglühte Mitte des Platzes zu ihrem Refugium gemacht. Nur sie besaßen in der beträchtlichen Hitze die Energie, zu rennen, zu schreien und alle möglichen Spiele zu spielen, während ihre nervösen Eltern zusahen und sich fragten, was wohl als nächstes kam. Bislang war außer von den üblichen Wachen noch nichts von imperialer Präsenz zu sehen, abgesehen von Soldaten, die in einem abgeteilten Bereich in der Nähe des Kanals geschäftig an einem sonderbaren Apparat bastelten. An der Südseite war eine lange Reihe von aufgebockten Tischen aufgestellt worden, doch bislang waren sie leer und unbeaufsichtigt.

Etha und Antorkas saßen nebeneinander an einem kleinen Tisch vor einer Taverne. Es war das erste Mal, daß sie nach den traumatischen Ereignissen von Mittsommer wieder auf dem Fournoi-Platz waren – es war sogar das erste Mal, daß Antorkas das Haus verließ –, und beide litten darunter. Sie ließen Natali kaum aus den Augen, der hin und her rannte und fröhlich mit seinen Freunden spielte. Fen saß bei ihren Eltern, doch sie war immer noch mit ihren Erfahrungen vom Vortag beschäftigt, und sie sah sich ständig um, als erwarte sie, Panos' zerschlagenes Gesicht in der Menge zu sehen. Die anderen Kinder der Amaris waren zu Hause bei Gaye, und so war es Dsordas' Aufgabe, die vielen Leute zu begrüßen, die ihnen ihr Beileid oder gute Wünsche aussprachen. Er allein bekam alles mit, was um sie herum vor sich ging, und er hatte seine eigene Besorgnis unter äußerlicher Gelassenheit versteckt. Die Inselbewohner wußten alle instinktiv, daß Antorkas und Etha nicht unnötig die Aufmerksamkeit auf sich ziehen wollten, doch für viele war es eine Frage der Ehre, ein paar Worte zu ihnen zu sagen. Dsordas' diskrete Hilfe machte es für alle Betroffenen leichter.

Niering, der sehr selten öffentlich auftrat, gab den offiziellen Anfang der Feierlichkeiten bekannt. Er sprach von einem Balkon des Hauptquartiers der imperialen Garnison am südlichen Ende des Platzes zur Menge. Als die Kinder sich beruhigt hatten, hielt er eine kurze und langweilige Rede und verlieh seinem Wunsch Ausdruck, alle sollten an den Festlichkeiten teilhaben und dieses freudige Ereignis feiern. Der Kommandeur fühlte sich in seiner ungewohnten Rolle sichtlich unwohl, doch seine letzten Worte sorgten aus verschiedenen Gründen für Unruhe.

»Einige meiner Männer werden in Kürze Essen und Trinken zu den Tischen dort unten bringen. Es ist ein Geschenk von ihren Kaiserlichen Hoheiten Kaiser Southan und Kaiserin Ifryn.«

Beifälliges Murmeln lief durch die Menge. Kostenloses Essen und Trinken war stets willkommen – ganz gleich, woher es kam. »Bitte bedient Euch so viel Ihr wollt«, fuhr Niering fort, »aber laßt die jungen Leute zuerst. Dies ist schließlich ihr Tag, und wenn sie gegessen haben, sollen sich die Kinder zwischen drei und fünf in der Mitte des Platzes versammeln. Dort werden sie ihre eigenen, ganz besonderen Geschenke erhalten.«

Niering wartete, bis das aufgeregte Schwatzen erstarb.

»Später wird unsere Feier mit einem besonderen Ereignis enden, das spektakulär zu werden verspricht. Es wäre dumm von Euch, wenn Ihr es verpassen würdet.« Er erhob erneut die Stimme über dem wiederaufbrandenden neugierigen Flüstern. »Ihr alle seid im Namen des Kaisers willkommen, die Kinder von Zalys jedoch ganz besonders.« Niering lächelte.

Fen spürte, wie sich Dsordas neben ihr plötzlich anspannte, und sie kämpfte gegen den Drang, ihn anzusehen. Dsordas selbst blieb ruhig und nach außen hin gelassen, doch andere behielten nicht die Kontrolle über sich. Das Murmeln der Menge wurde lauter, und man wechselte Blicke.

Fen fragte sich, wie genau man sie beobachtete und hoffte inbrünstig, daß Niering diese Worte nur zufällig gewählt hatte. Irgendwie bezweifelte sie das. Sicher war auch das wieder ein Versuch, an Informationen über den Untergrund zu gelangen – wie wenig schlüssig sie auch sein mochten. Sie spürte Farrags Einfluß bei dieser List, und sie fragte sich, wo der Marschall jetzt war. Wen beobachtete er?

»Laßt uns beginnen«, erklärte Niering und wedelte mit der Hand. Er hatte seine Pflicht getan und verschwand in dem dunklen Zimmer hinter sich.

Männer mit Tabletts, Platten, Schüsseln, Weinschläuchen und Fässern betraten den Platz. Einige von ihnen verabscheuten diese Pflicht ganz offensichtlich und machten ein saures Gesicht, doch andere grinsten, während sie die erwartungsvollen Gesichter der Kinder betrachteten. In dem plötzlichen Durcheinander fühlte Fen sich sicher genug, endlich Dsordas anzusehen. Zunächst trafen ihre Blicke sich nicht, doch dann wurde sein Gesicht weich, und er nahm sie in die Arme.

»Lache«, flüsterte er ihr ins Ohr. »Man erwartet, daß wir Spaß haben.«

Fen tat ihr Bestes und trat zurück, um in sein lächelndes Gesicht zu sehen. Nur seine Augen verrieten seine wahren Gefühle.

»Ich werde dafür sorgen, daß Natali nicht so viel ißt, daß ihm schlecht wird«, sagte sie. »Kümmere dich um meine Eltern, ja?«

Dsordas nickte.

»Halte die Augen offen«, sagte er leise. »Es hat heute schon zu viele Überraschungen gegeben.«

»Ich bin niemals zweimal am selben Tag dumm«, erwiderte sie und zwang sich zu einem Lächeln.

Als alle Kinder satt waren und die meisten Erwachsenen, die noch Appetit hatten, an den Tischen standen, hatte die Sonne den Platz verlassen. Die Geister auf ihrem Balkon an der Ostseite standen jetzt im Schatten und waren deutlich zu sehen, und sie sprachen wie immer leise miteinander und wachten wie nutzlose Wächter über die Lebenden.

Inzwischen hatten sich die Kinder, vielleicht alles in allem hundert, wie gewünscht auf dem Platz versammelt. Die meisten saßen auf den Steinen, doch andere rannten herum und spielten energiegeladen weiter.

Endlich hatte Farrag seinen lange erwarteten Auftritt

und glitt als erster in einer Schlange von Männern mit Kisten heran. Einige der Kinder wirkten jetzt verängstigt, und ein paar fingen zu weinen an, doch sie verstummten, als Farrag sie ansah. Andere, unter ihnen Natali, hatten nur Augen für die Kisten. Ohne weiteres Aufhebens wurde jedes Kind zum Marschall gerufen. Nach einem kurzen prüfenden Blick reichte er die meisten an seine Assistenten weiter, die ihnen aus einer der Kisten ein billiges Schmuckstück gaben und sie wieder fortschickten. Doch ein paar bekamen den Befehl, an der Seite zu warten, und alle schienen darüber ziemlich aufgeregt, als habe man sie für eine besondere Belohnung ausgewählt.

Als Natali an der Reihe war, hielt seine Familie den Atem an, doch es war keine Überraschung für Fen, als man ihm sagte, er solle ebenfalls warten. Doch jegliche Spekulation war sinnlos. Man konnte nur das Beste hoffen.

Nachdem scheinbar unendlich viel Zeit vergangen war und alle Kinder vorgetreten waren, versammelten sich Natali und die anderen um Farrag. Er sah sie langsam an, und blaue Augen starrten ein paar intensive Augenblicke lang in jedes der ungefähr zwanzig Gesichter. Schließlich sprach er leise, damit ihn außer den Kindern niemand verstehen konnte, bevor er sich an einen seiner Leutnants wandte und ihm eine kleine Kiste abnahm. Daraus nahm er eine Handvoll Anhänger und hielt sie hoch. Sogar in dem schwindenden Licht war deutlich zu sehen, worum es sich bei den Steinen handelte. Nur Amberin glitzerte so geheimnisvoll und verführerisch in tiefem Goldbraun.

Die Menge schnappte verwundert nach Luft. Er hatte doch nicht etwa vor, den Amberin zu verschenken? Der Stein war viel zu wertvoll!

Doch genau das hatte Farrag vor. Jedes Kind aus der Gruppe wurde nach vorne gerufen und bekam einen Anhänger um den Hals gehängt.

»Was hat er vor?« flüsterte Fen.

»Ich habe keine Ahnung«, antwortete Dsordas knapp.

Schließlich wurden die Kinder entlassen, und sie rannten zu ihren Eltern, um ihre Trophäen zu zeigen. Natali ging direkt zu seinem Vater, dem Juwelier, und sein kleines Gesicht war vor Stolz ganz gerötet.

»Guck mal!« rief er atemlos.

»Er ist wunderschön.« Antorkas lächelte seinen Sohn an und versuchte, seine Angst zu verbergen. Zu den anderen gewandt sagte er: »Es ist wirklich Amberin. Die Kette ist billig und die Fassung schlecht gearbeitet, aber der Stein ist wunderbar.«

Etha streckte die Hand aus.

»Gib ihn mir, Natali«, sagte sie. »Zeig ihn mir.«

»Nein!« Der kleine Junge hielt seinen Preis schützend umklammert.

»Denk an deine Manieren!« schimpfte sein Vater. »Tu, was deine Mutter sagt.«

»Nein.« Natali wollte weglaufen, und sein Gesicht war wütend.

Antorkas ergriff seinen Sohn am Arm und war jetzt selbst wütend.

»Gib ihn mir sofort!« verlangte er.

»Ich gebe ihn dir zurück, das verspreche ich«, fügte Etha ein wenig freundlicher hinzu.

Natali schüttelte den Kopf und sah zu Boden, und seine Augen füllten sich mit Tränen. Andere Kinder reagierten genauso. Einige schrien, andere weinten oder versuchten, zu streiten oder wegzulaufen – aber keiner wollte sich von Farrags Geschenk trennen.

»Laßt ihn«, sagte Dsordas ganz unerwartet.

Alle sahen ihn an, erkannten, daß er es ernst meinte und gehorchten ihm widerstrebend. Natali sah hoch und schenkte ihm ein feuchtes Lächeln.

Während dieser Vorgänge war Farrag unbemerkt verschwunden. Der plötzlich einbrechende Abend des Inselsommers hatte sich herabgesenkt, und die Dunkelheit wurde intensiver, als die meisten Fackeln und Lampen um den Platz herum auf Befehl eines Offiziers gelöscht wurden.

Was jetzt? fragte sich Fen. *Es hat heute schon allzu viele Überraschungen gegeben.*

Erwartungsvolles, ängstliches Schweigen herrschte auf dem Platz, bis ein plötzliches rotes Aufflackern in dem abgetrennten Bereich die Aufmerksamkeit aller bannte. Wenige Augenblicke später schossen Millionen von blauen und goldenen Funken in die Luft und glitzerten ein paar unfaßbare Minuten lang wie Juwelen, bevor sie wieder mit der Dunkelheit verschmolzen. Danach sorgte das verzaubernde Schauspiel fast ununterbrochen für pure Verzückung. Auf Zalys hatte man noch nie ein Feuerwerk gesehen, und die Inselbewohner, ganz besonders die Kinder, die jetzt mit großen Augen staunend zusahen, empfanden es als die wunderbarste Magie, die sie je gesehen hatten. Jedes neue Muster, jede Farb- und Klangvariation wurde mit erstaunten und entzückten Schreien begrüßt.

Schließlich senkte sich wieder die Dunkelheit über den Platz, und die Zuschauer seufzten enttäuscht auf. War das schon alles? Aber die Feuerwerker hatten das Beste bis zuletzt aufbewahrt, und unter riesigen orangefarbenen Funken schoß eine letzte Rakete gen Himmel. Hoch über den Augen aller explodierte sie in atemberaubendem Blau und Weiß. Doch das war noch nicht das Ende. Die Funken verteilten sich nicht wie zufällig am Himmel, sondern vereinigten sich, schienen Form anzunehmen, einen Umriß zu bilden. Alles verstummte fasziniert. Sogar die Feuerwerker starrten voller Ehrfurcht nach oben. *Das* hatten sie nicht erwartet.

Ein paar Augenblicke lang ließ ein riesiges funkelndes Auge die Sterne verblassen. Es sah aus, als blicke einer der alten Götter auf sie hinunter und beobachte sie.

In der erstaunten Stille war der Klang einer einzigen Stimme zu hören.

Farrag lachte über einen Witz, den nur er verstand.

Kapitel zwölf

Es gibt hier Mahnmale, die kein Mensch je gesehen hat – außer jenen, die sie gebaut haben. Steinmetze haben sie gemacht, dort, wo selbst die Vögel sie nicht entdecken würden. Warum haben sie das getan? Ich verstehe ihre Sehnsucht nach Unsterblichkeit, aber als sie wieder auf die Erde zurückkehrten, gingen ihre Hoffnungen mit ihnen. Nur die Mahnmale blieben bestehen, hier zwischen Quellen, Flechten und Wind.

Dies hier ist ein besonderer Ort. Aber außer mir denkt niemand mehr so.

»Er schläft jetzt«, berichtete Etha, als sie sich zu den anderen in der Küche gesellte.

»Gut«, meinte Antorkas. »Dann können wir ihm jetzt diesen verfluchten Anhänger abnehmen.«

Etha schüttelte den Kopf.

»Er umklammert den Stein immer noch. Er würde aufwachen, wenn wir es jetzt versuchten – und noch einen Streit ertrage ich nicht.«

Ihr Mann fluchte leise. »Was hat dieser verdammte Mensch vor?« wollte er wütend wissen.

Seit Stunden diskutierten sie Farrags Absichten. Der Fournoi-Platz hatte sich schnell geleert, nachdem das allessehende Feuerauge vom Himmel verschwunden war – doch nach allem, was sie gesehen und gehört hatten, waren die anderen Kinder genauso widerspenstig.

»Was erhofft er sich davon?« fragte Fen sich laut.

»Vielleicht nur das eine: uns nervös zu machen, damit wir versuchen, ihn zu überlisten. So ein Witz sähe ihm ganz ähnlich«, schlug Dsordas vor.

»Ein teurer Witz!« rief Antorkas ungläubig aus. »Diese Steine müssen ein kleines Vermögen wert sein.«

»Er spielt nicht um Geld«, erwiderte Dsordas und wandte sich an Etha. »Hat Natali dir erzählt, was Farrag zu ihm gesagt hat?«

»Nein. Er sagt überhaupt nichts. Um ehrlich zu sein, ich bin nicht einmal sicher, ob er sich daran erinnert. Aber er war abwehrend und ängstlich, als ich ihn danach fragte.«

»Offensichtlich hat Farrag das absichtlich getan«, bemerkte Fen ängstlich. »Was kann er ihnen noch eingeflüstert haben?«

»Das lasse ich mir nicht gefallen!« explodierte Antorkas und schlug mit der Faust auf den Tisch. »Wenn es nötig ist, werden wir die Kette durchschneiden!«

»Es ist doch nur ein Schmuckstück«, wandte Dsordas ein. »Es kann uns nichts tun, das wißt ihr. Wenn wir es ihm abnehmen, fühlt sich Natali nur jämmerlich und stellt sich gegen uns, und wir erreichen wahrscheinlich gar nichts. Und dann bekommen wir nie eine Gelegenheit herauszufinden, was Farrag vorhat.«

»Also tun wir nichts?« knurrte der Ältere.

»Wir werden Natali beobachten, so wie auch die anderen Eltern ihre Kinder beobachten. Falls etwas Ungewöhnliches passiert, werden wir es noch früh genug erfahren.«

Antorkas ließ sich zurücksinken und sah unglücklich und sehr müde aus. Etha blickte ihren Mann an, stand auf und streckte ihre Hand aus.

»Komm, mein Liebster. Auch du brauchst deinen Schlaf. Heute abend wird nichts mehr passieren.«

Fen und Dsordas gingen ebenfalls zu Bett, doch nachdem sie eine Weile in der Dunkelheit gelegen und auf den Atem des anderen gehört hatten, wußten sie, daß an Schlaf noch nicht zu denken war. Es ging ihnen viel zu viel im Kopf herum.

»Bist du wach?« flüsterte Fen.

»Nein.«

»Ich auch nicht.« Sie rückte näher an Dsordas heran,

und er legte einen Arm um sie. »Was machen wir mit Panos?«

»Das wissen die Götter.« Offensichtlich fehlten ihm die Worte.

»Können wir es verschmerzen, uns eine solche Gelegenheit entgehen zu lassen?«

»Können wir uns das Risiko leisten? Es ist schon schwer genug, die vielen neuen Rekruten abzuwimmeln, aber das hier ...«

»Habe ich mich so dumm angestellt?« Sie hoffte auf seine Ermutigung.

»Das kann ich nicht sagen«, überraschte er sie. »Genau das macht mir Angst. Du bist mir zu wichtig.« In leichterem Tonfall fügte er hinzu: »Vielleicht, wenn du nicht so schön wärst ...«

Fen fiel auf den Köder rein.

»Schmuck ist schön. Ist das alles, was ich dir bedeute? Nur etwas zum Vorzeigen?«

»Wir kennen beide deinen wahren Wert für mich«, grinste er.

»Und deshalb kann ich dir nicht bei deiner Arbeit helfen?«

»Das ist Männerarbeit«, murmelte er.

»Das sagtest du bereits.«

»Das macht es nicht weniger wahr.«

»Also sollte ich einfach herumsitzen, schön sein und gar nichts tun?« schloß sie.

»Aber du machst das so gut«, protestierte er unschuldig.

Es folgte eine lange Pause, dann brachen beide in Lachen aus. *Immer öfter haben wir solche Gespräche,* dachte Fen. *Anscheinend können wir über ernste Dinge nur reden, wenn wir darüber Witze machen.* Sie konnte sich nicht entscheiden, ob sie sich darüber Sorgen machen sollte oder nicht, also begnügte sie sich damit, ihn mit mehreren groben Ausdrücken zu beschimpfen und sich gleichzeitig näher an ihn heranzukuscheln.

»Willst du ...«, flüsterte sie.
»Jetzt nicht.«
»Hast du Kopfschmerzen?«
»Nein«, lachte er. »Ich muß sehr früh aufstehen. Die erste Flut wird eine Stunde vor Sonnenaufgang erwartet.«
Eine Weile lagen sie schweigend da. Die Ereignisse des Tages hatten die Bedrohung durch die Überschwemmung aus Fens Gedanken verbannt.
»Ich kann den Anblick dieses Teufelsrochens nicht vergessen«, flüsterte sie. »Ich bin sicher, daß ich davon träume.«
»Träume können dir nichts tun. Sie sind nicht real.«
»Sie sind ziemlich real, wenn man mittendrin ist!«
»Weck mich, falls du Angst hast«, schlug er vor. »Ich werde die Ungeheuer vertreiben.«
Schließlich schliefen sie Arm in Arm ein.

Farrag brauchte in jener Nacht keinen Schlaf, und er wollte auch nicht schlafen. Er schwamm in einem Meer aus Wein und gratulierte sich selbst. Er hatte die Feierlichkeiten über alles genossen, nicht aus Freude für den weit entfernten Kaiser, der nominell seine Loyalität beanspruchte, sondern weil diese Gelegenheit ihm die Möglichkeit gegeben hatte, seiner Leidenschaft für Spiele zu frönen. Sämtliche Experimente hatten seine Erwartungen weit übertroffen. Nierings Rede, die er mit verfaßt hatte, war ein herrlicher Witz gewesen, und das Feuerauge hatte alle beeindruckt. Aber das Beste von allem war die Zeremonie mit den Kindern! Wie diese dummen Inselbewohner geglotzt hatten, als er den Amberin austeilte! Natürlich hatte ihn diese Geste nichts gekostet – aber sie würde ihm vielleicht sehr viel einbringen. Es war natürlich nur eine vage Vermutung, aber worin lag der Sinn eines Glücksspiels, wenn die Einsätze es nicht wert waren?

Die meisten der Kinder waren wie erwartet hoffnungslose Trottel gewesen, doch in einigen hatte er Talent funkeln sehen, und genau diese Kinder hatte Farrag sich ausgesucht. Falls seine Geschenke ihre latenten Fähigkeiten zum Vorschein brachten, konnten sie vielleicht zu ergiebigen Informationsquellen für ihn werden. Seine Experimente mit seinen eigenen Fernrufern ließen vermuten, daß es von großem Vorteil war, schon früh anzufangen. Wenn sein Plan funktionierte und ein angemessener Adept zu ihrer Überwachung ausgebildet werden konnte, würden die Kinder für ihn arbeiten, ohne etwas davon zu merken.

Dafür zu sorgen, daß sie die Anhänger nicht hergaben, war sehr einfach gewesen. Ihre kleinen Hirne waren noch so formbar, so offen für die einfachsten Hypnosetechniken. Vielleicht würde alles auch ergebnislos verlaufen, doch zumindest hatten seine Feinde nun etwas zum Nachdenken. Und es war sicher faszinierend zu sehen, was seine noch keimenden Spione mit ihren neuen Spielzeugen anstellten!

Als der Wein und die Gesellschaft der anderen Offiziere ihn zu langweilen begannen, machte sich Farrag auf den Weg in seinen privaten Garten. Er brauchte in jener Nacht keinen Schlaf. Seine Träume waren durchtränkt von Gift.

Gaye flog. Es war ein unsicherer, taumelnder Flug, aber mühelos, als sei sie dafür geboren. Es war Nacht, über allem schienen ein roter Mond und helle Sterne, und die Landschaft war nur undeutlich zu erkennen, und doch war die Luft voller schwacher Geräusche und Echos, die sich zu Bildern aus Türmen und Schutzwällen zusammensetzten. Türme stießen in den Himmel, wahnsinnige Skulpturen grinsten höhnisch, als sie vorbeihuschten, und um sie herum waren die anderen, lediglich Schatten in der Dunkelheit, die mit ihr flogen. Ihre Gegenwart war willkommen, doch waren sie auch fern, und ihre Stimmen waren von einer tiefen, undefinierbaren Traurigkeit erfüllt.

Gaye erwachte weinend, und sie spürte das plötzliche Gefühl des Verlustes um so mehr, als sie in die dunkle Welt ihres Wachzustands zurückkehrte.

Ia wachte vom Schluchzen ihrer Schwester auf.

»Ich bin hier«, rief sie leise. »Was ist los?« Sie hatte sich in Gayes Zimmer schlafen gelegt, um auch im Ruhen über sie zu wachen.

»Wenn ich doch nur fliegen lernen könnte«, sagte Gaye sehnsüchtig.

»Wohin würdest du dann fliegen?« fragte Ia, doch dann erkannte sie, wie dumm ihre Frage gewesen war und schalt sich im stillen dafür. Sie wollte etwas anderes sagen und rieb sich die schlaftrunkenen Augen.

»Ich würde ihm überallhin folgen, wohin sie ihn auch bringen.«

»Ich weiß«, sagte ihre jüngere Schwester. Sie war immer noch unsicher.

»Eines Tages wirst du es verstehen«, sagte Gaye sanft zu ihr. *Und ich werde eines Tages fliegen lernen.*

Kapitel dreizehn

In allem, was die Natur macht, liegt Schönheit. Man braucht nicht die Gabe der Hellsicht, um vorauszusagen, welche Form der Mond haben wird, wie die Sterne wandern oder die Gezeiten sich verändern. Vielleicht mag ich sie deshalb so gerne.

Aber falls ein Omen vorhersagt, daß die Sonne nicht aufgehen wird – was dann? Es wäre wunderbar, wenn ich unrecht hätte. Und doch, wenn ich recht habe und die ganze Welt unter einer endlosen Nacht erzittert? Würden sie mich auf dem Scheiterhaufen verbrennen? Oder zu einer Gottheit machen?

Die Menschheit hat ihre eigenen Gezeiten.

Als Bowen an Land ging, hatte er keine Ahnung, wo er war. Er bewegte sich wie im Traum und tat jeden seiner Schritte nur, weil eine Wache ihn die Landungsbrücke hinunterstieß. Auf dem Kai geriet er ins Taumeln, als der unerwartet feste Boden unter seinen Füßen ihn aus dem Gleichgewicht brachte, und dann stand er hilflos da, bis er von einem der Wächter fortgebracht wurde. Er wußte nicht, warum er dort war oder wohin er ging. Und es war ihm auch egal.

Er war soeben im Hafen von Brightport – dem ›heiteren Hafen‹ – in der westlichen Provinz Nadal gelandet, einem Land, das im Südwesten an das xantische Mutterland angrenzte. Der Name der Stadt war ziemlich unpassend, denn nicht einmal das Sommerlicht konnte diesen Ort einladend machen. Die Straßen waren trist und schmutzig, und die Einwohner hatten einen mürrischen, schuldbewußten Blick, wie Spieler, deren Pechsträhne nicht enden wollte.

Es war sonderbar, an einem solchen Ort Spuren einer Feier zu sehen. Bürgersteige und Straßenpflaster waren mit Überresten von der vergangenen Nacht übersät, und von einigen Balkonen hingen immer noch blau-goldene Banner, die zwischen dem allgemeinen Schmutz grotesk fehl am Platze wirkten. Das alles bedeutete Bowen nichts. Er ging an einem Mädchen vorbei, das den Dreck vor einer Tavernentür wegfegte, und sie sah zu ihm hoch und lächelte ihn mitfühlend an. Aber ihr Haar hatte die falsche Farbe, und so ignorierte Bowen sie und ging weiter.

Hinter ihm rührte sich etwas; etwas Riesiges, Graues. Er wirbelte mit aufgerissenen Augen herum, und seine ohnehin schon nervöse Eskorte griff zu den Waffen. Bowen merkte nicht, in welcher Gefahr er schwebte, und blieb still stehen und beobachtete, wie ein Offizier eine Kiste von der Größe eines Männerkopfes die Landungsbrücke hinunter trug. Er wechselte ein paar Worte mit einem anderen Mann auf dem Kai und reichte ihm die Kiste.

Bowen hatte das Gefühl, daß die ganze Welt hin und her schwankte. Er geriet wieder ins Taumeln. Er war blind und bedeckte sein Gesicht mit den Händen. Ein Teil seines Gedächtnisses kehrte grausam zurück.

»Gaye!« schrie er unter Todesqualen.

Dann brach er zusammen und fiel ins Endlose – so wie sie.

Fen erwachte, als das erste Tageslicht durch die Fensterläden fiel, doch Dsordas war schon fort. Einen Augenblick lang wurde sie von Entsetzen ergriffen, doch dann fiel ihr die Überschwemmung ein. Sie stand auf, zog sich schnell an, und ging hinunter in die Küche, wo ihre Mutter etwas zu essen vorbereitete.

»Ich bin froh, daß du aufgestanden bist«, sagte Etha. »Ich könnte ein wenig Gesellschaft brauchen.«

»Ist Papa auch weg?«

»Ja, und Anto und Torin sind mit ihnen gegangen.

Diesmal wird es schlimm werden. Der Wind hat in der Nacht gedreht, sie werden also alle Hände brauchen.«

Nicht zum ersten Mal war Fen dankbar dafür, daß ihr eigenes Heim in einem der trockensten Teile von Nkosa stand. Hier zumindest waren sie sicher, trotzdem wollte sie Dsordas und den anderen Männern bei ihrem frustrierenden Kampf helfen.

»Das schlimmste von der Morgenflut wird gerade vorbei sein«, sagte Etha, »aber ich glaube nicht, daß sie wieder nach Hause kommen werden. Sie werden bis heute abend noch viel zu tun haben. Suchst du sie und bringst ihnen ein wenig zu essen? Sie werden es nötig haben.«

»Natürlich«, antwortete Fen glücklich. »Ich bleibe vielleicht dort und helfe ihnen.«

»Das ist Männerarbeit«, informierte ihre Mutter sie.

Warum nur erzählen mir das alle? fragte sich Fen gereizt. »Ich bin eine ebenso große Hilfe wie Torin«, widersprach sie.

Etha zuckte die Achseln.

»Er sollte auch nicht dort draußen sein«, bemerkte sie, »aber mach ihm das mal klar.«

»Wir tun alle, was wir können«, trotzte Fen.

»Meine Kinder hören einfach nicht mehr auf mich«, beklagte sich ihre Mutter und seufzte theatralisch. »Was habe ich nur falsch gemacht?«

»Du hast uns erwachsen werden lassen«, lachte Fen. »Großer Fehler, das.«

Etha nickte philosophisch, und die beiden Frauen fuhren in einträchtigem Schweigen mit ihren Vorbereitungen fort. Kurz danach ging die Sonne am fernen Horizont auf, das Essen war fertig, und Fen lief los. Zwei der drei Boote der Familie waren verschwunden, doch das kleinste war noch da, und würde leicht allein zu steuern sein. Das Wasser stand wirklich sehr hoch und leckte an den untersten Stufen ihres Hinterhofes. Wenn das Wasser schon bis hierhin gekommen war, mußte der Rest der Stadt schlimm in Mitleidenschaft gezogen sein. Obwohl die Strömung stark war, legte Fen zuversichtlich ab. Wie alle Kinder von Nkosa hatte sie rudern gelernt, noch bevor sie richtig laufen konnte.

Dennoch brauchte sie fast den ganzen Morgen, um Dsordas ausfindig zu machen. Überall sah es ganz danach aus, daß diese Überschwemmung schlimmer war als alle vorangegangenen. An manchen Stellen waren die sogenannten permanenten Barrieren – hastig aufgebaute Mauern und massive, gut schließende Holztore – ebenso überschwemmt worden, wie die vorübergehenden Deiche aus Sandsäcken und Ablaufkanälen. Die unteren Stockwerke einiger Gebäude waren überflutet. An anderen Stellen waren die Schäden weniger schlimm, doch in der ganzen Stadt waren Aufräumungsarbeiten im Gange.

Am schlimmsten war es in den Wohngebieten im Osten, nahe der Lagune. Der Kai selbst war eine solide Konstruktion und gut geschützt, doch dahinter herrschte das Chaos. Viele Menschen waren bereits so gut wie obdachlos, und eine Wiederholung der morgendlichen Überschwemmung würde derart weitreichende Schäden anrichten, daß für einige Häuser Einsturzgefahr bestand. Dorthin fuhr Fen als erstes, denn sie glaubte, daß hier die meisten Helfer benötigt wurden, aber sie konnte ihre Familie nirgends finden. Was sie gesehen hatte, deprimierte sie sehr, und sie fuhr weiter zum Gebiet um den Fournoi-Platz. Der Platz selbst war durch den Einsatz von Männern und Hilfsmitteln aus der imperialen Garnison unbeschädigt geblieben. In der Tat war offenbar das gesamte Stadtzentrum mit leichten Schäden davongekommen.

Fen bahnte sich ihren Weg in den nördlichen Teil der Stadt, wo der Fluß in Zeiten wie diesen die Navigation oft trügerisch machte. Sorgfältig vermied sie die inzwischen starken Gezeitenströmungen und suchte methodisch weiter und fragte alle, ob man ihre Familie gesehen habe. Die meisten waren zu beschäftigt, um mehr als ein müdes Achselzucken zu zeigen oder ein paar Worte zu äußern, und sie bemerkte, daß die Menschen immer wieder gen Himmel starrten. Weit entfernt zogen ein paar dünne Wolken immer noch nach Westen und ließen für das Nachmittagshochwasser Böses ahnen.

Endlich, ihre Arme schmerzten schon, erspähte Fen Torins dunkle, schlanke Gestalt und rief ihm etwas zu. Er winkte zurück und kam herbei, um ihr Bugseil zu fassen und zog sie ans Ufer. Auch die anderen waren da und machten eine kurze Pause. Dsordas umarmte sie, und sie sah die Müdigkeit in seinen Augen. Sie waren alle froh über die Mahlzeit und aßen heißhungrig und teilten das Essen mit den Männern, mit denen sie zusammengearbeitet hatten. Schon bald war kein Bissen mehr übrig.

»Soll ich noch mehr holen?« fragte Fen.

»Nein. Wir müssen wieder an die Arbeit«, sagte Dsordas. »Es gibt noch viel zu tun, bevor die nächste Flut kommt. Wir können heute abend zu Hause essen.«

»Dann bleibe ich hier. Und wenn du mir sagst, das hier ist Männerarbeit, werfe ich dich in den Kanal.«

Kurz vor Mittag saßen die drei übrigen Amari-Kinder um den Küchentisch. Natali trug immer noch den Amberinanhänger, aber er wirkte völlig normal und ganz zufrieden. Ia hatte wenig geschlafen; sie war müde und rieb sich immer wieder die Augen. Gaye war still und nachdenklich und aß vorsichtig. Die Küche barg für sie viele mögliche Gefahren – die Hitze des Herdes und das kochende Wasser konnten sie verletzen –, aber sie gewöhnte sich langsam an die Einschränkungen ihres neuen Lebens. Etha wirbelte umher und beschäftigte sich, um sich abzulenken. In den letzten paar Tagen war ihr Leben sehr viel komplizierter geworden, und sie konnte nur wenig dagegen tun – eine Situation, die ihr überhaupt nicht gefiel.

Das Mahl wurde von einem zögerlichen Klopfen an

der Vordertür unterbrochen. Etha öffnete, und ihr Herz schlug ihr bis zum Halse, weil sie noch mehr schlechte Nachrichten erwartete, doch auf den Anblick, der sich ihr bot, war sie nicht vorbereitet. Auf der Stufe stand Nason mit wildem Blick und von Kopf bis Fuß klatschnaß.

»Ich muß Gaye sehen«, erklärte er.

»Du mußt erst mal trocken werden«, sagte Etha und geleitete den unerwarteten Besucher hinein.

Nason wollte zu Gayes Zimmer laufen, aber Etha erwischte ihn am Arm und drehte ihn zur Küche.

»Ich muß sie sehen«, keuchte er.

»So nicht«, verfügte Etha. »Außerdem ist sie in der Küche.«

»Wer ist da?« rief Gaye, die ihren Namen gehört hatte.

»Nason ist ganz naß!« rief Natali aus, als sie in die Küche kamen.

»Ia, hol ein paar von Antos Sachen«, befahl Etha. »Nason, zieh diese Sachen aus.«

»Aber ...«, fing Nason an, als Ia gehorsam hinausging.

»Das kann warten«, stelle Etha fest. »Gaye geht nirgendwohin.«

»Was ist los?« fragte das blinde Mädchen. »Was geht hier vor?«

Nason warf einen Blick auf Etha und begann sich dann verlegen auszuziehen, denn er genierte sich vor Gaye, obwohl sie ihn nicht sehen konnte.

»Stell dich hinter die Tür der Speisekammer, du grober Klotz«, sagte Etha ungeduldig. »Wir interessieren uns nicht für deinen Anblick. Erzähl dabei alles, falls du das schaffst.«

Nason zog sich dankbar zurück.

»Letzte Nacht«, fing er an, »dachte ich, ich hätte in Bowens Zimmer jemanden gesehen.«

»Oh.« Gaye stieß einen gequälten Seufzer aus.

»Also bin ich hineingegangen«, fuhr Nason fort, »und drinnen war ein Geist. Er sah wütend aus und stampfte herum und redete, aber natürlich konnte ich ihn nicht hören. Zunächst nahm er keine Notiz von mir, doch dann starrte er mich an und sagte etwas. Es war so, als ob er mir eine Frage stellte, und er zeigte immer wieder auf das leere Bett. Ich habe zu ihm gesagt ...« Er zögerte, doch er fand keine einfachen Worte. »Ich sagte ihm, daß Bowen nicht mehr hier sei ... aber er hat mich offenbar nicht verstanden.«

Ia kam mit den Kleidern zurück und war jetzt ganz neugierig, was sie wohl verpaßt hatte, doch ihre Mutter brachte sie zum Schweigen, brachte Nason die Kleider und ein Handtuch und ließ ihn wieder allein.

»Danke«, sagte er und erzählte weiter. »Da ging der Geist raus, direkt durch die Tür, doch als ich ihm folgte, war er verschwunden.«

»Was hat das mit mir zu tun?« fragte Gaye leise.

»Nach einer Weile kam er zurück. Ich hatte bei den Dämmen gegen die Überschwemmung geholfen – deshalb war ich so naß –, und ich war gerade nach oben gegangen, um mich umzuziehen, als ich ihn sah. Er winkte mich zu sich, und ich ging hinein.«

Nason kam barfuß in seiner geliehenen Kleidung hinter der Tür hervor und rubbelte sich das störrische Haar trocken.

»Nason ist nicht mehr naß«, bemerkte Natali enttäuscht.

»Jetzt konnte ich ihn deutlicher sehen«, fuhr der Besucher fort. »Er wirkte jetzt irgendwie stärker, und ganz sicher hatte er bessere Laune, aber ich konnte ihn immer noch nicht hören. Er war sonderbar gekleidet, und er hatte ein Schwert an seinem Gürtel, also dachte ich, er sei vielleicht der *Soldat,* über den Bowen im Schlaf geredet hatte.«

»Welcher *Soldat*?« fragten Gaye und Etha gleichzeitig.

»Haben Fen oder Dsordas euch nichts davon erzählt?« fragte er atemlos, dann schluckte er und erkannte, daß er sich auf gefährlichem Terrain bewege. *Es ist gefährlich, über solche Dinge zu reden.* Aber da war es um den Untergrund gegangen, das hier war etwas ganz anderes.

»Uns was erzählt?« fragte Etha scharf.

Nason erklärte – den Grund für seinen früheren Besuch ließ er dabei aus –, während die anderen schweigend zuhörten. Der Schmerz auf Gayes Gesicht ließ ihn fast wünschen, er wäre nie hergekommen, doch er sprach hastig weiter.

»Heute hat der Geist offenbar wirklich versucht, mir was zu sagen. Er sah so frustriert aus. Ich habe mich schrecklich gefühlt. Es war ihm offensichtlich sehr wichtig, aber ich konnte die Worte einfach nicht lesen, die seine Lippen formten. Schließlich zeigte er aufs Bett und dann auf den Boden vor sich, als wolle er, daß ich Bowen zu ihm bringe. Ich schüttelte den Kopf, versuchte ihm klar zu machen, daß ich das nicht kann. Er machte noch ein paar Gesten, die ich nicht verstand, dann zeigte er wieder auf das Bett und auf seine eigenen Ohren.«

»Er sagte, daß er und Bowen einander hören können«, warf Gaye ein.

»Genau das dachte ich auch«, bestätigte Nason eifrig. »Dann sah er ein Buch auf dem Nachttischchen und wurde ganz aufgeregt und zeigte und redete. Er versuchte sogar, es in die Hand zu nehmen, doch das konnte er natürlich nicht. Er gab es auf und bedeckte seine Augen mit der Hand, schüttelte den Kopf und ging hin und her, als sei er blind. Danach zeigte er wieder auf seine Ohren und nickte mit geschlossenen Augen.«

»Jemand, der nicht sehen, aber hören kann«, übersetzte Gaye leise.

Nason nickte.

»Dann ist mir eingefallen, daß du Bowen das Buch einmal geschenkt hast«, rief er aufgeregt, »also bin ich direkt hierher gerannt. Ich bin sicher, er will dich sehen.«

»Du glaubst, ich könnte auch in der Lage sein, ihn zu hören? Ich habe noch nie ...« Sie hielt inne. *Ich war auch noch nie blind.*

»Kommst du mit?«

»Jetzt?« fragte Etha.

»Ja«, antwortete er mit überschäumender Begeisterung. »Der Geist war noch da, als ich loslief. Vielleicht ist er immer noch dort.«

»Ich komme.«

»Liebling, meinst du nicht ...«, begann Etha.

»Mama, ich muß es tun. Vielleicht versucht Bowen, mit mir Kontakt aufzunehmen.«

»Wie kommst du denn darauf, Kind?« Sie wollte nicht, daß ihre Tochter durch falsche Hoffnungen enttäuscht wurde.

»Was kann es schon schaden? Führst du mich, Nason?« Sie war offensichtlich bereits fest entschlossen.

»Natürlich.« Er sah Etha erwartungsvoll an.

Sie ließ ihren Blick zwischen den beiden hin und her wandern.

»In Ordnung«, gestand sie zu. »Ich komme mit euch.« Sie wandte sich an die beiden kleineren Kinder, die von Nasons Geschichte ganz fasziniert waren, und gab ihnen Anweisungen. »Ia, du kümmerst dich um Natali. Sorg dafür, daß er keinen Unsinn macht. Wir sind bald zurück.«

»Ja, Mama.«

»Dann kommt«, sagte Etha bestimmt. »Gehen wir und finden heraus, was dieser *Soldat* zu sagen hat.«

Beide Häuser lagen im westlichen Teil der Stadt, und man konnte über mehrere Brücken auf einer Kreisroute von einem zum anderen gelangen. Ein Boot wäre schneller gewesen, doch hatten sie keines zur Verfügung, also gingen sie zu Fuß los und führten Gaye, so gut sie konnten, und warnten sie vor Stufen und Hindernissen. Es war das erste Mal, daß sie das Haus verließ, und das Ganze war schwierig, zeitraubend und ein wenig beängstigend.

Endlich erreichten sie ihr Ziel, doch sie fanden das Haus leer vor. Alle waren draußen, um in den vom

Hochwasser betroffenen Teilen der Stadt zu helfen. Etha und Nason nahmen Gaye in ihre Mitte und führten sie die Treppe bis zu einem Absatz hinauf, wo die Tür zu Bowens Zimmer weit offen stand. Sie sahen den Geist sofort auf der anderen Seite des Zimmers stehen. Anscheinend sah er aus dem Fenster. Etha fragte sich kurz, was er wohl sah.

Alle drei betraten das Zimmer.

»Sind wir da?« fragte Gaye.

Der Geist wandte sich ihr zu, und sein Gesicht spiegelte Überraschung und Entzücken wider.

Hört Ihr mich?

»Ja. Wer seid Ihr?« Gaye klang nervös.

»Kannst du ihn hören?« fragte Nason ganz aufgeregt, aber Etha brachte ihn rasch zum Schweigen. Sie hatte wie der Junge nur die Worte ihrer Tochter gehört.

Mein Name ist unwichtig. Ich habe eine Nachricht für Euch.

»Von Bowen?«

Nein. Ich hatte gehofft, mit Bowen zu sprechen. Aber Eure Fähigkeit ist sogar noch größer.

»Lebt er noch?« fragte Gaye. Obwohl sie enttäuscht war, hoffte sie, etwas Neues zu erfahren.

Bowen? Ja. Er ist nicht unter uns. Mehr kann ich Euch nicht sagen.

»Oh.« Gaye seufzte erleichtert über diesen kleinen Trost, aber sie wünschte, sie könnte noch mehr erfahren. »Sonst nichts?«

Nein.

»Wie lautet die Nachricht?« Tapfer entschied sie, daß sie sich mit dem Wenigen, das sie erfahren hatte, für heute zufrieden geben mußte.

Das transparente Gesicht des Geistes wurde ernst.

Zalys ist in großer Gefahr. Falls Ihr es retten wollt, muß das Steinerne Auge wiedererweckt werden.

Gaye wartete, doch das war alles.

»Das ist alles?« rief sie aus. »Was meint Ihr damit?« Sie

hörte, wie Nason neben ihr nach Luft schnappte. »Wie sollen wir das tun?« rief sie verzweifelt.

»Er ist weg, Liebes«, sagte Etha sanft. »Er ist weg.«

»Nein!« protestierte Gaye. »Er muß noch mehr wissen! Kommt zurück!«

»Hier«, sagte ihre Mutter und führte sie zum Bett. »Setz dich hin und erzähl mir alles.«

Gaye gehorchte, und sie fühlte sich plötzlich sehr müde, als sie das Gespräch wiederholte.

»Das Steinerne Auge?« fragte Nason. »Bei der Arena. Bowen hat auch davon gesprochen. Was bedeutet das?«

»Ich weiß es nicht«, sagte Gaye hilflos. Sie war kurz davor, in Tränen auszubrechen.

»Nason, hol bitte etwas zu trinken«, sagte Etha.

»Ja. Natürlich.« Er eilte davon.

»Warum bin ich so müde?« beklagte sich Gaye. »Was hat er mit mir gemacht?« Sie legte sich auf Bowens Bett und rollte sich zusammen. Als Nason zurückkehrte, schlief sie fest, und Etha saß auf einem Stuhl und wachte über sie.

»Was hast du mitgebracht?« fragte sie leise.

»Wein«, flüsterte er. »Ist das in Ordnung?«

»Perfekt.« Sie nahm den Kelch. »Genau das, was ich jetzt brauche. Wenn sie aufwacht, machen wir ihr einen Tee.«

Die Nachmittagsflut war gekommen und wieder gegangen. Dieses Mal war die Überschwemmung weniger schlimm gewesen, denn der Wind war abgeflaut und wehte nur noch als schwache Brise, dennoch war es für die Bewohner von Nkosa ein langer Tag gewesen. Dsordas, Fen und die anderen waren naß, müde und schmutzig. Sie kamen zur selben Zeit mit ihren Booten zu Hause an, als Etha, Gaye und Nason zu Fuß zurückkehrten. Als sie den Hof betraten, flog die Tür auf und Ia stürmte mit tränenüberströmten Wangen heraus. Sie rannte zu ihrer Mutter und warf sich in ihre Arme.

»Oh, Mama«, schrie sie und fing wieder zu weinen an, »ich bin eingeschlafen, und jetzt ist Natali verschwunden. Ich kann ihn nirgends finden!«

Kapitel vierzehn

Eine weiße Eule ist an meinem Balkon vorbeigeflogen. Die Vorbotin des Todes. Ich fürchte ihren Ruf nicht. Eines Nachts, wenn meine Zeit gekommen ist, werde ich mit ihr fliegen.

Der Konvoi rumpelte langsam durch die Deadlands, und der Gepäckwagen holperte und schwankte über die zerfurchte, staubige Straße. Baylin setzte sich zum hundertsten Mal an diesem Tag anders hin und versuchte sich einzureden, daß es immer noch besser war als zu laufen. Nach seiner letzten, sehr hektischen Reise war sein Pferd nicht mehr in der Lage gewesen, das verdorrte Land, das Xantium umgab, zu durchqueren, und Baylin konnte es sich nicht leisten, ein neues zu kaufen oder eines zu mieten. Allein durch die Deadlands zu reisen, war im günstigsten Falle zumindest riskant, und so hatte er gerne das Angebot des Transportkommandeurs angenommen, ihn mitzunehmen.

Eine Weile entsprach das langsame Tempo seiner Stimmung, aber jetzt tat ihm der Rücken weh, sein Hintern war gefühllos, und der ständige Staub, den die Pferde und Ochsen aufwirbelten, hatte seine Kehle ausgedörrt. Obwohl er mit schlechten Nachrichten zurückkehrte, wünschte sich Baylin, daß die Reise bald vorbei war.

Baylin Parr war ein eingefleischter Reisender, der im allgemeinen seine Zeit gut nutzte, jedoch auch mal ohne Aussicht auf Provision eine Reise antrat. Er hatte sein Heim in Xantium schon öfter verlassen, als er sich erinnern konnte, und er fühlte dabei immer dasselbe: eine begierige Vorfreude auf neue Orte und neue Erfahrungen. Bei der Rückkehr waren seine Gefühle jedoch jedesmal unterschiedlich. Manchmal, wenn er gute Arbeit geleistet hatte und sich auf seine Belohnung freute, war er in Hochstimmung. Dann wieder war er erleichtert – wenn er erschöpft war oder froh, eine Last loszusein. Gelegentlich war er schon gelangweilt und konnte es kaum erwarten, wieder loszukommen. Heute spürte er eine sonderbare Mischung aus Unbehagen und Verwirrung, mit einem Hauch von Vergnügen, das ihn davon abhielt, mürrisch zu werden. Baylin war aus tiefstem Herzen Optimist, und wann immer es möglich war, zog er es vor, über die angenehmeren Aspekte der Zukunft nachzudenken. In vier Tagen waren die Feierlichkeiten zum Geburtstag des Kaisers, und bis dahin würden seine unangenehme Pflichten überstanden sein, und er würde die Sorgen vergessen können und wieder Geld in den Taschen haben. Auf all seinen Reisen hatte er keinen besseren Ort als Xantium für die Erfüllung seiner hedonistischen Bedürfnisse gefunden.

Das sollte man kaum glauben, wenn man das hier sieht! dachte er mitleidig. In allen Richtungen war für viele Wegstunden nichts als trockene, rote Erde zu sehen. Die hügelige kahle Landschaft der Deadlands war bedrückend, ganz besonders in der Hitze und dem Staub des Sommers. Im Winter war es nicht viel besser. Der wenige Regen, der hier fiel, brachte nur ein wenig Schlamm hervor. Nichts wuchs hier.

Das war nicht immer so gewesen. Baylin wußte, daß dieses Gebiet viele Jahre zuvor fruchtbar gewesen war und der Ertrag Xantium und eine beträchtliche Landbevölkerung ernährt hatte. Aber Neid, die ständig wachsende Steuerlast und Wetterkapriolen hatten gemeinsam das Land ruiniert. Tatsächlich war es eine von Menschen geschaffene Wüste. Die ständig wachsenden Anforderungen an die Ressourcen hatten zu einer übermäßigen Ausbeutung der Äcker geführt. Zu viele Tiere grasten auf immer größeren Feldern, während Bäume abgeholzt und die Hecken ausgemerzt wurden, die den nötigen Schutz boten. Bald wurden die Ernten schlechter und die

Tiere krank. Einige Menschen verließen das Land, als sie den Zehnten nicht mehr an die Stadt bezahlen konnten und ihre Farmen Pleite gingen. Schließlich trocknete eine Reihe von Dürren die Erde aus, und der einstmals fruchtbare Mutterboden wurde von Stürmen davongeblasen, die jedes lebende Wesen fortwehten und die wenigen verbleibenden Häuser mit einem rotbraunen Film überzogen.

Das ganze hatte viele Jahre gedauert, doch schließlich war nichts mehr übriggeblieben, abgesehen von ein paar Spuren im Ödland und den verfallenden Ruinen der verlassenen Häuser. Diese konnte man gelegentlich sehen, und ihre Steine und zerschlagenes Holz waren von der Sonne weiß ausgebleicht wie Skelette in einer Wüste. Sie dienten als Mahnung daran, daß ein schlecht vorbereiteter Reisender beim Durchqueren dieses Landes sterben konnte.

Es war bemerkenswert, daß die Stadt inmitten dieser Verwüstung überhaupt hatte überleben können, und das lag an zwei wichtigen Faktoren. Der erste war das Gewässer mit dem prosaischen Namen Brauner Fluß. Er floß von den Bergen weit im Westen herab, schlängelte sich durch die Deadlands und wurde auf seinem Weg immer wärmer, schmutziger und träger. Dennoch war er von eindrucksvoller Größe, als er Xantium erreichte, welches innerhalb einer großen Schleife lag. An die Flußufer klammerten sich noch ein paar winzige Enklaven der Bebauung, doch das Wasser des Flusses diente der Stadt als Hauptquelle. Ein System aus Wasserbecken, Zisternen und Filtern, die von Pumpen gespeist wurden und von Tieren oder Sklaven angetrieben wurden, sorgten dafür, daß die Bedürfnisse der Menschen befriedigt wurden.

Der zweite Grund für das Überleben von Xantium lag darin, daß seine Verwalter wahre Meister in der rücksichtslosen Ausbeutung des Reiches waren. Die Stadt zog Abgaben von nah und fern ein: Geld, Lebensmittel,

Güter aller Art flossen aus allen Regionen in die Hauptstadt. Ihr Eintreffen wurde durch militärischen und politischen Druck sichergestellt, welche nur durch den weitreichenden Einfluß und die wirtschaftliche Macht eines historisch mächtigen Reiches erreicht werden konnten. Jeden Tag durchquerten Dutzende von Konvois die Deadlands oder segelten den verschlammten, sich windenden Fluß hinauf und brachten alles von lebenswichtigen Nahrungsmitteln bis zu den bizarrsten Luxusgütern – die Xantium als ihr gutes Recht einforderte. Baylin hatte keine Zweifel daran, daß es im letzten Monat noch sehr viel mehr Betrieb gewesen war, da sich die Stadt auf die bevorstehenden Festlichkeiten vorbereitete.

Er seufzte erleichtert, als Xantium endlich am Horizont auftauchte. Er hatte sich zahllose Male, aus jeder Richtung und zu allen Jahreszeiten, dem Herzen des Reiches genähert, und jedesmal beeindruckte ihn der Anblick. Die Stadt erschien wie ein irrwitziger Berg und offenbarte sich Schicht um Schicht, je näher Baylin kam, angefangen mit der höchsten – dem verrückten Irrgarten, der als Wirrsalviertel bekannt war –, und endete mit den massiven Stadtmauern selbst. Waren diese erst einmal in Sichtweite, war die Reise beinahe zu Ende.

Aus der Ferne wirkte Xantium beinahe ein wenig unwirklich und ähnelte einer riesigen Wolkenformation oder dem Trugbild eines Wahnsinnigen, aber mit jedem Schritt gewann die Stadt an Substanz. Bei Tag hatte man zunächst den Eindruck einer weißen Masse, die sich später zu einer verwirrenden Collage aus vielen verschiedenen Farbtönen auflöste. Bei Nacht löste sich das erste magische Glühen in Tausende von Lichtpunkten auf, als habe einer der alten Götter einen riesigen Baum mit Sternen geschmückt.

Xantium lag am Südufer des Flusses in einer riesigen Schleife, so daß dreiviertel seiner Stadtmauern ungefähr im Abstand von einhundert Schritten parallel zum Wasser verliefen. Ein Reisender konnte sich der Stadt nur von Süden nähern, indem er eines der beiden Großen Tore benutzte, die in Richtung Süden und Südwesten in die Mauern eingelassen waren. Alle Wege über die nördliche Hälfte der Deadlands führten zu einer der beiden riesigen Brücken, die den Fluß überquerten, eine im Osten der Stadt, die andere im Nordwesten. Beide führten wiederum zu den beiden letzten Stadttoren, massiven Gewerken aus Holz und Metall in steinernen Torbögen, flankiert von Abwehrtürmen. Das Vertrauen in die Fähigkeiten der Stadtgarnison war so groß, daß diese Tore so gut wie nie geschlossen waren, nicht einmal bei Nacht.

Die Mauern selbst waren aus blaßgrauem Gestein erbaut, dessen kristalline Struktur sie im Sonnenlicht funkeln ließ – wenn die Mauern auch oft von dem allgegenwärtigen roten Staub überzogen waren. Sie waren massiv, ganze zwanzig Schritt hoch und an ihren Grundfesten zehn Schritt dick. Der solide, unbewegliche Fels wurde von Zinnen und noch höheren Türmen gekrönt und bildete einen perfekten Kreis, der im Nordwesten und Südosten abgeflacht war. Die Mauern waren Jahrhunderte zuvor durch die unvorstellbare Arbeit von Kunsthandwerkern und Sklaven erbaut worden, und niemals hatte ein Angreifer sie bezwingen können. Es hatte auch niemals jemand versucht, Xantium zu belagern. Die einzige Schwäche der Stadt war ihr ständiger Bedarf an Nachschub aus anderen Teilen des Reiches. Aber das riesige Reservoir im Norden der Stadt, das auf einem leicht zu verteidigenden Streifen Land zwischen den Mauern und dem Fluß lag – und von Seitenmauern geschützt wurde, die von der Stadt zum Flußufer liefen –, sicherte zusammen mit den enormen Zisternen innerhalb der Mauern den Wasservorrat. Außerdem unterhielt die Stadt für den Fall einer Notlage mehrere riesige Lagerhäuser an Lebensmitteln und anderen lebenswichtigen Gütern. Während die Bürger der Stadt von diesen Vorräten leben konnten, würde jede Belagerungsarmee ihre eigenen Vorräte viele Wegstunden durch die Deadlands herbeischaffen müssen.

Innerhalb der Stadtgrenzen war Xantium auf einem großen konischen Hügel erbaut, dessen Hänge immer steiler wurden, je näher man dem Zentrum kam. Der überwiegende Teil des Gebietes hieß Ebenes Viertel, wo das Land nur sanft anstieg und sich ein paar kleinere Hügel erhoben, so wie die Kuppe, auf der der verfallene Tempel der alten Götter lag. Hier lebte das gemeine Volk, hier lagen die meisten Lagerhäuser, die Große Würfelhalle, das Stadion und alle Gebäude des Handels und des täglichen Lebens. Grob gesagt war das Ebene Viertel der ärmste Teil von Xantium, abgesehen von den Gebieten um die Tore, wo sowohl Armeegarnisonen als auch die Gilden der Kaufleute vorherrschten, doch je näher man dem Zentrum kam – und somit auch je höher man den Hügel stieg –, um so wohlhabender wurde die Gegend. Dies gipfelte in den ersten von mehreren ringförmigen Terrassen, jede mit ihrer eigenen Außenmauer, die das Herz der Stadt bildeten. Zuerst kam das Viertel, in dem die meisten Kaufleute lebten, der niedere Adel und sonstige Bürger mit genügend Geld oder Verstand. Es hatte keinen offiziellen Namen, aber unter den Bürgern war es bekannt als das Ringviertel – und war jener Ort , wo jeder Geschäftsmann gerne ein Haus besitzen wollte. Drinnen lag das Staatsviertel, wo der größte Teil der Stadtgarnison und der riesige bürokratische Apparat der imperialen Verwaltung residierte. Waffenlager und Zeughäuser, Schatzämter, Kasernen, endlose offizielle Archive und Lagerräume bildeten einen geschäftigen Bienenkorb, der zu jeder Tages- und Nachtzeit summte. Hier zumindest schlief Xantium wirklich nie. Die Enklave der Geiseln lag gänzlich innerhalb des Staatsviertels, hoch auf der Ostseite des Ringviertels, und ihre höchste Grenze war die Außenmauer des nächsten Rings – des imperialen Hofes selbst. Hier hatten Southan, seine

Familie, seine Berater und die meisten hochrangigen Adeligen ihre Quartiere.

Als Kanzler verfügte Verkho über weitläufige Räumlichkeiten, die insofern einzigartig waren, als sie sowohl den Hof als auch das Staatsviertel in einem keilförmigen Bereich durchschnitten, der auch an die nördliche Seite der Geiselenklave stieß. Dieser Keil beherbergte die privaten Räumlichkeiten des Kanzlers und die Einrichtungen für seine privaten Vergnügungen sowie seinen Arbeitsplatz und die meisten Büros des Geheimdienstministeriums. Von hier aus konnte man entweder über konventionelle Wege oder über geheime Eingänge, Tunnel und Zimmer in alle Teile der Stadt gelangen. Zählte man alle Teile von Verkhos Reich zusammen, so besaß er sogar mehr Raum als der Kaiser.

Mitten in der Stadt, auf dem Gipfel des Hügels, lag ein kleines rundes Gebiet, das Turmviertel. Es war eine architektonische Narrheit eines lange verstorbenen Kaisers und nicht besonders groß, so daß man niemals auch nur darüber nachgedacht hatte, es zu ersetzen. Statt dessen hatte man es einfach aufgegeben, und jetzt lagen die Türme nur von Vögeln und Fledermäusen bewohnt ungenutzt da. Das ganze war offenbar nicht nach einem übergeordneten Schema erbaut worden, sondern man hatte die verschiedenen Teile anscheinend einfach wild zusammengeworfen. Wie Pfeile erhoben sich schmale spitze Türmchen neben soliden eckigen Gefechtstürmen in den Himmel, über deren Festungswälle groteske Schnitzereien von Menschen, Kobolden, wilden Tieren und riesigen Insekten krochen. Schmucklose gerade Linien führten neben geschwungenen, fast organischen Kurven und Bögen entlang, die dem Ganzen den Anschein gaben, das Mauerwerk sei tatsächlich gewachsen und nicht erbaut worden. Sägezahnkanten auf einigen Türmchen boten vielen Vögeln einen Schlafplatz, während die endlosen Strebepfeiler und unregelmäßigen Öffnungen im Mauerwerk Fledermauskolonien beherbergten. Unten verliefen die Wege wie ein Irrgarten, und ihre Perspektive wechselte drastisch bei jeder Biegung. Oben war es noch schlimmer. Treppen führten in Sackgassen, Brücken überquerten steil abfallende Abgründe, nur um in kahlen Zimmern zu enden, die zu klein für mehr als einen Menschen waren, und die unbewachten Pfade ließen sogar den tapfersten Entdecker schwindeln.

Es war eine Landschaft der Alpträume, das Produkt eines kranken Gehirns oder einer Armee wahnsinniger Künstler. Die Kinder des kaiserlichen Hofes hatten einander früher herausgefordert, dort zu spielen, doch jetzt gingen sogar sie nicht mehr dorthin, zurückgehalten durch die Mißbilligung und Angst ihrer Eltern – es hatte mehrere Verletzte gegeben und sogar ein paar Tote durch Stürze oder niederfallende Mauerstücke – und nun hatte man alle bekannten Eingänge zugemauert. Das Turmviertel war sich selbst überlassen, damit es langsam zu Staub zerfiel.

Ein Geheimnis blieb trotzdem und erinnerte die Bewohner von Xantium daran, wie sonderbar dieser Ort war. Hin und wieder, ganz besonders zu Zeiten großen Kummers oder großer Freude, erklangen in einem der verlassenen Türme die Glocken. Manche sagten, sie würden von den Geistern der Wahnsinnigen geläutet, die den Ort erbaut hatten, doch war das Läuten für alle zu hören – und Geister können in der wirklichen Welt nichts bewegen. Manche machten Zauberei dafür verantwortlich und verdächtigten Verkho, ihrem Gehör einen Streich zu spielen. Andere behaupteten, es sei nur der Wind oder die alten Steine, die die Glocken zum Läuten brächten, doch konnten auch sie nicht den unheimlichen Zeitpunkt des Läutens erklären. Es gab auch eine Geschichte von einem alten Eremiten, der immer noch im Turmviertel leben sollte, doch die meisten Leute fanden diese Theorie absurd. Nur sehr wenige kannten die Wahrheit, und jeder hielt sie aus Gründen geheim, die nur er selbst kannte. Baylin hatte die Glocken schon mehrmals gehört, doch verstand er sie heute auch nicht besser als damals, als er ein kleiner Junge gewesen war und zum ersten Mal voller Ehrfurcht zum Turmviertel hinaufgeblickt hatte. Und eigentlich gefiel ihm das Geheimnis auch. Kurz bevor man am Abend zuvor das Lager aufgeschlagen hatte, war der Konvoi mit einem Wagenzug in die entgegengesetzte Richtung zusammengetroffen, der in die Gegenrichtung unterwegs war. Man hatte berichtet, daß die Glocken an eben jenem Morgen geläutet hatten, und man nahm an, daß Kaiserin Ifryn ihrem lang erwarteten Kind das Leben geschenkt hatte. Die Soldaten der abreisenden Gruppe waren wenig erfreut, daß sie die Feier des Ereignisses verpaßten, denn sie wußten bereits, daß sie zum kaiserlichen Geburtstag in vier Tagen nicht in der Stadt sein würden. Doch die Soldaten aus Baylins Gruppe und die Kaufleute, die sie begleiteten, waren entzückt und voller Vorfreude auf eine Feier aus doppeltem Anlaß bei ihrer Ankunft.

Nicht mehr lange, dachte Baylin und starrte geradeaus. Aus langer Erfahrung konnte er ausrechnen, daß sie bei Sonnenuntergang am Tor sein mußten, und das paßte ihm ganz ausgezeichnet. Eine Nacht in einem weichen Bett, nach seiner eigenen privaten Feier, würde ihn ein wenig von der unangenehmen Pflicht ablenken, die ihn am nächsten Morgen erwartete. Er würde in Teufels Küche kommen, falls Kerrell herausfand, daß er nicht sofort Bericht erstattet hatte, doch Baylin lebte nach seinen eigenen Regeln. *Vermutlich bin ich ohnehin zu spät dran, um noch von Nutzen zu sein,* dachte er bedrückt. Er ließ sich wieder zurücksinken und versuchte, das Auf und Ab seines verkrampften, mit blauen Flecken übersäten Körpers zu ignorieren.

Als die Glocken am vorigen Tag geläutet hatten, schlief Ifryn, doch Doneta hatte ihr davon erzählt, und die Kaiserin lächelte und fragte sich, wie lange es dauern würde, bis ihre sonderbare Freundin sie besuchen kam. Die Antwort bekam sie am selben Nachmittag.

Ifryn erwachte aus einem behaglichen Schläfchen, als sie Alasia neben ihrem Bett stehen sah. Sie hatte keine Ahnung, wie die Frau hereingekommen war oder wie lange sie schon dort stand – wenn sie wollte, bewegte sich Alasia unhörbar. Doneta kannte die Besucherin und vertraute ihr, und sie hatte die beiden Frauen alleingelassen. Als die Kaiserin die Augen öffnete, machte Alasia einen Knicks – eine komplizierte und formelle, aber sehr anmutige Bewegung. Ifryn hatte versucht, ihrer Freundin diese Art der Begrüßung abzugewöhnen, denn sie brauchte von ihr keine Anerkennung ihres Status, doch Alasia hatte darauf bestanden. Es war eine ihrer vielen Schwächen.

»Nun, was meinst du?« fragte Ifryn.

»Er ist gesund.«

Azari schlief friedlich und merkte nicht, daß er von den beiden Frauen prüfend betrachtet wurde. Seine winzigen Hände zuckten.

»Er träumt«, stellte Alasia fest.

»Ich frage mich, wovon?« fragte die Kaiserin leise.

»Alle Träume handeln von der Vergangenheit oder Zukunft.«

»Dann von der Zukunft«, lächelte Ifryn. »Er hat noch nicht viel Vergangenheit.«

»Für ihn sind Vergangenheit und Zukunft dasselbe«, sagte Alasia.

Dieser Satz hätte von den Lippen irgendeiner anderen absurd geklungen, doch bei Alasia wirkte er ganz natürlich. Ifryn stellte ihr Urteil oder ihre Bedeutung nicht in Frage, aber sie sah ihre Freundin scharf an und versuchte zu erraten, in welcher Stimmung sie sich befand. Sie wirkte sehr ernst.

Alasias äußere Erscheinung war wie immer atemberaubend – manche Menschen verunsicherte sie. Ihre weiche Haut war sehr blaß, beinahe durchsichtig, ihr Haar dünn und weißblond. Sogar ihre Augen waren fast farblos, und die Iris zeigte nur einen ganz schwachen Hauch von Hellblau. Weil sie klein und furchtbar dünn war – fast wie ein unterernährtes Kind –, wirkte sie manchmal, als sei sie überhaupt nicht existent. Sie war ein Wesen aus *Licht und Luft* – eine Fee aus Gaze, die ein Windhauch fortwehen konnte.

Und doch wußte Ifryn, daß Alasia eine lebendige Frau war, ein paar Jahre älter als sie, deren Hände warm waren und tröstend, und die eine Atmosphäre von Liebe und Heiterkeit mit sich brachte. Doch nur wenige Menschen nahmen sie ebenso wahr wie die Kaiserin. Alle anderen sahen eine bleiche Verrückte mit weniger Substanz als ein Geist, die höchst unerwartet aus dem Nichts auftauchte und in Rätseln sprach. Die meisten, die von ihrer Existenz wußten, mieden sie, wenn sie konnten. Ifryn fand, daß sie da selbst schuld waren.

Alasias Herkunft lag gleichermaßen im Dunkeln. Es hieß, sie sei eine entfernte Cousine mütterlicherseits von Southan, aber niemand kannte ihren Familiennamen. Sie war einfach da, eine von vielen Merkwürdigkeiten in Xantium.

»Danke, daß du die Glocken geläutet hast«, sagte Ifryn.

»Meine Pflicht«, flüsterte Alasia und sah immer noch das Baby an.

»Du hast mir gegenüber keine Pflichten«, sagte die Kaiserin. »Oder ihm gegenüber.«

»Meine Pflicht gegenüber den Glocken«, erwiderte sie würdevoll, als erkläre das alles.

»Oh.« Ifryn betrachtete sie nachdenklich. »Du wirkst traurig heute. Geht es dir gut?«

»Du bekommst einen Besucher«, erwiderte Alasia, als beantworte das die Frage.

»Wen?« Die Kaiserin runzelte verwirrt die Stirn. »Ich empfange viele Besucher.«

»Ich werde auf ihn aufpassen.«

Ifryn wußte nicht, ob ihre Freundin damit Azari meinte oder den unbekannten Besucher. Eine Erinnerung stieg ihn ihr hoch, damals hatte Alasia über eine ihrer Töchter gewacht. Es war ganz kurz nach der Geburt von Delmege gewesen, und durch all die Unruhe und die Schmerzen hatte Ifryn nicht bemerkt, daß es Vrila, die damals erst anderthalb Jahre alt gewesen war, schlecht ging. Doch als sich der Zustand des kleinen Mädchens verschlechterte, war sie einer Panik nahe. Vrila kühlte aus, verlor ihre natürliche Farbe, sie hatte Probleme beim Atmen und hustete unaufhörlich. Die Ärzte waren hilflos. Ifryn war außer sich vor Verzweiflung, hin und her gerissen zwischen den Bedürfnissen ihres neugeborenen Babys und denen des kranken Kindes. Sie war kurz vor einem Zusammenbruch, als Alasia auftauchte, ungefragt und unerwartet, und ihr Vrila fortnahm. Das Mädchen beruhigte sich beinahe sofort, schlief eine Weile friedlich und nahm dann zum ersten Mal seit drei Tagen feste Nahrung zu sich. Die Ärzte des Hofes waren argwöhnisch, doch Ifryn sah nur, daß die Gesundheit ihrer Tochter sich verbessert hatte und bestand darauf, daß Alasia blieb. Die blasse Frau kümmerte sich in der Nacht um Vrila und verschaffte der Kaiserin damit die dringend benötigte Ruhe. Am Morgen ging es dem Mädchen so viel besser, daß sie kaum wiederzuerkennen war. Da verließ Alasia sie wieder mit den Worten, ihre Arbeit sei getan. Vrila ging aus dieser schweren Prüfung stärker und gesünder hervor und war seitdem selten krank gewesen.

Ifryn erinnerte sich außerdem mit einem Schaudern, daß ein junger Heiler, der damals im Schatzamt arbeitete, an jenem Tag zu ihr gebracht worden war. Es war das erste Mal, daß sie Verkho traf. Er hatte Vrila mit funkelnden Augen angesehen, verkündet, sie würde wieder genesen, und war wieder verschwunden. Danach beanspruchte er den Ruhm für die Gesundung des Mädchens, doch Ifryn kannte die Wahrheit. Nichtsdestoweniger fanden andere, unter ihnen Southan, es leichter, an die Kräfte eines bekannten Heilers zu glauben, anstatt an die einer Verrückten – und es war gut möglich, daß dies der Wendepunkt in Verkhos Karriere war. Seit jenem Tag hatte er es auf jeden Fall weit gebracht.

»Aber er *ist* doch gesund?« hakte Ifryn nach, und ihre natürliche Sorge um ihr Baby ließ sie den versprochenen Besucher vergessen.

»Ja«, bestätigte Alasia. Dann hielt sie inne, als man aus der äußeren Kammer Bewegungen hörte. »Ich werde mich jetzt zurückziehen.«

Als Alasia erneut einen Knicks machte, erwachte Azari und begann zu weinen. Ifryn beugte sich vor, hob ihn hoch und hielt ihren Sohn zärtlich im Arm. Als sie aufblickte, war Alasia verschwunden.

In jener Nacht träumte Ifryn zum ersten Mal seit vielen Jahren von ihrem Vater. Er stand lächelnd über sie gebeugt, und seine Augen waren vor Stolz mit Tränen gefüllt, als er sie und seinen schlafenden Enkel beobachtete. Fyles wirkte stark und glücklich, doch irgend etwas machte Ifryn angst. *Alle Träume handeln von der Vergangenheit oder Zukunft.*

In ihrem Traum setzte sie sich auf und öffnete die Augen. Ihr Vater war immer noch da, lächelte weiter, aber Ifryn spürte einen schmerzenden dicken Kloß im Hals.

Du bekommst einen Besucher.

Ihr Vater sagte ein einziges Wort.

»Lebewohl.«

Ifryn erwachte und fand sich aufrecht im Bett sitzend. Am Fußende ihres Bettes glomm ein sonderbares Licht, und Fyles' Abschied hallte noch in ihren Ohren wider. Ihre Wangen waren feucht von Tränen.

Kapitel fünfzehn

In vergangenen Zeiten wetteiferten die Menschen bei einer Beerdigung miteinander darum, wer die aufwendigsten Kleider trug. Eingehüllt in eleganten Staat zu erscheinen, war ein Zeichen von Reichtum und Status, denn nach alter Tradition wurden die Kleider noch in derselben Nacht verbrannt. Dann suchten sich die Geister der Toten aus dem Rauch ihre Gewänder aus.

Zu meiner Beerdigung werde ich mich in Flammen hüllen. Darf ich etwa keinen letzten Scherz machen?

»Da kehrt der Wanderer also zurück.« Kerrell sah lächelnd von seinem Schreibtisch auf, als Baylin hereinkam.

»Ich dachte, ich würde dich auf dem Übungsplatz finden«, sagte der Reisende. Kerrell hatte es sich zur Gewohnheit gemacht, die frühen Morgenstunden beim Training mit den Soldaten zu verbringen.

»Das Leben eines Generals besteht aus Büroarbeit«, antwortete Kerrell kläglich. »Sieh dir diese Berichte an.«

»Irgendwas aus Idiron?« erkundigte sich Baylin nach Ifryns alter Heimat.

»In letzter Zeit nicht. Warum?« Der General betrachtete seinen alten Freund ein paar Augenblicke lang. »Du kommst von dort? Gibt es Probleme?«

»Ja. Als ich abreiste, war es ein einziges Chaos. Fyles ist krank, und da Ifryn hier ist, gibt es ein Hauen und Stechen um die Nachfolge. Falls die Streitereien zwischen den Adeligen schlimmer werden, wird das Land in Stücke brechen und von Osten her leicht verwundbar sein.« Er brauchte nicht hinzuzufügen, daß die östlichen Grenzen des Reiches bereits unter dem Druck barbarischer Stämme standen. »Einer der möglichen Nachfolger auf dem Thron hat sogar eine Allianz mit den Oststämmen vorgeschlagen und damit eine Abspaltung vom Reich«, fügte Baylin hinzu.

»Götter!« rief Kerrell aus. »Damit wären Tilesia und Agrea isoliert. Die ganze östliche Front könnte zusammenbrechen.«

»Wie ein Kartenhaus«, stimmte der Reisende lakonisch zu.

»Warum haben wir noch nichts davon gehört?« wollte der General wütend wissen. »Was ist mit unseren Leuten dort draußen?«

»Sie stehen ganz schön unter Druck«, bemerkte Baylin leise.

»Dafür werden sie bezahlt!« Kerrell zügelte seine Wut. »Wann bist du abgereist?«

»Vor dreiundzwanzig Tagen.«

»Dann hast du es in einer guten Zeit geschafft.«

»Zum großen Teil, ja«, erwiderte Baylin selbstgefällig. »Dennoch kann in der Zwischenzeit viel geschehen sein.«

Kerrell nickte und dachte nach.

»Der Kanzler will sicher alles darüber erfahren«, entschied er. »Und unter diesen Umständen auch der Kaiser. Ich veranlasse das wohl besser.«

»Ich habe befürchtet, daß du das sagen würdest«, antwortete der Reisende resigniert.

Etwas später saßen die vier Männer in Verkhos Büro.

»Ihr seid gestern abend zurückgekommen«, machte der Kanzler ohne lange Vorrede aufmerksam. »Warum habt Ihr bis jetzt gewartet?« Kerrell sah seinen Freund scharf an, doch Baylin hatte eine Antwort parat.

»Ich war betrunken«, antwortete er einfach. »Den letzten Teil der Reise hatte ich starke Schmerzen. Ich wäre nicht in der Lage gewesen, einen angemessenen Bericht abzuliefern.« Baylin war soweit Kerrell wußte der einzige Mann, der Verkho direkt ins Gesicht lügen konnte. Vielleicht bewunderte der Kanzler auf merkwürdige Art und Weise den Mut des Reisenden und tolerierte daher sein abweichendes Verhalten.

»Ich gehe davon aus, daß Ihr es jetzt könnt«, sagte Southan kühl.

»Ja, Sire«, antwortete Baylin und erstattete den Männern einen detaillierten Bericht über die Situation in Idiron. Sowohl Southan als auch Kerrell unterbrachen ihn alle paar Minuten, doch Verkho blieb still und lauschte aufmerksam. Er zeigte als einziger weder Gefühle noch Beunruhigung.

»Warum ist dies alles unserer Aufmerksamkeit entgangen?« wollte Southan wissen und wandte sich an seinen Kanzler, nachdem Baylin geendet hatte.

»Die Armee hätte schon seit einem Monat unterwegs sein müssen«, stimmte ihm Kerrell zu.

»Im Augenblick gibt es keinen Grund für militärische Präsenz«, versicherte ihnen Verkho gelassen. »Ich war ständig über die Situation in Idiron informiert, und ich glaube, daß die Probleme gelöst worden sind.«

»Warum habt Ihr uns nicht darüber informiert?« fragte der Kaiser kalt.

»Ich verspürte nicht den Wunsch, Euch oder die Kaiserin damit zu belasten, während sie im letzten Stadium ihrer Schwangerschaft war«, antwortete Verkho. »Die Sorge um ihren Vater hätte Probleme verursachen können. Und ich war der Meinung, daß Truppenbewegungen Schaden für das Reich als Ganzes heraufbeschwören würden.«

»Erklärt das bitte«, verlangte Kerrell barsch.

»Laßt mich Euch zuerst auf den neuesten Stand bringen«, sagte Verkho ruhig. »Ich bedaure, Euch darüber Kenntnis geben zu müssen, daß König Fyles letzte Nacht gestorben ist.«

»Götter«, keuchte Southan.

»Aber die Nachfolge ist sicher«, fuhr der Kanzler fort. »Der hitzköpfige Baron, der eine Allianz mit dem Osten vorgeschlagen hat, ist ebenfalls tot. Fyles' Cousin Latif hat den Thron ohne Widerstand eingenommen, und der Adel steht jetzt vereint hinter ihm. Sie sind sich der Bedrohung aus dem Osten bewußt und bleiben wachsam. Unsere Grenzen sind sicher.«

»Mehr Glück als Verstand«, knurrte Kerrell.

»Ich erlaube mir, anderer Meinung zu sein, General«, erwiderte Verkho selbstzufrieden. »Wäre die Armee des Reiches tatsächlich schon vor einem Monat nach Idiron aufgebrochen, wäre ein Bürgerkrieg sehr viel wahrscheinlicher gewesen. Da die Idirianer gewußt hätten, daß die Barbaren durch unsere Streitkräfte zurückgeschlagen würden, hätten sie einander abschlachten können. Da sie so aber wußten, daß sie sich dem Feind allein stellen mußten, waren sie gezwungen, sich zu einigen und einen neuen Anführer zu wählen. Wir haben uns also Männer, Zeit und Geld gespart – und sie haben eine wertvolle Lektion gelernt.«

»Mit ein wenig Hilfe von Euch«, bemerkte Southan. Alle wußten, wer für den Tod des verräterischen Barons verantwortlich war, und wer ganz deutlich gemacht hatte, daß Xantium keine Truppen entsenden würde. Verkho beugte dankend den Kopf.

»Ich weiß Eure Sorge um die Kaiserin zu schätzen, Kanzler«, fuhr Southan fort, »aber in Zukunft werdet Ihr mich über derartige Ereignisse auf dem laufenden halten.« Es war ein schwacher Protest, den Verkho scheinbar unterwürfig akzeptierte, doch beide wußten, daß er keine echten Konsequenzen haben würde. Southan stand auf. »Ich muß es Ifryn sagen.« Sein Widerwillen war deutlich zu sehen.

Auch Kerrell stand auf.

»Ich hoffe, Eure Strategie funktioniert auch langfristig, Kanzler«, sagte er schroff. »Idiron ist der Schlüssel zur gesamten Ostgrenze.«

»Darüber bin ich mir im klaren, General«, erwiderte Verkho. »Aber im Reich gibt es noch sehr viel mehr Orte, wo Eure Männer und Eure Talente von größerem Nutzen sein können. Die Gefahren sind für uns nicht auf den Osten beschränkt.«

Da hat er recht, dachte Kerrell kläglich.

Die Zusammenkunft war zu Ende.

Draußen zogen sich Kerrell und Baylin zurück und eilten schnell davon.

»Verdammt sei dieser Mann!« rief Kerrell aus, als sie weit genug entfernt waren. »Nichts kann ihn treffen.«

»Ich frage mich, wie lange er sein Geheimnis gewahrt hätte, wenn ich nicht aufgetaucht wäre?« fragte Baylin.

»*Warst* du gestern betrunken?« fragte der General.

»Nein.« Der Reisende grinste. »Aber heute abend werde ich es sein.«

»Vielleicht leiste ich dir Gesellschaft«, sagte Kerrell, doch sein Gesicht wurde traurig, als er an Ifryn dachte.

Die Kaiserin war aufgestanden und saß an ihrem Ankleidetisch am offenen Fenster, während Doneta ihr die Haare bürstete. Sie blickte sich um, als Southan hereinkam, und sie sah die Trauer in seinen Augen. Das Mädchen brauchte keine Aufforderung und schlüpfte leise aus dem Zimmer, und Ifryn stand langsam auf, als ihr Mann auf sie zu kam. Er nahm sie zärtlich in die Arme.

»Ich habe sehr schlechte Nachrichten, meine Liebe«, flüsterte er, aber sie antwortete nicht, und Southan holte tief Luft. »Dein Vater ist letzte Nacht gestorben.«

»Ich weiß«, sagte sie ganz leise.

»Wer hat es dir gesagt?« Er war überrascht.

»Er ist gekommen, um sich zu verabschieden.« Sie hatte wieder angefangen zu weinen.

Southan hielt sie fest und fühlte sich hilflos, und er wußte nicht, was er noch sagen sollte.

Später am Morgen fand eine weitere Konferenz statt. Alasia befand sich ganz allein mit ihren Gedanken in einem ihrer hoch im Turm gelegenen Horste, als sie Schritte von der Treppe hörte. Sie wußte, es war der Fremde. Sonst kam niemand hierher.

Er begrüßte sie mit einem Lächeln, nahm ihre blasse Hand und küßte sie. Er war stets galant, obwohl Alasia wußte, daß es sich eher um Höflichkeit als um Zuneigung handelte. Sie hatte ihn lange nicht gesehen. Seine Besuche kamen stets ohne Vorankündigung, dennoch war sie niemals überrascht. Sie waren inzwischen Teil ihres Lebens. Es kam ihr nie in den Sinn, sich zu fragen, wie er sie fand oder wie er die Abgeschiedenheit des Turmviertels erreichte. Seine Bewegungen waren still und geheim, und sie hatte niemandem von seiner Existenz erzählt. Früher einmal hatte Alasia seinen richtigen Namen gekannt, doch jetzt nannte er sich anders.

»Wie geht es Euch?« fragte sie höflich. Es war immer wichtig, höflich zu sein.

»Es geht mir gut«, sagte der *Soldat*. »Und Euch?«

»Es ist ein schöner Tag, im Wind zu sitzen«, erwiderte sie und blickte auf die Stadt hinunter, die sich unter ihnen ausdehnte. »Ihr habt Fragen für mich?«

»Ja. Ist alles in Ordnung mit dem Sohn des Kaisers?«

»Das Kind ist gesund«, sagte sie glücklich bei der Erinnerung. »Ich habe dafür gesorgt.«

Der Fremde nickte und runzelte die Stirn.

»Die Wachen der inneren Quartiere sind verdoppelt worden«, fuhr er fort. »Wißt Ihr warum?«

»Sie sind unwichtig.«

»Sie machen meine Aufgabe sehr viel schwieriger«, sagte der *Soldat* nachdenklich. »Ist man übervorsichtig, jetzt, wo Azari geboren ist, oder weiß man etwas?« Er sprach mit sich selbst und erwartete keine Antwort. Er bekam auch keine. »Eine der Geiseln ist verschwunden«, fuhr er fort und versuchte es von einer anderen Seite. »Sagar Folegandros. Wißt Ihr, wo er ist?«

»In den Zellen unter Verkhos Quartier im Staatsviertel«, antwortete Alasia prompt.

Ihr Besucher fluchte leise. Dort würde er nur sehr schwer hinauszubekommen sein, und es konnte sogar schwierig werden, mit ihm in Kontakt zu treten. Aber nichts war unmöglich. Schließlich war es schon einmal gelungen.

»Vielen Dank.« Er machte sich nie Gedanken darüber, woher Alasia solche Dinge wußte, sondern akzeptierte die Informationen einfach. Bisher hatte sie immer die Wahrheit gesagt. »Ich muß jetzt gehen.«

Alasia streckte die Hand aus, und der *Soldat* küßte sie noch einmal und fuhr dabei leicht mit den Lippen über ihre Haut.

Wie ein Schmetterling, dachte Alasia. Sie sah nicht, wie er sie verließ, doch im Geiste sah sie den Fremden davonfliegen.

Ifryn stand am Fenster ihres Schlafzimmers. Ihre privaten Räume lagen im oberen Teil des Hofkreises auf der westlichen Seite des Hügels. Das Fenster bot ihr einen weiten Ausblick über den Westteil der Stadt und das Ödland dahinter, und das war Ifryn immer sehr symbolisch erschienen. Sie sah fort von ihrer alten Heimat, ein Zeichen, daß sie ihr früheres Leben aufgegeben hatte. Der Gedanke war ihr nie bitterer gewesen.

Unten waren auf allen Ebenen Xantiums die Vorbereitungen für die bevorstehenden fröhlichen Festlichkeiten im Gange. Von ihrem Platz aus konnte sie einige der Banner sehen. Aber Ifryn hatte nie weniger Lust zum Feiern verspürt. Wie konnte sie neben dem Scheiterhaufen einer Beerdigung tanzen und lachen? Sie hatte ihren Vater seit seinem letzten offiziellen Besuch in der Stadt vor drei Jahren nicht gesehen, und sie war nie nach Idiron zurückgekehrt. Fyles – sein Geist? – war gekommen, um Lebewohl zu sagen, aber sie hatte ihm nicht antworten können. Zwei Tage zuvor hatte sie ein neues Leben in die Welt gebracht, und jetzt hatte eines diese Welt verlassen – und sie hatte nicht die Macht, es zurückzubringen. Sie fühlte sich so müde.

Es klopfte leise an der Tür, und Donetas Kopf erschien. »Ihr habt einen Besucher«, sage sie, und Ifryns Herz begann bei der Wiederholung dieser schicksalsträchtigen Worte laut zu pochen. »Wollt Ihr lieber allein sein?«

»Wer ist es?«

»General Kerrell.«

Die Kaiserin zitterte trotz ihrer Trauer vor Freude.

»Schickt ihn bitte herein.«

Ifryn blieb am Fenster stehen und starrte hinaus. Kerrell kam herein und durchquerte langsam das Zimmer, bis er an ihrer Seite stand.

»Es tut mir leid, meine Lady«, sagte er leise.

Er legte eine Hand auf die ihre, die auf der Fensterbank ruhte, und Ifryn starrte sie an und spürte eine warme Welle durch ihren Körper rasen, und ihr Handgelenk kitzelte. Kerrell gestattete sich höchst selten auch nur die flüchtigste Berührung der Kaiserin, und jetzt tat er es nur aufgrund der extremen Umstände. Dennoch zog er sich eilig zurück, und sie sahen einander an. Er sah ihre roten Augen und wollte sie mehr als alles andere auf der Welt in die Arme nehmen und trösten, alles zum Guten wenden. Auch sie war kurz davor, sich in seine Arme zu werfen, doch sie beide hatten sich viele Jahre lang in Selbstkontrolle geübt, und so näherten sie sich nicht, sondern kämpften jeder einen einsamen Kampf.

»Southan hat mich gebeten herzukommen, meine Lady«, begann er zögernd. »Imperiale Geschäfte halten ihn zwingend auf, und er bedauert, daß er nicht selbst bei Euch sein kann.« Tatsächlich fühlte Southan sich hilflos und wußte nicht, wie er mit der Trauer seiner Frau umgehen sollte, daher hatte er an seiner Stelle ihren Freund geschickt. Es drückte sein vollkommenes Vertrauen in Kerrell und seine Position aus, daß dieser die

Kaiserin allein in ihrem Schlafzimmer aufsuchen durfte – ohne Hintergedanken. Doch Kerrells formelle Worte brachen die erdrückende Spannung zwischen ihnen.

»Er dachte, ich ...«, begann der General.

»O Kerrell«, rief sie aus. »Ich fühle mich so verloren.«

»Ich weiß«, sagte er nüchtern. »Ich vermisse meinen Vater heute noch.«

»Aber Ihr wart bei ihm, als er starb«, seufzte sie. »Zumindest hattet Ihr die Gelegenheit, Euch von ihm zu verabschieden.«

»Nur durch Zufall, meine Lady. Es hätte ganz leicht auch anders kommen können. Nicht viele haben so viel Glück.«

Sie schwankte, und ihre Augen füllten sich mit Tränen, als sie weitersprach und ihm von ihrem Traum erzählte.

»Wie habt Ihr ihn gesehen?«

»Glücklich. Stark. So, wie ich ihn aus meiner Kindheit in Erinnerung habe.«

»Dann sucht darin Euren Trost. Er hat Euch ein Zeichen gegeben, daß es ihm gut geht, ganz gleich, in welcher Welt er nun ist.«

»Das hoffe ich.« Wie kam es nur, fragte sich Ifryn, daß sie mit Kerrell so leicht über solche Dinge reden konnte, mit ihrem eigenen Mann aber nicht? Wie konnte er sie besser verstehen als der Vater ihrer Kinder? In ihrem Herzen kannte sie die Antwort, aber sie wagte nicht, es offen einzugestehen – nicht einmal vor sich selbst.

»Kann ich Euch etwas holen?« fragte er und bemerkte, daß sie anderen Gedanken nachhing. »Vielleicht etwas zu trinken?«

Ifryn schüttelte den Kopf und winkte ihn zu einem Stuhl. Schweigend saßen sie einander einige Augenblicke gegenüber. »Habt Ihr Nachrichten von meiner Mutter?« fragte sie schließlich.

»Ihr geht es gut, aber natürlich trauert sie. Latif hat jetzt den Thron inne und behandelt sie mit aller Ehrerbietung.« Aus den niedergeschriebenen Berichten der

Fernrufer, die er inzwischen gelesen hatte, hatte er dies als Wahrheit entnommen. »Ich glaube, sie hat vor, nach dem Begräbnis hierher zu kommen«, fügte er hinzu und hoffte, daß diese Neuigkeit sie ein wenig aufmuntern würde. Doch die Kaiserin reagierte ganz anders.

»Ich werde nicht einmal zu seinem Begräbnis gehen können.« Wieder stiegen die Tränen in ihr auf. »Um meine Kleider zu seinen Ehren zu verbrennen.«

Kerrell ließ sich vor ihr auf ein Knie fallen, und sein Gesicht spiegelte ihre große Qual wider.

»Ihr könnt nicht tun, was nicht möglich ist. Weint nicht, meine Lady.«

»Ich muß«, schluchzte sie trotzig.

Kerrell senkte den Kopf und konnte den Schmerz, den ihr Kummer ihm zufügte, nicht länger zurückhalten.

Einige Augenblicke lang blieb alles still. Dann blickte er wieder auf, und sie sah ihn voller Erstaunen an. Ifryn hatte noch nie erlebt, daß er seine Gefühle so offen zur Schau stellte, und es schmerzte sie für sie beide. Sie war jetzt wirklich in Gefahr, wenn sie nur in seine überfließenden Augen blickte.

»Es ist ein Wunder, daß wir Azari nicht aufgeweckt haben«, sagte sie und lächelte tapfer.

Wie auf ein Stichwort kam aus der Wiege des Babys ein Rascheln und ein tiefes Luftholen, das stets seinem Jammern vorausging.

»Ich gehe jetzt besser«, sagte Kerrell widerwillig.

»Wischt Euch zuvor das Gesicht ab.« Sie reichte ihm ein Taschentuch. Er zog sich zurück und tupfte sich das Gesicht ab. An der Tür zögerte er.

»Ich bin keine große Hilfe gewesen, meine Lady«, sagte er leise. »Ich bitte um Vergebung.«

»Ihr wart von größerer Hilfe, als Euch jemals bewußt sein wird«, erwiderte Ifryn ernst. »Schickt bitte Doneta herein.«

Kerrell nickte dankbar und ging hinaus. Als Doneta eintrat, war ihr Gesichtsausdruck sorgfältig neutral.

Kapitel sechzehn

Wenn die Götter spielen, leiden die Menschen. Es hat die Menschheit Jahrhunderte gekostet, dies zu begreifen, und nur wenige Jahrzehnte, es zu vergessen.

Ich beobachte ihn, *kenne die Vorzeichen. Was passiert, wenn die Menschen es wagen, auf dem Spielplatz der Götter zu spielen?*

»Ich hoffe, du hast einen guten Grund dafür, mich an diesen lächerlichen Ort zu bringen.« Clavia sah sich geringschätzig in den Ruinen des alten Tempels um.

»Vertrau mir, meine Teure«, lächelte Verkho. »Ich hoffe doch, daß der Aufstieg nicht zu strapaziös war.«

Clavia war soeben aus einer geschlossenen Sänfte gestiegen, die von vier muskulösen Dienern getragen wurde. So reiste sie ganz privat und ohne Mühen. Sie warf ihrem Halbbruder einen kühlen, wegwerfenden Blick zu und ignorierte seinen Sarkasmus.

»Nun?« wollte sie wissen. »Warum sind wir hier?«

»Komm mit.« Verkho ging voraus zu dem verlassenen Altar in der Mitte der Ruinen.

»Kehrst du an den Ort deiner alten Triumphe zurück?« erkundigte sich Clavia spitz. »Ich hoffe doch sehr, daß du nicht vorhast, noch mehr deiner hübschen Bilder zu projizieren. Sie beeindrucken mich nicht. Und hat man die Geschichte einmal gehört, so kennt man alle Versionen.«

»Für einen Novizen war das eine recht ordentliche Leistung«, sagte Verkho und lachte. »Doch seitdem habe ich so viel gelernt.«

Er sah sich anerkennend um, während Clavia gähnte und demonstrativ gelangweilt aussah.

»Weißt du, Schwester, das alte Pantheon kann uns eine

Menge beibringen«, bemerkte er. »Ihre Legenden könnten unsere Wahrheiten sein.«

»Rede keine Unsinn«, sagte sie angewidert.

»Meyu, Elcar, Zidon ... sie wußten, wie man den Würfel wirft«, fuhr Verkho unbeirrt fort. »Ganze Welten wechselten die Hände, wurden erschaffen oder vernichtet mit nur einem Wurf. Unsere Spiele müssen für sie blaß und uninteressant wirken. Kein Wunder, daß sie das Interesse an uns verloren haben.«

»Und wir an ihnen«, fügte Clavia verdrießlich hinzu.

»Sag das nicht!« rief er aus. »Sie waren außergewöhnlich. Diese Rücksichtslosigkeit, diese Intrigen, dieses Wissen! Nach wem sollte man sich sonst ausrichten? Selbst Gar, der alles verloren hat, ist ein Beispiel für ihren Geist, ihre ewige Hinterlist.«

»Wenn man mit Göttern spielt ...«, zitierte sie.

»Verliert man«, beendete Verkho den Satz für sie. »Oder nicht? Sollen wir es darauf ankommen lassen?«

»Welchen Wahnsinn hast du vor?« wollte Clavia wissen. Langsam machte sie sich Sorgen. Verkho war in einer sonderbaren Stimmung, und seine Augen funkelten mehr als sonst.

»Ich sehe, daß ich zur Sache kommen sollte«, lachte er. »Ich habe dich hierher gebracht, damit du Zeugin eines kleinen Experiments wirst, einer Demonstration, wenn du so willst.« Er hielt inne und legte eine Hand auf die mit Vertiefungen überzogene Oberfläche des Altars. »Diese Bilder, die du vorhin erwähnt hast, sind nicht mehr als das – Erinnerungen, eingebettet in den Stoff dieses Ortes, in den Stein selbst. Triviale Dinge, die man leicht erzeugen kann, die aber keinem Zweck dienen. Sie haben keine eigene Substanz. Richtige Geister andererseits, sind die Geister von Menschen, die einmal auf dieser Welt lebten. Sie sind so echt wie du oder ich. Daher können sie auch dazu gebracht werden, etwas zu tun.«

Clavia schnaubte spöttisch.

»Jetzt bist du vollends wahnsinnig geworden«, stellte

sie fest. »Geister können gar nichts bewirken, und man kann auch nicht vorhersagen, wann sie erscheinen. Wie kann man sie da für sich arbeiten lassen?«

»Was, wenn ich dir sage, daß ich es nicht nur vorhersagen, sondern daß ich sie auch rufen kann?«

»Ich würde sagen, daß du lügst.« Clavia zögerte unsicher. Sie hatte ihren Halbbruder schon einmal unterschätzt.

»Dazu braucht man nur einige Kenntnisse«, fuhr der Kanzler fort, »und eine Quelle der Macht.«

»Eine Quelle?«

»Es ist ganz einfach«, erwiderte er und freute sich offensichtlich über ihre Verwirrung. »Etwas, das zu einer bestimmten Person gehörte, als sie noch auf dieser Welt weilte. Etwas, das das Muster ihres Lebens in sich trägt, ihre Gefühle, ihre Erinnerungen. Ein Lockmittel, um sie zurückzuholen.«

»Zum Beispiel?« Jetzt klang sie nicht mehr so geringschätzig.

»Ein Ring, vielleicht«, schlug er vor.

Verkho streckte die Hand aus. In seiner Handfläche hielt er den Ring eines Mannes, einen großen flachen Smaragd an einem dicken goldenen Reifen. Clavia nahm ihn vorsichtig, wog ihn in der Hand und betrachtete die Arbeit.

»Er ist sehr schön«, sagte sie begehrlich.

»Wunderschön, alt und wertvoll«, stimmte er zu. »Aber noch mehr als das. Sieh dir die Inschrift auf der Innenseite an.«

»Io RK. Aiamm, Lias, Eccoi. IA«, las Clavia vor, und sie mußte die Augen zusammenkneifen, um die winzigen Buchstaben zu lesen.

»Für RK. Liebe, Leben, für immer. IA«, übersetzte Verkho.

»Soviel verstehe ich selbst von der alten Sprache, Bruder!« fuhr sie ihn verärgert an.

»Es war ein Geschenk von Ileana Areta an ihren

zukünftigen Ehemann Rowan Kihan«, fuhr der Kanzler gelassen fort. »Er trug ihn sein ganzes Leben lang. Der Ring hätte ihm eigentlich ins Grab gelegt werden sollen, doch ohne Zweifel wurde einer seiner Erben gierig.«

Clavia spürte seinen Blick auf sich ruhen, weil er eine Bemerkung erwartete, aber klugerweise sagte sie nichts, und Verkho ließ es dabei bewenden. Sie gab ihm den Ring zurück.

»Worauf willst du hinaus?«

»Rowan Kihan liegt hier begraben«, erwiderte er. »Und zwar genau unter unseren Füßen.«

Clavia machte schnell einen Schritt zur Seite und betrachtete die abgetretenen Bodenplatten, auf denen sie gestanden hatte. Die Inschrift des Grabes war kaum noch zu entziffern, aber wenn man wußte, wonach man suchte, konnte man den Namen noch erkennen.

»Wollen wir mal sehen, ob er noch da ist?« fragte Verkho.

Einen Augenblick lang glaubte sie, er wolle das Grab öffnen, aber dann wurde ihr klar, was er vorhatte, und ihr wurde plötzlich kalt. Sie trat zurück, um von dem ›Experiment‹ Abstand zu halten.

Verkho heftete den Blick auf den Ring, und seine Augen blitzten auf, als er seine Gedanken konzentrierte. Er murmelte etwas im Flüsterton, doch Clavia konnte die Worte nicht hören. Flüchtige Bilder blitzten um ihn herum auf, doch sie verschwanden sofort wieder, und keines war deutlich zu erkennen. Die Luft begann zu knistern und zu flirren wie bei einer plötzlichen Hitzewelle – doch Clavia spürte, wie ihre Haut immer kälter wurde.

Eine geisterhafte Hand erschien über dem Stein. Sie zitterte und griff ins Leere. Dann tauchte langsam ein Mann auf, der gegen die unsichtbaren Kräfte kämpfte, welche ihn buchstäblich aus dem Grab zu zerren schienen. Sein Gesicht war vor Schmerz und Wut verzerrt.

Endlich stand der Geist unter freiem Himmel. Er beruhigte sich und gab seinen Kampf gegen die unnatürlichen Kräfte seines Feindes auf, und er begegnete Verkhos starrem Blick mit einem Blick voll unverhohlenem Haß. Der Kanzler blieb ungerührt und lächelte sogar, und er hielt den Ring hoch, als wolle er sein Opfer verhöhnen. Rowans Gesicht verzog sich vor Qual, und er schnappte nach seinem lange verlorenen Schatz. Verkho lachte, als die geisterhafte Hand ohnmächtig durch seine hindurchfuhr. Der Geist sprach jetzt und spie stille Flüche in die Leere. Ansonsten stand er still, festgehalten von unsichtbaren Fesseln.

Gegen ihren Willen war Clavia beeindruckt – aber sie hatte nicht die Absicht, das zuzugeben.

»Du hast bewiesen, daß du recht hast, Bruder. Und was bringt uns das? Er ist hier, aber er kann nichts tun.«

»Soll ich ihn tanzen lassen?« fragte Verkho unerwartet. Er drehte den Ring zwischen seinen Fingern und murmelte wieder etwas. Rowans Schatten trug eine groteske Parodie höfischer Tanzschritte vor, und seine Glieder bewegten sich holprig wie eine schlecht geführte Marionette.

»Oder lächeln?« Das ganze machte Verkho Spaß.

Das Gesicht des Geistes verzog sich zu einem schmerzhaften Grinsen und ähnelte der Fratze eines Wahnsinnigen.

»Oder vielleicht einen Handstand machen lassen?«

»Genug!« rief Clavia und hatte beinahe Mitleid mit dem Toten. »Du hast bewiesen, daß du recht hast!«

»Meine Liebe, ich wußte gar nicht, daß du ein Opfer sanfterer Gefühle bist«, schnurrte Verkho in geheuchelter Überraschung. »Du hast deine Schwäche gut verborgen.«

»Trotzdem sind solche Tricks nutzlos«, gab sie ärgerlich zurück. »Er tanzt in einer anderen Welt.«

»Aber was, wenn er in dieser hier sprechen würde?«

»Du weißt, das ist . . .«, begann Clavia, doch sie sprach nicht weiter.

Rowans Lippen bewegten sich, und eine tiefe Stimme dröhnte auf und ließ die uralten Steine erbeben.

»Bereut, Ihr Sünder, und huldigt mir!«

Einen Augenblick lang war Clavia vor Erstaunen sprachlos, doch dann wurde ihr klar, was da soeben geschehen war.

»Das warst *du*!« klagte sie ihren Bruder an.

»Natürlich«, gab Verkho zu. Dann verbeugte er sich mit sarkastischer Höflichkeit vor dem Geist. »Ihr könnt jetzt gehen.«

Das Trugbild sank wieder in die Erde, und Clavia spürte die Wärme der Sonne auf ihre Haut zurückkehren. Sie bemerkte, daß ihr Halbbruder etwas schwitzte, doch konnte sie nicht sagen, ob es an der Aufregung oder an der Anstrengung lag. Sie bemühte sich verzweifelt, ihre eigene Erleichterung über das Ende des Experiments zu verbergen.

»Und was willst du nun mit diesem Bauchrednerkunststück erreichen?« fragte sie sarkastisch.

»Hier gar nichts«, erwiderte Verkho. »Aber denk doch mal an die Reaktionen, falls, sagen wir mal, Southans Vater mit einem Rat zu seinem Sohn zurückkehren würde. Oder der verstorbene und beweinte König Fyles seine Tochter mit Anweisungen für die Erziehung seines Enkels besuchen würde? Würde das nichts bringen? Würde man das ignorieren?«

»Würde man die Täuschung nicht durchschauen?«

»Die Menschen glauben, was sie glauben wollen«, sagte er mit einer fast kindlichen Freude beim Gedanken an die vielen Möglichkeiten.

»Und es wäre nur allzu leicht, Dinge zu finden, die einmal den Toten gehört haben«, sagte Clavia vorsichtig und konnte langsam den Gedankengängen ihres Bruders folgen.

»Natürlich wird sich meine Technik mit der Übung auch noch verbessern«, fuhr Verkho begeistert fort. »Ich werde ihre Bewegungen viel natürlicher wirken lassen.«

»Lebensechter, meinst du«, bemerkte sie lächelnd.

»Treffend ausgedrückt«, stimmte er lachend zu. »Und wenn ich erst einmal darin Meister bin, kann ich mich größeren Dingen zuwenden.«

»Was für Dingen zum Beispiel?«

»Ich habe den Ring benutzt, um Rowan Kihan aus seinem Schlaf in der Welt der Toten zu erwecken«, erwiderte der Kanzler, und seine Augen funkelten. »Was, wenn ich dir sagen würde, daß ich einen Ring gefunden habe, natürlich bildlich gesprochen, der einmal einem Gott gehört hat?«

Kapitel siebzehn

Der Geist ist ein dunkles Labyrinth, voller monströser Kreaturen und flammender Schemen. Ihre Bewegungen sind durch die Regeln des Spiels eingeschränkt, aber jeder benutzt seine eigenen Waffen – Kralle und Schnabel, Horn und Flamme, Zahn und Klaue. Brutale Kraft und Geschwindigkeit. So ist jeder Gedanke. Er kann nichts bewirken, außer einem Blutbad für Freund und Freund gleichermaßen. Es sei den …

Es sei denn, eine höhere Ordnung leitet das Spiel.

Ich habe einen Blick auf das Licht im Herzen des dunklen Irrgartens erhascht, aber jetzt wird es nie mehr in meine Reichweite kommen.

Der Tag nach seinem erfolgreichen Experiment beim alten Tempel war der Vorabend der Jubiläumsfeierlichkeiten, und Verkho gab in seinen luxuriösen Räumen ein Bankett für ein paar Auserwählte. Die elf männlichen Gäste waren entweder langgediente Beamte aus dem Geheimdienstministerium oder hochrangige Offiziere der Abteilung für militärische Bündnisse – alle, außer einem, ein relativ junger Offizier namens Claros, der sowohl erstaunt als auch nervös war, weil man ihn zu solch einer gehobenen Gesellschaft geladen hatte. Die zwölf Frauen waren, nach den eigenen Worten des Kanzlers, zu ›Dekorationszwecken‹ dort und würden alles tun, was ihre vorübergehenden Partner wünschten. Sie waren alle schön, aber Verkho hatte einige von ihnen auch wegen ihrer geistigen Fähigkeiten ausgewählt. Er wünschte sich ein wahrhaft aufgeschlossenes Publikum für seine Konversation. Mehrere der Frauen hatten schon einmal bei den verschiedensten Gelegenheiten für ihn gearbeitet. Geheimdiensttätigkeiten waren beileibe nicht reine Männersache. Außerdem stellten die Frauen für Verkho ein faszinierendes Mittel zur Beobachtung seiner Untergebenen dar, auch wenn an diesem Tisch Indiskretionen unwahrscheinlich waren.

Der Raum, in dem sie dinierten, gehörte zu einem Labyrinth aus Hallen und Kammern, die allen möglichen Formen des Vergnügens dienten. Unter ihnen gab es mehrere für unterschiedliche Geschmäcker ausgestattete Schlafzimmer, ein kleines Theater für musikalische und dramatische Aufführungen und mehrere Spielsäle. Das Eßzimmer war typisch luxuriös eingerichtet. Ein exquisiter Mahagonitisch stand auf dem polierten Holzboden, die Wände zierten Tapeten, Gemälde und wertvolle Wandteppiche, und die Gewölbedecke hing voller Flaggen und war mit feinsten Schnitzereien überzogen. An einer Seite des Raumes spielte eine Gruppe von Musikanten eine liebliche Melodie, während Diener verschiedene Gänge aus Fleischgerichten und die dazugehörigen Weine hereintrugen. Das Essen, das in Verkhos Räumen serviert wurde, galt als unübertroffen im gesamten Reich. Delikatessen aus vielen Ländern sowie seltene frische Gemüse und Früchte, wurden von erfahrenen Chefköchen zusammengestellt und mit delikaten, phantasievollen Saucen serviert. Für Weinliebhaber waren die Getränke noch bemerkenswerter. Sie stammten handverlesen von den besten Jahrgängen, die in den weitläufigen imperialen Kellern gelagert wurden, und gaben dem Mahl den letzten luxuriösen Schliff.

Während sie aßen, plätscherten die Gespräche dahin, und Verkho dominierte ganz natürlich die Vorgänge von seinem erhöhten Sitz am Kopf des langen Tisches aus. Er hielt mit vollendeter Leichtigkeit Hof, gab amüsante Anekdoten zum Besten und gewährte seinen Gästen die Gunst seiner Meinung über alle möglichen Themen. Gleichzeitig sorgte er wie ein perfekter Gastgeber dafür, daß alle Anwesenden die Gelegenheit bekamen, mitzureden, wo es angemessen war, und lauschte aufmerksam ihren Worten. An diesen Tisch geladen zu sein war Zeichen einer erfolgreichen Karriere und der Anerkennung durch den Kanzler, und alle beteiligten sich eifrig – doch waren alle auch sorgfältig darauf bedacht, ihren Meister nicht zu erzürnen. Sie brauchten keine Bestätigung, wer über das größte Wissen verfügte – und daher die größte Macht innehatte –, und ein Zwischenfall während des Mahls machte dies noch einmal ganz deutlich.

Als einer der vielen Gänge hereingebracht wurde, bemerkte ein Gast, daß er etwas anderes bekommen hatte als die anderen. Zunächst glaubte er, es müsse sich um ein Versehen handeln, doch war er zu verlegen, um die schweigenden Diener zu fragen. Dann machte er sich langsam Sorgen, daß damit subtil etwas ausgedrückt werden sollte, das er nicht verstand. Es kam vor, daß Verkhos Handlanger bei solchen Gelegenheiten öffentlich gerügt und bestraft wurden – und die Kenntnis des Kanzlers über Gifte umfaßte wie man hörte auch jene Mittel, die weit Schlimmeres bewirkten als nur zu töten. Der Beamte suchte in seinen Erinnerungen verzweifelt nach einem Zwischenfall, mit dem er vor kurzem den Zorn des Kanzlers heraufbeschworen haben mochte. Verkho jedoch, der seinen beunruhigten Gast einige Augenblicke lang mit verhaltener Belustigung beobachtet hatte, zeigte sich schließlich mitleidig.

»Es tut mir leid, Deion«, begann er. »Erst heute abend, als Ihr hier eintraft, wurde mir klar, daß das Mahl, das wir anderen zu uns nehmen, Euch nicht zusagen würde. Die Pilze hätten eine allergische Reaktion in Eurem Blut hervorgerufen – und der Rest des Essens hätte Euch kaum noch interessiert«, fügte er vergnügt hinzu. »Ich hoffe doch, daß unser eilig vorbereiteter Ersatz zufriedenstellend ist.«

»Ganz sicher, Kanzler«, erwiderte Deion und wirkte in seiner Erleichterung beinahe komisch.

Als sich das Mahl dem Ende zuneigte, wurde Verkho noch aufgeschlossener. Alkohol zeigte bei ihm keine Wirkung – es sei denn, er wünschte es so –, dennoch schien er an diesem Abend außergewöhnlich heiter. Als sich das Gespräch der Politik und der Unmöglichkeit der Demokratie als verläßliches Regierungssystem zuwandte, beschloß Verkho, nicht in die einseitige Debatte einzugreifen, sondern einen seltenen Einblick in seine eigene Vergangenheit zu gewähren.

»Die Triphenier kamen der Demokratie am nächsten«, erklärte er und lächelte über die höflichen, aber ungläubigen Gesichter am Tisch. »Ja, es ist wahr«, beharrte er. »Ich beobachtete ihre Regierung bei der Arbeit, als ich jung war. Es war sehr lehrreich.« Er nippte an seinem Wein, während er seinen Erinnerungen nachhing. »Die Ältesten wählten einen Repräsentanten aus jeder Stadt und jedem Dorf, und diese Abgesandten versammelten sich in der Hauptstadt, wenn eine wichtige Entscheidung getroffen werden mußte. Sie diskutierten ausführlich über die Angelegenheit und stimmten dann ab. Doch das war noch nicht alles. Später am Tage waren alle sturzbetrunken – dann hielten sie eine zweite Debatte ab und stimmten noch einmal ab. Falls das Ergebnis dasselbe war, stand die Entscheidung. Wurde sie verworfen, warteten sie bis zum nächsten Morgen, wenn alle wieder nüchtern waren, und begannen von vorn. Das Ganze ging so lange weiter, bis zwei Abstimmungen hintereinander übereinstimmten – eine nüchtern, eine betrunken. Das konnte manchmal mehrere Tage lang so gehen.«

»Wenn ihr Wein so gut war wie dieser«, erklärte einer der älteren Beamten und hielt seinen Kelch hoch, »überrascht mich das nicht.«

»Welch ein lächerliches System!« sagte Deion in das folgende Gelächter hinein.

»Es hat auch seine Vorteile«, antwortete Verkho. »Es dominieren unterschiedliche Aspekte des menschlichen Verstandes, je nachdem, ob man nüchtern oder betrunken ist. Beide ins Gleichgewicht zu bringen, kann auch vorteilhaft sein.«

»Aber auf so schwerfällige Weise!« beharrte Deion. »Wie haben sie je etwas erreicht?«

»Die Triphenier waren vielleicht nicht die schnellsten Denker der Welt«, gestand sein Gastgeber zu, »aber sie waren hartnäckig. Einer ihrer Generäle verbrachte einmal sechs Tage mit dem Versuch, mit massiven Rammböcken die Tore einer feindlichen Stadt zu zerstören. Seine Männer erlitten schreckliche Verluste, als die Verteidiger Pfeile, brennendes Öl und Steine auf sie niederregnen ließen, und es gelang ihnen lediglich, ein paar Splitter aus den Toren zu reißen. Schließlich bekam der Kommandeur der belagerten Stadt Mitleid mit ihnen und öffnete die Tore – und zeigte ihnen den soliden Fels, der sich dahinter verbarg. Die Tore waren eine Attrappe. Die Soldaten hatten versucht, mit einem Baumstamm durch sechs Schritt dicken Fels zu stoßen.«

»Aber warum hat der Kommandeur den Trick verraten?« fragte ein anderer Beamter. »Sie hätten doch ewig so weitergemacht.«

»Ganz richtig«, stimmte Verkho zu, »aber die Vorräte der Stadt gingen allmählich zur Neige. Sie konnten es sich nicht leisten, ewig zu warten, und der Burgvogt kalkulierte ganz richtig, daß die Scham des Generals, mit solch einem Trick hinters Licht geführt worden zu sein, ihn zur Verzweiflung treiben würde. Die Belagerungsarmee zog sich noch in derselben Nacht zurück und schlich davon wie ein geprügelter Hund. Sie kamen nie zurück.«

»Wenn doch nur *alle* unsere Feinde so dumm wären«, bemerkte einer der Soldaten ernst und provozierte damit allgemeines Kopfnicken.

»Kommt, meine Herren, heute ist es Zeit zum Feiern«, wandte der Kanzler sanft ein. »Heute abend sind die Gefahren des Reiches weit weg. Ich will sie nicht verniedlichen. Im Gegenteil, wenn wir nicht wären«, fuhr er fort und umfaßte mit einer Geste die ganze Gesellschaft, »wäre das Reich in einem bemitleidenswerten Zustand.

Aber wir sind stark, wenn auch nicht all unsere Grenzen es sind. Ohne geheime Informationen würden auch die vielen Fähigkeiten unseres respekteinflößenden Generals Kerrell und seiner Leute das Reich nicht vor der Auflösung retten. Doch genau da haben wir einen Vorteil gegenüber all den Barbaren jenseits unserer Zivilisation. Sie sind vielleicht gerissen, aber sie werden nie das Gesamtbild sehen. Ihre Reiche sind begrenzt, uns gehört die ganze Welt.«

»Möge es lange so bleiben!« rief Claros aus, denn er fand, daß er sich Gehör verschaffen mußte.

Verkho betrachtete den jungen Mann nachdenklich mit einer Spur von Belustigung im Blick, die seinen Gast nervös machte.

»Darauf könnten wir einen Toast ausbringen«, sagte der Kanzler und erhob seinen Kelch, »doch in dieser Hinsicht brauchen wir keine Angst zu haben. Durch meine Bemühungen – *unsere* Bemühungen – macht sich das Reich viele Quellen der Macht zunutze, die weit jenseits der Vorstellungskraft unserer Feinde liegen. Hier in Xantium haben wir bereits die größte Ansammlung von Talenten, die man je auf dieser Welt gesehen hat, und jeden Tag werden es mehr. Bei den Fernrufern ist es nur besonders offenkundig. Ihr alle wißt aus unserer eigenen Arbeit von den verschiedensten Entwicklungen in diesem Bereich. Es gibt nichts, was wir gemeinsam nicht erreichen könnten.« Ein Ministeriumsbeamter erhob begierig die Stimme, als sein Herr endete, denn er wollte sein eigenes Spezialwissen demonstrieren.

»Wir fangen sogar allmählich an, die Kommunikation mit der Welt der Geister zu verstehen«, sagte er. »Habt Ihr Neuigkeiten von dem Jungen aus Zalys?«

»Ah, ja. Bowen Folegandros«, erwiderte Verkho. »Ich freue mich auf seine Ankunft. Selbst ein Stümper wie Farrag konnte ihn nicht übersehen. Mit ein wenig Glück wird der Junge in ein oder zwei Tagen auf dem Festland sein.«

»Gestern abend waren viele Geister im alten Tempel«, sagte die Frau am anderen Ende des Tisches. Sie war eine von Verkhos Favoritinnen, und sie fühlte sich sicher auf ihrem Ehrenplatz. »Die Leute haben geredet. Ich war sicher, daß Ihr etwas damit zu tun hattet«, fügte sie mit einschmeichelndem Lächeln hinzu.

»Vielleicht, meine Teuerste.« Der selbstgefällige Gesichtsausdruck des Kanzlers verbarg die Tatsache, daß er nicht wußte, warum die Geister sich nach seinem Abgang getroffen hatten. »Doch wir müssen noch viel lernen, bis wir alles wissen.«

»Können diese Wesen uns dabei helfen, die Barbaren zu bekämpfen?« wollte einer der ältesten Beamten wissen.

»Wer weiß? Unsere Feinde sind abergläubisch, also vielleicht ... Auf jeden Fall ist Wissen Macht. Wir werden wissen, wie wir es anwenden können, wenn es soweit ist.«

»Einige unserer Feinde sind ihrem Ziel schon näher gekommen«, bemerkte ein anderer Soldat.

Unerwartet hellte sich Verkhos Gesicht auf.

»Aber genau das ist ja das Wesen des Spiels!« versicherte er. »Ohne Gegner wie den *Soldat,* die unseren Verstand schärfen, wie könnten wir da erwarten, mit größeren Herausforderungen fertig zu werden? Es wäre beinahe enttäuschend, wenn wir ihn jetzt fangen würden – das heißt nicht, daß Ihr es nicht weiter versuchen sollt!«

Er lachte, und die anderen stimmten ein, dankbar für die gute Stimmung des Kanzlers. Die meisten kannten Verkho gut genug, um zu wissen, daß sein offensichtliches Vergnügen an der Arbeit auf einen kürzlichen Erfolg zurückzuführen war – oder auf Pläne, die er in die Tat umsetzen wollte. Das Spiel, wie er es nannte, bedeutete Verkho alles.

»Wir müssen stets wachsam bleiben«, fuhr er fort. »Ausschau halten nach Gelegenheiten zu lernen und dann zu handeln. Die Festlichkeiten morgen werden viele solcher Gelegenheiten bieten.« Plötzlich heftete er seinen Blick auf Claros und starrte ihn mit durchdringender Gewißheit an, wenn auch sein Lächeln nicht schwand.

»Wie habt *Ihr* vor, den Tag zu verbringen, Hauptmann?«

Claros' Gesicht war vor Entsetzen kalkweiß geworden. *Jetzt kommt es,* dachte er hilflos. *O Götter, beschützt mich!*

»Ich ... ich hatte mich noch nicht entschieden, mein Lord«, stammelte er, und bemerkte, daß alle anderen am Tisch ihn anstarrten.

»Ihr habt Euch doch sicher gefragt, warum Ihr heute abend hierher gebeten worden seid«, bemerkte Verkho. Sein Tonfall blieb zwar angenehm, doch seine Augen zeigten den Blick einer Raubkatze, die über eine in die Ecke getriebene Maus nachdenkt.

Es gelang Claros zu nicken, doch seine Kehle war wie zugeschnürt. Plötzlich wurde ihm deutlich bewußt, daß er zuviel getrunken hatte.

»Es ist mir zu Ohren gekommen, Hauptmann«, fuhr der Kanzler fort, »daß Ihr beträchtlich verschuldet seid – und damit die alten Traditionen Eurer Berufung verletzt habt.«

Es wurde totenstill im Raum. Claros schluckte schwer und erwartete, die Worte seiner Verdammung zu hören. Die anderen Gäste sahen jetzt weg und distanzierten sich von dem Verdammten. Sogar die Frau an seiner Seite zog sich zurück.

»Wie auch immer, ich habe beschlossen, Euch zu gestatten, daß Ihr Wiedergutmachung leistet«, sagte sein Folterer, und Claros sah mit plötzlicher wilder Hoffnung auf, und sein Herz hämmerte in seiner Brust. »Ihr werdet morgen für mich eine besondere Aufgabe übernehmen«, erklärte Verkho. »Eine, die perfekt zu Euren Talenten paßt.«

»Alles«, krächzte der Mann.

»Ich werde Euch die Einzelheiten erläutern, bevor Ihr Euch zurückzieht«, schloß der Kanzler und betrachtete dann die furchtsamen Gesichter seiner Gäste. »Kommt, meine Damen und Herren«, rief er, nun wieder in herzlichem Tonfall, »wir haben noch Wein zu trinken. Corton wird mir niemals vergeben, wenn ich die von ihm ausgewählten Flaschen zurückschicke. Dann würde er mir wohl nur einige noch ältere Jahrgänge bringen!«

Am Tisch war hier und da ein zögerliches Lächeln zu sehen, während die Kelche erhoben und gefüllt wurden. Corton Magna, Herr der kaiserlichen Weinkeller, hätte Verkho natürlich niemals etwas abschlagen können – schon der Gedanke war absurd –, doch sein geiziges und anmaßendes Verhalten war in höfischen Kreisen legendär.

Corton starrte auf das Labyrinth-Brett, und seine langen Finger schwebten über einer der größten Spielfiguren, als wolle er einen Zug machen. Er bewegte wortlos seine dünnen Lippen, als flüstere er mit sich selbst, doch ansonsten war er ganz still. Er hielt sich jetzt schon einige Zeit in dieser Position, sehr zum Verdruß seines Gegners, der auf und ab gegangen war und jetzt auf der anderen Seite des Zimmers herumschlurfte und vor sich hin murmelte. Grongar, der nur diesen einen Namen hatte, war ein selbsternannter Barbar und fand Warten schwierig. Jetzt kam er wieder an den Tisch und zog eine Grimasse.

»Du machst besser bald einen Zug, oder wir verpassen noch die verdammten Jubiläumsfeiern!« knurrte er.

»Sie finden nicht vor morgen statt«, antworte Corton kurz.

»Genau!« Grongar stampfte wieder davon, doch Cortons Konzentration geriet nicht ins Wanken. Er würde sich die ganze Nacht Zeit lassen, seinen Zug zu machen, wenn er wollte.

Die beiden Männer waren so verschieden, daß sie

praktisch Gegensätze waren, und daß sie so viel Zeit miteinander verbrachten, verblüffte alle, die sie kannten. Der Kellermeister war zart gebaut, in jeder Hinsicht asketisch dünn, hatte kurzgeschnittenes graues Haar und war immer ordentlich in gedeckte Farben gekleidet. Er nahm alles im Leben sehr genau. Er hatte sein ganzes Leben lang in Xantium gelebt und war nicht verheiratet. Soweit bekannt war, hatte er niemals die Gesellschaft einer Frau genossen, obwohl er fast vierzig Jahre alt war. Liebe – oder überhaupt jegliche unsaubere Gefühlsregung – schien ihm fremd zu sein. Bei seiner Arbeit jedoch konnte sich niemand mit ihm messen. Er hatte den Posten als Kellermeister von seinem Vater übernommen – der davon ähnlich besessen gewesen war, und das bis zu dem Punkt, daß sich die Leute fragten, wie er es geschafft hatte, ein Kind zu zeugen –, und er nahm ihn sehr ernst. Was Corton nicht über Wein wußte, war es auch nicht wert oder vermutlich falsch. Wenige andere Dinge bedeuteten ihm etwas, obwohl er durchaus auch Musik mochte, Poesie und gutes Essen – um den Genuß des Weins zu verstärken. Er war ein absoluter Ästhet.

Grongar andererseits konnte nicht im entferntesten als solcher gelten. Er war, so hatte man ihn selbst sagen hörten, gebaut wie ein aufrecht gehendes Schwein. Sein Torso war fast so breit wie lang und seine Gliedmaßen kurz und dick. Gesicht und Kopf – und vermutlich auch die anderen Teile seines Körpers, die von seiner fleckigen und fadenscheinigen Tunika verborgen wurden – waren beinahe vollständig von einer langen, verfilzten Matte aus hellbraunem Haar bedeckt, aus der eine riesige, platte rote Nase hervorstach. Mund und Ohren waren unsichtbar, es sei denn, er versuchte, ein paar Reste aus ihnen zu entfernen, und seine Füße waren fast so schmutzig wie die zerschlissenen Ledersandalen, in denen sie steckten. Seine Herkunft war unbekannt, sein Alter unbestimmt, und beim Thema Ehe antwortete er ausweichend. Glaubte man jedoch all seine Geschichten, hatte er sehr viele Frauen intim gekannt – und beschrieb, wenn man ihn auch nur im geringsten dazu ermutigte, seine Abenteuer stets derart anschaulich und voller schmutziger Details, daß sogar der hartgesottenste Zuhörer erbleichte oder errötete.

Er verdiente seinen Lebensunterhalt als Hundeführer. Diese wilden Tiere, vor denen sich die meisten vernünftigen Menschen ängstigten, liebten ihn als einen der ihren – und er sorgte dafür, daß jeder, der glaubte, wüst mit ihnen umspringen zu dürfen, es sich sehr gut überlegte, bevor er das noch einmal tat. Die Jagd war in den Deadlands offensichtlich nicht möglich, und die Hunde wurden als Wachtiere oder für zeremonielle Anlässe gehalten sowie für gelegentliche Kämpfe zu Wettzwecken im Stadion, doch Grongar nannte sie immer noch Jagdhunde. Eine seiner liebsten Freizeitbeschäftigungen war, sich zu betrinken – mit Leichtbier, obwohl er glaubte, daß das Gebräu aus Xantium nur Pinkelwasser war, verglichen mit dem Bier seines entlegenen Heimatlandes. Außerdem sang er gerne unverständliche alte Jagdlieder mit lauter, falscher Stimme, begleitet von den heulenden Hunden. Wein war für seinen Geschmack zu edel, und er rührte niemals welchen an. Und das war vermutlich auch gut so – seine Angewohnheit, Dinge zu ›erwerben‹, hätte ihm in Cortons imperialen Kellern nicht gut zu Gesicht gestanden.

So ungefähr das einzige, das die beiden gemeinsam hatten, war die Leidenschaft für das Spiel Labyrinth. Es war ein kompliziertes Schlachtspiel, das man mit Figuren verschiedener Stärke und Fähigkeit auf einem Brett mit Karomuster aus hundert abwechselnd schwarzen und weißen Feldern spielte. Doch auch hier gingen sie völlig unterschiedlich vor. Corton fuhr die Strategie, jeden möglichen Zug sorgfältig zu überdenken, jede mögliche Entwicklung zu analysieren und erst dann seine Wahl zu treffen. Grongar spielte nach Instinkt, reagierte fast sofort und analysierte nichts. Es war eine stete

Quelle der Verwirrung für Corton, daß der Barbar genauso viele Spiele gewann wie er selbst.

Und doch, trotz all der Punkte, die gegen sie sprachen, blieb ihre Freundschaft stark, ein Band, das niemand verstand und niemand in Frage stellte.

Sie spielten ihre Spiele in Serien. Der erste, der zehn Spiele gewonnen hatte, bekam vom anderen auf der Stelle einen Krug Bier oder eine besondere Flasche Wein spendiert, und dann fingen sie wieder von vorne an. Doch die oft wiederholten Wetten waren nicht der Hauptgrund ihres Vergnügens. Es war die Schlacht, auf die es ankam. Und das Spiel, das soeben lief, war wichtiger als die meisten anderen, denn jetzt hatten beide je neun Spiele gewonnen, und der Gewinner dieser Partie würde nicht nur den Preis beanspruchen, sondern auch die nächsten Tage das Recht haben, damit zu prahlen. Natürlich bestand Cortons Prahlerei aus diskreter Befriedigung und ein paar wohlgewählten Seitenhieben, doch Grongar war nicht so zurückhaltend – und mit der Aussicht auf Freibier am nächsten Tag, war der Gedanke an die trunkene Prahlerei seines Freundes für Cortons feine Sensibilität sehr schmerzlich.

Endlich kam er mit seinen Berechnungen zum Ende und bewegte seinen Adler zwei Felder vorwärts. Dann lehnte er sich triumphierend zurück. Grongar stampfte sofort herbei und warf einen Blick auf das Spielbrett.

»Soviel Zeit, nur *dafür*?« rief er spöttisch aus. »So ein Blödsinn!«

Er nahm seinen eigenen Bullen, bewegte ihn diagonal ein Feld weiter und knallte ihn so fest nieder, daß das Brett erzitterte und einer von Cortons Geistern umfiel. Er richtete ihn schnell wieder auf und fragte sich, warum er diesen Zug seines Gegners nicht vorhergesehen hatte – der jetzt so offensichtlich schien –, während Grongar wieder davonschlurfte.

»Komm schon«, murmelte er. »Ich bin verdammt durstig.«

Corton hörte ihn nicht. Er war zu sehr damit beschäftigt, die neuen Kombinationen zu erarbeiten. Grongars Zug war doch sicher ein Versehen gewesen. Deswegen hatte er ihn nicht in Betracht gezogen. Es mußte irgendwo eine Öffnung geben! Er blieb still zusammengesunken über dem Brett sitzen und merkte nicht einmal, daß sein Freund das von Lampen erhellte Zimmer verlassen hatte.

Einige Zeit später kehrte Grongar zurück. Er hatte irgendwo einen großen Krug Leichtbier gefunden, dessen Schaum unbemerkt über den Rand lief, und er trank laut, um damit seine Rückkehr zu verkünden.

»Noch immer nicht gezogen?« bemerkte er nachlässig. »Ich kenne ein paar adelige Damen, die würden schneller ihre Röcke heben, als du spielst.«

Corton ignorierte ihn.

»Irgend jemand hat in der Küche nach dir gefragt«, fuhr der Barbar fort. »Vermutlich folgt er mir hierher.« Er nahm noch einen langen Schluck Bier und rülpste, daß der Boden erzitterte. Endlich drang die Bedeutung seiner Worte zu Corton durch.

»Was?« Er blickte hoch.

»Junger Bursche, sah ziemlich nervös aus«, erwiderte Grongar und ahmte einen völlig unpassenden feinen Akzent nach. »Claros mit Namen.«

Kapitel achtzehn

Warum verehren die Menschen die Drachen so sehr? Sie sind auch nur eine von vielen ausgestorbenen Rassen, wie das mit Fangzähnen bewaffnete Flußpferd oder der flugunfähige Jarlock. Ich bin sicher, daß die Geschichtenerzähler ihre Geschichten ausgeschmückt haben. Ein wenig Feuer hier, ein paar stahlharte Schuppen dort, besiegte Helden und vernichtete Jungfrauen zu Dutzenden. Aber die Drachen bleiben tot, so groß ihr mythischer Ruhm auch sein mag.

Wer wird aus unseren Taten Legenden machen, wenn wir einmal tot sind? Wenn die Menschheit ausgestorben ist?

Es war lange nach Mitternacht, als Claros endlich den abgelegenen Lagerraum fand, wo die beiden Freunde ihr endloses Spiel spielten. Der Hauptmann klopfte und trat ein, ohne eine Antwort abzuwarten. Er ging hinüber zu Corton, der noch an seinem Tisch saß – obwohl er sich nicht richtig hatte konzentrieren können, seitdem er wußte, daß jemand nach ihm suchte. Claros bemerkte Grongar nicht, der bei seinem Eintreten hinter der Tür gestanden hatte.

»Master Corton«, begann Claros und sprach weitaus lauter als nötig. »Ich benötige Eure Dienste.«

»Um diese Zeit?« Der Kellermeister sah ihn ungläubig an. »Die Keller sind verschlossen. Und ich habe morgen sehr viel zu tun.«

»Es kann nicht warten.« Claros' Gesicht glänzte schweißnaß.

»Ich fürchte, es wird warten müssen, Hauptmann«, sagte Corton eisig.

»Ich brauche eine Flasche Embarragio«, beharrte der jüngere Mann und hob die Stimme. »Sofort!«

Corton hätte nicht entsetzter ausgesehen, wenn man ihn gebeten hätte, eine Flasche Sonnenschein oder eingelegte Stücke des Mondes zu besorgen.

»Lächerlich!« stieß er hervor, und seine blassen Wangen wurden rot. »Wie könnt Ihr es wagen, um so etwas zu bitten. Es gibt auf der ganzen Welt nur noch drei Flaschen Embarragio, und es wird nie wieder neue geben.«

Der fragliche Weinberg hatte im Zentrum der heutigen Deadlands gelegen, und seine letzte Ernte war über sechzig Jahre her.

»Ich weiß«, fuhr Claros ihn an. »Ich brauche nur das Beste.«

»Ihr glaubt, ich händige Euch einfach auf Eure Bitte hin etwas so Seltenes, so Teures aus?« Cortons Verachtung war unüberhörbar. »Geht jetzt bitte, Hauptmann, bevor Ihr Euch noch mehr zum Narren macht.«

»Dann laßt Ihr mir keine Wahl«, drohte Claros und zog seinen Dolch. Corton sprang auf, stieß gegen den Tisch und warf den Stuhl um. Er starrte ungläubig auf die Klinge.

»Bringt mich in die Weinkeller und gebt mir die Flasche«, befahl Claros.

Während dieses Wortwechsels hatte Grongar still hinter der Tür gestanden. Als die Debatte hitziger wurde, kam er näher und dabei bewegte er sich erstaunlich leise, und als der Soldat das Messer zog, tat der Barbar das gleiche. Im Bruchteil einer Sekunde nahm er seinen Bierkrug in die linke Hand und hielt eine Stahlklinge in der rechten. Im Gegensatz zu seinen anderen Besitztümern war das Metall gut gepflegt und glänzte hell, und es ruhte leicht in seiner schwieligen Faust. Die nadelscharfe Spitze drückte zart gegen Claros' Rückgrat.

»Keine Bewegung«, sagte Grongar knapp.

Der Hauptmann erstarrte. Seine Nerven waren ziemlich mitgenommen.

»Nennt mir einen guten Grund«, sagte Grongar in

leichtem Plauderton, »warum ich Euer Abendessen in Eurem Magen lassen sollte.«

»Ich ... sie ist für ... für eine sehr wichtige Person«, stammelte Claros.

»Für wen?« fragte Corton.

»Ich ... ich kann es Euch nicht sagen.«

»Dann, fürchte ich, werde ich Euch mit Eurer Leber bekanntmachen müssen«, bemerkte Grongar glücklich. »Wie hättet Ihr sie gerne? In Scheiben oder gehackt?«

»Nein! Bitte, hört zu«, rief Claros verzweifelt.

»Ich höre nur ungern Leuten zu, die mich mit einem Messer bedrohen«, führte Corton aus.

»Es tut mir leid.« Der Soldat ließ die Klinge aus der zitternden Hand fallen. »Laßt es mich erklären.«

»Aber es sollte eine gute Erklärung sein«, kommentierte Grongar ernst. »Ihr habt unser Spiel gestört. Ich habe schon für weniger getötet.«

Corton blickte auf das Spielbrett hinunter. Die Steine waren durch seine heftige Bewegung wild durcheinander geworfen.

»Und ich war gerade am Gewinnen!« beklagte sich Grongar bitter.

In jener Nacht träumte Ifryn, daß sie allein auf einer Waldlichtung war. Die Sonne schien wunderschön, doch sie hatte Angst und wußte, daß sie sich verlaufen hatte und konnte nicht entscheiden, in welche Richtung sie gehen sollte. Hinter allen Bäumen schienen sich dunkle und gefährliche Wege zu verbergen.

Helft mir.

Aus dem Nichts erschien ein Reiter. Einen Augenblick lang geschah nichts, dann konnte sie das Klirren des Geschirrs hören, den Schweiß des großen braunen Pferdes riechen und seinen weißen Atem in der kühlen Morgenluft sehen. Sie sah zu dem Reiter auf und erkannte Kerrell. Er war bis zur Taille nackt, und die Muskeln auf

Brust und Schultern glänzten feucht vor Schweiß. Sein Haar war wie üblich zurückgebunden, und er lächelte zu ihr hinunter.

Die Zeit stand still. Wie konnte er wirklich sein?

Seid Ihr es tatsächlich?

Ifryn trat einen Schritt vor, streckte sich und berührte den rauhen Stoff seiner Hosen. Er fühlte sich grob und stark an, das Fleisch darunter war warm und sehr real.

Er streckte eine Hand aus, um ihr hinaufzuhelfen. Sie nahm sie ...

... und erwachte, ganz erhitzt, und ihr Herz flatterte wie ein verängstigter Vogel.

Southan Azari, Thronerbe des Xantischen Imperiums, hatte am nächsten Morgen, im Alter von fünf Tagen, seinen ersten öffentlichen Auftritt. Er lag in den Armen seiner Mutter, während sie und Southan auf einem Balkon auf den Mauern des Hofes saßen und die Prozession im Staatsviertel unter ihnen vorbeizog. Sie hörten Musik, sahen die unterschiedlichsten Darbietungen – Feuerschlucker, Jongleure, Akrobaten und Clowns. Repräsentanten der Gilden, in ihre besten Gewänder gehüllt, zogen vorbei, gefolgt von Einheiten der Imperialen Armee in zeremonieller Uniform, mit herrlich gepflegten Pferden. Es war ein bunter, lauter Anblick, voll sorgfältig geplantem Prunk und spontaner Freude, doch Ifryn konnte es nicht genießen. Unter ihrem anmutig lächelnden Äußeren waren ihre Gefühle in Aufruhr. Sie trauerte nicht nur um ihren Vater und machte sich Sorgen wegen der möglichen Bedrohungen für ihren kleinen Sohn, jetzt spürte sie auch Verwirrung und ein wenig Angst wegen der Leidenschaften, die ihr Traum in ihr geweckt hatte. Sie war immer noch müde von der Geburt und dem Schlafmangel, und sie betrachtete die Feierlichkeiten lediglich als eine Tortur, die es zu überleben galt. Daher zog sie sich zurück, sobald es das Protokoll zuließ und nahm an den weiteren Ereignissen des Tages nicht teil – bis zum großen Bankett am Abend, vor dem es kein Entrinnen gab.

Doch der Rest der Stadt war entschlossen, das Beste aus dieser Gelegenheit herauszuholen. Eine so gute Entschuldigung für Saus und Braus konnte man nicht vorübergehen lassen. Die Straßen waren vollgestopft mit Menschen in bunten Kostümen, überall gab es Tanz, Musik, Essen und Trinken. Unterhaltungskünstler zeigten, was sie konnten – ebenso die Taschendiebe. Stände, an denen alle möglichen Waren verkauft wurden – von billigen Souvenirs bis zu angeblichen Aphrodisiaka –, waren an jeder Ecke aus dem Boden geschossen, und auf jedem offenen Platz gab es einen Jahrmarkt mit Spielen, die bestimmte Fertigkeiten, Kraft oder Glück erforderten. Und für jene, die ihr Glück etwas ernsthaft herausfordern wollten, bot die Große Würfelhalle alle Arten von Wettbewerben. Ganze Vermögen wurden durch den Fall des Würfels, das Wenden einer Karte oder das Drehen eines der riesigen Glücksräder gewonnen und verloren. Es gab auch kleinere Tische, einige davon in privaten Zimmern, für intimere Wettbewerbe in den Spielen Labyrinth, Gammon und Kaiserskat, bei denen sowohl Teilnehmer als auch Zuschauer begeistert wetteten.

Es gab noch mehr Wettbewerbe, besonders im Stadion, die reichlich Gelegenheit boten, auf den Ausgang zu wetten, und sie zogen ein riesiges und lautstarkes Publikum an. Zuerst kamen die athletischen Wettkämpfe – Wettläufe, Gewichtheben und verschiedene Turnübungen – zwischen den Besten aus vier Mannschaften. Die meisten Bewohner Xantiums waren aus Familientradition, Gewohnheit oder Loyalität innerhalb der Gilde Anhänger der einen oder anderen Mannschaft. Die Rivalitäten der Zuschauer schlugen oft in Gewalttätigkeiten um, angefeuert durch Trunkenheit und die Leidenschaften, die beim Gewinnen und Verlieren entstehen, doch das alles gehörte dazu.

Die meisten Athleten waren Sklaven, die im Besitz mächtiger Familien waren und von ihnen trainiert wurden, und zwar genau zu dem einen Zweck, das entsprechende Ereignis zu gewinnen und damit dem Haushalt und der Mannschaft Ehre zu machen – und Geld zu bringen. Die Besten unter ihnen führten ein sehr eingeschränktes, aber verhätscheltes Leben, badeten in der kurzen Verzückung des Triumphes und der Speichelleckerei des Pöbels.

Als nächstes kamen die militärischen Wettbewerbe zwischen ebenso konkurrierenden Armee-Einheiten. Die Gewinner der Mannschaftswettbewerbe – Bogenschießen, Speerwerfen, Ringen und so weiter – trugen bis zum nächsten Wettbewerb die Siegeswimpel zusammen mit den Farben ihrer Einheit. Zwar riefen diese Kämpfe nicht ganz so viel Leidenschaft in der Menge hervor, doch wurden sie ebenso verbissen durchgeführt und von einem kenntnisreichen und dankbaren Publikum verfolgt – und nicht zuletzt von ihren Kameraden und Offizieren.

Doch den Höhepunkt des Spektakels im Stadion lieferten zweifellos die Schlächter. Dabei handelte es sich um eine Gruppe scheinbar furchtloser Männer, die, nur mit einer einzigen Waffe ihrer Wahl bewaffnet, sich einem wilden Tier allein im Todeskampf stellten. Wütende Bullen, hungrige Wölfe, speziell gezüchtete Kampfhunde, wilde Eber – die nur von den Ignoranten unter den Zuschauern unterschätzt wurden – und sogar riesige, giftige Schlangen wurden mit einer routinierten Extravaganz und einer der Menge huldigenden Brutalität abgeschlachtet, bis der sandbedeckte Boden der Schlachtgrube vor trocknendem Blut kaum noch zu erkennen war. Bislang hatte ein spuckender, Zähne fletschender und aufgebrachter Bär die beste Unterhaltung des Tages geboten, indem er zwei Schlächter mit wuchtigen Schlägen seiner mächtigen Tatzen getötet hatte, bevor auch er sein blutiges Ende fand. Doch dieses vorletzte Gefecht war schon bald vergessen, als das letzte angekündigt wurde. Man hatte der Menge etwas Besonderes versprochen, etwas Einzigartiges – und sie sollte nicht enttäuscht werden.

Die Ausrufer, die der Menge das wilde Tier ankündigten, nannten es einen echten Seedrachen und erklärten, daß jeder Biß tödlich sei, da seine Zähne ein todbringendes Gift enthielten. Man hatte die Kreatur vor einer kleinen Insel im südlichen Archipel entdeckt und in einem Stahlkäfig von einem Marinekapitän zurückbringen lassen – allerdings erst, nachdem es drei Männer der Mannschaft getötet und gefressen hatte.

Lautes Geschrei der Vorfreude war zu hören, bis das Tier freigelassen wurde. Als es in die Grube watschelte, schnappten die erstaunten Zuschauer nach Luft. Einige Zyniker hatten ein großes Krokodil erwartet – etwas Exotisches, aber kaum Einzigartiges –, doch das hier war wirklich ein Monster. Es glich einer Eidechse, die zu ungeheuerlicher Größe herangewachsen war – allein sein Schwanz war länger als ein großer Mann. Seine vier Beine waren außerordentlich dick und endeten in schweren schwarzen Klauen, und die Schnauze zeigte kantige Kiefer mit einer Vielzahl von fürchterlichen, schmutzigen Fängen. Obwohl es ganz eindeutig eher ein Wesen des Landes als des Wassers war, hatte es keine Flügel wie die mythischen Drachen alter Zeiten. Es spie kein Feuer und war nicht von Schuppen bedeckt, doch seine Haut wirkte zäher als Leder und hatte dieselbe gesprenkelte Farbe wie eine Kröte. Kleine rote Augen sahen sich gelangweilt um, völlig unbeeindruckt von dem Tumult. Niemand hatte je *so etwas* gesehen.

Die Schlächter waren pragmatische Leute, die nur sich selbst Rechenschaft ablegten, und viele wählten ihre Kämpfe mit Bedacht und verlängerten damit eine lukrative Karriere über die Grenzen ihrer jugendlichen Vitalität hinaus. Doch auch ihr Ruf war wichtig, und neue Herausforderungen gab es wenige und nur sehr selten.

Auf jeden Fall war das Preisgeld, das für die Tötung des Drachen geboten wurde, so enorm, daß es keinen Mangel an Freiwilligen gab.

Der erste war ein junger Champion, dessen gutaussehendes Gesicht, die blonden Locken und hervortretenden, tätowierten Muskeln ihn zu einem Favoriten der Menge machten. Erst als er in die Grube hinuntersprang, wurde allen klar, wie schnell der Drache sich bewegen konnte. Sofort griff er mit weitaufgerissenen Fängen an und bewegte sich mit einer Geschwindigkeit, die für sein Gewicht unglaublich war. Der Champion entging knapp zwei Angriffen und konnte sogar zwei leichte Treffer mit seinem schweren Speer landen, doch schon bald war klar, daß er um sein Leben lief. Schließlich war er in die Ecke getrieben, und mit einem einzigen Schnappen der schrecklichen Kiefer und einer fast nachlässigen Drehung des Halses, riß der Drachen dem Kämpfer ein Bein aus und schleuderte den verstümmelten Körper durch die halbe Grube. In wenigen Sekunden war der Mann tot und halb verspeist.

Jetzt war die Menge in helle Verzückung geraten und rief nach ihren eigenen Favoriten, das Ungeheuer zu töten. Die Chancen der Wetten hatten sich bereits dramatisch verändert.

Vier der besten Schlächter waren schon bald tot, während der Drache kaum einen Kratzer davongetragen hatte. Das Stadion war in Aufruhr, doch der Leiter der Kampfarena wußte, daß die Situation sehr ernst war. Man konnte es sich nicht leisten, noch mehr gute Männer zu verlieren – und diejenigen, die noch übrig waren, weigerten sich, dem Tier entgegenzutreten. Doch es war unvorstellbar, daß das Wesen überlebte. Die Menge würde Amok laufen. Also rief man nach Bogenschützen, die auf den Drachen feuern sollten, und obwohl der Pöbel zunächst pfiff und seine Mißbilligung mit Buhrufen ausdrückte, wurde diese neue Art des Bogenkampfes bald so etwas wie eine neue Sportart. Die meisten

Pfeile prallten an der dicken Haut ab, doch ein paar trafen ihr Ziel. Das machte den Drachen noch wütender und entlockte der Menge jubelnde Zurufe. Nicht lange, und die Wetten waren in vollem Gange, wobei einzelne Bogenschützen von ihren Geldgebern ermutigt wurden.

Als schließlich ein Dutzend Pfeile aus dem Körper des Ungeheuers herausragten und aus jeder Wunde dickes, schwarzes Blut sickerte, wurde der Drachen allmählich langsamer. Da landete ein Glückstreffer in einem wütenden roten Auge. Die Kreatur schrie auf und schlug in verzweifeltem Todeskampf um sich. Der nächste Schlächter sah seine Chance kommen und sprang hinunter, sein zweihändiges Schwert bereit, um sich dem verstümmelten Untier zu stellen. Dennoch wurde es ein langer und spannender Wettbewerb, da der Mann den blutigen, giftigen Zähnen entgehen mußte. Doch schließlich ging die schwere Klinge krachend nieder und spaltete den Schädel des Ungeheuers in zwei Teile. Es brach zusammen, zuckte einen Augenblick lang wild und starb, während der Schwertkämpfer die brüllende Huldigung der Menge entgegennahm.

Kapitel neunzehn

Jeder Mensch erzählt eine Geschichte. Einige sind nicht länger als ein kurzer Absatz, andere so lang wie ein Heldenepos, doch jede ist vollständig, mit einem Anfang, einem Mittelteil und einem Ende. Manche werden als Abenteuer oder Liebesgeschichte erzählt, andere reichen von Tragödie bis Farce, doch die meisten sind eine Mischung aus allem und mehr. Wir alle schreiben unsere eigene Geschichte, sogar das Nachwort.

Ich brauche keine Bücher.

Corton und Grongar trafen sich erst am späten Nachmittag wieder. Beide waren mit offiziellen Aufgaben beschäftigt gewesen, doch jetzt hatten sie eine Stunde frei und zogen sich an ihr gewohntes Plätzchen zurück. Grongar hatte Zeit zum Trinken gefunden, während Corton stocknüchtern war, doch beide hatten über Claros nachgedacht.

»War es richtig ihm zu glauben, was meinst du?« murmelte Corton.

»Weiß nicht«, erwiderte sein Freund. »Isnur 'ne Flasch' Wein.«

»Darum geht es nicht. Er wirkte so verzweifelt.«

»Wenn du auf was wettes, wassunich ham kanns, wärssu auch verzweifelt«, führte der Barbar an. »Besonders, wenn du Geheimdienstoffischier wärss. Sie solln ja nich spieln, weissdu«, fügte er ernst hinzu.

»Welcher Teufel hat ihn geritten, das zu tun?« fragte sich der Kellermeister laut.

»Ehre! Sonst gibt's nichts!« deklamierte Grongar laut. »Die kleinlichn verfluchn Adligen sinn alle gleich. Idioten, allezusamm. Wer sagt, daß die Kaiserin das Zeug überhaupt mag?«

»Kaiserin Ifryn hat einen guten Geschmack«, sagte Corton kühl. »Im Gegensatz zu manchen anderen. Sie würde ein solches Geschenk wohl zu schätzen wissen.«

»Ha! Aus ihren eigenen Kellern«, schnaubte Grongar. »Schönes Geschenk!« Er hatte vorsorglich ein kleines Faß seines eigenen Lieblingsgetränks mitgebracht und füllte jetzt erneut seinen Krug.

»Und hätte er sich nicht an seinen Schwur gehalten, als er die Wette verlor«, fuhr Corton fort, als wolle er sich selbst von seinen Worten überzeugen, »hätte er alles verloren. Seine Position, seinen Status, seine Familie ... für einen Mann wie ihn hätte das den völligen Ruin bedeutet. Vielleicht hätte er sich sogar umgebracht.«

»Grosche Güte«, murmelte Grongar durch seinen schaumbedeckten Schnurrbart.

»Du willst doch sicher nicht das Leben eines Mannes auf dem Gewissen haben?« rief sein Freund aus.

»Welches Gewissen?« Der Barbar lachte und rülpste laut.

»Selbst *du* würdest niemals eine Spielschuld verleugnen!« erklärte Corton. Das war in Xantium so etwas wie ein geheiligtes Gesetz.

»Nein«, gab Grongar verständnisvoll zu. »Aber ich bin nicht dumm genug, überhaupt eine solche Wette zu machen. Wassis an Geld falsch? Er hat dir gessern abend viel versprochen. Ob du es je zu sehn krichs, is ne andere Sache.«

»Traust du seinem Wort nicht?«

»Vertraue niemandem, den Verkho ausgebildet hat.«

»Und warum trägst du meine Entscheidung von gestern abend dann mit?«

Grongar grinste schelmisch und gewährte seinem Gefährten einen seltenen Blick auf seine fleckigen Zähne.

»Ich wollte dich leiden sehn«, sagte er hinterhältig. »Wie du dich von deinem kossbarn Wein trennst.«

»Warum?« wollte Corton wissen und spürte tiefen Kummer.

»Ich weiß, du hast das Spiel absichtlich umgestoßen«, klagte Grongar ihn an. »Du wußtest, daß ich kurz davor war zu gewinnen.« Plötzlich wirkte er gar nicht mehr so betrunken.

»Unsinn!« rief der Kellermeister.

Die beiden Männer starrten sich wütend an, dann brachen sie in Lachen aus und stellten in schweigendem Einvernehmen die Figuren für ein neues Spiel auf. Der Ehre würde genüge getan werden.

Das große Bankett dauerte schon mehrere Stunden an, und Ifryn war sehr erschöpft. Sie hatte nur spärlich von dem ausgezeichneten Essen gegessen und nur Wasser getrunken, aber sie fühlte sich dennoch aufgeschwemmt. Sie tröstete sich mit dem Gedanken, daß sie nur noch eine schwere Prüfung ertragen mußte, bevor sie sich endgültig zurückzog, denn die Geburt ihres Sohnes gab ihr genügend Grund, dem nachfolgenden Tanz fernzubleiben. Jetzt mußte sie nur noch mit ihrem Mann die Geschenke entgegennehmen, die die höfischen Beamten aus Hunderten von persönlichen Gaben als besonders würdig herausgesucht hatten. Die meisten dieser Darbringungen stammten von Kaufleuten oder Handwerkern, die auf eine zukünftige Förderung durch das Reich hofften, doch die anderen waren Tribute aus dem ganzen Reich, und selbst in ihrem erschöpften Zustand konnte Ifryn nicht anders: Sie war ein wenig aufgeregt. Es erinnerte sie an ihre Kindheit und die Feierlichkeiten zum Namenstag einer jungen, sorglosen Prinzessin – die sie kaum noch als sie selbst wiedererkannte. Sie fragte sich, ob auch etwas aus Idiron dabei war. Das wäre wie ein Geschenk aus dem Grab ihres Vaters.

Alle Gäste des Banketts saßen an den Außenseiten der langen Tische, die drei Seiten eines großen Rechtecks bildeten und in der Mitte Platz für die Unterhaltungskünstler und später für die Überbringer der Geschenke ließen.

Jenseits der Tische herrschte ein ständiges Kommen und Gehen von Dienern, die an den Tischen die Speisen auffüllten. Die Wände waren bunt dekoriert, und einige der Flaggen reichten bis hinauf in die Dachsparren. Das Ganze wurde von Hunderten von Öllampen beleuchtet, und sie überstrahlten das Licht des Mondes, das durch die Fenster unter der gewölbten Holzdecke hereinschien.

Endlich begann der Aufmarsch. Die Geschenke wurden zur Prüfung nach vorne gebracht, und nachdem die formelle Zustimmung gegeben worden war, wurden die ausgewählten Stücke von Beamten der Schatzmeisterei diskret mitgenommen. Der Zug ging seinem Ende zu, als Claros mit einem Begleiter eintrat, die Augen fest auf Ifryn geheftet.

Als er noch ein paar Schritte vom Tisch entfernt war, fiel er abrupt auf die Knie, sehr zum Unwillen des ihn begleitenden Beamten.

»Mein Kaiser, ein ergebener Hauptmann erbittet eine besondere Gunst«, sagte Claros eilig. »Gestattet mir zu sprechen.«

»Fahrt fort.« Southan war offensichtlich neugierig.

»Dieser Wein hat in einem Spiel um Ehre meinen Weg gekreuzt, Eure Majestät«, begann der Soldat. So sagte er höflich, daß er sie bei einer Wette gewonnen hatte. »Aber ich habe sie nur unter der Bedingung angenommen, daß sie von jemandem getrunken wird, dessen Eigenschaften seltener und bewunderungswürdiger sind als die dieses Jahrgangs.« Er winkte seinen Diener herbei, der ein Tablett auf den Tisch stellte. »Ich habe den Wein dekantieren lassen, wie es sich gehört, Eure Majestät.«

Southan nahm die Flasche zur Hand, die nur noch ein wenig dunklen Bodensatz enthielt, und las das Etikett.

»Embarragio!« rief er aus. »Das ist in der Tat ein seltenes Geschenk, Hauptmann.«

Claros neigte den Kopf.

»Meine Zufriedenheit und meine Ehre wären vollkommen«, stellte er fest, »wenn Kaiserin Ifryn einwilligen würde, den Wein zu kosten, denn niemand auf der ganzen Welt wird von allen so verehrt und bewundert.«

Ifryn starrte den knienden Mann an und war ganz gerührt von seinen Gefühlsregungen und von seiner zurückhaltenden Ernsthaftigkeit, dennoch fühlte sie sich angesichts solch übertriebener Komplimente unbehaglich. Sie warf ihrem Mann einen Blick zu, der sie mit hochgezogenen Augenbrauen ansah.

»Nun, meine Liebe? Das hier ist wirklich Nektar.« Leise fügte er hinzu: »Ein wenig wird dem Baby nicht schaden – und es wird dir guttun!«

»Ich danke Euch, Hauptmann«, sagte sie warmherzig. »Ich werde den Wein probieren.«

Man brachte einen frischen Kelch, und Claros erhob sich, um die dunkelrote Flüssigkeit selbst einzugießen. Dann zog er sich respektvoll zurück. Ifryn nahm den Becher, roch das reiche Kopfaroma und berührte mit ihren Lippen den Rand. Als Verkhos Hand ihr Handgelenk umschloß, zuckte sie zusammen und verschüttete ein paar Tropfen des Weins.

»Kanzler?« Entsetzt sah sie hoch.

»Was soll das?« verlangte Southan zu wissen. »Wie könnt Ihr es wagen?«

»Gestattet, Sire«, sagte der Kanzler ruhig. Er nahm Ifryn den Pokal ab und probierte selbst den Wein. Er hatte Kälte in den Augen, als er sich Claros zuwandte.

»Es ist genau, wie ich befürchtet habe. Der Wein ist vergiftet!«

Bei seinen Worten erhoben sich viele der Gäste, und ein paar Wachen, die sofort beunruhigt waren, traten vor.

»Was für ein Verrat ist das?« brüllte Southan, der jetzt selbst aufgestanden war.

Claros schien entsetzt, doch machte er keine Anstalten zu fliehen. Statt dessen fiel er wieder auf ein Knie nieder, als die Soldaten ihn umringten.

»Ich schwöre, ich wußte nicht, daß er vergiftet war!« erklärte er, und seine Augen waren vor ängstlicher Unschuld weit aufgerissen. Er kannte seine Rolle wohl und hatte jetzt keine Wahl, als sie zu Ende zu spielen. »Ich ... ich wurde von jemand anderem gezwungen, den Wein herzubringen. *Er* ist der wahre Verräter.«

»Wer?« wollte Southan wissen.

»Ich kenne seinen echten Namen nicht«, erwiderte Claros. »Er nennt sich selbst *der Soldat*.«

»Er lügt!« Kerrells Stimme übertönte den Tumult, den diese Behauptung hervorgerufen hatte.

»Nein. Ich schwöre, es ist wahr«, fuhr Claros verzweifelt fort. »Ich war tief verschuldet. Für jemanden von meinem Rang ...« er warf einen Blick auf Verkho, »... war das eine große Narretei. Er hat mich dazu gezwungen.«

»Ich habe Euch vor so etwas gewarnt, mein Lord«, sagte Verkho zu Southan und wandte sich dann wieder an den glücklosen Hauptmann. »Wo finden wir diesen Soldat?«

»Ich weiß es nicht. Mögen die Götter meine Zeugen sein.«

»Mit Eurer Tat habt Ihr Euch den Tod eingehandelt«, stieß der Kaiser hervor.

»Überlaßt ihn meinen Männern«, rief Verkho eilig. »Wir werden die Wahrheit erfahren, bevor er stirbt.«

»Ihr könnt Euch glücklich schätzen, daß ich Euch nicht hier und jetzt töte«, sagte Southan und spie mit jedem Wort seinen Zorn heraus. »Nehmt ihn fort.«

Ifryn hatte sprachlos und schweigend dabei gesessen, gefangen im Auge eines Sturms, den sie nicht verstand. Sie wollte weinen, doch es ging nicht.

Auf ein Zeichen des Kanzlers führten vier Wachen den Gefangenen weg. An der Tür nahm Verkho persönlich den Anführer beiseite und erteilte leise einige Anweisungen. Der Wachmann nickte und schritt hinter seinen Männern her.

»Hinunter in den Kerker, Burschen«, befahl der Anführer, als sie Verkhos Quartier erreichten.

»Nein!« schrie Claros. »Das ist nicht richtig. Ihr sollt mich gehenlassen.«

Die Soldaten lachten.

»Warum sollten wir das tun, Bürschchen?«

»Verkho hat es versprochen ... wenn ich das hier für ihn tue ...« Ein schrecklicher Zweifel schlich sich in seine Stimme. »Ich sollte Xantium als freier Mann verlassen, und alle Schulden sollten beglichen sein.«

»Oh, ich glaube nicht, daß Ihr Euch noch Gedanken um Eure Schulden machen müßt«, erwiderte der Anführer und rief damit noch mehr Gelächter hervor, während sie die Treppe hinuntergingen.

»Bitte, Ihr müßt mir glauben«, bettelte Claros verzweifelt. »Verkho hat das alles arrangiert. Er glaubt, daß der *Soldat* ein hochrangiges Mitglied bei Hofe ist – oder daß er dort Freunde hat – und ... mit dieser Sache sollte er entlarvt werden. Ich habe nur so getan als ob. Der Wein war nicht vergiftet!«

»Eine hübsche Geschichte«, bemerkte sein Bewacher sarkastisch.

»Aber sie ist wahr, ich schwöre es.«

»Ihr erwartet doch nicht im Ernst, daß ich das glaube?«

»Fragt Verkho, er wird es bestätigen!« flehte Claros. »Bitte.«

Das Lächeln des Anführers schwand, und sein Gesichtsausdruck wurde mürrisch.

»Soll ich Euch sagen, was der Kanzler soeben zu mir gesagt hat? Ja?« knurrte er.

Claros war bleich, und seine Augen waren weit aufgerissen, und er konnte nur nicken. Innerlich schrie er auf. Weiter unten auf dem Flur rief jemand etwas, blieb jedoch unbeachtet.

»Er sagte«, fuhr der Soldat fort, »›Verschafft ihm einen schmerzhaften Tod, aber nicht zu langsam. Ich weiß bereits, was ich wissen muß.‹«

Verkho kehrte zum Tisch zurück und nahm die Kristallkaraffe zur Hand. Roter Wein funkelte verführerisch im Licht der Lampen.

»Mir wird er nichts anhaben.« Er schnüffelte nachdenklich. »Und falls mein Verdacht stimmt, hätte dieses spezielle Gift keine bleibenden Schäden für die Kaiserin gehabt, doch die Folgen für Euren Sohn hätten ernst sein können.«

»Geht es dir gut?« Southan saß jetzt neben seiner Frau und hielt ihre Hände – die sehr kalt waren und zitterten. Ifryn nickte, doch ihr Gesicht war blaß, und sie konnte nicht sprechen. Verkho nahm einen sauberen Kelch und füllte ihn mit Weißwein.

»Trinkt ein wenig«, schlug er vor. »Das wird Euch beruhigen.«

Ifryn hob gehorsam den Kelch an ihre Lippen, doch diesmal hielt ein flackernder Schatten sie davon ab, der von den Dachsparren herunterschoß und ihr direkt ins Gesicht flog. Sie schrie auf, ließ den Kelch fallen und verschüttete den Inhalt auf dem Boden. Sofort verschwand die Fledermaus in der Dunkelheit über ihnen, doch Ifryn reichte es. Sie konnte nicht mehr. Southan geleitete sie in ihre Gemächer zurück, doch dann mußte er sich wieder um die offiziellen Belange kümmern. Die Kaiserin blieb dankbar in ihrem Zimmer.

Dort wartete Alasia auf sie, und ihre blassen Augen waren voller Sorge.

Kapitel zwanzig

Die Schatten kommen näher, verdunkeln den Himmel mit Flecken wie Wein. Sie malen einen Regenbogen in einer einzigen Farbe, einen Bogengang in der Farbe des Blutes.

Wer wird durch dieses flüssige Tor kommen?

Muß ich wieder aus dem vergifteten Kelch der Weissagung trinken?

»Du warst wirklich dabei?« fragte Grongar neidisch.

»Natürlich«, erwiderte Corton. »Anlässe wie das Bankett gestern abend ...«

»Erspar mir deinen beruflichen Stolz«, schnitt ihm der Barbar das Wort ab. »Erzähl mir einfach, was passiert ist.«

»Claros kam mit dem Wein herein, genau wie er uns erzählt hat«, begann sein Freund.

»Dieselbe Flasche?«

»Gewiß. Wie es sich gehört, riefen mich die Tafelmeister ins Anrichtezimmer, um es zu bestätigen. Er wurde unter meiner Aufsicht dekantiert.«

»Weiter.« Grongar wurde ungeduldig.

»Er hat Ifryn praktisch angebettelt, davon zu trinken, doch dann hielt Verkho sie auf und behauptete, der Wein sei vergiftet!«

Grongar lachte in sich hinein.

»Ich wette, das hat ganz schön Aufruhr verursacht«, bemerkte er.

»Das ist nicht zum Lachen«, wies Corton ihn zurecht. »Dann schwor Claros, der *Soldat* habe ihn dazu gebracht, und er habe nicht gewußt, daß der Wein vergiftet sei. Er sagte, man habe ihn wegen seiner Schulden dazu gezwungen.«

»Eine etwas andere Geschichte, als er uns erzählt hat«, bemerkte Grongar sarkastisch.

»Dann haben Verkhos Männer ihn fortgebracht«, schloß der Kellermeister.

»Ich bin froh, daß ich nicht in seiner Haut stecke!«

»Aber man wird ihn natürlich befragen«, fügte Corton nervös hinzu. »Vielleicht werde ich mit hineingezogen.«

»Hätte er den Wein auch woanders bekommen können?«

»Nein. Die Chancen, daß es noch eine Flasche davon gibt, ohne daß ich etwas davon weiß, sind ziemlich gering.«

»Aber nicht unmöglich.«

Beruflicher Stolz kämpfte gegen gesunden Menschenverstand an. »Nein«, gab Corton schließlich zu. »Nicht völlig unmöglich.«

»Dann führt die Spur vielleicht nie zu dir«, folgerte Grongar. »Und selbst wenn, wird die Wahrheit ausreichen. Sie können dich höchstens der Dummheit bezichtigen.«

»Und der Beihilfe zum Verrat!«

»Das wußtest du nicht.«

»Aber an der Sache ist noch mehr dran«, sagte Corton leise. »Ich habe den Wein probiert, bevor er hereingebracht wurde.«

»Und es geht dir gut?« Grongar war ehrlich besorgt.

»Es geht mir gut. Keinerlei Nebenwirkungen. Ich würde meinen Ruf verwetten, daß sich niemand an dem Wein zu schaffen gemacht hat.«

»Oh.« Grongars haariges Gesicht wurde ernst, als er die Bedeutung dieser Worte begriff. »An deiner Stelle würde ich den Mund halten.«

In einem anderen Teil der Stadt saß Sagar Folegandros auf seinem Strohlager und wußte nicht, was in der Welt über ihm vor sich ging, und er fragte sich, wie er es schaffen sollte, nicht wahnsinnig zu werden. Er klammerte sich an die Theorie, daß er, solange er noch die Frage formulieren konnte – Bin ich wahnsinnig? –, zumindest bis zu einem gewissen Grad noch nicht verrückt war.

Er schätzte, daß er inzwischen seit sechs oder mehr Tagen eingekerkert war. Das Tageslicht war bereits ein vergessenes Phänomen, und die einzige Möglichkeit, die Zeit zu messen, waren die Signale seines eigenen Körpers. Die Bedürfnisse nach Schlaf, Hunger, Durst – keinem davon traute er mehr. Sicherer waren die Mahlzeiten, die, so hatte er entschieden, einmal pro Tag serviert wurden. Das Essen war unappetitlich, aber es wurde immer genießbarer, je mehr Zeit verstrich. Es wurde von einem häßlichen jungen Mann in zerschlissener Uniform gebracht, der eher wie ein weiterer Gefangener als ein Gefängniswärter wirkte.

Als der junge Mann zum ersten Mal aufgetaucht war, hatte Sagar verzweifelt versucht, ihn zum Reden zu bringen, ein paar Informationen aus ihm herauszubekommen, ein wenig Hoffnung ... Doch als Antwort hatte er nur unzusammenhängendes Grunzen zu hören gekriegt. Als er es erneut versuchte, schob ihm der Mann einfach das Tablett durch die untere Öffnung und starrte ihn dann durch den Schlitz in der Tür an. Er öffnete weit den Mund und glotzte Sagar geringschätzig an, der vor Ekel und Entsetzen zurückprallte. Man hatte dem Mann die Zunge herausgeschnitten.

Danach bettelte Sagar mit noch weniger Hoffnung, und es kam überhaupt keine Reaktion mehr. Sein Leben wurde ein langes, unerträgliches Warten, und er hatte nichts zu tun außer zu grübeln – bis vor einigen Stunden. Er wollte gerade in seinen üblichen unruhigen Schlaf fallen, als er auf der Treppe schwere Schritte von mehreren Männern und Stimmen hörte – einer bettelte, die anderen lachten und stritten. Sagar konnte nicht hören, was sie sagten, doch er konnte die Angst in der Stimme des

Gefangenen hören. Trotzdem konnte er nicht widerstehen und rief etwas in der Hoffnung auf eine Reaktion, irgendeine Reaktion. Doch man ignorierte ihn.

Später hörte er lange Schreie, doch als sie aufhörten, zogen sich die Schritte wieder zurück, und dieses Mal meldete er sich nicht. Ihm war schlecht. Vielleicht war es besser, wenn man ihn vergaß. Doch jetzt, nur ein paar endlose Stunden später, sehnte er sich danach, eine Stimme zu hören, einen Schritt, irgend etwas ... Er schob sich näher um die Tür und wartete auf den Gefängniswärter. Selbst er bedeutete jetzt angenehme Gesellschaft, eine Verbindung – ganz gleich wie dünn – zur lebenden, atmenden Welt.

Im Flur flackerte ein Licht auf, und Sagar sprang auf und sah sich um, soweit es der Schlitz in der Tür erlaubte, doch vom Gefängniswärter war nichts zu sehen. Statt dessen sah er zwei Geister, den Mann, der ihn schon einmal in seiner Zelle besucht hatte und eine winzige Frau. Sie standen ein paar Schritte entfernt und sprachen ernsthaft miteinander, und ihre Anwesenheit war die Quelle des blassen Leuchtens. Faszination ersetzte seine anfängliche Enttäuschung – alles, was seine tödliche Routine unterbrach, war ihm willkommen –, und dann wurde er ganz starr, als er merkte, daß er sie flüstern hören konnte. Das war nicht möglich! Die Worte selbst waren nicht zu verstehen, doch das schwache Flüstern war deutlich zu hören.

»Hey!« rief Sagar.

Die Frau wandte ihm ihr blasses Gesicht zu. *Sie hat mich gehört!*

»Bitte helft mir«, rief er. »Sagt mir, was hier vor sich geht. Warum bin ich hier?« Doch sie hob einen Finger an ihre Lippen und sah weg.

»Bitte«, flehte Sagar. »Ihr könnt mich hören. Sprecht mit mir!« Als Antwort löste sich der Mann in Luft auf, und die Frau schwebte davon wie eine leuchtende Wolke und verschwand aus seinem kleinen Gesichtsfeld.

»Nein!« schrie Sagar. »Kommt zurück!«

Verzweifelt sackte er zusammen und begann leise zu weinen. Dann hörte er das Stampfen der Stiefel des Gefängniswärters auf dem Steinboden und wußte, daß die Geister verschwunden waren.

Clavia diskutierte mit ihrem Halbbruder die Ereignisse des vorigen Tages, als das Herzstück hereinkam und Verkho eine Nachricht überbrachte. Offenbar war die Meldung in einem bestimmten Kode abgefaßt, denn sie hatte sich die Mühe gemacht, sie aufzuschreiben. Sie zeigte keinerlei Interesse für den Inhalt und ging leise wieder hinaus, während Verkho die Zeilen überflog. Er strahlte zufrieden.

»Etwas, das den mittelmäßigen Erfolg von gestern abend ausgleicht?« erkundigte sich Clavia.

»Etwas, das ihn zur Bedeutungslosigkeit verblassen läßt«, erwiderte er. »Das hier schreit nach einer Feier – und ich habe genau das richtige dafür!« Er öffnete einen Schrank, entnahm ihm eine Kristallkaraffe und goß zwei Glas feurigen roten Weins ein. Clavia betrachtete argwöhnisch ihr Glas, doch Verkho lachte. »Trink«, befahl er ihr. »Er ist ausgezeichnet – und das Schlimmste, das dir passieren kann, ist ein ziemlich eindrucksvoller Kater.«

»Was feiern wir?«

»Der Talisman wurde heute morgen in Brighthaven an Land gebracht.« Er konnte seine Erregung kaum verbergen. »In einigen Tagen werde ich ihn in Händen halten!«

Kapitel einundzwanzig

Welcher Instinkt zieht Stein zu Stein, Auge zu Auge? Ist es möglich, so viel zu hören und doch so wenig zu sehen? Der Wind ist voller Worte – Gerüchten und Spekulationen –, doch ein unschuldiges Ohr hört nichts davon.

Schlaf, meine Kleine. Meine Freunde werden über deinen Flug wachen.

Natali hatte sich nicht sicher gefühlt, ganz besonders, nachdem Ia schlafen gegangen war und nicht mehr mit ihm sprechen konnte. Alles, was er dann noch hörte, waren die Stimmen, die nicht da waren – die albernen, die lachenden, die weinenden, und die eine, die ihm angst machte, ihm dauernd Fragen stellte.

Er war rausgegangen, um seine Mutter zu suchen, weil er wußte, daß er bei ihr sicher sein würde, doch die Stimmen waren ihm gefolgt, und er hatte nicht gewußt, wohin er gehen sollte. Natali konnte sich nicht erinnern, wie er an den südlichen Stadtrand gekommen war, aber dort sah er den Wagen, der bei der Brücke wartete. Er hatte hohe Seitenteile, jedoch hinten stand er offen, wie eine Rampe, und er war voll beladen mit lockerem Heu. Es sah warm und weich und einladend aus. Vielleicht wäre es da drinnen sicher.

Natali kletterte hinauf, grub sich in das Gras ein und lag ganz still. Die Stimmen folgten ihm, doch die Dunkelheit und der trockene, modrige Geruch trösteten ihn. Er döste ein – und dann drangen kreischende Ungeheuer in seine Welt ein, die sich an ihn schmiegten und kuschelten und ziellos auf und absprangen, und ihre Hufe scharrten auf dem Holzboden, und sie brachten einen stechenden Geruch mit sich. Natali kreischte selbst ganz überrascht auf, doch niemand hörte ihn in dem ganzen Getöse, und die Tiere taten ihm nichts, sondern akzeptierten ihn anscheinend als einen der Ihren. Er spürte ihre rauhe, haarige Haut und feuchte, neugierige Schnauzen, und seine Angst wurde zu Vergnügen. Er merkte nicht einmal, wie die Rückseite des Wagens geschlossen wurde und der geduldige Esel sich in Bewegung setzte. Natali fühlte sich warm und glücklich bei seinen neuen Freunden, doch konnte er jetzt auch die Stimmen von Männern hören – reale Stimmen –, und er hatte Angst, sich zu zeigen, für den Fall, daß er etwas Böses getan hatte. Er lag ganz still und lauschte.

»Götter, was für ein gräßlicher Tag«, stöhnte der Fahrer.

»Nur die Sau ist ertrunken«, betonte sein Gefährte. »Nicht die Familie. Und wir haben den Wurf gerettet.«

»Hätten sie nur ein wenig Verstand gehabt, hätten sie sie auch hochgeholt«, knurrte der andere und weigerte sich, sich trösten zu lassen.

»Du weißt, daß Junio ihren eigenen Kopf hatte. Und zumindest gibt es jetzt reichlich Speck.«

»Ich hoffe nur, daß die hier überleben.«

»Warum sollten sie nicht? Sie sind schon groß genug – und außerhalb der Stadt wird es ihnen besser gehen.«

Der Fahrer knurrte und ließ verärgert die Zügel knallen. Der Wagen rumpelte in den ruhigen Abend davon. Natalis Kopf füllte sich langsam wieder mit Fragen, und er erzitterte und fragte sich, ob diese Männer seine Freunde waren.

»Wir hätten recht gehabt, wenn diese Strudel nicht gewesen wären«, sagte er erste Mann schließlich. Er war immer noch darauf aus, seinen Kummer kundzutun. »Diese verdammten Überschwemmungen!«

»In letzter Zeit hat es viele sonderbare Strömungen gegeben«, bemerkte der andere. »Alle Fischer klagen.«

»Manchmal glaube ich, daß Zalys verdammt ist«, sagte der Fahrer düster. »Es wird immer schlimmer.«

Sein Gefährte lachte.

»Du warst schon immer ein pessimistischer alter Kauz, Bruder. Machen wir unterwegs bei Runtons Taverne Halt und heitern dich auf.«

»Dazu ist mehr als Leichtbier nötig. Wir brauchen die Hilfe der Götter.«

»Du hörst doch nicht auf dieses dumme Gerede, oder? Als nächstes läßt du uns noch Jungfrauen opfern.«

»Spotte du nur!« fuhr der Knurrige ihn jetzt wütend an. »Das alles hat angefangen, als die Menschen aufgehört haben zu glauben. Ich erinnere mich noch, als ...«

»Verschone mich«, unterbrach ihn der andere. »Ich verlasse mich auf meine eigenen Kräfte, nicht auf wirre Legenden.«

»Werden deine Kräfte Nkosa vor dem Untergang retten? Und von Farrag und seinesgleichen befreien? Bislang hast du nicht sehr viel erreicht.«

»Das wird die Zeit zeigen«, antwortete sein Gefährte. Er wurde jetzt ebenfalls immer hitziger. »Zumindest versuche ich, etwas zu tun und schiebe die Verantwortung nicht den Göttern zu!«

Es folgte längeres Schweigen. Natali hatte nicht viel von dem Gespräch verstanden, doch er wußte, daß die beiden Männer wütend waren und war daher um so entschlossener, sich nicht zu zeigen. Schließlich ergriff der Fahrer erneut das Wort, und er klang halsstarrig und verdrossen.

»Es heißt, es soll eine Versammlung in der Arena geben, um ein paar alte Rituale durchzuführen. Falls es dazu kommt, gehe ich hin.«

»Ganz wie du willst«, antwortete sein Gefährte resigniert. »Erwarte nur keine Wunder. Es gibt dort nichts außer ein paar alten Felsen.«

»Wir werden sehen.«

Einige Zeit später rollte der Wagen in ein kleines Dorf.

»Willst du nun etwas trinken oder nicht?« Die Stimme des Mannes ließ wieder ein wenig gut Laune erkennen.

»Wo wir schon mal hier sind«, erwiderte der Fahrer widerwillig.

Der Esel blieb stehen, und der Wagen bebte, als die Männer vom Sitz stiegen und zu Boden sprangen. Natali lauschte ihren leiser werdenden Stimmen, dann stand er behutsam auf und sah sich um. Es war fast dunkel, doch er zögerte nicht. Er verabschiedete sich von seinen neuen Freunden und stieg vorsichtig aus dem Wagen. Über einen Seitenweg verließ er das Dorf und erklomm einen Hügel, und seine kleinen Beine bewegten sich ganz entschlossen. Er wußte jetzt, wo er sicher sein würde.

Farrag war ganz außer sich vor Freude, was er vor dem Fernrufer natürlich nicht zeigen konnte.

»Nun, Eismann, was hörst du gerade?«

Der Junge reagierte mit einem ohrenbetäubenden, unmenschlichen Kreischen, das Farrag gleichzeitig entsetzte und verärgerte.

»Bist du verrückt geworden?« Der Marschall fragte sich, ob der Fernrufer einen totalen Zusammenbruch hatte. Das geschah manchmal, wenn man sie zu sehr anstachelte.

»Schweine«, erwiderte Eismann einfach, und seine Augen waren in die Ferne gerichtet.

»Was?«

»Er ist bei Schweinen. Viele.«

Farrag schüttelte seinen vieläugigen Kopf. Die Abgründe, in die diese Inselbauern sanken, erstaunten ihn immer wieder. Schweine, also wirklich! Und dieser Junge hatte nach seiner Einschätzung Anlaß zu besseren Aussichten gegeben.

»Bewegung«, berichtete Eismann.

In der kahlen Zelle war es einen Augenblick lang still, dann wiederholte der Fernrufer Bruchstücke der Unterhaltung, als könne er sie nur halb verstehen, und er ahmte die groben Stimmen der beiden Männer nach. Farrag rang seine Frustration nieder, denn er wußte, er würde nicht mehr erfahren, wenn er seinem Diener zu sehr zusetzte.

»›Gräßlicher Tag ... keiner von der Familie ... du weißt, daß Junio ihren eigenen Kopf hatte‹.«

Junio? wunderte sich Farrag. Das war der Name von einer der alten Göttinnen, aus dem grotesken Pantheon, das schon lange von der Welt verschwunden war.

»›Warum sollten sie nicht? ... außerhalb der Stadt ...‹«

Es folgte ein längere Pause, länger als üblich, und der Marschall wurde ungeduldig und gereizt. Er versuchte sich einzureden, daß dies erst der erste Schritt war. Doch wie unergiebig dieser erste Lauschangriff auch war, es würden noch mehr folgen.

»›Diese verdammten Überschwemmungen! ... In letzter Zeit ... sonderbare Strömungen ... immer schlimmer ... pessimistischer alter Kauz ... Als nächstes Jungfrauen opfern ...‹«

Der Tonfall der Stimmen veränderte sich und wurde wütend.

»›Verschone mich ... nicht auf wirre Legenden ... von Farrag und seinesgleichen befreien?‹«

Die Neugier des Marschalls wurde abrupt wieder angefacht. Vielleicht war dieses Gespräch doch interessanter, als er gedacht hatte.

»›... etwas zu tun und schiebe die Verantwortung nicht ...‹«

Eine weitere lange Pause stellte Farrags Geduld auf eine harte Probe, doch er widerstand der Versuchung, Eismann zu zwingen. Als er schon die Hoffnung aufgeben wollte, begann der Fernrufer erneut.

»›Versammlung in der Arena ... ein paar alte Rituale ... Ganz wie du willst ... ein paar alte Felsen.‹«

Die Arena? Alte Rituale? Das wäre eine Nachforschung wert, dachte Farrag. Ihr primitiver Aberglauben belustigte ihn. Wie wenig sie doch verstanden.

»›Wo wir schon mal hier sind.‹«

»Wo ist er?« fragte Farrag.

»Allein«, erwiderte Eismann mit seiner eigenen Stimme. »Wieder in Bewegung, aber ich kann die Quelle nicht lokalisieren.« Eine Weile folgte Schweigen, dann fügte er hinzu: »Kontakt abgebrochen.«

»Abgebrochen?« hakte der Marschall nach.

»Verschwunden. Keine Übertragung mehr.«

»Überhaupt nichts?«

»Nichts«, bestätigte Eismann.

Farrag fragte sich, wie es möglich war, die Resonanz des Kristalls einfach so zu verlieren, wenn der Kontakt erst einmal hergestellt war. Der Amari-Junge war das erste der Kinder gewesen, das mehr als nur unentschlüsselbare Fragmente gesendet hatte, doch niemals waren sie einfach so verschwunden. Dennoch, es war ein Anfang.

»Laß die beiden Monde außer acht«, beendete er die Sitzung.

Ias Geständnis hatte die ganze Familie in Angst und Schrecken versetzt, und Antorkas hatte einen Wutanfall bekommen. Etha beobachtete wütend den Zorn ihres Mannes und sorgte dafür, daß er seine Wut nicht an ihrer jüngsten Tochter ausließ, die immer noch an ihrem Rockzipfel hing. Antorkas wurde seinem Zorn über die Dummheit überlassen, daß man Natali seinen Anhänger nicht weggenommen hatte, und er machte sich mit einer Flut unzusammenhängender Schimpfworte Luft.

Wie üblich war es Dsordas, der alle beruhigte.

»Er kann nicht weit gekommen sein«, sagte er zuversichtlich. »Wir werden ihn finden.«

Eilig wurde die Suche organisiert; alles andere hatten sie aus ihren Köpfen verbannt. Nur Gaye und Ia blieben zu Hause. Alle anderen – sogar Torin – würden trotz ihrer Müdigkeit helfen. Nason ging nach Hause, um nach Möglichkeit weitere Hilfe zu holen, und die anderen machten sich zu zweit auf die Suche. Etha und Anto gingen zu Fuß, während der Rest zu zweit die Boote nahm, damit sie die Stadt so schnell wie möglich absuchen konnten.

Dsordas und Fen gingen natürlich gemeinsam und ruderten einträchtig mit der Leichtigkeit von vielen Jahren Übung. Wie die anderen fragten sie alle Leute, die ihnen über den Weg liefen, und sammelten Versprechen, zu helfen, wenn möglich – doch die meisten Leute waren von den Aufregungen des Tages völlig erschöpft und hatten ihre eigenen Probleme. Und niemand hatte Natali auch nur aus der Ferne gesehen.

Die Nacht zog sich dahin, und die Suche wurde ausgeweitet und von Stunde zu Stunde verzweifelter. Der Junge blieb einfach verschwunden.

Während die Zeit verstrich, nahm Dsordas weitere Informationen auf. Durch flüsternd über das Wasser geknüpfte Kontakte überprüfte er viele der anderen Kinder, die einen Anhänger bekommen hatten – aber keines von ihnen wurde vermißt oder verhielt sich außergewöhnlich. Fen war nicht sicher, ob sie das beruhigen sollte oder nicht.

Ihre Angst, daß Natali ertrunken sein könnte, wuchs. Zwar konnte er recht gut schwimmen und war, was das Wasser betraf, nicht unerfahren, doch die ungewöhnlichen Überschwemmungen und Strömungen konnten ihn überrascht und fortgerissen haben. Das Wasser verhielt sich immer noch merkwürdig, eine Tatsache, die zu einem unheimlichen Zeitpunkt der Suche ganz deutlich wurde.

Sie waren gerade zu ihrem Boot zurückgekehrt, nachdem sie eine Gasse durchsucht hatten, als Fen in den Kanal zeigte.

»Sieh mal! Was ist das?«

Unter der tintenschwarzen Oberfläche zitterte ein sonderbares Leuchten wie ein lebendes Wesen aus silbernem Licht. Während sie es beobachteten, stieg es zur Oberfläche auf, und tanzende Schatten ließen die schwarze Flüssigkeit glitzern. Dann verschwand es einfach und zerbrach zu kleinen Tröpfchen, bevor es sich in Nichts auflöste. Das Wasser wirbelte auf, als reagiere es auf das Verschwinden, und ein unheimliches Gurgeln folgte.

»Was war das?« flüsterte Fen.

»Ich habe keine Ahnung.« Dsordas tat dieses Rätsel energisch ab, doch seine Stimme verriet seine Nervosität.

»Was ist, wenn Natali von einem dieser Dinger erwischt worden ist?«

»Es war nur eine optische Täuschung«, sagte er, doch er klang nicht sehr überzeugt. »Es ist nicht real. Wir werden ihn finden.«

Aber sie fanden ihn nicht, und auch die anderen blieben erfolglos.

Irgendwann nach Mitternacht kamen sie allmählich alle wieder nach Hause. Jeder war auf seine Art erschöpft. Antorkas, dessen Körper unerträglich schmerzte, und Torin, der praktisch im Stehen schlief, mußten ihre Niederlage eingestehen und gingen zu Bett. Gaye und Ia hatten gewartet und verzweifelt auf Neuigkeiten gehofft, doch jetzt wurden sie zu Bett geschickt. Die anderen vier aßen schnell eine Kleinigkeit und versuchten, ihre schwindende Energie und Lebensgeister wiederzubeleben, bevor sie die Suche wieder aufnahmen. Während sie aßen, vertieften sie sich in eine alte Karte der Stadt, um sicherzugehen, daß sie keine Zeit damit verschwendeten, alle an denselben Stellen zu suchen, und dann planten sie ihre nächsten Schritte. Sie taten alles mögliche, das wußten sie, doch langsam gingen ihnen die Ideen aus.

Gaye flog wieder, eine unter Tausenden, und alle warteten, daß sie an der Reihe waren, die riesigen, düsteren Höhlen zu verlassen, die voll von Klängen und Formen waren. Ihre Zeit kam, und sie schwang sich hinaus in eine sternenklare Nacht und verließ ihren Heimatberg und raste über Fels und von Bäumen gesäumte Abhänge, und Myriaden von Gefährten umgaben sie wie eine flüssige, singende Wolke.

Mitten in dem Getöse hörte sie eine fremde Stimme.

Das Steinerne Auge muß wiedererweckt werden.

Und sie dachte: *Es ist blind. Wie ich.*

Die Arena hing unter ihr, eine leere Schüssel unter dem Licht des schweigenden roten Mondes. Und dort war auch das *Steinerne Auge* und starrte blind in den Himmel. *Und dort,* in der Pupille des Auges ...

Gaye wachte erschreckt auf und rief aufgeregt etwas in der Hoffnung, daß irgend jemand sie hörte. Wenige Augenblicke später eilten Etha und Fen in ihr Zimmer.

»Was ist los?« fragte ihre Mutter atemlos.

»Ich habe Natali gesehen!« erklärte Gaye. »Ich weiß, wo er ist!«

Kapitel zweiundzwanzig

Ein Auge blinzelt und sieht in der kurzen Dunkelheit alles. Eine Welle bricht, und im Spiegel ihrer Brandung sind Bilder des Feuers zu sehen. Das Feuer, das unter dem Wasser brennt.

Kann das Licht eines Signalfeuers irgend etwas erreichen, wenn niemand es brennen sieht, niemand die Nachricht weiterleiten kann?

Zunächst konnte Gaye die anderen nur schwer überzeugen, doch sie beharrte darauf, daß sie Natali *gesehen* hatte, daß es nicht nur ein Traum gewesen war.

»Doch wie soll er zur Arena gekommen sein?« fragte Dsordas.

»Ich weiß es nicht«, gab sie zurück, »aber er *ist* dort!«

Schließlich gelang es ihr, die anderen davon zu überzeugen, sie ernstzunehmen – was hatten sie schließlich zu verlieren?

»Ich werde hinfahren«, erbot sich Dsordas. »Ich kenne den Weg besser als du«, fügte er hinzu, als Anto widersprechen wollte.

»Ich komme mit«, rief Fen eilig.

»Es ist unwichtig, *wer* geht«, rief Gaye ungeduldig aus. »Geht einfach!«

»Du klingst mit jedem Tag mehr wie deine Mutter«, bemerkte Dsordas mit unterdrücktem Grinsen.

Trotz ihres Kummers lächelten Fen und Gaye, und sogar Etha reagierte wie erhofft und knuffte ihn halbherzig. Nur Anto blieb verdrießlich, doch Dsordas beruhigte ihn und ließ ihn ein anderes Gebiet absuchen, für den Fall, daß Gayes Vorahnung falsch gewesen war. Inzwischen war Ia aufgewacht und wollte alles wissen, doch das übernahm Etha. Sie winkte die anderen fort.

Fen und Dsordas nahmen ein Boot zum Südrand der Stadt, ließen es in der Nähe einer Brücke vor Anker liegen und machten sich mit eiligen Schritten auf den Weg, und mit der neuen Hoffnung und Dringlichkeit floß frische Energie in ihre müden Beine. Als sie den Lichtern der Stadt erst einmal entkommen waren, gewöhnten sich ihre Augen schnell an die Dunkelheit, und auf dem wohlbekannten Weg kamen sie gut voran. Als sie in den Hügeln waren, hatten sie kaum genug Atem, um sich zu unterhalten, doch blieben sie kurz stehen, um aufs Meer hinauszublicken. In der Dunkelheit des Wassers leuchteten mehrere Punkte unheimlich auf, weniger hell, aber weitaus größer, als sie es zuvor gesehen hatten. Aus dieser Entfernung konnten sie nicht erkennen, ob die Lichter sich bewegten, doch mindestens eines blinkte in der Ferne auf, während sie das Schauspiel beobachteten.

»Was geht dort draußen vor sich?« flüsterte Fen. »Was ist das?«

»Ich wünschte, ich wüßte es«, erwiderte Dsordas fest. »Aber dafür haben wir jetzt keine Zeit. Komm.«

Endlich kamen sie atemlos, stöhnend und verschwitzt von der Anstrengung in Sichtweite des Steins. Aus ihrer Perspektive konnten sie unmöglich feststellen, ob jemand drinnen war, doch sobald sie den Felsen erreicht hatten, kletterte Dsordas zum oberen Eingang, während Fen zum unteren schlich und vorsichtig hineinspähte. Es war sehr dunkel, und zuerst konnte sie nichts erkennen, doch dann machte sie in der Mitte einen Umriß aus, der den größten Teil des Tunnels blockierte.

»Er ist hier!« rief sie. »Natali! Komm heraus.«

Keine Reaktion. Der Umriß blieb absolut still.

»Natali?« rief Dsordas von oben.

Fens Freude verwandelte sich in Panik. Ihr kleiner Bruder lag zusammengerollt genau dort, wo Gaye es vorausgesagt hatte, aber er schlief – oder war er tot? Das Loch war zu schmal für sie, und sie konnte nicht hineinkriechen und ihn erreichen.

»Er bewegt sich nicht«, rief Fen mit einem Anflug von Hysterie in ihrer Stimme. »Natali!«

»Beobachte ihn weiter«, wies Dsordas sie ruhig an. »Ich hole einen Stock, der lang genug ist, ihn zu erreichen und aufzuwecken.«

Als Dsordas ging, schien ein wenig mehr Mondlicht in den Tunnel und beleuchtete Natalis helles Haar und funkelte auf dem Amberinanhänger. Plötzlich war Fen davon überzeugt, daß ihr Bruder nicht mehr lebte, und sie schrie wortlos auf und flehte ihn an, sich zu bewegen, aufzuwachen, gesund zu sein. Doch die Reaktion kam nicht aus dem Tunnel, sondern von weiter unter und hinter ihr.

Aus Hunderten von unsichtbaren Sitzen im Tal der Arena flatterte eine riesige Schar Fledermäuse in den Himmel auf. Die Luft war plötzlich voller schriller Schreie knapp unter der Hörgrenze, und voll des wilden Schlagens von Tausenden von Flügeln. Fen wirbelte herum, vor Angst beinahe wahnsinnig durch diese unerwartete Invasion, und beinahe wäre sie ausgerutscht. Natali bewegte sich vorsichtig, als reagiere er auf den plötzlichen Lärm um sich herum.

»Mama?« rief er mit kleiner, leiser Stimme.

»Ich bin hier, Natali«, antwortete sie und wurde von ihrer Erleichterung beinahe überwältigt. »Ich bin's, Fen. Komm her zu mir.« In der Ferne hörte sie Dsordas' Stimme und das Geräusch von schnellen Schritten.

»Meine Freunde sind hier«, sagte Natali und klang jetzt glücklicher und zuversichtlicher.

Er kam heruntergekrochen, und Fen ermutigte ihn sanft und streckte ihre Hände ihm entgegen in den Tunnel. Endlich konnte sie ihn packen, und sie zog ihn heraus und umarmte ihn heftig. Sie wußte nicht, ob sie lachen oder weinen sollte, doch Natali wirkte ziemlich unerschüttert und sah voller staunender Zufriedenheit hinauf zu den wirbelnden Schatten.

»Meine Freunde sind hier«, wiederholte er.

»Meine Freunde auch«, erwiderte Fen und wußte nicht genau, was er meinte, doch das war ihr auch egal.

Eine Welle der Wärme, des Lärms und des Lichts – das Leben selbst – durchströmte Fen und erfüllte sie mit plötzlicher Ehrfurcht und Freude. Sie drehte sich um, Natali in ihren Armen, und sah hinunter in die Arena. Das Tal war voller Geister, Hunderte waren es, und sie funkelten wie menschliche Glühwürmchen, und alle hatten ihr das Gesicht zugewandt.

Wir sind noch hier. Ruft uns.

Die Worte kamen aus dem Nichts, formten sich von selbst in ihrem Kopf, und dann folgte Schweigen.

»Dsordas, sieh mal!« rief sie.

Doch als ihre Worte von den Steinen widerhallten, verschwanden die Geister, und Dsordas sah nur noch die traurige Leere des Ortes.

»Kommt zurück!« rief Fen ohne Hoffnung. »Ich *rufe* Euch.« Nichts geschah. Dsordas kletterte zu ihr hinunter.

»Den Göttern sei Dank«, seufzte er, als er Natali sah. »Mit wem hast du gesprochen?«

»Mit niemandem«, sagte Fen traurig.

Natali lag schlafend in ihren Armen. Selbst die Fledermäuse waren verschwunden.

Der folgende Morgen brachte eine weitere Erleichterung mit sich. Der Wind blies aus Westen, und das Risiko weiterer Überschwemmungen sank. Doch der Morgen brachte auch neuen Grund für Unbehagen. Dsordas kehrte von einer frühen Erkundungstour mit der Nachricht zurück, daß sie nicht die einzigen waren, die den größten Teil der Nacht wach gewesen waren. Farrags Schergen waren ebenfalls nicht untätig gewesen. In der ganzen Stadt hatte man Plakate angebracht, auf denen ein Angriff auf einen nicht näher bezeichneten Offizier beschrieben wurde – bei dem es sich ihrer Meinung nach um Panos handelte –, und man verlangte, daß die Schuldigen ausgeliefert wurden. Andernfalls, fuhr die Proklamation unheilverkündend fort, sähe man sich zu Vergeltungsmaßnahmen gezwungen.

»Wir könnten sie nicht verraten, selbst wenn wir wollten«, bemerkte Dsordas. »Wir wissen nicht, wer sie sind.«

»Irgend jemand muß es wissen«, sagte Fen vernünftig. »Und wenn es nur die Männer selbst sind.«

»Falls sie von der Insel kommen.«

»Ist das nicht der Beweis dafür?«

»Wie ich Farrag kenne, nein. Es könnte auch einfach nur eine Scharade sein, die ihm einen Vorwand bietet, bald noch mehr gegen uns zu unternehmen.«

»Noch mehr?« fragte Fen voller Angst.

»Mehrere Familien wurden letzte Nacht aus ihren Häusern geholt, um den Soldaten Platz zu machen, deren Quartiere von den Überschwemmungen zerstört worden sind. Wer sich weigerte, wurde gezwungen. Foran und die anderen sind mit den Verwundeten beschäftigt, aber es gibt einige, denen sie nicht mehr helfen können.«

»Tot?« fragte Fen voller Abscheu.

»Drei Männer, die den Fehler begingen, ihre Familie und ihr Heim zu schützen, zwei alte Frauen, die sich nach dem Geschmack der Soldaten nicht schnell genug gerührt haben, und die gesamte Familie Orocon«, zählte er grimmig auf.

»*Alle*?« Fen war zutiefst entsetzt. Sie hatte die Familie gut gekannt.

»Männer, Frauen und Kinder«, bestätigte Dsordas. »Sie haben sie erstochen und im Kanal versenkt.«

Da kam Etha herein und sah Fens beunruhigten Gesichtsausdruck.

»Du hast es schon gehört?« Sie überspielte ihr Entsetzen mit ihrer üblichen geschäftsmäßigen Art.

Fen nickte freudlos.

»Wir werden ein wenig zusammenrücken müssen«,

fuhr ihre Mutter fort. »Effi Gallo und ihre drei Kinder werden bald herkommen. Stavos ist tot, und ihr Heim wurde von menschlichen Läusen heimgesucht, also habe ich gesagt, daß sie bei uns bleiben können, so lange sie wollen.«

Sie sprachen kurz über die neue Verteilung der Betten.

»Wir haben Glück, daß die Soldaten nicht hierher gekommen sind. So wie Antorkas sich im Augenblick fühlt ...« Sie führte den Gedanken nicht zu Ende.

»Im Augenblick sind wir einfach zu weit von der Hauptkaserne entfernt«, sagte Dsordas. »Aber falls es noch schlimmer wird ...«

»Ich habe zu tun«, sagte Etha und versuchte, die trüben Gedanken mit einem Schulterzucken zu verjagen.

»Ich auch«, sagte Dsordas.

»Gaye will euch beide sehen.«

»Wegen der Nachricht des Geistes?« fragte er.

»Das nehme ich an«, antwortete sie unbestimmt auf dem Weg nach draußen.

»Ich habe keine Zeit für diesen Unsinn«, sagte Dsordas. »Sprich du mit ihr, Fen.« Seine Stimme klang flehend.

»In Ordnung«, willigte sie widerwillig ein, »aber ich glaube, du solltest es auch hören.«

»Jetzt nicht«, entgegnete er mit Entschiedenheit.

Da kam Fen etwas anderes in den Sinn.

»Hat nicht eines von Effis Kindern einen Amberinanhänger?«

Dsordas nickte.

»Ja. Pauli, der jüngste. Hoffen wir, daß er und Natali nicht beschließen, gemeinsam auszureißen.«

Mit diesen Worten küßte er sie kurz und verschwand. Fen erklomm erschöpft die Treppe zu Gayes Zimmer. Sie fand ihre Schwester allein, wie sie vorsichtig durch das Zimmer lief, die Entfernungen immer wieder abschätzte und sich daran zu erinnern versuchte, wo welches

Möbelstück stand. Dabei sprach sie leise mit sich selbst. Die Tür stand offen, und Fen trat ein.

»Fen?« Gaye blickte auf.

»Ja. Woher wußtest du das?«

»Ich erkenne allmählich eure Schritte.«

Fen spürte, wie eine Welle der Zuneigung sie erfaßte, und sie war stolz auf die Unverwüstlichkeit, die ihre Schwester an den Tag legte.

»Wo ist Dsordas?« wollte Gaye wissen.

»Gegangen. Er hat etwas zu erledigen.«

»Er will nichts über den Geist hören, nicht wahr?«

»Nein«, gab Fen zu. »Er hat Angst, wenn wir auf Wunder hoffen, könnte uns das von der wirklichen Arbeit ablenken.«

»Was spricht dagegen, beides einzusetzen? Farrag verwendet ebenfalls Magie!«

»Das habe ich auch gesagt. Er ist einfach nur stur, genau wie bei seinen Heilkräften. Er will nichts zugeben.«

»Bedeutet es ihm denn gar nichts, daß ich Natali gefunden habe?« wollte Gaye ungläubig wissen.

»Natürlich. Er war beeindruckt – bis zu einem gewissen Punkt. Aber er versteht nicht – und ich auch nicht, das gebe ich zu –, wie so ein Talent Zalys helfen könnte.«

»Woher soll ich das wissen?« rief Gaye aus. »Aber sollten wir es nicht zumindest versuchen? Dieser Geist hat einiges auf sich genommen, um seine Botschaft an mich durchzubringen. Wir können das nicht einfach ignorieren!«

Fen schwieg eine Weile und dachte an den kurzen Augenblick, als sie in der Arena die Geister gesehen hatte. Sie hatte noch niemandem davon erzählt. Der Ort war etwas Besonderes – daran bestand für sie kein Zweifel. Die Geschichte der Insel, Natalis Wahl des Verstecks, ihre eigene Vision, die Botschaft des Geistes – alles deutete darauf hin, doch sie war sich ebenso sicher, daß sie Dsordas niemals davon überzeugen konnte, dieses schlummernde Potential anzuerkennen. Fen traf einen Entschluß.

»Gaye, ich werde dir alles erzählen, was gestern nacht passiert ist«, begann sie. »Doch du mußt Dsordas vergessen. Falls wir das Steinerne Auge zu neuem Leben erwecken, werden wir es allein tun müssen.«

Kapitel dreiundzwanzig

Feuer verbrennt Papier. Papier umhüllt Stein. Stein betäubt Messer. Messer schneidet Wasser. Wasser löscht Feuer. Im Kreis der Hände ist Symmetrie.

Aber in der Dunkelheit, wer kann da das eine Zeichen vom anderen unterscheiden? Wessen Hände sind mit Blut befleckt? Und wessen halten das blutige Schwert?

Der Fournoi-Platz war überfüllt, während es sonst in der Stadt unnatürlich still war. Imperiale Patrouillen waren am Vormittag durch die Straßen gezogen und hatten alle Menschen, die sich unter freiem Himmel aufhielten, im Zentrum zusammengetrieben und die anderen aus ihren Häusern geholt. Überall waren Soldaten, schwer bewaffnet und ohne Lächeln, entschlossen, ihre Arbeit zu tun. Die Atmosphäre der unterdrückten Furcht unter den Inselbewohnern war fast unerträglich. Niemand hegte auch nur den geringsten Zweifel daran, daß die angedrohten Vergeltungsmaßnahmen jetzt bald beginnen würden, doch niemand konnte sich vorstellen, wie sie aussehen würden.

Als Farrag unerwartet auftauchte, hatten seine Truppen wahllos ein Dutzend Männer aus der Menge herausgepickt. Sie waren offenbar ganz zufällig ausgewählt worden und wurden jetzt von ihren Familien und Freunden fortgezerrt, und jeder, der sich widersetzte, wurde mit unnachgiebiger Härte behandelt. Während Frauen und Kinder weinten, wurden die Männer in die Mitte des Platzes gebracht, wo sie unter Bewachung warten mußten. Farrag kam allein, betrachtete die Gefangenen nachdenklich und stellte seine absolute Zuversicht sogar inmitten der feindseligen Menge zur Schau. Seine tätowierten Augen sahen aus, als lächelten sie alle an, und bevor er das Wort ergriff, leckte er sich mit lilaschwarzer Zunge in freudiger Erregung über die Lippen.

»Ihr habt Euch dafür entschieden, den kaiserlichen Erlaß zu ignorieren.« Seine Stimme drang mühelos in alle Ecken des Platzes. »Werdet Ihr die Schuldigen jetzt ausliefern, bevor es zu spät ist?«

Seinen Worten folgte Schweigen.

»Es ist Eure Entscheidung«, fuhr der Marschall fort. »Die Strafe habt Ihr selbst zu tragen.«

Aus der Stille der Menge trat eine gebrechliche alte Gestalt vor. Nias Santarsieri zitterte, doch blickte er seinem Gegner fest ins Gesicht.

»Darin ist keine Gerechtigkeit«, erklärte der Patriarch. »Diese Männer sind unschuldig.« Die Stimme des alten Mannes konnte mit Farrags Kraft nicht mithalten, dennoch war sie von Überzeugung getragen.

»Gerechtigkeit?« brüllte der Marschall. »Ihr verlangt Gerechtigkeit? Mein Offizier liegt zerschmettert dem Tode nahe, zusammengeschlagen und beraubt von Feiglingen. *Er* ist unschuldig. Durch Euer Schweigen erweist Ihr Euch selbst als schuldig. Ihr werdet *Gerechtigkeit* bekommen!«

»Das Gesetz sagt ...«, beharrte Nias tapfer.

»Mein Wort ist imperiales Gesetz«, unterbrach Farrag ihn in leiserem, drohendem Tonfall. »Und ich sage, diese Männer werden bestraft.«

»Kommandeur Niering ist der Herr der Insel«, sagte der Patriarch verzweifelt. »Ihr überschreitet Eure Befugnisse.«

Farrag lachte.

»Mein Vorgehen hat seine volle Zustimmung«, erwiderte er freundlich.

»Dann soll er herkommen und mir ins Gesicht sehen«, beharrte Nias, doch seine kühnen Worte paßten nicht zu seiner schwankenden Stimme.

»Euch ins Gesicht sehen, alter Mann?« Der Marschall

lächelte immer noch. »Eure Unverschämtheit wird langsam ermüdend.« Er wandte sich an eine Gruppe Wachen. »Gebt ihm sechs Peitschenhiebe. Lehrt ihn ein paar Manieren.«

Zwei stämmige Soldaten eilten herbei, rissen die Kleider von Nias' Rücken und stießen ihn auf die Knie. Ein weiterer Soldat trat mit der Peitsche in der Hand vor, und die Menge rang nach Luft und flüsterte unter den aufmerksamen Augen der Soldaten.

Mit Metall gespicktes Leder zischte nieder und hinterließ eine fürchterliche Wunde auf dem Rücken des Patriarchen, doch der alte Mann schrie nicht auf, noch nicht einmal, als die Zuschauer voller Mitgefühl aufstöhnten. Sturer Stolz oder der Schock eines so entsetzlichen Schmerzes ließen ihn schweigen, während die Peitsche noch fünfmal herniedersauste und Rücken und Schultern mit einem häßlichen Muster aus blutenden Wunden verunstaltete. Beim letzten Schlag fiel Nias vornüber und lag still da, dann kroch er unter Schmerzen und völlig erniedrigt davon. Mehrere Inselbewohner, das Gesicht weiß vor Wut und Verachtung, eilten vor, um ihm zu helfen, doch Farrags Stimme hielt sie auf.

»Jeder Mann, der ihm zur Hilfe eilt, stirbt.«

Die Inselbewohner zögerten, während Nias weiterkroch, doch eine Gestalt bewegte sich trotzdem. Habella Merini ging weiter.

»Ich bin kein Mann«, sagte sie und sah den Marschall an. »Werdet Ihr mich töten?«

Farrag antwortete nicht, doch auf ein kaum wahrnehmbares Zeichen seiner dicklichen Hand trat ein weiterer Lakai vor und schlug Habella mit dem schweren Schaft seines Speers quer übers Gesicht. Sie fiel hintenüber und schlug die Hand vor den Mund, und Blut rann durch ihre Finger. Mehrere Frauen eilten ihr zur Hilfe und zogen sie aus der Gefahrenzone, während die umstehenden Männer vor Scham und ohnmächtigem Haß erröteten. Nias lag still auf dem Boden und rührte sich nicht mehr. »Sonst noch jemand?« Farrag klang belustigt. »Nein? Dann werden wir hier weitermachen.« Er wandte sein Gesicht den schwitzenden Gefangenen zu, und die Menge wurde wieder still. »Aber um zu zeigen, daß ich gnädig bin, werden nur vier dieser schuldigen Männer bestraft.«

Die zwölf Männer konnten einander nicht ansehen, jetzt, da ihr Entsetzen durch einen Funken Hoffnung gelindert wurde. Keiner von ihnen wollte so leiden wie der Patriarch, und es sah so aus, als würden die meisten der Strafe entgehen. Doch Farrag hatte noch eine weitere Überraschung auf Lager. Er schnippte mit seinen dicken Fingern, und ein Wachtposten näherte sich und brachte ein kleines Mädchen herein. Um ihren Hals hing ein Amberinanhänger. Sie sah ängstlich aus, doch offenbar beruhigte Farrags Begrüßungslächeln sie.

»Wer wäre besser, die Schuldigen auszuwählen, als so ein unschuldiges Wesen?« erklärte der Marschall. Dann beugte er sich vor und flüsterte dem Mädchen etwas ins Ohr. Sie nickte, ging zu den Männern und blieb ein paar Schritte entfernt stehen. Keiner der Gefangenen wagte sie anzusehen, mit Ausnahme von einem. Er starrte hilflos seine eigene Tochter an, sein Gesicht eine Maske puren Entsetzens.

Das Mädchen sah kurz an den Männern entlang und zögerte nicht, nacheinander auf vier Männer zu zeigen. Der letzte von ihnen war ihr Vater. Soldaten schubsten die begnadigten Gefangenen fort, und das Mädchen wurde fortgebracht, während Farrag die ausgewählten Opfer schadenfroh angrinste.

»Eure Schuld wird durch imperiales Gesetz bestätigt«, verkündete er. »Ihr seid zum Tode verurteilt.«

»Eins, zwei, drei.«

Kato Gallo und Ia senkten im Takt zu den Zahlen die Fäuste, und machten beim dritten Schlag ein Zeichen. Ia hielt ihre Hand flach ausgestreckt mit vertikaler Handfläche. Kato zeigte mit Zeige- und Mittelfinger.

»Messer schneidet Papier«, rief Kato triumphierend und beanspruchte einen von Ias weißen Kieseln.

Die beiden Mädchen saßen im Schneidersitz auf dem Boden in Gayes Zimmer, gemeinsam mit ihren jüngeren Brüdern Pauli und Natali. Sie spielten und waren sich der Tragödie, die die Familie Gallo erfaßt hatte, gar nicht so recht bewußt. Etha versuchte derweil, die aufgewühlte Mutter und ihren ältesten Sohn Yermasi zu trösten.

»Laßt mich mitspielen«, rief Pauli.

»Nur zwei können spielen«, erklärte Kato, und die Mädchen machten ohne ihn weiter. Es war ein altes Spiel, das die Kinder der Insel schon seit Jahrzehnten spielten, doch die Kiesel, mit denen der Gewinn gezählt wurde, waren eine Neuerung, die sie von den Soldaten aus Xantium gelernt hatten.

»Eins, zwei, drei.«

Kato hielt ihre Faust geballt, während Ia dasselbe Zeichen wie zuvor machte.

»Papier umhüllt Stein.« Ia nahm einen Kiesel ihrer Gegnerin.

»Laßt mich mitspielen!« bettelte Pauli noch einmal, doch die Mädchen ignorierten ihn. Natali sah einfach nur zu, und dabei bewegte er versuchsweise seine kleinen Finger.

Im nächsten Spiel hatte Ia Feuer – die Finger zeigten getrennt nach oben wie Flammen – und verlor damit gegen Katos Wasser – flache Hand horizontal ausgestreckt, und dann erneuerte Pauli mit nervendem Jammern seine Bitte.

»Laßt es ihn mal versuchen«, mischte sich Gaye ein. Sie fühlte sich ganz sonderbar. Ihre Besucher taten ihr furchtbar leid, doch sie war auch irritiert von den Eindringlingen in ihr Leben, und ihre Gedanken tanzten wild durcheinander.

»Na gut«, sagte Kato widerwillig. »Spiel du mit ihm, Ia.« Sie schob ihren Kieselhaufen hinüber.

Während das Spiel weiterlief und Steine ausgetauscht wurden, merkte Gaye, daß sie das Ergebnis vorhersagen konnte, bevor es verkündet wurde. Es war, als höre sie Stimmen in ihrem Kopf. Sie versuchte sich zu konzentrieren, und bald war sie überzeugt, daß sie recht hatte – aber nur bei einem Spieler.

»Pauli«, fragte Gaye, »darf ich mit dir spielen?«

»Du kannst nichts sehen«, widersprach Kato.

»Du und Ia könnt mir sagen, was Pauli macht und mitrechnen.«

»In Ordnung«, rief Pauli glücklich.

Die Kinder rückten näher an Gayes Stuhl und versammelten sich um sie.

»Fertig?« begann Gaye. »Eins, zwei, drei.«

Sowohl sie als auch Pauli zeigten Feuer.

»Unentschieden«, sagte Kato verächtlich.

»Eins, zwei, drei.«

Zwei geschlossene Fäuste für Stein.

»Schon wieder!« rief Kato aus.

Sie spielten noch mehrere Male – und jedesmal gab es ein Unentschieden.

»Das ist langweilig!« beschwerte sich Kato, doch Ia war fasziniert.

»Versuchen wir es noch einmal«, sagte Gaye.

Sie verlor sechsmal hintereinander, so daß Pauli triumphierend all ihre Steine bekam.

»Du hast verloren.« Ia klang verwirrt.

»Mach dir nichts draus. Spiel du weiter.« Gaye lehnte sich in ihrem Stuhl zurück. Sie war völlig verblüfft und fragte sich, wie es kam, daß sie die Gedanken des Jungen hatte lesen können.

Dsordas kehrte kurz nach Mittag nach Hause zurück, und er sah grimmig aus. Er fand Fen und ihren Vater in der Küche.

»Was ist passiert?« fragte Fen eilig, denn sie spürte seine Laune sofort.

»Es hat angefangen«, erwiderte er und erzählte ihnen von Farrags Vergeltungsmaßnahmen und der Szene vom Fournoi-Platz.

»Ein Kind?« fragte Fen bestürzt.

»Eine von denen mit Anhänger«, bestätigte Dsordas.

»Das reicht!« rief Antorkas aus. »Natalis Stein verschwindet!« Er war weiß im Gesicht vor Zorn und Müdigkeit. »Sofort!« Er sprang auf, doch Fen streckte eine Hand aus und hielt ihn zurück.

»Warte, Vater. Hören wir erst den Rest.«

»Sie hat vier Männer ausgesucht, darunter ihren eigenen Vater. Und Farrag hat sie zum Tode verurteilt.«

»Zum *Tode*?«

»Götter!« keuchte Antorkas.

»Wie sind sie gestorben?« wollte Fen wissen.

»Das willst du nicht hören.«

»Sag es mir«, beharrte sie und war entschlossen, sich nicht vor den schrecklichen Tatsachen zu verstecken.

»Sie haben sie geköpft, vor allen Leuten«, erzählte er leise. »Ihre Köpfe stecken jetzt auf Pfählen am Hauptkanal.«

Seine Worte machten sie sprachlos, doch Dsordas war noch nicht am Ende angelangt.

»Es kommt noch schlimmer. Farrag hat geschworen, das Ganze morgen zu wiederholen, wenn die Übeltäter nicht ausgeliefert werden – und dieser Art von ›Gerechtigkeit‹ wird sich niemand freiwillig beugen. Wie auch immer, wir wissen immer noch nicht, wer sie waren – nur eins wissen wir: daß sie ganz bestimmt keine Mitglieder des Untergrunds waren.«

Fen warf einen Blick zu Antorkas, und Dsordas sah ihre Unsicherheit.

»Dein Vater weiß, wo ich stehe, und bald werden wir es nicht mehr geheimhalten müssen. Wir müssen jetzt etwas tun, oder wir werden keine weitere Chance bekommen. Farrags *Spiele* werden immer tödlicher.«

»Was meinst du damit?« fragte Fen.

»Ob nun Zufall oder nicht, die vier Männer, die gestorben sind, gehörten alle zu den *Kindern*.«

Kapitel vierundzwanzig

Der Stein fängt die Sonne ein wie gewölbtes Glas, konzentriert ihr Licht und ihre Hitze. Eine Tulpe aus Flammenblüten in seinem Herzen, eine helle neue Sonne, die Muster auf den Lidern hinterläßt, wenn man die Augen schließt.

Dunkles Feuer verbrennt schnell, besonders wenn es aus zartem Holz entzündet wird. Es kann nur mit bitteren Tränen gelöscht werden.

Dsordas und Fen folgten Antorkas schweren Herzens die Treppe hinauf. Keiner von ihnen wollte mit ihm über Natalis Anhänger diskutieren – zuviel war geschehen –, doch trotzdem fürchteten sie, was nun geschehen würde. Als das Oberhaupt der Familie in Gayes Zimmer stampfte, spielten die Kinder gerade, aber sie hielten sofort inne und spürten, daß etwas nicht stimmte.

»Natali, komm her.«

Gehorsam trottete der Junge zu seinem Vater hinüber.

»Gib mir den Anhänger.« Eine große Hand streckte sich ihm entgegen.

»Nein!« Natali umklammerte trotzig den Amberinschmuck.

»Du *wirst* ihn mir geben, Natali«, sagte Antorkas wütend. »Sofort!«

Pauli, auf den niemand achtete, stopfte seinen eigenen Anhänger unter sein Hemd.

»Nein«, flüsterte Natali und zog den Kopf ein.

Sein Vater griff nach ihm, doch Natali duckte sich unerwartet behende unter seinem Arm hindurch und rannte aus dem Zimmer. Mit einem wütenden Aufschrei polterte Antorkas hinter ihm her, und Dsordas folgte ihm. Fen wäre auch hinterhergelaufen, hätte Gaye sie nicht zurückgerufen. Sie lauschten gemeinsam mit den anderen Kindern den Schreien und Tränen, als Natali gefangen und ihm die Kette mit Gewalt abgenommen wurde. Der Schmerz des kleinen Jungen, voller Zorn hinausgeschrien, war unkontrollierbar – sogar als Etha kam und versuchte ihren Sohn zu beruhigen. Antorkas jedoch ging mit einem Ausdruck grimmiger Zufriedenheit wieder hinunter, den Stein in der Tasche. In einem anderen Zimmer schrie Natali immer noch.

Fen schloß die Tür des Schlafzimmers.

»Spielt weiter«, sagte sie zu den Kindern und wandte sich ihrer Schwester zu.

»Ich kann sie nicht alle überwachen«, klagte Eismann. »Ich brauche mehr.«

Farrag warf dem Fernrufer einen abschätzenden Blick zu.

»Alle anderen würden diese Pflicht nur zu gerne erfüllen, wißt Ihr.«

Eismann blickte trübsinnig, und er sah ihm nicht in die Augen.

»Ich kann sie nicht alle überwachen«, wiederholte er heiser.

»Ich weiß«, erwiderte der Marschall. »Konzentriert Euch auf die, die Ihr am besten empfangen könnt.«

»Das tue ich«, murmelte der Fernrufer. »Aber ich werde schwach.«

Farrag war sich sehr wohl im klaren darüber, daß talentierte Süchtige nahezu perfekte Simulanten werden konnten, doch in diesem Fall konnte er wohl mal ein Risiko eingehen.

»Nun gut. Aber ich erwarte Ergebnisse!«

Er nahm die Phiole aus der Tasche, präparierte einen Trank und reichte ihn dem Fernrufer, der ihn mit einem einzigen langen Schluck hinunterschlang. Farrag wartete ungeduldig, bis das Zittern nachließ.

»Und?« fragte er erwartungsvoll.

»Spielen. Essen. Schlafen«, berichtete der Eismann. »Nichts Besonderes.«

»Das wird hoffentlich bald besser«, drohte Farrag kalt.

»Einer von ihnen ist verschwunden«, fügte der Fernrufer hinzu. »Ich kann seine Stimme nirgends finden.«

»Muß den Anhänger abgenommen haben«, knurrte der Marschall resigniert. »Das mußte früher oder später passieren. Welcher ist es?«

»Das Amari-Kind.«

Farrag fluchte. Er hatte große Erwartungen in den Jungen gesetzt, obwohl er einer der jüngsten unter den Auserwählten war, denn die frühen Ergebnisse waren vielversprechend gewesen. Doch das war schon das zweite Mal, daß seine Stimme verschwand. Dennoch, schon die Tatsache, daß der Anhänger abgenommen worden war, bedeutete vielleicht etwas ...

»Beobachtet weiter«, befahl er. »Ich werde in einer Stunde zurück sein und erwarte dann einen vollständigen Bericht.«

Farrag verließ die Zelle. Jetzt mußte er sich um andere Belange kümmern. Seine geduldige Arbeit zeitigte langsam Erfolge und lieferte Schicht um Schicht neue Erkenntnisse. Bislang hatten die Kinder nur Verdacht zu Gewißheit gemacht, doch sie waren bei weitem nicht seine einzige Truppe. Alle Pläne des Marschalls trugen langsam Früchte. Ihr Höhepunkt wäre es, wenn er ein für allemal die Untergrundbewegung der Insel zerschlagen könnte. Farrag lächelte in sich hinein. Und genau das hatte er in Kürze vor. Dann würde er Zalys in weniger fähigen Händen zurücklassen können und sein eigenes Glück irgendwo suchen, wo es sich mehr lohnte.

Nicht mehr lange, versicherte er sich selbst und konnte seine Begeisterung kaum zügeln.

An jenem Nachmittag trafen sich fünf Männer in einem dunklen, feuchten Keller. Sie waren noch nie alle zusammengetroffen, und Dsordas hatte beschlossen, dieses Risiko einzugehen, weil sie mit einer Krise konfrontiert waren. Die vier, die mit ihm um den Tisch saßen, waren die stellvertretenden Anführer der *Kinder von Zalys*, und jeder war sich genau über die schrecklichen Vorgänge des Tages im klaren. Sie waren entschlossen, Farrag nicht so weitermachen zu lassen.

Mit gedämpften Stimmen diskutierten sie über die Anzahl der Männer, auf die sie zählen konnten, über die Verteilung von Waffen – sie hatten sie seit Jahren insgeheim gesammelt – und die Aufteilung der Verantwortung. Jedem einzelnen von ihnen war bewußt: Falls sie zuschlugen, mußte es ein Großangriff sein. Etwas Halbherziges würde die ganze Bevölkerung einer schrecklichen und sofortigen Rache aussetzen. Es würde ein Spiel um alles oder nichts werden, und niemandem gefiel das Risiko angesichts des Zeitpunkts, der ihnen aufgezwungen worden war. Doch es gab auch noch andere Gründe – abgesehen von der Gefahr weiterer Exekutionen –, warum sie es sich nicht leisten konnten, noch länger zu warten. Die *Kinder* waren begierig darauf, etwas zu tun. Sie würden niemals bereitwilliger kämpfen und sterben als jetzt, und Farrag plante offensichtlich eine große Kraftprobe. Seine Provokationen würden immer gewalttätiger und böser werden, doch noch andere Faktoren arbeiteten zugunsten des Untergrunds – hofften sie zumindest.

»Wir müssen es also bei Panos riskieren«, sagte Dsordas. »Einverstanden?«

Die anderen nickten.

»Er ist die einzige Chance, daß wir in den Komplex der Fernrufer gelangen«, stellte Phylo Zevgari fest. »Auf die eine oder andere Weise müssen wir sie loswerden, oder ein Sieg wird nur von kurzer Dauer sein.«

Sie wußten alle, daß eine Revolte auf Zalys auf den

Widerstand des Xantischen Reiches treffen würde. Es sei denn, sie hielten die Fernrufer davon ab, die Nachrichten zum Festland zu schicken. Andernfalls würden sie nicht die nötige Zeit haben, die Verteidigung der Insel nach dem Chaos zu organisieren, das der Aufstand unweigerlich hervorrufen würde. Farrag hatte dafür gesorgt, daß der Komplex, in dem die Fernrufer lebten, sicher war und nur einigen wenigen ausgewählten Geheimdienstoffizieren der Zutritt gestattet war. Keiner der Inselbewohner hatte ihn je von innen gesehen. Und innerhalb weniger Augenblicke nach Ausbruch einer Revolte würde die Nachricht auf dem Weg nach Xantium sein. Daher mußten die *Kinder* den Komplex als erstes angreifen. Panos war ihre größte Hoffnung, um an Informationen darüber zu gelangen, wie dies zu bewerkstelligen war.

»Soll ich mich darum kümmern?« fragte Yeori Alektora. Er war ein kleiner Mann, doch außerordentlich stark, und sein Können in waffenlosen Kampftechniken machte ihn und die Männer, die er ausgebildet hatte, ideal für diese Aufgabe.

»Ja«, antwortete Dsordas. »Aber ich will ihn selbst befragen. Beim Brunnen«, fügte er hinzu und nannte damit eines ihrer geheimen Verstecke.

Yeori nickte.

»Ich werde ihn bei Sonnenuntergang dorthin bringen«, sagte er zuversichtlich.

»Gut. Als nächstes die Überschwemmungstore«, fuhr Dsordas fort. »Wie sieht es damit aus, Maus?«

»Alles klar.« Die Antwort kam von Yani Paphos, den alle nur Maus nannten. »Wir brauchen in den nächsten Tagen nur noch einen guten Deichbruch.«

Unter Yanis Aufsicht hatten die *Kinder* seit einiger Zeit eine Überraschung für die Imperiale Garnison vorbereitet. Die meisten Hauptquartiere und Baracken lagen relativ hoch, doch Maus und seine Mannschaft hatten – durch atemberaubende Entwürfe und ausführliche Bauarbeiten unter dem Schutz von Flutkontrollmaßnahmen – einen Weg gefunden, eine riesige, mächtige Welle hervorzurufen, die mitten im Herzen der Soldatenquartiere auftreffen würde. Eine besonders hohe Flutwelle in den richtigen Kanälen: Wenn der Zeitpunkt richtig gewählt wurde, waren spektakuläre Ergebnisse zu erwarten.

»Vielleicht können wir nicht mehr so lange warten«, sagte Dsordas.

»Wir werden tun, was wir können, wann immer du es sagst«, erwiderte Yani. »Zumindest werden wir einige ihrer Lager zerstören und eine ihrer Waffenkammern verwüsten – und ganz schön Verwirrung stiften. Falls wir mit dem Wetter Glück haben, bringen wir vielleicht sogar den ganzen Kasernenblock mit den meisten der Bastarde darin zum Einsturz.«

»Das wäre nett«, bemerkte Yeori.

»Doch darauf solltet ihr nicht zählen«, fuhr Maus fort. »Der Westwind scheint stabil zu sein.«

»Hoffen wir, daß sich das noch ändert«, sagte Dsordas. Alle waren sich der Ironie seiner Worte bewußt. In der Vergangenheit hätten sie sich genau das Gegenteil gewünscht, um Nkosa vor der Überschwemmung zu schützen. Doch jetzt bedrohte sie etwas viel Schlimmeres. »Das wäre fürs erste alles, glaube ich. Weiß jeder, was er zu tun hat?«

»Was ist mit Farrag selbst?« fragte Skoulli Visakia, das letzte Mitglied der Gruppe.

»Er ist ein Mensch, wie wir.« Dsordas war sogleich auf der Hut.

»Nicht ganz. Der Mann hat besondere Kräfte. Du hast gesehen, was er getan hat.«

»Und denk an diese Anhänger«, fügte Phylo hinzu. »Nur die Götter wissen, was er damit vorhat.«

»Die Leute sagen, wir brauchen ebenfalls Magie, um ihn zu besiegen«, warf Yeori ein.

»Wenn wir anfangen, uns auf Aberglauben zu verlassen, sind wir verloren!« sagte Dsordas wütend.

»Richtig«, stimmte Maus ihm zu. »Diesen alten Unsinn brauchen wir nicht.«

»Wie ihr meint«, sagte Skoulli. »Ich hätte lieber alle Hilfe, die wir kriegen können – ganz gleich, woher sie kommt.«

»Vergiß es«, sagte Dsordas. »Wir müssen schon genug bedenken. Verschwende deine Zeit nicht. Wir werden uns schon um Farrag kümmern.«

Die Männer wollten sich gerade erheben, als sie von der Tür ein leises Geräusch hörten. Sofort sprangen sie auf, die Messer bereit, doch als Dsordas die Tür aufriß, fand er nur einen kleinen Jungen, der in der Dunkelheit die Augen weit aufgerissen hatte. Er bedeutete den anderen, sich zu entspannen.

»Was machst du hier unten, Natali?« schimpfte er und hob das Kind hoch. Die anderen gingen hinaus den Gang hinunter, der zu einer unterirdischen Anlegestelle führte. Phylo ging als letzter, und Dsordas rief ihn für einen Augenblick zurück.

»Eine Sache noch«, sagte er. »Wir werden das Öl neu verteilen müssen – wenn die Flut so hoch steigt, werden einige unserer Feuer zu gefährlich sein. Wir könnten sonst die halbe Stadt niederbrennen. Wir sollten die Fässer von der Dheftera-Brücke weiter runter zum Kanal schaffen. Mach das, sobald es dunkel wird, in Ordnung?«

Phylo nickte und machte sich auf den Weg. Dsordas erklomm mit Natali auf dem Arm vorsichtig die Treppe.

»Du bist wieder fröhlich«, bemerkte er und sah in das lächelnde Gesicht des Jungen.

»Fröhlich jetzt«, stimmte Natali zu.

Das zumindest ist ein Segen, dachte Dsordas, doch er bemerkte nicht, wie Natalis kleine Hand unter sein Hemd glitt und dort etwas berührte.

Kapitel fünfundzwanzig

In einen der Steine hier ist das Skelett eines Fisches eingebettet. Die Maurer haben ihn gut konserviert, als Zeichen des Glückes. Wie viele Jahrhunderte sind vergangen, seit er in dem uralten Meer schwamm? Wie lange hat es gedauert, bis er zu Stein wurde, damit die Erinnerung an ihn durch die endlosen Tunnel hallt? Er ist unvorstellbar alt.

Und doch kann etwas noch Älteres unter unserem eigenen Meer liegen. Etwas, das vielleicht nicht zu Stein geworden ist, könnte dort immer noch schlafen, noch nicht tot sein. Wer hätte die Kraft, sein Erwachen zu prophezeien?

Man stieß Panos mit einem schwarzen Kleidersack über dem Kopf ins Zimmer, die Hände hinter dem Rücken gefesselt. Beinahe wäre er gestolpert, als Yeori ihn noch einmal stieß, doch er fing sich wieder und stand ganz still.

»Tötet mich nicht«, winselte er. »Ich kann Euch bezahlen. Ehrlich.«

Dsordas und sein Stellvertreter wechselten ein paar Blicke, sagten aber nichts.

»Was wollt Ihr?« flehte Panos. Er klang wirklich ängstlich, aber wer würde das nicht an seiner Stelle, selbst wenn er *tatsächlich* vor hatte, seine Gegner zu überlisten. Sie ließen ihn noch ein wenig schmoren, dann führte Yeori ihn grob zu einem Hocker in der Mitte des kahlen Zimmers und drückte ihn darauf nieder.

»Behält er das hier an?« fragte er und zeigte auf die Kapuze.

»Nein«, antwortete Dsordas. »Ich muß sein lügendes Gesicht sehen. Blende das Licht ab.«

Yeori gehorchte und blieb schließlich in einer dunklen

Nische hinter dem Gefangenen stehen. Dsordas setzte sich eine groteske Kindermaske vor das Gesicht, bevor er den Sack abnahm. Panos starrte ihn an, und sein zerschundenes Gesicht zeigte erneut Furcht.

»Ihr seid nicht ...«, begann er, doch brach er gerade noch rechtzeitig ab.

»Nein«, stimmte Dsordas zu. »Ich bin nicht derjenige, dem Ihr Geld schuldet. Ihr schuldet mir sehr viel mehr als das.«

»Was meint Ihr damit?«

»Ihr schuldet mir Euer Leben. Wir hätten Euch töten können, als wir Euer Geld nahmen.«

Panos' Gesicht spiegelte blanke Überraschung – sie wirkte auf Dsordas völlig echt –, doch dann zeigte sich ganz kurz ein berechnender Zug.

»Das wart Ihr? Ich dachte, dieser Bastard Farrag hätte das arrangiert, damit er einen Vorwand hat, um Ärger zu machen.«

»Wie kommt Ihr darauf?« Dsordas war bemüht, ganz neutral zu klingen.

»Es würde zu ihm passen«, erwiderte Panos bitter. Da veränderte sich sein Gesichtsausdruck wieder. »Was wollt Ihr jetzt von mir? Die Götter wissen, daß ich kein Geld habe.«

»Aber Ihr braucht welches?«

»Das wißt Ihr ja offenbar schon«, sagte der Soldat wachsam.

»Dann könnt Ihr Euch vielleicht etwas verdienen. Wir haben eventuell eine Aufgabe für Euch.«

Panos saß einen Augenblick lang schweigend da.

»Wieviel?« fragte er schließlich.

Dsordas fragte sich, warum Panos diese Frage stellte, bevor er wußte, worum es sich handelte.

»Wieviel braucht Ihr?« Wieder dieser berechnende Zug. Dsordas erkannte, daß sein Gefangener noch etwas auf seine Schulden aufrechnete, einen Differenzbetrag, über den er verhandeln konnte.

»Achtzig Imperial.«

»Ihr seid wirklich in Schwierigkeiten!«

»Verhöhnt mich nicht!« schrie Panos wütend, doch vielleicht tat er das nur, um seine Angst zu verbergen. »Wenn ich das Geld nicht bekomme, könnt Ihr mich genausogut töten.«

Zumindest widerspricht er sich nicht selbst, dachte Dsordas.

»Ich tue alles«, versprach der Gefangene.

»Alles?«

»Ja.«

»Erzählt mir von Euren Pflichten als Geheimdienstoffizier«, befahl Dsordas.

Falls diese Bitte Panos überraschte, so zeigte er es nicht. »Das ist ganz unterschiedlich«, erwiderte er. »Ich führe die Akten, überwache Berichte von der Insel und aus anderen Teilen des Reiches ...« Er zögerte. »Und ich achte auf den Klatsch unter den Soldaten.«

»Habt Ihr mit Informanten zu tun?«

»Nein. Das ist nicht mein Bereich. Dafür hat Farrag Spezialisten.«

Darauf wette ich, dachte Dsordas. *Aber seid Ihr einer von ihnen?* Laut sagte er: »Wie überwacht Ihr die Berichte aus Übersee?«

Panos sah ihn verwirrt an.

»Das Zeug von den Fernrufern, meint Ihr? Wir lesen, legen ab, machen Querverweise ...«

»Seid Ihr vertraut mit dem Komplex der Fernrufer?«

»Ja.« Panos sah wieder verdrossen aus.

»Wie viele von ihnen gibt es dort?«

»Acht«, antwortete der Soldat prompt.

Dsordas war überrascht. Ihre Schätzungen waren von sechs ausgegangen, und falls Panos log, war es wahrscheinlicher, daß er untertrieb. Wie viele mochten es tatsächlich sein?

»Und sie sind immer im selben Gebäude, ob sie arbeiten oder nicht?« fuhr er fort.

»Ja. Worauf ... worauf wollt Ihr hinaus?«

»Das müßt Ihr mir sagen«, wagte Dsordas zu äußern. »Wieviel wäre Farrag wohl bereit zu zahlen, um einen seiner Fernrufer zurückzubekommen?«

»Ihr könntet sie nicht entführen«, stellte Panos fest. »Sie werden zu gut bewacht.«

»Nur mal angenommen«, schlug sein Inquisitor vor.

»Für einen allein gar nichts.« Der Geheimdienstoffizier zuckte die Achseln. »Die anderen würden den Verlust ausgleichen.«

»Und wenn die anderen tot oder gefangen wären?« beharrte Dsordas. Nach einer langen Pause war in Panos' Augen zu sehen, daß es ihm dämmerte. »Ihr meint es ernst, oder?« keuchte er ungläubig. »Ihr müßt wahnsinnig sein!«

»Beantwortet einfach mein Frage.«

»Er würde beinahe jeden Preis zahlen«, sagte Panos schließlich. »Aber Ihr würdet nicht lange genug leben, um die Zahlung entgegenzunehmen. Eher würde er alle auf der ganzen Insel umbringen, als sich erpressen lassen.«

»Laßt das unsere Sorge sein. Werdet Ihr uns helfen oder nicht?«

Der Gefangene schwieg eine Weile und war offenbar unentschlossen.

»Achtzig Imperial?« fragte er schließlich.

»Ja. Zehn sofort, den Rest, wenn die Sache erledigt ist.«

»Aber Ihr werdet es niemals schaffen! Und ich brauche das Geld sofort!«

»Ihr habt die Wahl. Ja oder nein.«

Es folgte eine weitere lange Pause.

»Was wollt Ihr wissen?« fragte Panos endlich.

In der nächsten Stunde beantwortete er Dutzende von Fragen über die Anordnung des Komplexes, seine Eingänge und Umgebung, die Stärke der Wachen und die Dienstpläne, die Art, wie für Nachschub gesorgt wurde.

Dsordas stellte mehrere Fragen, deren Antworten bereits bekannt waren, und Panos beantwortete alle korrekt. Falls er log, tat er es sehr geschickt.

»Dennoch werdet Ihr niemals hineingelangen«, schloß er. »Ihr braucht jemanden dort drinnen.«

»Meldet Ihr Euch freiwillig?«

»Habe ich eine andere Wahl?« fragte Panos bitter. »Falls Farrag herausfindet, was ich Euch gesagt habe, bin ich ohnehin so gut wie tot. Außerdem ...«

»Was?«

»Falls Ihr das wirklich durchzieht, tut Ihr mir gleich mehrere Gefallen. Wann soll es losgehen?«

»Das werden wir Euch wissen lassen.«

»Tut es schon bald«, bat Panos inbrünstig. »Sonst kann ich Euch vielleicht nicht mehr helfen.«

»Das ist Euer Problem«, sagte Dsordas. »Das hier sollte uns ein wenig Zeit verschaffen.« Er steckte zehn Münzen in Panos' Tasche und nickte Yeori zu, der leise pfiff. Bald hörte man, wie sich ein weiterer Mann durch den Tunnel näherte. Dsordas stülpte Panos den Sack über den Kopf, und Yeori geleitete ihn zum Tunneleingang und übergab ihn dem anderen Mann.

»Du weißt Bescheid?« fragte Yeori. Der Mann nickte.

»Bewache ihn gut«, fügte Yeori grinsend hinzu. »Wir wollen nicht, daß man ihn wieder ausraubt.«

Nach wenigen Augenblicken gesellte sich Skoulli zu Dsordas und Yeori, der das Ganze durch einen Spion beobachtet hatte.

»Und?« fragte Dsordas, als der Gefangene außer Hörweite war.

»Entweder ist er ein unglaublicher Schauspieler, oder er war absolut echt«, erwiderte Skoulli. »Und diese Narben sind wirklich häßlich.«

»Glaubst du, daß er die Geschichte geglaubt hat? Daß wir die Fernrufer gegen Lösegeld entführen wollen?« fragte Yeori.

»Ich weiß es nicht.« Dsordas zuckte mit den Achseln.

»Er ist eine schleimige kleine Kröte, aber vielleicht ist das reine Selbsterhaltung. Auf jeden Fall können wir es nicht riskieren, ihm die wahre Geschichte zu erzählen.« Er fügte nicht hinzu, daß er hoffte, von Fen abzulenken, indem er so tat, als seien sie die Räuber.

»Ich glaube nicht, daß er weiß, wer ihn angegriffen hat«, sagte Skoulli. »Er könnte also glauben, daß ihr es wart. Es sah auf jeden Fall so aus.«

»Ja, aber das beweist immer noch nicht, daß Farrag es nicht arrangiert hat«, wandte Dsordas ein. »Er könnte sich hinterher an Panos gewandt und aus der Situation seinen Vorteil gezogen haben – daher könnte Panos trotz allem ein imperialer Spion sein.«

»Aber *er* hat angedeutet, daß Farrag es arrangiert hat«, wandte Yeori ein. »Das würde er doch sicher nicht tun, wenn sie zusammenarbeiteten?«

»Du weißt doch, wie hinterhältig sie sind. Und er wäre vielleicht überrascht gewesen, weil er wußte, daß wir *nicht* seine Angreifer waren.«

»Das wird mir alles zu kompliziert.« Yeori schüttelte den Kopf.

»Er wirkte sehr an dem Geld interessiert«, sagte Skoulli nachdenklich. »Ich glaube nicht, daß seine Gier vorgetäuscht war – und falls er doch mit Farrag zusammenarbeitet, brauchte er unser Gold nicht.«

»Er hat offensichtlich noch ein paar Schulden mehr, die er gerne begleichen möchte«, fügte Yeori hinzu.

»Ich konnte ihm auch keine Lüge nachweisen«, gab Dsordas zu. »Aber wir haben kaum eine andere Wahl, als ihm zu vertrauen, oder?«

»Was uns wieder zurück zu dem führt, was er uns erzählt hat«, fuhr Skoulli fort. »Selbst mit seiner Hilfe wird es knifflig. So wie es klang, könnten die Fernrufer auch in einer Festung leben.«

»Das bestätigt nur, wie wichtig sie für Farrag sind«, sagte Dsordas. »Alles was wir tun, hängt davon ab, daß wir sie auf die eine oder andere Art loswerden.«

Auf dem Weg nach Hause wurde Dsordas von Malo abgefangen. Er war von Kopf bis Fuß klatschnaß, und er sah grimmig aus.

»Als wir die Ölfässer verschoben haben, sind wir in einen Hinterhalt geraten«, sagte er ohne lange Vorrede. »Sie haben auf uns gewartet, als hätten sie genau gewußt, was wir vorhatten. Es war furchtbar.«

»Phylo?« fragte Dsordas in der Hoffnung, daß sein Stellvertreter genug Verstand gehabt hatte, nicht persönlich an der Aktion teilzunehmen.

»Tot«, erwiderte Malo ernst. »Er hätte sich niemals lebend gefangennehmen lassen.«

Obwohl die Nachricht ein Schock für Dsordas war, wirkte sie dennoch auf gewisse Weise erleichternd. Er hoffte, daß er genauso viel Mut haben würde, falls es nötig sein sollte.

»Aber ich glaube, sie haben zwei von den anderen«, fuhr Malo fort. »Ich hatte Glück, daß ich entkommen konnte.«

»Halt Phylo euch irgend etwas gesagt . . .?«

»Nur über die anliegende Aufgabe, wie immer«, erwiderte Malo. Er verstand Dsordas' Besorgnis. »Sie werden nicht viel verraten können.«

Der junge Bootsmann war offenbar zufrieden, daß der Schaden für die *Kinder* nicht allzu groß war, doch sowohl er als auch Dsordas wußten, daß die gefangenen Männer möglicherweise Malos Namen verraten würden. Er lebte allein, hatte keine nahen Verwandten und in gewissem Sinne war das ein Glück. Er konnte sich verstecken, ohne Repressalien für seine Familie befürchten zu müssen. Phylo hingegen hatte Frau und Kinder gehabt – und Dsordas wußte, daß man sie warnen mußte.

»Ich war bei Phylo zu Hause«, fügte Malo hinzu, als könne er die Gedanken seines Anführers lesen. »Sie sind bereits auf dem Weg aus der Stadt.«

»Gut. Weißt du, wo du sicher bist?«

Malo nickte.

»Ich habe noch Zeit. Mach dir keine Sorgen um mich.«

»Und das Öl?« Es hatte eigentlich flammende Hindernisse bilden sollen, damit die imperialen Soldaten auf gewissen Routen per Boot nicht vorwärtskamen.

»Verloren. Wir können ganz leicht neues bekommen, doch wir werden es woanders verstecken müssen. Sie beobachten die Brücke jetzt sicher.«

»Irgendeine Ahnung, woher sie das wußten?«

»Irgend jemand muß ihnen einen Tip gegeben haben. Diese Sache war viel zu gut organisiert, es kann kein Zufall gewesen sein.«

Als wäre es nicht schon schlimm genug! dachte Dsordas wütend und frustriert. Er glaubte nicht, daß es unter den Anführern einen Verräter gab. Konnte es jemand aus Phylos Gruppe sein? Er machte sich sogar für einen Moment Gedanken über Malos Loyalität, doch verwarf er diesen Verdacht sofort wieder und schämte sich dafür. Es war Pech gewesen, ein zufällig mitgehörtes Wort, eine einfache Schlußfolgerung ...

»Halte Augen und Ohren offen«, riet Dsordas. »Und sei vorsichtig.«

»Ich dachte, du solltest es besser wissen«, sagte Malo.

»Danke. Ich weiß das zu schätzen, aber du verschwindest besser, bevor es zu spät ist.«

Malo verschmolz mit der Dunkelheit, und Dsordas ging nach Hause – wo noch mehr schlechte Nachrichten auf ihn warteten.

Das erste, was er beim Eintreten hörte, war das untröstliche Weinen eines kleinen Kindes. Er dachte, daß Natali vielleicht immer noch traurig wegen des Verlustes seines Anhängers war, doch dann ging ihm auf, daß es Pauli war – was ihn kaum überraschte. Die Familie Gallo hatte einen großen Verlust erlitten. Die Küche war leer, doch Anto kam herein, als Dsordas gerade nach oben gehen wollte.

»Hast du es schon gehört?« fragte er, und sein junges Gesicht war ganz angespannt vor Sorge.

»Was?«

»Die Fischer werden alle verrückt. Sie sagen, unter Wasser gibt es sonderbare Geräusche, die sich auf die Fische auswirken.«

»Was für Geräusche?«

»Laute, dröhnende Geräusche, wie riesige Gongs«, erwiderte Anto. »Und es sind nicht nur die Fische. Draußen auf See gibt es plötzlich Wasserwirbel, und sonderbare Lichtflecken – wie flüssiges Opal, sagte einer von ihnen. Das Wasser wird ohne Grund plötzlich kalt und niemand kann die Strömungen mehr deuten.«

»Diese Überschwemmungen sind die höchsten bis jetzt«, sagte Dsordas ohne große Überzeugung. »Könnte das nicht der Grund sein?«

»Nicht nach dem, was die Fischer sagen. Und warum sollten sie Lärm verursachen?«

»Unterirdische Höhlen?«

Anto blieb skeptisch.

»Oder warum springen die Fische aus dem Wasser?« fuhr er fort. »Unten an der Küste sind mehrere Delphine gestrandet, und die Teufelsrochen springen hoch. Es ist, als versuchten sie, vor irgend etwas zu fliehen.«

»Das ist verrückt.« Dsordas hatte genug von derartigem Gerede. »Als nächstes sehen sie Riesenkraken so groß wie Schiffe.«

»Es *ist* verrückt«, stimmte Anto zu. »Das ist ja das Problem. Niemand weiß eine Erklärung.«

»Wir können es uns nicht leisten, das Meer wie einen Feind zu behandeln. Wir haben genug Probleme an Land. Wie steht der Wind?«

»Immer noch im Westen, zum Glück«, antwortete der Junge. »Es sieht auch so aus, als bliebe es so. Morgen sollte es kaum noch Überschwemmungen geben, obwohl jetzt der höchste Wasserstand ist.«

»Das wird auch noch zwei Tage andauern«, erinnerte Dsordas ihn. »Die Gefahr ist noch nicht vorbei.« *Und auch nicht unsere Chance, die Flut als Waffe zu benutzen,* dachte er. *Aber das wird nicht lange anhalten.* Ausnahmsweise legte er einmal viel Hoffnung in die Fluten.

Anto ging auf der Suche nach etwas Eßbarem in die Speisekammer, und Dsordas suchte nach Fen. Niemals hatte er sie mehr gebraucht als jetzt. Er gesellte sich zu den Schwestern in Gayes Zimmer, und Fen kam zu ihm und umarmte ihn.

»Den Göttern sei Dank, daß du zurück bist! Wir müssen miteinander reden.«

»Falls es um Geister oder Ungeheuer unter dem Meer geht«, antwortete Dsordas erschöpft, »will ich es nicht wissen.«

»Nein«, sagte Gaye. »Es geht um mich – und Pauli.«

Dsordas setzte sich, verwirrt, aber bereit zuzuhören, und Gaye erzählte, daß sie die Gedanken des Jungen hatte lesen können.

»Erst hinterher, als sie mit mir darüber sprach«, sagte Fen, »wurde Gaye klar, daß Pauli eines der Kinder ist, die einen von Farrags Anhängern tragen. Und wir wissen, daß die Fernrufer Kristalle benutzen.«

»Und du willst mir sagen, daß Gaye eine Fernruferin geworden ist?« fragte Dsordas.

»Keine richtige«, antwortete Gaye, »denn ich kann es nicht kontrollieren, aber seit ich blind bin, habe ich einige sonderbare Dinge gespürt und gehört, die ich einfach nicht erklären kann.« Sie sprach ganz ruhig, ohne eine Spur von Selbstmitleid. »Und ich weiß nicht, warum ich beim Spiel Paulis Spielzüge gehört habe und sonst nichts.«

»Sie wußte, wo wir Natali finden«, fuhr Fen fort. »Vielleicht hat er ihr telepathisch mitgeteilt, wo er war, ohne zu wissen, was er tat.«

»Bist du in der Nähe von Natali gewesen, seit du Paulis Gedanken gehört hast?« fragte Dsordas scharf.

»Ja. Ich habe mit ihm gesprochen«, antwortete Gaye. »Obwohl ich nichts gespürt habe. Aber vielleicht liegt das daran, daß Vater ihm den Stein weggenommen hat.«

»Wo ist Natali jetzt?«

»Er schläft«, antwortete Fen.

»Weck ihn auf und bring ihn her, ja?«

»Aber ...«

»Tu es einfach!« fuhr er sie mit ganz ungewohnter Ungeduld an. Fen wirkte aufgebracht und verließ ohne ein weiteres Wort das Zimmer.

»Was ist los?« rief Gaye besorgt. »Was ist passiert?«

»Ich weiß es nicht«, sagte Dsordas jetzt sanfter. »Vermutlich nichts. Sag mir, ob du etwas spürst, wenn Natali hereinkommt.«

»In Ordnung.«

Fen kehrte mit ihrem kleinen Bruder auf dem Arm zurück, und Gaye erstarrte und riß ihre blinden Augen weit auf.

»Er ist wütend und verschlafen«, flüsterte sie.

»Das wäre ich auch«, sagte Dsordas. »Sonst noch was?«

»Schuldgefühle. Er verbirgt etwas«, erwiderte Gaye langsam und wirkte verwirrt. »Er fühlt sich ganz anders an als vorher ... ich kann es nicht erklären ... Oh!« Ihr blasses Gesicht spiegelte Entsetzen und Abscheu. »Es ist furchtbar!« rief sie. »Ich kann es nicht ertragen. Nein!« Sie legte die Hände über ihre Ohren, doch vergebens. Was sie auch quälte, es war immer noch da.

»Bring ihn in unser Zimmer«, befahl Dsordas eilig. »Schnell!«

Fen eilte hinaus und hatte jetzt selbst Angst, und Gaye entspannte sich sichtlich.

»Was war es?« fragte Dsordas sanft. »Was hast du gehört?«

»Etwas Böses, Zersetzendes«, flüsterte sie. »Es benutzt ihn, frißt ihn von innen auf. Es hätte mich auch befallen, wenn ich mich nicht zurückgezogen hätte. Es war übelkeiterregend.« Sie erzitterte.

»Jetzt ist es fort. Wird es gehen?«

Gaye nickte langsam.

»Ich bin gleich wieder da«, versprach Dsordas und eilte in sein eigenes Zimmer. Natali lag schlafend auf dem Bett, und Fen beobachtete ihn. Sie sah mit tränenerfüllten Augen zu ihrem Liebsten auf.

»Was ist es?«

Dsordas blickte auf das friedlich schlafende Kind und versuchte sich davon zu überzeugen, daß alles in Ordnung war, doch das Entsetzen wollte nicht weichen.

»Was ist, wenn Gaye nicht die einzige ist, die Natalis Gedanken hören kann?« fragte er leise. »Was ist, wenn Farrags Fernrufer das auch können?«

Entsetzt starrte Fen ihn an. »Könnten sie das wirklich?« Ihre Stimme war von Grauen erfüllt.

»Ich weiß es nicht«, erwiderte Dsordas, »aber es würde erklären, warum Farrag diese Steine so freigebig verteilt hat.«

»Aber Natali hat seinen nicht mehr.«

»Da bin ich nicht so sicher.«

»Vater hat ihn weggeschlossen. Natali kann kaum ...«

Aber Dsordas hörte nicht zu. Er beugte sich über den Jungen und faßte sanft unter sein Nachthemd.

»Und was ist dann dies hier?« keuchte er und zog den Anhänger hervor.

Fen starrte ihn an.

»Das ist ein anderer!« rief sie aus. »Er gehört Pauli!«

Kein Wunder, daß er weint, dachte Dsordas bedrückt. Er wollte die Kette über Natalis Kopf ziehen, doch der Junge wachte auf und griff nach seinem Schatz. Sie zerrten beide daran, und Dsordas war erstaunt über Natalis wütende Kraft. Schließlich bekam er den Anhänger frei und reichte ihn Fen.

»Schließ ihn weg.« Er mußte Natali festhalten und schreien, um das ununterbrochene Kreischen des Kindes zu übertönen. Als Fen zurückkehrte, war auch Etha aufgetaucht, und Dsordas erklärte ihr, was geschehen war. Natali hatte sich ein wenig beruhigt und lag jetzt schluchzend im Bett. Fens Herz wurde ganz weich, doch als sie versuchte ihn zu trösten, schlug er nach ihr. »Ich hasse dich«, zischte er.

Etha nahm ihren weinenden Sohn hoch und trug ihn zum Schlafen in ihr Zimmer.

»Kinder als Spione zu benutzen«, sagte Fen voller Verachtung für die Methoden ihres Feindes. »Glaubst du, daß sie uns schaden können?«

»Ich fürchte, das haben sie bereits«, entgegnete Dsordas. *Irgend jemand muß ihnen einen Tip gegeben haben.*

Er erzählte ihr von Natalis unerwartetem Auftauchen beim Treffen der Untergrundorganisation, daß er nur bei den letzten Anweisungen für Phylo dabei gewesen war, und von dem folgenden Hinterhalt, bei dem der Anführer getötet worden war. Alles fügte sich zu einem schrecklichen Muster zusammen.

»Götter«, rief Fen aus. »Wieviel haben sie wohl sonst mitgehört?«

»Vergiß nicht die anderen Kinder.« Dsordas fiel das kleine Mädchen ein, das seinen Vater unwissentlich zum Tode verurteilt hatte. »Und das Schlimmste daran ist, daß wir ihnen nicht allen die Anhänger wegnehmen können. Das allein würde Farrag zu viele Informationen bieten, und er würde gegen alle Familien vorgehen. Wir sind hier schon ein Risiko eingegangen.«

»Aber das heißt, daß wir sie alle wie Verräter behandeln müssen«, widersprach Fen. »Und von ihren Familien ausschließen. Das können wir nicht tun!«

»O doch, das können wir. Wir haben keine andere Wahl.«

Kapitel sechsundzwanzig

Jetzt sehe ich es näherkommen, seine Masse, aber nicht die Umrisse. Grau, wie ein Leichentuch über der Welt, eine Hülle für die Grabsteine am Himmel.

Welchen Sinn haben Leuchtfeuer angesichts solch überwältigender Macht? Müssen wir alle untergehen, bevor wir lernen zu fliegen?

Sagar wurde von ihrem Erscheinen völlig überrascht. Als ihr blasses Gesicht am Türschlitz auftauchte, sprang er begierig auf.

»Ihr seid zurück! Könnt Ihr mich wirklich hören?« Es war zwei Tage her, seit er die geisterhafte Gestalt der winzigen Frau zum ersten Mal gesehen hatte. Er hatte schon geglaubt, daß sie lediglich seiner Phantasie entsprungen war, und jetzt fürchtete er wieder um seinen Verstand. Doch da war sie, noch näher als beim letzten Mal. Im Halbdunkel konnte er ihr Gesicht deutlich erkennen.

»Ich habe Ohren«, erwiderte Alasia hörbar.

»Aber Ihr seid ein Geist! Wie ...?« Sagar hielt inne, und er sah das sanfte Lächeln auf ihrem Gesicht und roch einen Hauch Parfum in der abgestandenen Luft.

»Die weiße Eule ist nicht für mich geflogen«, sagte sie zu ihm. Sagar verstand nicht, was sie damit meinte, doch er wußte nun, daß ein Geist in seiner Zelle erscheinen würde, sollte er mit ihm sprechen wollen. Seine Besucherin war echt.

»Wer *seid* Ihr?« fragte er. Sein Herz raste. »Wißt Ihr, warum ich hier bin?«

»Euer Bruder ist unterwegs hierher«, sagte Alasia und ignorierte seine Fragen.

»Mein Bruder?« Sagar war verwirrt. »Welcher?«
»Das Leuchtfeuer.«
»Was?«
»Er trägt zwei Bürden«, fuhr sie fort.
»Helft mir!« bettelte Sagar, der inzwischen hoffnungslos verwirrt war. »Ich muß hier raus.«
»Wartet auf den *Soldaten*«, forderte sie ihn auf.
»Den *Soldaten*? Er war ja überhaupt der Grund, warum ich hier gelandet bin«, rief Sagar aus. Er hörte, wie sich der Gefängniswärter näherte, und instinktiv nahm er an, daß seine sonderbare Besucherin fliehen würde wie schon zuvor. »Geht nicht«, flüsterte er verzweifelt. »Ihr müßt mir erklären ... ich ...«
Doch Alasia machte keine Anstalten zu verschwinden. Sie sah sich lächelnd um, und Sagar spähte gerade rechtzeitig den Flur hinunter, um zu sehen, wie der Mann das Tablett mit dem Essen fallenließ und mit den Händen ein Zeichen machte, das das Böse oder Zauberkräfte abwenden sollte. Dann floh er, und Sagar sah wieder die Frau an.
Sie ist wahnsinnig! dachte er. *Völlig wahnsinnig*. All seine Hoffnungen stürzten in sich zusammen. *Der erste Mensch, mit dem ich seit Tagen reden konnte, und dann ...* Schwarze Depression umfing ihn. *Ich werde auch bald so sein.*
»Ihr seid frei«, sagte sie.
Sagar hätte beinahe gelacht, doch er konnte nicht. Ihre Worte waren vollständige, niederschmetternde Ironie. Als sie sich umdrehte und leise fortging, machte er keinen Versuch, sie aufzuhalten. Statt dessen sank er langsam zu Boden, legte den Kopf in die Hände und weinte.

Selbst Clavia, die den Grund für die Verwirrung ihres Halbbruders kannte, machte sich langsam Sorgen. Wichtige Angelegenheiten wurden vernachlässigt, und sie hatte die Angestellten des Kanzlers bereits murren hören. Sie beobachtete Verkho sorgfältig und sah, daß die Zeit für ihn so gut wie stillstand. Bis sein kostbarer Talisman eintraf, was alles andere unwichtig. Er hatte sogar an seiner Verschwörung gegen Azari das Interesse verloren – nur vorübergehend, wie Clavia hoffte. Ihre eigenen ehrgeizigen Pläne wurden behindert, während Verkho seine Zeit vergeudete. Und jetzt hatte er sich von allen abgeschottet. Es mußte etwas geschehen.

Es waren mehrere Versuche und ihre ganze beträchtliche Überredungskunst nötig, bis sie ihren Halbbruder sehen durfte. Seine Bediensteten waren angewiesen, alle abzuweisen, doch endlich ergab er sich sichtlich nervös Clavias immer heftiger werdenden Forderungen. Doch als sie in kriegerischer Stimmung ins Zimmer schritt, sah Verkho von dem dicken Wälzer auf, den er studierte und begrüßte sie freundlich.

»So kann es nicht weitergehen!« schalt sie ihn.

»Was?« fragte er unschuldig und wirkte ehrlich überrascht.

»Das weißt du genau!« gab Clavia zurück. »Du versteckst dich jetzt seit zwei Tagen hier drinnen, während dir das Reich draußen um die Ohren fliegen könnte.«

»Ich bin beschäftigt«, protestierte er und fügte dann eifrig hinzu: »Ich habe einen Durchbruch geschafft. Geister sind nicht an den Ort gebunden. Sieh her.« Er schwang den Smaragdring hin und her, den Clavia schon beim alten Tempel gesehen hatte, und die schmerzerfüllte, durchsichtige Gestalt von Rowan Kihan erschien neben dem Schreibtisch.

»Schick ihn fort«, sagte Clavia wütend. »Hat irgend etwas deinen Verstand verwirrt?«

Verkho wirkte wieder überrascht, wedelte mit einer Hand, und der Geist verschwand.

»Wie lange bin ich schon hier?«

Er klang zerfahren.

»Seit zwei Tagen«, antwortete sie ungeduldig.

»Es kam mir gar nicht so lange vor«, sagte er nachdenklich, und fuhr schließlich fast normal fort: »Es gibt sicher Arbeit zu erledigen.«

Endlich. Clavia atmete innerlich erleichtert auf.

Die Verwandlung war ganz außerordentlich.

Innerhalb weniger Augenblicke war Verkho wieder geschäftsmäßig, und der entrückte Ausdruck in seinen Augen wurde durch ihr übliches räuberisches Funkeln ersetzt.

»Was willst du?« fragte er, als habe er seine Halbschwester gerade erst bemerkt.

Clavia kam sofort zur Sache.

»Hast du deinen Versuch, Azari loszuwerden, aufgegeben?«

»Oh, das ist nicht mehr wichtig«, erwiderte Verkho geringschätzig. »Er ist nicht wirklich von Bedeutung.«

»Nicht einmal, nachdem eine Fledermaus ihn gerettet hat?« Sie sah, daß sie einen wunden Punkt getroffen hatte.

Verkho hatte über das Ereignis nachgedacht, welches den Anschlag auf Azari vereitelt hatte, und zwar über die Art und Weise, wie es verhindert worden war. Der Weißwein, den er der Kaiserin gegeben hatte, enthielt natürlich das Gift, das angeblich im Embarragio gewesen war. Deshalb hatte er Ifryn den Rotwein an die Lippen führen lassen, bevor er ihn ihr aus den Händen riß. Wäre der Versuch geglückt, hätte er den unbekannten *Soldaten* und Claros beschuldigen können, der jetzt praktischerweise tot war. Doch irgend jemand hatte seine Absicht erkannt und die unnatürliche Tat der fliegenden Kreatur veranlaßt. Es war ein Zaubertrick, da gab es keinen Zweifel, und deshalb war sein Verdacht auf einige seiner eigenen Männer gefallen, die an verschiedenen esoterischen Nachforschungen beteiligt waren. Doch Verkhos erste Untersuchung hatte nichts ergeben – und die Nachricht vom Talisman hatte alles andere aus seinem Kopf verbannt.

»Welche Kräfte meine Feinde auch haben«, sagte er

schließlich, »sie werden bald nichts mehr nützen. Soll Azari heranwachsen. Es wird nicht lange währen.«

»Legst du nicht allzu viel Vertrauen in nur eine einzige Möglichkeit«, fragte sie anzüglich.

»Vielleicht, zum Teil«, gab er zu. »Aber es ist eine so verlockende Aussicht.«

»Und gefährlich.«

»Ohne Gefahren ist die Belohnung normalerweise nicht groß«, erwiderte er philosophisch. »Aber ich habe noch andere Eisen im Feuer. Danke, daß du mich an meine Pflichten erinnerst.«

Clavia wußte nicht, ob er es sarkastisch meinte oder nicht.

»Du hast mir schon zu ein paar neuen Ideen verholfen«, fuhr der Kanzler fort. Er lächelte, und seine Augen zeigten seine übliche Verschlagenheit.

»Kann ich dir helfen?«

»Das kannst du tatsächlich.« Und Verkho sagte ihr ganz genau, wie.

Mehrere Stunden, nachdem Clavia gegangen war, rief der Kanzler verschiedene seiner Angestellten zusammen, damit sie ihm die neuesten Nachrichten aus der Stadt und der Umgebung mitteilten und um ihnen neue Anweisungen zu geben. Seine Leute waren erleichtert, daß er sich wieder zeigte, und erfreut, seine wiedererwachte Begeisterung und Energie zu sehen. So hart er sie auch antrieb, sie alle wußten, daß Verkho noch härter arbeitete.

Eine der ersten, die ihren Bericht ablieferten, war das Herzstück, und von ihr erfuhr der Kanzler von den letzten Nachrichten aus und nach Zalys. Einer der ministeriellen Beamten, der für die Fernrufer zuständig war, hatte bemerkt, daß mehrere seiner Schützlinge ungewöhnlich müde wurden, nachdem sie mit der Insel in Verbindung gestanden hatten. Er beobachtete in der Folge ihre

Ersatzleute und war schließlich überzeugt davon, daß etwas nicht stimmte. Das Herzstück berichtete, der Beamte habe keinen Zutritt bekommen, als er Verkho davon berichten wollte, daher habe er seine eigene Autorität eingesetzt, um die Angelegenheit zu verfolgen.

An dieser Stelle schickte der Kanzler nach besagtem Beamten. Er erfuhr die ganze Geschichte und bekam außerdem die Mitschriften sowohl der Anfrage als auch von Farrags Antwort. Es war eine interessante Lektüre. Verkho hatte schon lange den Verdacht gehegt, daß Farrag übermäßig ehrgeizig war.

»Vielleicht habe ich ihn unterschätzt«, sagte der Kanzler nachdenklich.

Der Beamte antwortete nicht.

»Seine Antwort scheint zwar ganz vernünftig«, fuhr Verkho fort, »aber sie riecht nach einer Ausflucht, meint Ihr nicht?«

»Soll ich die Sache weiterverfolgen?«

»Nein. Überlaßt mir das hier für eine Weile. Ich muß über den besten Plan nachdenken. Das habt Ihr gut gemacht.«

Der Beamte ging wieder und war sehr zufrieden mit sich, während Verkho über diese neue Entwicklung nachgrübelte. Man hatte schon lange spekuliert, ob es theoretisch möglich sei, die telepathischen Energien von Fernrufern für andere Zwecke abzuleiten, doch niemand hatte es – bislang – in die Tat umsetzen können. Falls Farrag das wirklich fertiggebracht hatte, dann hatte Verkho ihn unterschätzt. Das war kein angenehmer Gedanke. Der Kanzler entschied, daß er einen Weg finden mußte, um ganz genau herauszufinden, was in Zalys vor sich ging – und zwar bald – und dies dann zu seinem eigenen Vorteil zu verwenden. Doch für den Augenblick schob er die Angelegenheit beiseite und widmete sich anderen Geschäften.

Einer der interessantesten der folgenden Berichte kam von einem anderen Beamten des Ministeriums, der erst vor einigen Tagen beim Abendessen des Kanzlers anwesend gewesen war. Harios Kedhara hatte keine besonderen Talente, außer einer wachen Intelligenz und glühendem Ehrgeiz, aber er war ein guter Verwaltungsbeamter und hielt die Akten ausgezeichnet in Ordnung. Seine wichtigste Aufgabe war der Bereich der Erforschung von Geistern und der Austausch mit ihnen – und Harios war ziemlich besorgt.

Ein Grund für seine Besorgnis war ein starker unerklärlicher Anstieg der Zahl der Geister, die in Xantium erschienen, ganz besonders beim alten Tempel.

»Dadurch haben Eure Leute natürlich viele Möglichkeiten«, sagte Harios, »aber es sind so viele, daß es langsam verwirrend wird. Die Hälfte der Zeit findet man die Quelle nicht, von der die Antworten stammen, und die Ergebnisse zu messen, ist hoffnungslos. Wir haben nichts getan, was eine solch große Aktivität hervorgerufen haben könnte ...« Bei diesen Worten warf er einen Blick auf seinen Meister, für den Fall, daß Verkho eine Erklärung anzubieten hatte, doch der Kanzler sagte nichts. »... und das macht einige der Talentierten nervös.« Er nannte ein paar Beispiele und fügte hinzu: »Ich fürchte, es könnte sie überfordern, ihren Verstand völlig zerstören. Sie sind bestenfalls sehr unruhig.«

»Könnt Ihr diese Theorie überprüfen?« fragte Verkho.

»Nur, indem ich einen vollständigen Zusammenbruch riskiere.«

»Tut es«, befahl der Kanzler. »Haltet mich auf dem laufenden.« Er beschloß, selbst den Tempel aufzusuchen. In den letzten Monaten hatte der uralte Pantheon ihn immer mehr fasziniert, und nicht der Glaube, sondern die Neugier und das Versprechen der Macht hatten ihn angezogen. Verkho fragte sich kurz, was die Geister zu dem Tempel zog. Hatten sie dieselben Motive wie er?

»Was noch?« richtete er seine Aufmerksamkeit wieder auf Harios.

»Es gibt noch ein Problem mit den Talentierten«, erwiderte der Beamte. »Es läßt sich unmöglich sagen, ob es mit dem ersten zu tun hat.« Er zögerte, denn er haßte es, sich bei seinen Berichten so vage ausdrücken zu müssen, doch er wußte, er hatte keine andere Wahl.

»Weiter«, gab ihm Verkho das Stichwort.

»Wie Ihr wißt, beobachten wir sie Tag und Nacht, sogar, wenn sie schlafen.«

»Ihr wart schon immer sehr gründlich.«

»Danke«, sagte Harios dankbar. »In den letzten beiden Nächten haben viele von ihnen Alpträume gehabt. Ich habe hier eine Liste von Namen und Zeiten.«

Verkho tat das dargebotene Papier mit einer Geste ab. »Habt Ihr sie befragt?«

»Natürlich. Ihre Antworten finden sich alle in meinem Bericht.« Harios brachte ein weiteres Blatt Papier zum Vorschein und legte es auf den Schreibtisch.

»Faßt es für mich zusammen«, wies ihn der Kanzler an. »Ich werde es später lesen.«

»Bislang habe ich noch keine Schlüsse gezogen«, gab Harios widerwillig zu, »aber die Häufigkeit und Dauer dieser Alpträume können kein Zufall sein – und sie scheinen immer schlimmer zu werden. Irgend etwas, irgendein Einfluß von außen, hat Auswirkungen auf sie, da bin ich sicher. Doch der einzige gemeinsame Nenner bei allen Träumen – die unglaublich verschieden sind, sogar, wenn sie einen gewissen Sinn ergeben, und die Talentierten erinnern sich auch nicht immer deutlich ...«

»Der gemeinsame Nenner?« gab Verkho kühl das Stichwort.

»Etwas ... Großes und Graues ... das näher kommt«, antwortete Harios kleinlaut.

Verkho nickte nachdenklich.

»Sie alle haben Angst davor, manchmal sehr große Angst«, fügte der Beamte hinzu. »Mehr kann ich Euch im Augenblick nicht sagen, aber ich hoffe ...«

»Das habt Ihr gut gemacht«, unterbrach Verkho ihn, und Harios entspannte sich sichtlich. »Die meisten hätten es weder bemerkt noch so schnell davon berichtet.« Er tippte auf das Blatt Papier. »Sagt den anderen Vorstehern, daß sie auf ähnliche Phänomene achten sollen und kümmert Euch um Überprüfung und Vergleich der Reaktionen – mit meiner Vollmacht. Falls sich ein Muster abzeichnet, will ich es wissen.«

»Natürlich, Kanzler.« Harios zog sich zurück. Durch das Vertrauen Verkhos fühlte er sich beschwingt und dachte bereits über seine neue Aufgabe nach – und die Möglichkeiten, die sich ihm dadurch auftaten. In seiner Aufregung vergaß er, Verkho nach Neuigkeiten über die lang erwartete Ankunft von Bowen Folegandros zu fragen.

Hauptmann Ofiah war mit ihrem Vorankommen zufrieden. In einem harten Zweitagesritt von Brighthaven hatten sie mehr Boden gutgemacht, als er zu hoffen gewagt hatte. Mit ein wenig Glück, und wenn das Wetter hielt, würden sie in weiteren acht Tagen in Xantium sein.

Entgegen allen Erwartungen hatte sich ihr Gefangener als guter Reiter erwiesen. In Verbindung mit Kanzler Verkhos Vollmacht, die es ihnen erlaubte, mit leichtem Gepäck zu reisen, weil sie an jeder imperialen Station ihre Lebensmittel erneuern und häufig die Pferde wechseln konnten, bedeutete das, daß sie schnell voran kamen. Die Deadlands zu durchqueren, war natürlich noch einmal eine ganz andere Sache, doch bis dahin waren sie beinahe zu Hause, und die sechs Männer unter seinem Kommando würden keine Ermutigung brauchen, die bestmögliche Zeit herauszuholen. Für den Gefangenen war das sicher etwas anderes. Warum sollte er das Ende der Reise herbeisehnen?

Man erwartete Bowen Folegandros so bald wie möglich in Xantium, gemeinsam mit dem Inhalt einer kleinen Kiste, die der Hauptmann an seinem Sattel befestigt hatte. Ofiah hatte keine Ahnung, warum beide für

Verkho so wichtig waren, und obwohl er die Befehle des Kanzlers ganz sicher nicht in Frage stellte, wunderte er sich doch. Zwar hatte Ofiah einen Schlüssel, doch die Kiste war versiegelt, so daß er sie nicht öffnen konnte, ohne entlarvt zu werden. Der Hauptmann war kein Narr, und er hatte nicht die Absicht, sich Verkhos Zorn zuzuziehen, indem er seine Anweisungen mißachtete. Daher kreisten seine Spekulationen um den Gefangenen.

Soweit er es beurteilen konnte, war Bowen wahnsinnig. Sein Gesicht war völlig ausdruckslos, als ob sein Gehirn abgeschaltet sei, während sein Körper sein Pferd ritt, nur manchmal leuchtete in seinen Augen Leben auf. Dann starrten sie wild umher und waren mit unergründlichen Qualen erfüllt. In diesen Momenten brach Bowen auch sein übliches Schweigen – doch was er sagte, ergab nicht viel Sinn. Oft rief er den Namen einer Frau, Gaye – seiner Frau, nahm Ofiah an – und mußte in seinem Sattel gestützt werden. Die furchtbaren Qualen, die die Erinnerung an sie verursachte, waren deutlich zu erkennen, doch der Hauptmann war ein abgehärteter Berufssoldat und verspürte nur wenig Mitleid. Dennoch stimmte er nicht in die Spekulationen seiner Männer über die Eigenschaften der unbekannten Frau ein.

Die anderen Äußerungen des Gefangenen waren weitaus merkwürdiger. Er sprach wirr von grauen Decken, Leuchtfeuern und Grabsteinen am Himmel und wiederholte endlos das Wort ›untergehen‹. Die Soldaten konnten in seinem Gemurmel keinen Sinn erkennen und hatten Bowens Worte mit ihrem eigenen Unsinn vermischt und verulkt. Doch der Gefangene lebte in seiner eigenen Welt und reagierte nicht auf ihren Spott. Schließlich waren die Soldaten von seinen Ausbrüchen gereizt, und die Stimmung war aggressiv geworden, und Ofiah hatte zum Schutz seines Gefangenen strikte Disziplin durchsetzen müssen.

Als Ofiah Bowen in die Wegstation führte, um die Übernachtung zu arrangieren, schwor er, so schnell es

Menschen möglich war, nach Xantium zu gelangen. *Danach, junger Mann,* dachte er, *seid Ihr auf Euch selbst gestellt.*

»Untergehen«, sagte Bowen unerwartet. »untergehen, untergehen, untergehen, untergehen ... Wir müssen fliegen lernen.«

»Ich wünschte, das könnten wir«, bemerkte Ofiah. »Das wäre schneller als reiten.«

Kapitel siebenundzwanzig

Ein merkwürdiger Vogel hat hier sein Nest gebaut. Wie will er in diesem dichten Rauch davonfliegen?

Seit dem schicksalhaften Bankett hatte Corton in ständiger Angst gelebt – doch nichts war geschehen. Niemand hatte ihn wegen des Weins befragt, niemand hatte wissen wollen, ob Claros ihn von ihm bekommen hatte oder wie wahrscheinlich die Möglichkeit einer Vergiftung war. Nach drei Tagen wollte sich der Kellermeister gerade entspannen und glaubte schon, daß der ganze Zwischenfall bald vergessen wäre, als er von einem Gerücht hörte, das alle seine Ängste wieder aufflammen ließ. Er war so beunruhigt, daß er sich kaum auf sein abendliches Spiel mit Grongar konzentrieren konnte, und als Folge davon machte er zwei Züge schneller als je zuvor, sehr zur Verwunderung des Barbars.

»Vorsichtig«, bemerkte dieser beim ersten Zug. »Wenn du noch schneller ziehst, wirst du dir das Handgelenk verstauchen.« Grongar spielte wie immer, und er war erstaunt, als sein Gegner fast sofort reagierte. »Du warst schon wieder an diesen Pilzen«, bemerkte er. »Die du im Keller ziehst. Du weißt, daß sie dich immer impulsiv und irrational machen.«

»Was?« fragte Corton abwesend.

Grongars Grinsen schwand, als er den letzten Zug seines Freundes genauer betrachtete.

»Bist du sicher, daß du das willst?« fragte er. Der Barbar war in großzügiger Stimmung. Er hatte das letzte Spiel ihrer letzten Serie gewonnen und führte im gegenwärtigen Wettbewerb bequem mit vier zu eins. Er spielte immer, um zu gewinnen, doch er mochte es nicht, wenn ihm ein Sieg auf dem Tablett serviert wurde. Cortons letzter Zug war reiner Selbstmord.

Der Kellermeister starrte auf das Brett, sah seinen Irrtum und seufzte.

»Jetzt ist es passiert«, sagte er resigniert.

Grongar zuckte die Achseln und schlug Cortons Bulle mit einem seiner Geister, und damit war das Spiel im Grunde beendet. Sie spielten noch ein paar Züge, bis Grongars Sieg endgültig war.

»Was ist los?« fragte er.

Corton sah vom Brett hoch, und Sorge stand in seinem mageren Gesicht.

»Es geht das Gerücht, daß der Wein, den Claros der Kaiserin geschenkt hat, gar nicht vergiftet war, daß Verkho das Ganze für seine hinterhältigen Zwecke arrangiert hat – und daß er derjenige war, der Claros dazu angestiftet hat, nicht der *Soldat*. Einer meiner Kellerjungen hat heute nachmittag die ganze Zeit davon geschwatzt. Unverschämter junger Hund! Ich mußte ihn ernsthaft ermahnen, solchen Unsinn nicht auch noch nachzuplappern.«

»Vielleicht ist es kein Unsinn«, sagte Grongar leise.

»Genau das bereitet mir Sorge«, stimmte ihm sein Gefährte zu. »Ich kann die Spekulationen über den Kanzler und den *Soldaten* verstehen – aber was ich *nicht* verstehen kann, ist, woher der Gedanke kommt, daß der Wein nicht vergiftet war. Verkho wird so etwas wohl kaum zugeben, und ich war der einzige, der davon wußte ...«

Plötzlich fand Grongar den Boden zwischen seinen Füßen ungeheuer faszinierend.

»O nein!« rief Corton aus. »Du hast doch nicht etwa ...?«

»Vielleicht«, murmelte der Barbar in seinen Bart.

»Ich hätte es wissen müssen«, sagte der Kellermeister. »Sag es nicht. Laß mich raten. Du warst betrunken, ohne Zweifel, und vermutlich hast du versucht, irgendein

Küchenmädchen zu beeindrucken?« Seine Stimme troff vor Verachtung, und Grongar blieb nichts anderes übrig, als hochzusehen.

»Kannst du mir vorwerfen, daß ich ein wenig freundliche Gesellschaft gesucht habe?« stieß er wütend hervor. »In dir ist so wenig Saft, ich könnte dich als Zündmaterial benutzen!«

»Während du aus jeder Pore tropfst«, gab Corton mit ungewohnter Frechheit zurück. »Ich dachte, ich könnte dir vertrauen.«

»Das kannst du auch«, behauptete Grongar wütend. »Es gingen schon so viele Gerüchte rum, bevor ich meine Nase da reingesteckt habe, daß man es kaum bemerken wird. Einige Leute in höheren Positionen als du sollten sich Sorgen machen.«

»Zum Beispiel?«

»Kerrell zum Beispiel. Dem Klatsch zufolge ist er mit dem Soldaten verbündet.«

»Unmöglich!« rief Corton aus.

»Das glaube ich auch, doch was weiß ich schon?« erwiderte Grongar säuerlich. »Es gibt sogar Gerede, daß Azari tot sein soll. Niemand hat Ifryn oder das Baby seit dem Bankett gesehen – und manche Leute glauben, das Gift könnte gewirkt haben. Abgesehen natürlich davon, daß es keines gab.«

Corton war sprachlos, und die abwehrende Wut seines Freundes hatte ihren Zweck nicht verfehlt.

»Es tut mir leid. Ich ...«, begann Grongar.

»Schon gut.«

»Wir leben in schwierigen Zeiten«, sagte der Barbar.

Sein Gefährte nickte abwesend. Grongar hatte recht. Wenn solche Dinge im Gange waren, würde sich niemand Gedanken um einen Kellermeister machen. So hoffte er wenigstens.

»Guten Morgen, meine Liebe«, sagte Southan, als er mit ernstem Gesicht eintrat. »Ich fürchte, ich habe sonderbare Neuigkeiten. Kerrell ist verschwunden.«

»Was meinst du damit?«

»Nur das. Er ist verschwunden.« Der Kaiser streckte hilflos die Hände aus. »Niemand kann ihn finden.«

»Aber das ist absurd«, erwiderte Ifryn, und ihr Herz raste. »Er kann nicht einfach verschwinden.«

»Das habe ich auch gesagt«, erwiderte ihr Mann beruhigend. »Aber die halbe Armee und die meisten von Verkhos Leuten suchen ihn jetzt seit einem Tag und einer Nacht – und haben keine Spur von ihm gefunden. Das ist höchst beunruhigend.«

Das kann nicht wahr sein! dachte die Kaiserin verstört. *Ich glaube einfach nicht, daß das passiert.*

»Wann hat man ihn zuletzt gesehen?« Sie war erstaunt, daß ihre Stimme so ruhig klang.

»Gestern mittag, auf dem Exerzierplatz. Er wollte in sein Quartier, um sich umzuziehen, und seitdem hat man ihn nicht mehr gesehen. Er hatte am Nachmittag mehrere Termine und ein Treffen mit mir gestern abend, doch er ist zu keinem davon erschienen, und er hat sich auch nicht entschuldigen lassen.«

»Warum hast du mir das nicht früher gesagt?«

»Ich wollte dich nicht unnötig beunruhigen«, erwiderte ihr Mann, und er sah sie voller Sorge an. »Die letzten paar Tage waren ohnehin schon schwierig genug, das weiß ich, es wäre ja möglich, daß er einen guten Grund hat sich zurückzuziehen. Aber inzwischen ist er zu lange ohne Erklärung verschwunden.«

»Wer könnte das getan haben?« Ifryn fühlte sich innerlich ganz wund. Sie wollte schreien, kreischen, mit Gegenständen werfen – doch zumindest äußerlich blieb sie ruhig.

»Was getan?«

»Ihn entführt haben, oder ... oder ...«

Sie brachte die Worte ›ihn getötet haben‹ nicht über

die Lippen, doch in ihren Gedanken waren die Worte da.

»Genau das wollen wir herausfinden«, sagte der Kaiser, »aber wir haben nicht viele Spuren.« Er hielt inne und fügte dann sanft hinzu: »Und es besteht immer noch die Möglichkeit, daß er selbst dafür verantwortlich ist.«

»Sei nicht albern!« rief Ifryn. »Warum sollte er einfach so verschwinden?« *Er hätte mir gesagt, wo er hinwollte.*

»Es kursieren alle möglichen Gerüchte«, erzählte Southan widerwillig. »Verkho sagt, einige verdächtigen Kerrell, mit dem *Soldaten* verbündet zu sein. Das ist natürlich blanker Unsinn, aber die Leute lassen sich mitreißen.«

Verkho sagt? Verkho? Wie kannst du glauben, was diese Schlange sagt? Ifryn wollte diese Frage schon laut aussprechen, doch sie wußte, das konnte sie nicht. Sie hörte einfach zu, während ihr Mann weiterredete, traurig aber entschlossen.

»Es gibt noch weitere grausame Gerüchte, nämlich daß es Azari nicht gut gehe. Man hat euch beide seit dem Bankett nicht gesehen.« Das war vier Tage her. Als Southan den Schmerz im Gesicht seiner Frau sah, fragte er eilig: »Es *geht* ihm doch gut, oder?«

»Ja. Komm her und sieh ihn dir an.« Ifryn ging wie eine Schlafwandlerin zur Wiege und beugte sich hinunter, um das Baby hochzuheben. Azari lächelte und gurgelte glücklich, und seine blauen Augen tanzten zwischen seinen Eltern hin und her. Ifryn wollte ihren Sohn schütteln, damit er sah, wie schrecklich die Welt war – doch er war erst neun Tage alt und solch grundlose Grausamkeit lag ihr fern.

»Dennoch«, Southan klang erfreut, »wäre es eine gute Idee, wenn ihr beide euch bald wieder in der Öffentlichkeit zeigen würdet. Heute noch, wenn möglich, um den Klatsch zu beenden. Ich wäre dabei gerne an deiner Seite.«

»Natürlich. Warum auch nicht?«

»Es gibt noch häßlichere Gerüchte.« Der Kaiser klang

ganz deutlich unbehaglich. »Einige dumme Idioten behaupten, Kerrell sei aufgrund von Unschicklichkeiten zwischen dir und ihm verschwunden.« Southan sprach eilig weiter, während Ifryn versuchte, die Fassung zu bewahren. »Es erübrigt sich zu erwähnen, daß jeder mit einem Funken Verstand nur äußerste Verachtung für solch gemeine Lügen hat, doch es kann nicht schaden, wenn man uns zusammen sieht. Das verstehst du doch?«

Die Kaiserin nickte wie gelähmt.

Am Abend, nachdem Ifryn ihren öffentlichen Pflichten nachgekommen war, zog sie sich in ihre Gemächer zurück und fühlte sich unglaublich erschöpft und deprimiert. Sie legte Azari in seine Wiege und richtete sich auf, als sie hörte, wie jemand das Zimmer betrat. Sie drehte sich um und erwartete Doneta zu sehen, doch es war Alasia, die einen Knicks machte. Aus irgendeinem Grund brachte der Anblick ihrer Freundin alle angestauten Gefühle in Ifryn an die Oberfläche. Sie lief zu Alasia, umarmte sie und weinte wie ein Kind.

Als nächstes fand sie sich im Bett wieder und hatte es warm und behaglich. Sie erinnerte sich nicht daran, sich ausgezogen oder zugedeckt zu haben, aber das spielte jetzt keine Rolle. Der Schlaf lockte, willkommenes Vergessen, doch da bemerkte sie eine Gestalt im Schatten neben ihrem Bett, und die echte Welt kehrte zurück.

»Alasia, weißt du, wo Kerrell ist?« Ausnahmsweise gab ihre Freundin einmal eine eindeutige Antwort, doch es war nicht die, die Ifryn hören wollte.

»Wirst du ihn für mich finden? Herausfinden, ob er noch lebt?«

»Meine Freunde tun das. Wir haben viele Augen und Ohren.«

»Dann sind sie auch meine Freunde«, sagte Ifryn schläfrig. »Danke.« Sie verstand dieses Gespräch zwar eigentlich nicht, dennoch fühlte sie sich getröstet.

»Wir sind immer für dich da, du mußt uns nur rufen«, sagte Alasia. »Ich muß jetzt gehen.«

»Nein! Bitte verlaß mich nicht.«

»Du brauchst Schlaf.« Alasia berührte mit ihren Fingern die Stirn der Kaiserin, und Ifryn spürte, wie eine schläfrige Wärme sie durchdrang. Vielleicht würde sie jetzt schlafen. Es war wohl eine gute Idee ...

Mitten in der Nacht wachte sie auf, und blasses Mondlicht glitzerte durch das offene Fenster. Die Wärme war verschwunden, entflohen in die Dunkelheit, und plötzlich hatte Ifryn sehr große Angst. Sie beugte sich vor, um nach ihrem Sohn zu sehen, der friedlich schlief, aber ihr Entsetzen blieb. Ihre Welt zerfiel.

Ich habe solche Angst. Was geschieht mit mir?

Seit sie das erste Mal von Drohungen gegen Azari gehört hatte, wurde sie von Alpträumen geplagt. Manchmal hatte sie sogar Angst, das Baby zu füttern, weil sie ihrem eigenen Körper mißtraute. Dann war da der Kummer um den Tod ihres Vaters und ihre Sorgen um ihre frühere Heimat. Und jetzt, als wäre das noch nicht genug, gab es diese schrecklichen Gerüchte, und Kerrell – ausgerechnet – hatte sie verlassen. Ihr wichtigster Verbündeter in den beängstigenden Hofintrigen war verschwunden, und sie fühlte sich verloren, und die Welt unter ihren Füßen schwankte.

Seit sie von Kerrell zu Pferde geträumt hatte, nackt bis zur Taille, waren ihre Gedanken in Aufruhr. Immer wieder dachte sie an die grobe Struktur seiner Kleider, an die warme Stärke seiner Hände, sein Lächeln ... Und jetzt, wo er fort war, konnte sie endlich zugeben – ganz im geheimen ihrer Gedanken – was sie in ihrem Herzen schon lange wußte.

Ich liebe ihn.

Ifryn hielt inne, als lange Jahre der Selbstverleugnung sich Geltung verschafften. Es würde für immer ihr Geheimnis bleiben müssen. Für immer? Sie wußte, daß sie niemals zusammen sein konnten, doch glaubte sie, den Schmerz nicht ertragen zu können. Den Schmerz, ihre Liebe niemals laut aussprechen zu dürfen, ihn niemals in ihren Armen halten zu dürfen ... Sie konnte seine Umarmung jetzt spüren, wie er ihr Blut in Wallung brachte, wie ihr Kopf sich drehte ...

Wie würde er reagieren? Liebte er sie ebenso? Und die undenkbarste Frage von allen: Konnten ihre Gefühle füreinander der Grund sein, warum er verschwunden war?

»Götter!« stieß Ifryn laut aus. »Das alles ist ein Traum. Ein hoffnungsloser Traum.« Sie begann leise zu weinen, als ihr klar wurde, daß Kerrell verschwunden, vielleicht sogar tot war. Vielleicht sah sie ihn nie wieder. *Auf meine Freundschaft könnt Ihr zählen, solange ich atme.*

Viel später wandelte sich Ifryns Kummer in Erschöpfung, und sie schlief wieder ein.

Laß mich von ihm träumen, bat sie leise, als die Nacht sie umfing.

Auch am nächsten Tag war von dem General nichts zu sehen, doch am späten Abend, als die Dunkelheit über die Stadt zog, wurde den Bürgern von Xantium ein Schauspiel geboten, das neue Nahrung für Gerüchte lieferte.

Ganz oben auf einem der steinernen Gipfel des Turmviertels leuchtete ein Licht auf. Zunächst war es nur ein gedämpftes Flackern, doch es wurde immer heller, als die Flammen sicherer wurden und das Feuer Form annahm. Inzwischen war fast die ganze Stadt gekommen, um es zu beobachten und zu flüstern. Alle Augen blickten zum Hügel hinauf – zu dem einen Ort, der von fast überall innerhalb der Stadtmauern zu sehen war.

Verkho sah es, und er wußte, was es war – eine Herausforderung, wie sie öffentlicher und kühner nicht sein konnte. Diesen Fehdehandschuh konnte man nicht zurückweisen. Er starrte weiß vor Zorn hinauf und bellte Befehle, und Soldaten eilten schnellstens zum Turmviertel hinauf. Dann wandte sich der Kanzler einem dringenden Ruf des Herzstücks zu. Er folgte ihr hinein, während weit über ihnen die riesige glutrote Fackel die unmißverständliche Form eines brennenden Schwertes annahm, das hell vor dem nächtlichen Himmel erglühte.

Kapitel achtundzwanzig

Die Magie ist überall. Die Menschen sehen, was sie sehen wollen, weil sie zu wissen glauben, was normal ist und was ungewöhnlich. Ist es mein Fehler, daß ich nach hinten blicke, die Worte rückwärts höre?

Manche Menschen greifen nach dieser trügerischen Magie, erhaschen im Schein ihres dunklen Feuers einen kurzen Blick darauf und merken nicht, daß schon das Ausstrecken ihrer Hand sie dazu verdammt, zu versagen. Dabei müssen sie doch nur in ihre eigene Handfläche sehen. Sie ist bereits dort.

In Nkosa spukten mehr als nur die Geister. Die öffentlichen Hinrichtungen hatten den undeutlichen Alpträumen Form und Bedeutung gegeben, und manche Leute versuchten, dem Schicksal zu entkommen, indem sie die Stadt verließen und auf Sicherheit in den entlegenen Dörfern der Berge oder an der Küste hofften. Einige entkamen, bevor ihre imperialen Herren erkannten, was vor sich ging, doch schon um Mitternacht standen Posten auf den Brücken und wachten über Fluß und Hafen. Wer auch darauf bestand und noch so hartnäckig protestierte, wie legitim die Geschäfte seien, alle wurden von den grinsenden Soldaten zurückgeschickt – aber die meisten zogen sich selbst zurück, als sie sahen, daß der Weg abgeschnitten war, denn man wollte nicht erkannt werden.

Leises Grauen legte sich über die Stadt, und wer überhaupt Schlaf fand, schlief unruhig. Als der Morgen kam, wagten sich nur wenige Menschen hinaus, aus Angst, von den Einsatztruppen als Opfer des Tages ausgewählt zu werden, doch einige hatten keine andere Wahl. Die Überschwemmungen dieses Tages würden die höchsten des ganzen Jahres werden, und obwohl der Wind heftig von Westen blies und das Risiko verminderte, mußte man doch wachsam sein. Wer dies vergaß, konnte sein Heim verlieren – oder sogar ertrinken.

Zwar fehlte dem Meer Farrags Bosheit, aber als Feind konnte es noch unerbittlicher sein, und trotz der Erschöpfung durch tagelange Plackerei und trotz des wortlosen Schreckens der anderern Gefahren, mußte man sich ihm stellen. Schon bald wurde deutlich, daß trotz der strategisch plazierten Wachen weniger Soldaten als sonst aufgeboten waren, und als der Morgen verging und nichts Ungewöhnliches geschah, kehrte ein wenig Optimismus zurück und färbte die alles durchdringende Angst mit Hoffnung. Normalerweise hielt sich Farrag nicht mit leeren Drohungen auf – aber das Leben mußte weitergehen.

Einige Bewohner, selbst jene, die völlig erschöpft waren, sahen dem neuen Tag entgegen, ohne geschlafen zu haben. Fen wachte mitten in der Nacht aus einem formlosen Traum auf, der sie sofort in greifbare Angst versetzte. Sie war erschöpft, und ihr Körper schmerzte, doch ihre Gedanken waren erschreckend klar. Sie schüttelte Dsordas wach, und er wäre beinahe aus dem Bett gesprungen, bereit, sie gegen jeden Feind zu verteidigen. Doch es war kein Feind zu sehen. Fen sprach mit aller Dringlichkeit.

»Wir müssen Natali den Anhänger wieder zurückgeben!« rief sie aus. »Gestern abend waren wir so müde, daß wir nicht richtig nachgedacht haben, aber falls wir mit dem Hinterhalt recht haben, dann weiß Farrag, daß Natali in der Nähe von Mitgliedern des Untergrunds gewesen ist – und der logische Ort, nach ihnen zu suchen, ist seine Familie. Bei uns!«

»Aber ...«, begann Dsordas, der nach seinem plötzlichen Erwachen noch ganz orientierungslos war. »Was würde es beweisen, wenn wir ihm den Stein zurückgeben?«

»Daß wir keinen Verdacht hegen. Falls Farrag glaubt, daß wir ihm auf die Schliche gekommen sind, wird er seine Verluste abschreiben, bevor noch größerer Schaden angerichtet wird, und wir sind verloren. Wenn er aber glaubt, daß er noch mehr Informationen bekommen kann, dann wird er uns in Ruhe lassen, zumindest für eine Weile.«

Dsordas nahm ihren Kopf in beide Hände und küßte sie.

»Und er *wird* noch mehr Informationen bekommen.« Er war jetzt völlig wach. »Aber dieses Mal wird er hören, was wir wollen!« Er lächelte voller Zuneigung. »Was würde ich nur ohne dich tun?«

»Dir weniger Sorgen machen?« schlug sie vor und grinste leicht, doch dann wurde sie wieder ernst. »Laß es uns sofort ausführen«, drängte sie ihn. »Ich werde das Gefühl nicht los, daß er wartet, versucht zuzuhören. Er könnte die Geduld verlieren.«

»In Ordnung. Hol den Anhänger aus Vaters Schrank.« Er klang jetzt ganz geschäftsmäßig. »Und dann überlegen wir, was wir in Natalis Gegenwart sagen werden. Wir müssen sehr vorsichtig sein.«

Dsordas hatte die anderen Familien bereits gewarnt, daß sie darauf achten sollten, was sie vor ihren Kindern sagten, doch das war reine Verschleierungstaktik gewesen. Was sie jetzt vorhatten, war wesentlich heikler. Ganz gleich, mit welchen falschen Informationen sie Natali – und damit Farrag – fütterten, sie mußten nahe genug an der Wahrheit sein, damit sie glaubhaft wirkten, denn sonst würde Farrag, wie Fen es genannt hatte, seine Verluste abschreiben. Andererseits durften sie nicht so wahrheitsgetreu sein, daß sie den Untergrund gefährdeten. Sie mußten ein feines Seil zwischen Triumph und Katastrophe spinnen. Der Einsatz in diesem Spiel wurde von Stunde zu Stunde höher.

Auch Farrag hatte eine geschäftige Nacht hinter sich. Seit er Gayes Hochzeit zerstört hatte, interessierte er sich ganz besonders für die Familie Amari, und Natalis Leistung hatte diese Faszination nur noch gesteigert. Natürlich zeigte sein Experiment jetzt die ersten echten Ergebnisse. Theorie war zu Praxis geworden. Drei weitere Mitglieder der Untergrundbewegung von Zalys waren tot, ein weiterer gefangengenommen, und ihre Pläne mit dem Öl offengelegt. Man suchte bereits nach weiteren Fässern, doch der Gefangene war der Hauptpreis. Farrag hatte ihn einige Stunden lang allein in eine Zelle gesperrt und ihm Zeit gegeben, über sein Schicksal nachzudenken, und jetzt wollte er den Mann persönlich befragen.

Er hatte bis weit nach Mitternacht gewartet, denn er wußte, daß Müdigkeit die Gefangenen verletzlicher machte, und das Grauen in den Augen des Mannes rief ein zufriedenes Lächeln auf dem Gesicht des Marschalls hervor. Farrag war unbewaffnet und allein – die Wachen hatte er draußen zurückgelassen –, doch der Gefangene dachte nicht einmal daran, ihn anzugreifen. Ruf und Zuversicht des Marschalls reichten als Waffe aus. Dennoch ließ sein erster Eindruck von dem Gefangenen ihn glauben, daß er ein würdiger Gegner war. Damit Hypnose richtig wirkte, mußte der Hypnotisierte entweder willig oder sehr leicht beeinflußbar sein. Auf diesen Mann traf offenbar beides nicht zu, daher entschied sich Farrag, zugunsten einer schnelleren und müheloseren Alternative auf sein persönliches Vergnügen zu verzichten.

Vor langer Zeit hatte er entdeckt, daß Krötengift, gestreckt mit Wasser und vermischt mit einer chemischen Lösung aus seiner eigenen Herstellung, ein Wahrheitsserum bildete, das gleichzeitig wie ein hypnotischer Bann wirkte, augenblicklich und undurchdringlich. Der einzige Nachteil war, daß das Opfer nach zwei oder drei Stunden perfekter Zusammenarbeit ins Koma fiel und noch am selben Tag starb. Bis dahin hatte Farrag natürlich alles erfahren, was er wissen wollte. Der Marschall zog eine kleine irdene Flasche aus seinem Gewand hervor, entstöpselte sie und starrte dabei dem Gefangenen die ganze Zeit in die Augen.

»Ihr könntet es Euch leichter machen«, begann er.

»Nein!«

»Nun gut.« Farrag zuckte die Achseln. Er hatte nichts anderes erwartet. »Ihr zwingt mich, unangenehme Methoden anzuwenden. Wachen!«

Sofort traten zwei stämmige Soldaten ein.

»Bringt den Gefangenen dazu, dies zu trinken.«

Nach einem kurzen, ungleichen Kampf hielt einer der Wachen den Kopf des Gefangenen und zog ihn am Haar zurück, während der andere ihm die Nase zuhielt und die Flüssigkeit in den hilflos geöffneten Mund schüttete. Der Mann spuckte und schluckte und wurde wieder auf den Boden geworfen, und er würgte, als sich dunkles Feuer durch seinen Körper brannte.

»Laßt uns jetzt allein.« Die Soldaten gingen hinaus. »Seht mich an!« befahl Farrag. Der Mann blickte unwillkürlich hoch und spürte, wie unwiderstehliche Augen ihn festhielten. »Wie heißt Ihr?«

»Marath Kellaki«, antwortete der Gefangene monoton.

»Wo wohnt Ihr?«

Marath antwortete ihm und nannte dann auf Farrags Aufforderung Namen und Adressen seiner Gefährten in der Gruppe. Da er mit dem vierten Gruppenmitglied begann, nahm sich der Marschall vor, den Anführer der Einsatztruppe zu züchtigen, weil er entweder nicht bemerkt hatte, daß der Mann entkommen war oder aber sicherheitshalber nicht berichtet hatte, daß er nicht die ganze Gruppe geschnappt hatte. Man würde die Liste mit den Leichen vergleichen müssen, bevor der fünfte Mann identifiziert und gefunden werden konnte, doch Farrag sah keinen Grund für übertriebene Eile. Nach diesem vielversprechenden Anfang wurde die Befragung jedoch frustrierend unergiebig. Marath gab ohne Probleme zu, daß seine Gruppe von Phylo Zevgari angeführt worden war – einer der toten Männer –, doch er behauptete, keine weiteren hochrangigen Mitglieder der *Kinder* oder überhaupt andere als die Mitglieder seiner kleinen Gruppe zu kennen. Auf Druck sagte er – und er glaubte es offenbar auch –, daß jeder Inselbewohner ein *Kind* von Zalys sei. Das alles teilte er mit flacher, emotionsloser Stimme mit, während ihm unbemerkt die Tränen über die Wangen liefen.

Angewidert änderte Farrag seine Taktik und fragte ihn über die Operationen der Untergrundorganisation aus, über ihre Pläne, Lagerorte und Treffpunkte, doch Marath blieb weiterhin unkooperativ. Er konnte ein paar vergangene Aktionen beschreiben, die nicht mehr von Bedeutung waren, aber er wußte nichts über die zukünftigen Pläne – abgesehen vom Endziel. Selbst der Zweck des Öls war ihm unbekannt. Er wußte nichts von Lagerhäusern, und alle Treffen, an denen er teilgenommen hatte, hatten an öffentlichen Orten stattgefunden, jedesmal woanders.

Das alles vergrößerte Farrags Wissen nur geringfügig, und obwohl er für zukünftige Überwachungen ein wenig Neues erfuhr, war es nicht annähernd so interessant wie er gehofft hatte. Statt dessen wuchs im Laufe der Befragung der Respekt des Marschalls vor der Organisation der *Kinder* an. Da wußte jemand genau, was er tat.

Farrag ging noch einige Male alle Punkte durch, um sicherzugehen, daß er nichts vergessen hatte, doch Marath hatte inzwischen zu zittern begonnen, ein sicheres Zeichen für das Nahen des Todes, und sein Peiniger gab auf.

»Ihr seid nicht so zäh, wie Ihr ausseht«, spöttelte Farrag. Er ging hinaus und überließ den Gefangenen seinem einsamen Schicksal.

Marath, aus Farrags hypnotischem Blick entlassen, rollte sich in einer Ecke zusammen und zitterte unkontrolliert. Sein Verstand war in einer Spirale gefangen, aus der es kein Entrinnen gab.

Als der Marschall in seine Räumlichkeiten zurückkehrte, fand er einen nervösen Geheimdienstoffizier vor.

»Splitter hat eine Nachricht für Euch, Sir.« Damit meinte der Mann einen der Fernrufer.

»Und?«

»Nur für Euch bestimmt, Sir.«

Farrag fühlte sich ganz kurz sehr unbehaglich. Derartige Geheimhaltung bedeutete, daß es um etwas Wichtiges ging – und das hieß normalerweise Verkho. Was konnte er jetzt wieder wollen?

Als Farrag jedoch beim Komplex der Fernrufer ankam, sah er, daß die Nachricht zwar aus Xantium kam, jedoch einen Kodenamen trug, den er noch nie gehört hatte. Doch er wußte, daß sie von einem wichtigen Beamten kommen mußte, denn die Nachricht war vom Herzstück übermittelt worden, der persönlichen Assistentin des Kanzlers.

Trotz seiner Erleichterung darüber, daß er nicht mit Verkho direkt verhandeln mußte, war die Nachricht an sich beunruhigend genug. Sie war in Diplomatensprache verfaßt, doch im wesentlichen wollte man wissen, warum der Kontakt mit Fernrufern von Zalys so viel Energie verbrauchte. Außerdem wurde darum gebeten, daß Farrag die Zahl der Telepathen auf der Insel bestätigte und etwaige zusätzliche Einsätze erklärte, falls es welche gab. Außerdem sollte er Bericht erstatten, ob die Kräfte der Fernrufer durch etwas anderes als die üblichen Amberinkristalle oder Nektar verstärkt wurden – die übliche sprachliche Beschönigung für die Absonderungen der Kröten – und ob diese Kräfte für irgendeinen anderen Zweck benutzt wurden als für die notwendigen Übermittlungen zwischen Zalys und anderen Teilen des Reiches. Als Postskriptum wurden Einzelheiten aller Sendungen zur und von der Insel in den vergangenen drei Tagen verlangt.

Zunächst war Farrag sprachlos über die Andeutungen, die hinter einer derart genauen Befragung standen. Er hatte immer gewußt, daß seine Entdeckungen nicht auf ewig geheim bleiben konnten, aber daß man sie aus solch einer Entfernung entdeckte – oder zumindest vermutete – war ein Schock für ihn. Er hatte jedoch nicht die Absicht, kampflos etwas von seiner persönlichen Macht aufzugeben, und schon bald lachte er wieder, als ihm klar wurde, daß er die perfekte Entschuldigung für die Auffälligkeiten hatte – und aus dieser unerwarteten Wendung der Ereignisse seine Vorteile ziehen konnte. Sein Experiment mit den Kindern und Ravels Amberin stellte sich als weitaus nützlicher heraus, als er sich je hatte vorstellen können.

Der Marschall erfand eine langatmige Antwort. Er erklärte, es sei nötig gewesen, die Anzahl der Fernrufer von sechs auf acht zu erhöhen, da die mögliche Fehlerrate zu hoch geworden sei, und zwar aufgrund Überarbeitung und großer Übermittlungsentfernungen. Er bestätigte, daß ihre Verstärkung ganz normal sei und stritt jede Benutzung der Kräfte für andere Belange als die gestattete Kommunikation ab. Sein Lächeln während des Diktats dieser Worte sprach Bände. Schließlich erklärte er seine Nutzung der Kinder der Insel als potentielle Informanten und stellte die Theorie auf, daß sie der Grund für den unerklärlichen Energieabfluß sein könnten, doch bat er darum, das Experiment fortführen zu dürfen, da es ›kurz vor dem Erfolg‹, stehe. Er beendete seine Antwort mit den Worten, daß alle Einzelheiten über neueste Nachrichten zusammengestellt und dann sofort übermittelt würden.

»Fügt meinen Kode hinzu und übermittelt sofort.«

Splitter nickte gehorsam. Einige Augenblicke später sagte sie: »Nachricht gesendet und empfangen.«

»Laßt es mich wissen, falls eine Antwort kommt«, befahl Farrag und ging hinaus und sah, daß der Offizier, der ihn geholt hatte, immer noch Dienst tat. Er gab die relevanten Informationen seiner Befragung des Gefangenen Marath weiter und erteilte Anweisungen über das weitere Vorgehen. Dann befahl er, daß eine Liste der letzten Sendungen zusammengestellt wurde und machte klar, daß er diese Liste zu prüfen wünschte, bevor sie nach Xantium gesendet wurde.

»Sofort, Marschall.«

»Eine interessante Nacht«, stellte Farrag fest.

»Soll ich die Stadt durchkämmen lassen, Sir?« fragte der Offizier. »Eine Gruppe Gefangene für weitere Exekutionen zusammenstellen?«

»Nein. Sollen sie noch eine Weile unterwürfig vor mir kriechen«, lächelte der Marschall. »Auf den Schlag warten, der niemals kommt.« Er hatte jetzt interessantere Dinge zu bedenken.

»Würde man das nicht als Zeichen der Schwäche deuten, Sir?«

Farrag dachte darüber nach und bemerkte auch die ungewöhnliche Kühnheit des jungen Offiziers, seine Befehle in Frage zu stellen. Er würde es vielleicht noch zu etwas bringen – er würde ihn im Auge behalten müssen.

»Das glaube ich nicht«, erwiderte er schließlich. »Der tatsächliche Schlag wird dadurch schließlich um so wirkungsvoller.«

Farrag glitt davon, um sich ein paar Stunden wohlverdiente Ruhe und Entspannung zu gönnen, aber schon bei Sonnenaufgang wurde er von einem Soldaten geweckt und dringend zu Eismann gerufen.

»Er wollte mir keine Einzelheiten nennen, Sir«, fügte die Wache hinzu, »aber er sagt, er habe neueste Informationen von dem jüngsten Spion.«

Der Marschall eilte zu dem Komplex, begierig, die neuesten Entwicklungen zu hören. Eismann sah ihn mit blutunterlaufenen Augen an, als er eintrat.

»Und?« fragte Farrag.

»Und was?« fragte der Fernrufer streitlustig.

»Ihr habt wieder Kontakt zu dem Amari-Kind bekommen, oder?«

»Ja.«

»Dann sagt mir, was Ihr gehört habt!« verlangte Farrag wütend.

»Ich kann mich nicht erinnern«, jammerte Eismann mitleidheischend. »Ich brauche mehr Nektar.«

Der Marschall gab sofort nach und entschied insgeheim, Eismann bald zu ersetzen. Er wurde trotz seines beträchtlichen Talents langsam unzuverlässig. Vielleicht sollte er ihn in immerwährende Trance versetzen, wie die beiden vorigen. Auf diese Weise wäre sein Talent nicht völlig verschwendet.

Eismanns Gesicht hellte sich auf, als er den Trank zu sich genommen hatte, und ohne weiteres Zögern wiederholte er ein zum Teil mitgehörtes Gespräch zwischen – wie es den Stimmen nach klang – einem Mann und einer Frau.

»›Dumm eine solche Liste auf Papier ... in die falschen Hände ... katastrophal.‹«

»›Wo ist sie jetzt?‹«

»›Treffpunkt ... Sims im Garland-Tunnel.‹«

»›Hol ... bald!‹«

»›Kann es nicht riskieren ... bei Tageslicht ... nachdem ... wir beobachtet werden.‹«

»›Dann heute abend?‹«

»›Ja.‹«

Die Stimme des Eismanns nahm wieder seine eigene Tonlage an.

»Das war alles. Einer von ihnen war derselbe Mann, den ich schon einmal gehört habe.« Der Fernrufer sah zufrieden aus und erwartete Lob.

Farrag war entzückt, doch er wandte sich abrupt ab und wählte einen Armeehauptmann aus.

»Wißt Ihr, wo der Garland-Tunnel ist?«

»Ja, Sir.« Es war ein Stück in einem der weniger bedeutenden Kanäle der Stadt, der unter mehreren Gebäuden verlief. Eigentlich war es gar kein Tunnel, da er an mehreren Stellen unter freiem Himmel lag, doch der Gesamteffekt war derselbe. Innen gab es zahlreiche Anlegeplätze und ganz ohne Zweifel viele Ecken und Winkel, die man als Versteck nutzen konnte.

»Ich will, daß er abgesucht wird, Hauptmann«, fuhr Farrag fort. »Diskret selbstverständlich, aber gründlich. Laßt Eure Männer zu diesem Zweck ohne Uniform antreten und vermeidet jede unnötige Aufmerksamkeit. Ich will niemanden verscheuchen.«

»Wonach suchen wir?«

»Nach irgend etwas Ungewöhnlichem, aber ganz besonders nach Dokumenten«, erwiderte der Marschall. »Vermutlich befinden sie sich in irgendeinem Behältnis. Klar?«

»Ja, Sir.«

»Bringt mir die Papiere, doch laßt alles andere dort«, wies Farrag ihn an. »Kennzeichnet die Stelle und stellt Wachen auf – unsichtbar, versteht Ihr –, damit sie den Ort beobachten. Irgend jemand wird heute abend dort auftauchen, und ich will, daß sie lebend gefaßt werden, koste es, was es wolle.«

»Ja, Sir.«

»Ihr persönlich tragt die Verantwortung dafür, Hauptmann. Falls es Probleme gibt, berichtet Ihr mir sofort.«

»Verstanden, Sir.« Der Soldat verschwand, um seine Aufgabe zu erfüllen. Er machte sich keine Illusionen darüber, was passieren würde, falls er versagte.

Kapitel neunundzwanzig

Ein Krieg wird an vielen Fronten gekämpft. Nicht alle Waffen haben scharfe Klingen.

»Was hast du auf die Liste geschrieben?« fragte Fen. Sie und Dsordas waren allein, und Natali lag sicher eingeschlossen in seinem Zimmer. Es war ihr zuwider, ihren eigenen Bruder wie einen Gefangenen zu behandeln, doch sie wußte, es ging nicht anders.

»Eine sehr eindrucksvolle Sammlung von Waffen«, antwortete Dsordas grinsend. »Schwerter, Speere, Pfeil und Bogen, Knüppel. Ich hoffe, sie glauben, daß wir das schon irgendwo versteckt haben oder daß wir die Sachen aus einer Quelle von außen erwarten. Wie auch immer, es sollte ihnen einiges zu denken geben. Ein paar der Waffen, die ich aufgeschrieben habe, sind sogar mir ein Rätsel!«

»Zum Beispiel?«

»Schamottsteine, Unterwasser-Armbrust, Dämonenmasken ...« Bei jeder Waffe machte Dsordas ein verständnisloses Gesicht und zuckte übertrieben mit den Achseln.

»Klingt gut«, lächelte Fen.

»Finde ich auch. Ich wünschte, wir hätten ein paar davon!«

»Es klingt doch nicht allzu weit hergeholt?« Sie sah wieder besorgt aus.

»Ich hoffe nicht. Das meiste war ziemlich gewöhnlich.«

»Ist es klug, einen echten Übergabepunkt zu wählen?« Dsordas war in den letzten Nachtstunden im Tunnel gewesen, um die falsche Inventarliste zu hinterlegen.

»Ich wüßte nicht, warum nicht. Ich werde dafür sorgen, daß wir ihn nie wieder benutzen. Jetzt müssen wir entscheiden, wer die Liste holen soll.«

»Du willst doch nicht wirklich jemanden hinschicken?« rief Fen aus.

»Das muß ich«, sagte er ernst. »Sonst würde Farrag merken, daß es ein Trick war.«

»Aber ...« Fen rang nach Worten. »Sie werden in eine Falle laufen!«

»Ich weiß«, sagte er kühl, »aber das hier ist ein gefährliches Spiel, und wir können nicht mitspielen, wenn wir kein Risiko eingehen. Soweit es dich und mich betrifft, werden wir bereits genau überprüft. Ein Ausrutscher, und sie holen sich uns. Wir müssen davon ausgehen, daß man uns beobachtet, und uns entsprechend verhalten. Farrag wird uns nur so lange in Ruhe lassen, wie wir für ihn auf lange Sicht von Nutzen sind, das hast du selbst gesagt.«

Fen holte tief Luft und versuchte, ihre Nerven zu beruhigen, als ihr das ganze Ausmaß der Misere bewußt wurde.

»Wie auch immer«, fuhr Dsordas fort und wandte sich wieder dem ersten Problem zu, »es bestehen gute Chancen, daß sie den Boten lebend haben wollen, so daß er vielleicht ein oder zwei Augenblicke gewinnt – und es gibt einen Weg aus dem Tunnel, den nur wenige Leute kennen. Der richtige Mann könnte davonkommen.«

»Malo?« schlug Fen leise vor.

»Natürlich.« Dsordas nickte. »Er kennt den Ort besser als jeder andere, und sie wissen bereits, daß er zu den *Kindern* gehört. Er hat nichts mehr zu verlieren.«

»Außer seinem Leben.«

»Das hat er akzeptiert. Wie wir alle.«

»Aber er weiß, wer du bist«, wandte Fen nachträglich ein.

»Ich bin schon verdächtig. Was sie nicht wissen, ist, wie tief ich verwickelt bin. Wir können nur hoffen, daß

Natalis Potential sie uns vom Hals hält.« Er hielt inne. »Dennoch, es wäre besser, wenn Malo die Mission für echt hielte.«

Fen konnte es kaum ertragen, daß Dsordas so kalt über solche Dinge sprach.

»Und wir könnten dafür sorgen, daß er nichts sagen kann, falls man ihn schnappt«, fuhr er nachdenklich fort.

»Wie?«

»Gift. Malo ist tapfer genug, sich umzubringen.«

»O Götter, nein!« Sie war unsagbar entsetzt. Dsordas' überlegener Tonfall spottete den unglaublichen Dingen, die er aussprach.

»In gewisser Weise wäre er dann besser dran«, sagte er leise.

Darauf konnte Fen nichts erwidern.

»Mach dir keine Sorgen«, beruhigte Dsordas sie und nahm sie in die Arme. »Dazu wird es nicht kommen. Er ist ihnen schon einmal entkommen. Er kann es wieder schaffen.«

»O Dsordas, ich hasse das«, flüsterte sie. »Ich wünschte, es wäre vorbei.«

»Das ist es auch bald, meine Liebe.« *Auf die eine oder andere Art.*

Obwohl der Tag ohne besondere Ereignisse verstrich, kursierten in Nkosa Gerüchte. Sobald Soldaten sich in Bewegung setzten, brach eine gewisse Panik aus, doch es wurden keine Verhaftungen vorgenommen, und keine Hinrichtungen tränkten die beschmutzten Platten des Fournoi-Platzes mit weiterem Blut, wo die Köpfe der ersten vier Opfer ausdruckslos vor sich hin starrten. Passanten wandten ihre Augen ab von der Mahnung, was noch geschehen konnte.

Gegen Mittag waren sogar die Wachen an den Ausgängen der Stadt verschwunden, und die Stadtbewohner konnten wieder ungehindert kommen und gehen, wie es ihnen beliebte. Dennoch machten sich die meisten von ihnen Sorgen wegen der letzten Überschwemmung. Da sie die höchste in diesem Jahr war, hätte sie eine besondere Bedrohung bedeutet, doch der Wind hielt dagegen, so daß die Morgentide ohne größere Schäden vorbeiging. Die beiden Feinde der Inselbewohner – Farrag und das Meer – schienen zumindest vorübergehend ihren Angriff zu verschieben, und die folgende Ruhe vor dem Sturm wirkte beinahe unwirklich. Es war kein Wunder, daß in dieser Atmosphäre der Klatsch blühte.

Fast alle Gerüchte begannen mit einer Theorie, warum es nicht noch weitere ›Vergeltungsmaßnahmen‹ gegeben hatte, und alle waren durch einen gewissen Grad von Optimismus und Wunschdenken gekennzeichnet, die stündlich widersinniger wurden. Die erste und anscheinend logischste Erklärung war, daß man die Räuber geschnappt hatte, und da die schuldigen Männer bereits eingesperrt, gefoltert oder getötet waren, gab es für Farrag keine Rechtfertigung mehr für weitere Abscheulichkeiten. Andere Variationen dieser Geschichten sprachen von Methoden, mit denen die Kriminellen gefangen worden waren. Manche Leute sagten, ihr Opfer habe die Täter erkannt und festnehmen lassen, andere behaupteten, sie seien von Inselbewohnern angezeigt worden, die Angst hatten, daß es noch weitere unschuldige Tote geben könnte. Wer eine lebhaftere Phantasie hatte behauptete, daß Farrag die Täter mittels Zauberei aufgespürt habe, während sich einige wenige sicher waren – trotz des Hohns, den diese Behauptung hervorrief –, daß die Diebe sich selbst gestellt hätten.

Darauf folgte eine noch weiter hergeholte Spekulation, die sich um Farrag selbst drehte. Die Pessimisten unter der Stadtbevölkerung glaubten, daß er lediglich wartete und etwas noch Abscheulicheres plante, während andere zu dem Schluß kamen, daß der Marschall von Niering verhaftet worden sei, weil er seine Kompetenzen überschritten hatte – genau, wie es der arme Nias Santarsieri vorhergesagt hatte –, und daß man ihn vor Gericht stellen oder sogar in Ungnade zurück nach Xantium schicken würde. Das wiederum führte dazu, daß einige Gerüchteköche behaupteten, Farrag sei tatsächlich bereits tot! Die Berichte über sein Dahinscheiden unterschieden sich beträchtlich, doch die meisten schlossen, daß er ermordet worden sei, entweder von seinen eigenen Soldaten, von den *Kindern* oder von einem Bruder eines der ermordeten Männer. Ein oder zwei Bewohner zitierten jedoch verläßliche Quellen, wonach Farrag an einer seltenen, schrecklichen Pest gestorben sein sollte – die er sich durch seine unaussprechlich widerlichen Laster zugezogen hatte –, während andere behaupteten, seine eigene Zauberkraft sei zu stark für ihn geworden und außer Kontrolle geraten.

Doch die ungeheuerlichsten Gerüchte waren jene, die behaupteten, daß Zalys bald befreit sein würde, nicht nur von Farrag, ob nun tot oder lebendig, sondern von allen imperialen Eindringlingen. Die ganze Garnison, so lautete die Geschichte, bereite sich darauf vor, nach Xantium zurückzusegeln, weil das Reich von Kriegen umzingelt sei. Die beliebteste Erklärung dafür war eine Invasion der Barbaren aus dem Osten, eine Region, die so fern von Zalys lag, daß man sie als Land voller Mythen, Monster und blutgetränkter wilder Rituale betrachtete. Einige der eher einfältigen Inselbewohner beobachteten sogar den östlichen Horizont in der Hoffnung, die Flotte zu sehen, die die Soldaten abtransportieren sollte.

Nüchterne Bürger taten solche Geschichten lachend als Blödsinn ab, doch da sie Farrags anscheinend veränderte Politik auch nicht erklären konnten, hielten sich die Gerüchte hartnäckig – und kamen schließlich über die *Kinder* und die Geheimdienstoffiziere auch Dsordas und Farrag zu Ohren. Die Reaktionen der beiden Männer waren bemerkenswert ähnlich. Zunächst waren beide verärgert über so viel Dummheit, dann sahen sie die heitere Seite daran und lachten herzhaft darüber. Das brachte ihre Gefolgsleute zur Verzweiflung. Doch noch ein weiterer Strang dieser wilden Geschichten zirkulierte an jenem Tag in Nkosa, und als sie davon hörten, reagierten die beiden Feinde bemerkenswert unterschiedlich. Farrag behandelte die Nachricht leichtherzig und gleichzeitig fasziniert und verächtlich. Er beauftragte mehrere Männer ab, die Entwicklung im Auge zu behalten, immer in der Hoffnung, ein paar nützliche Dinge zu erfahren – oder zumindest eine Quelle weiterer Belustigungen aufzutun. Dsordas hingegen war alles andere als belustigt. Er war fuchsteufelswild und mußte sich sehr zusammenreißen, um die immer größere Last von Meinungen und Aberglaube abzuwerfen – und sicherzustellen, daß seine Leute es ebenfalls ignorierten. Falls sich die Menschen am nächsten Tag tatsächlich in der Arena versammeln sollten, wollte er zumindest nichts damit zu tun haben.

Malo ruderte mit regelmäßigen Zügen in den Garland-Tunnel hinein, und seine fachmännischen Ruderschläge wühlten das dunkle Wasser kaum auf. Er war wie immer barfuß, doch seine normalen Kleider, lockere Hosen und Hemd, wurden durch einen breitkrempigen Hut und durch ein schwarzes Cape vervollständigt, das er um die Schultern trug, damit er es leicht abwerfen konnte. Dsordas' Bote hatte ihn gewarnt, daß die freiwillige Durchführung dieser Aufgabe alle Regeln der Selbsterhaltung außer Kraft setzte, auf die der Anführer der Untergrundbewegung normalerweise bestand – doch es konnte nicht schaden, sich selbst ein wenig unkenntlich zu machen.

Malo hatte nicht einen Augenblick gezögert, sowohl die Aufgabe als auch die Bedingung zu akzeptieren, sich nicht lebend gefangennehmen zu lassen. Er wußte, daß die Angelegenheit von äußerster Dringlichkeit sein mußte und daß Dsordas ihn nicht ausgesucht hätte, wenn er nicht der beste für diese Aufgabe gewesen wäre. Die Gifttablette trug er in der Tasche seines Hemdes, doch er hatte nicht die Absicht, in eine Situation zu gelangen, die es nötig machte, die Tablette zu schlucken. Malo vertraute auf seine Fähigkeiten. Man hatte ihm gesagt, daß ein geheimes Dokument – über das er nichts wußte – vielleicht schon fortgenommen worden war, bevor er ankam. Sollte das der Fall sein, sollte er so schnell wie möglich verschwinden. Falls das Versteck noch *nicht* entdeckt worden war, sollte er die Papiere mit ins Wasser nehmen und auf der Flucht vernichten. Es war auf jeden Fall so gut wie sicher, daß Farrags Leute die Stelle beobachteten, daher würde er sein Boot zurücklassen müssen. Wenn er erst einmal im Wasser war, würden die Dunkelheit und seine zweifellos überragenden Kenntnisse der feuchten Unterwelt von Nkosa ihm zum Vorteil gereichen.

Malo glaubte, bereits einen Beobachter ausgemacht zu haben, doch er tat so, als bemerke er ihn nicht und ruderte locker weiter in der Mitte des Kanals unter den gewölbten feuchten Steinen hindurch. Als er an einer Lücke zwischen Gebäuden vorbeikam, glaubte er, noch weitere Männer zu bemerken. Dann sah er im Dämmerlicht des Tunnels die Nische vor sich. Sie war in den Stein gehauen, ungefähr einen Schritt über der Hochwassermarke. Sein Herz schlug schneller, doch sein Ruderschlag blieb unverändert, bis er auf gleicher Höhe mit dem Versteck war. Dort drehte er rasch das Boot herum und zog sich langsam an die gewölbte Wand heran. Er sah, wie sich am Ende des Tunnels etwas bewegte, und hörte noch weitere Geräusche, doch er ignorierte sie. Zuerst mußte er das Dokument finden.

Er stellte sich hin und streckte seine Hand in die Dunkelheit aus. Er spürte sofort das irdene Kästchen, und er öffnete den Deckel, um den Inhalt zu erforschen. Es war leer. Malo fluchte verhalten, schleuderte Hut und Umhang beiseite und tauchte geschmeidig ins Wasser.

Im selben Augenblick wurde eine Armbrust auf seine Beine abgefeuert, der Pfeil verfehlte ihn nur knapp und traf klappernd den Stein auf der anderen Seite.

Schreie hallten im Tunnel wider, und Schatten tanzten, als Lampen aufleuchteten. Boote tauchten aus ihren Verstecken auf, als die Soldaten zusammenströmten, doch Malo bekam davon nichts mit. Er schwamm mit kräftigen Zügen nach unten und vertraute in der Dunkelheit auf sein ihm angeborenes Richtungsgefühl, und die Luft in seinen Lungen teilte er aufgrund langer Erfahrung ein. Zunächst schwamm er hinüber auf die andere Seite des Tunnels und arbeitete sich dann an der schleimigen Wand entlang vor, bis seine tastenden Finger die Öffnung fanden, nach der er suchte. Dort warf er sich eilig in den überfluteten Seitentunnel. Dieser war nur wenig breiter als Malo, doch Malo wußte, daß er hier nicht geschnappt werden konnte. Entweder würde er entkommen oder ertrinken. Es gab kein Zurück. *Nicht mehr weit,* redete er sich Mut zu. Mit schmerzenden Lungen und explodierenden Lichtern hinter seinen Lidern schwamm Malo blind weiter. Einen Augenblick lang geriet er in Panik, als seine Hosen an einem unsichtbaren Stück Müll hängenblieben und er lebenswichtige Zeit und Energie darauf verwenden mußte, sich wieder freizumachen. Doch dann sah er endlich ein schwaches Licht vor sich und spornte sich an und betete, daß der Weg nicht durch noch mehr Unrat verbaut war. Er zwängte sich um eine Ecke und schoß dankbar nach oben und durchbrach die Oberfläche, hinaus in die gesegnete Luft über einem völlig anderen Kanal.

Malo japste nach Luft und sah sich eilig nach eventuellen Beobachtern um. Dann lächelte er und schwamm auf den sicheren Hafen seines Hauses zu.

Kapitel dreißig

Kein Feuer brennt im Tal der Geister, weder dunkel noch hell. Es gibt nur noch Asche, die langsam erkaltet. Was müßte getan werden, den trockenen Staub zu durchstöbern, das schwindende Echo eines Funkens zu finden? Wer könnte ihn zu einer Flamme erwecken?

Noch immer sind meine Augen blind, und selbst das jüngste Leuchtfeuer verblaßt.

»Überhaupt nichts?« wiederholte Farrag.

»Nicht seit Sonnenaufgang«, bestätigte Eismann. »Seitdem habe ich nur Kinderreime, Spiele und etwas übers Essen gehört.« Er klang angewidert, daß er seine Zeit damit verbringen mußte, sich derart belanglosen Unsinn anzuhören, und wie er seinem Meister bereits erklärt hatte, waren die flüchtigen Kontakte der anderen Kinder ebenso harmlos.

Farrag zuckte mit seinen fetten Schultern und seufzte. Das war die zweite Enttäuschung des Tages. Die erste war das Papier gewesen, zu dem das Amari-Kind ihn geführt hatte. Die Liste war lediglich ein Waffeninventar gewesen, das nicht nur ein paar beeindruckende konventionelle Waffen aufgelistet hatte, sondern auch ein paar eher geheimnisvolle Stücke. Doch hatte es nichts darüber verraten, wo diese Waffen gelagert waren oder wer sie geliefert hatte. Falls die sogenannten *Kinder von Zalys* wirklich Zugang zu solch einem Lager hatten, mußte man dieses Geheimnis lösen, doch die Liste allein war nutzlos – außer, daß sie seinen Soldaten dabei half, sich besser auf einen Kampf vorzubereiten, den Farrag gar nicht kämpfen wollte. Jetzt konnte er nicht mehr tun als abzuwarten, daß der Gefangene im Garland-Tunnel geschnappt wurde und hoffentlich ein wenig Licht in das Geheimnis des Dokuments bringen konnte. Ansonsten konnte der Marschall nur über einen Tag voller Gerüchte, aber ohne besondere Vorkommnisse, nachgrübeln.

Aus Xantium waren keine weiteren Nachrichten gekommen. Farrag wußte, daß die Angelegenheit noch nicht erledigt war, doch das würde schon bald nicht mehr wichtig sein. Bald würde er sein Ziel erreichen. Er lächelte und dachte an Verkho und seine Reaktion, wenn er entdeckte, daß Farrag weitergezogen war – und sein Wissen mitgenommen hatte.

Seine Gedanken wanderten weiter zu seinen Plänen für den nächsten Tag. Sollte er weitere Hinrichtungen anordnen – oder wäre es besser, den Inselbewohnern noch einen Tag in ihrem Luftschloß zu gestatten? Ihr Klatsch war unterhaltsam und würde sein erneutes Wiederauftauchen um so zufriedenstellender machen. Er stellte sich bereits verschiedene grausame Vergeltungsmaßnahmen vor, seine schwarze Zunge befeuchtete die dicken Lippen, und sein Blick irrte hin und her.

Sein Tagtraum wurde von der Rückkehr des Hauptmanns der Wachen unterbrochen. Der Mann fühlte sich eindeutig unbehaglich, und Schweißtröpfchen standen ihm auf der Stirn. Farrag rechnete mit dem Schlimmsten.

»Nun, Hauptmann?« fragte er mit scharfer Stimme. »Wo ist der Gefangene?«

»Ertrunken, Sir.«

»Ich erinnere mich ganz deutlich, daß ich Euch befohlen habe, ihn lebend zu fangen«, sagte Farrag kalt.

»Er war zu schnell für uns, Sir. In der Dunkelheit ... niemand hat erwartet, daß er so schnell tauchen würde ...« Er schluckte schwer. »Aber er ist tot. Ich könnte schwören, daß er nicht wieder an die Oberfläche gekommen ist. Wir hatten den ganzen Tunnel unter Kontrolle.«

»Und seine Leiche?« Farrags Wut schwoll bedrohlich an.

»Muß noch unter Wasser sein, Sir. Wir werden versuchen, sie zu finden.«

»Ihr *werdet* die Leiche finden, Hauptmann«, befahl der Marschall. »Falls nicht, werdet Ihr selbst ebenfalls ertränkt.« Er wandte sich ab und entließ den Soldaten. Winzige Blitze aus blauem Licht umgaben Farrags massigen Körper, als er seinen Zorn mühsam wieder unter Kontrolle brachte.

Am selben Abend befanden sich Fen, Dsordas und Gaye leise ins Gespräch vertieft in Gayes Zimmer. Die beiden Frauen wußten, daß es sinnlos war, das beabsichtigte Treffen in der Arena mit Dsordas zu besprechen, und sie hatten im stillen ihre eigenen Pläne geschmiedet. Doch im Augenblick plagten sie andere Sorgen.

»Ich glaube, wir sollten Natali den Anhänger abnehmen«, begann Gaye.

»Da stimme ich dir zu«, sagte Fen. »Wir können ihn nicht die ganze Zeit einsperren.«

»Das habe ich nicht gemeint«, widersprach ihre Schwester. »Ob er eingesperrt ist oder nicht, das Ding schadet ihm. Ich konnte es spüren, vergiß das nicht ... es war schrecklich. Falls wir ihm den Anhänger zu lange überlassen, könnte das Böse ihn für immer überwältigen. Die Götter wissen, welchen Schaden er schon angerichtet hat.«

Dsordas sah von einer Schwester zur anderen.

»Er muß ihn noch ein Weilchen tragen«, sagte er entschuldigend. »Wenn wir ihn abnehmen, könnte Farrag alle seine Männer auf uns hetzen, und falls wir recht haben, kann Natali uns sehr helfen.« Während er sprach, wirkte er abgelenkt, und sein Blick glitt häufig aus dem offenen Fenster.

»Wie lange noch?« fragte Gaye.

»Höchstens ein paar Tage.«

»Ein paar Tage!« Sie war entsetzt.

»Es tut mir leid. Wir alle müssen Opfer bringen.«

»Du spielst mit dem Verstand eines kleinen Jungen!« rief Gaye aus.

»Ich *spiele* überhaupt nicht.« In seiner Stimme flackerte Wut auf. »Ich liebe Natali genau wie du. Glaub ja nicht ...« Er hielt inne, denn er hatte vor dem Fenster etwas gesehen. Fen folgte seinem Blick und sah kurz ein orangefarbenes Licht auf dem Dach eines entfernten Hauses aufleuchten. Sie sah wieder zu Dsordas und bemerkte, daß er sich ein wenig entspannte.

»Was ist los?« fragte Gaye, die die Veränderung spürte.

»Malo ist in Sicherheit«, erklärte Dsordas. »Das war das Signal.«

Fen seufzte erleichtert auf, und er schloß die Fensterläden. »Malo?« hakte Gaye unsicher nach.

Bis dahin hatten sie Gaye noch nicht über die Einzelheiten ihres Plans unterrichtet, doch jetzt sah Dsordas keinen Grund, warum sie es nicht erfahren sollte. Die Zeit wurde knapp, und falls sie Gaye nicht trauen konnten, *wem* dann? Also erklärte er ihr, was vorgefallen war.

»Jetzt *wissen* wir, daß Natali unwissentlich Informationen an Farrags Leute weitergibt – und das können wir zu unserem Vorteil nutzen. Die Alternative wäre, daß wir alle untertauchen.«

Gaye sah immer noch unglücklich aus, doch sie akzeptierte dieses Argument, und Dsordas ging noch einen Schritt weiter. »Du hast offensichtlich irgendein Talent. Dein Erlebnis mit Pauli und Natali beweist das – aber vielleicht könntest du noch mehr tun?«

»Wie?«

»Was wäre, wenn du dir einen Anhänger umhängen würdest?«

Gaye schüttelte sofort den Kopf.

»Nein! Dann säße ich in der Falle. Das Gefühl, das ich von Natali empfangen habe, hat mir sogar aus zweiter Hand Übelkeit bereitet, mir war innerlich ganz ekelhaft und schleimig zumute. Das kann ich nicht.«

»Aber du könntest vielleicht die Botschaften der Fernrufer hören«, beharrte er. »Den Spieß regelrecht umdrehen.«

»Ich kann nicht!« Gaye sah verängstigt und entsetzt aus.

»Laß es, Dsordas«, sagte Fen leise.

Er nickte und akzeptierte ihre Entscheidung, denn ihm wurde klar, daß es auch viel zu gefährlich sein könnte. Er lächelte innerlich über die Ironie dieses Gesprächs. Diese beiden wollten, daß er Magie benutzte, doch als sie eine Möglichkeit bekamen, die wirklich Sinn hatte, scheuten sie davor zurück.

»Ich werde nicht noch einmal fragen«, sagte er leise. »Es tut mir leid.«

Später an jenem Abend trafen sich Dsordas und Yeori in einem der Untergrundtunnel, die vom Keller des Hauses zugänglich waren. Sein Stellvertreter berichtete über Panos' Verhalten an diesem Tag. Man hatte nichts Ungewöhnliches gesehen, und es waren keine Veränderungen in der täglichen Routine der Fernrufer beobachtet worden.

»In Ordnung«, antwortete Dsordas. »Beobachtet ihn weiter. Wenn wir unseren Zug machen, müssen wir schnell mit ihm in Kontakt treten.«

So weit, so gut, dachte Dsordas, als er die Treppe hochstieg. *Wenn jetzt nur noch der Wind drehen würde!*

Doch der nächste Morgen war klar, warm und ruhig, und der Wind wehte beständig aus Westen. Dsordas machte sich daran, seine Pflichten zu erfüllen und war entschlossen, die Vorbereitungen so weit wie möglich vorwärts zu treiben, und so bemerkte er erst sehr viel später, daß in der Stadt Ungewöhnliches vor sich ging.

Die Menschen verließen Nkosa allein oder zu zweit,

über Land auf dem südlichen Küstenweg oder durch die Hügel, über das Meer in einer ganzen Reihe von kleinen, aber gut bemannten Booten. Besonders die Fischer der Insel hatten sich für die Versammlung eingesetzt, da sie das Gefühl hatten, die Hauptlast der rätselhaften Launen der Natur zu tragen. Die Reisenden zogen alle in ihrem eigenen Tempo, doch alle hatten dasselbe Ziel – die Arena.

Farrags Beobachter bemerkten schnell diese Völkerwanderung und überwachten sie, doch auf Anweisung des Marschalls machten sie keine Anstalten einzugreifen. Farrag wollte, daß die Zusammenkunft stattfand, doch sollte die ganze Angelegenheit genauestens beobachtet werden, und zwar durch Spione in der Menge ebenso wie auf entfernteren Positionen.

Fen und Gaye fuhren den größten Teil des Weges auf dem Wagen eines Bauern, und ohne es zu wissen, folgten sie damit Natalis Route von drei Tagen zuvor. Der Aufstieg vom Fischerdorf war anstrengend und beschwerlich, doch viele hilfsbereite Hände halfen dem blinden Mädchen und ihrer Schwester. Als sie endlich das Tal erreicht hatten, dauerte es noch eine Stunde bis Mittag, doch es waren bereits mehrere hundert Menschen in der Arena versammelt.

Lange Zeit herrschte eine merkwürdige Atmosphäre, und die Luft war erfüllt von oberflächlichen Gesprächen. Gaye fühlte sich sehr unbehaglich. Die Gruppe hatte keinen natürlichen Anführer, und offenbar wußte niemand, was als nächstes passieren sollte. Nias war immer noch bettlägerig – und dem Tode nahe, wenn man einigen glauben wollte –, und die einflußreichsten und wohlhabendsten Bürger waren ebenfalls nicht anwesend. Vermutlich glaubten sie, daß eine derart närrische Zurschaustellung von Aberglauben unter ihrer Würde sei. Es war, als seien alle der Ansicht, daß schon das Treffen selbst ein kühner Schritt war, und daß irgendeine höhere Macht – vielleicht sogar der Ort selbst – sie jetzt von der

Verantwortung erlösen sollte. Schließlich erklomm einer der älteren Fischer, der weithin für sein Alter und seine Fähigkeiten respektiert wurde, einen Felsen und verlangte Ruhe. Während es in der Arena allmählich still wurde, merkte Fen, daß sie nicht zu dem Seemann blickte, sondern zum Steinernen Auge. Von ihrem Sitzplatz aus konnte sie durch den Tunnel hindurchblicken, der nur ein kleines Stück blauen Himmels einrahmte. *Wie können wir es erwecken?* fragte sie sich und starrte auf die Linse in der Ferne. *Wie rufen wir hier die Magie herbei, die Geister, die Erinnerungen?* Sie war ratlos, und die Tatsache, daß Gaye an diesem Ort nichts Besonderes spürte, drückte sie noch weiter nieder. Welches Talent Gaye auch haben mochte, es stand nicht im Einklang mit der Arena. Ihr Schwur kam Fen nun wie ein leeres Versprechen vor. Ebenso enttäuschend war die Tatsache, daß die Arena auf keine Weise auf die größte Versammlung reagierte, die es dort seit mehr als einem Jahrzehnt gegeben hatte. Wo waren die Geister, die sie gesehen hatte? Da wurde ihre Aufmerksamkeit wieder von der Stimme des Fischers beansprucht, dessen Name Latchi Irini war.

»Ihr alle wißt, warum wir hier sind«, rief er mit brüchiger Stimme. »Die alten Götter haben Zalys aufgegeben, so wie wir sie aufgegeben haben. Überall sind Zeichen zu sehen. Abgesehen von den Gefahren des Bösen, die wir bereits erleben – die wir viele lange Jahre ertragen haben und nun endlich abschütteln werden ...« Er mußte wissen, daß er sein Leben riskierte, wenn er so über die imperialen Kräfte sprach, doch die neuesten Ereignisse hatten seine Geduld erschöpft, und es war ihm egal, wer zuhörte. »Und genauso haben sich die Kräfte der Natur, die von den Göttern kontrolliert werden, gegen uns gewandt. Zalys versinkt! Zwar weht der Wind im Augenblick von Westen, doch das wird nicht so bleiben, und Nkosa und andere Orte werden überflutet werden.« Er hielt inne, und einen Augenblick lang hörte man nur das Rauschen des Windes. »Das Meer ist verrückt geworden«, fuhr Latchi fort und sah sich um. »Ihr alle habt es gesehen. Lichter und Strudel, Lärm und plötzliche Kälte. Die Fische sind nicht mehr dort, wo sie sein sollten. Sie benehmen sich wie verrückt, springen aus dem Meer oder an Land . . .«

Jetzt, wo Latchi den Anfang gemacht hatte, wurde er von anderen unterbrochen, die begierig weitermachen wollten. Ein Fischer erzählte, wie sein Vater und Bruder von einem riesigen Teufelsrochen getötet worden waren, der auf ihr Boot gesprungen war und es in tausend Stücke hatte brechen lassen. Er selbst war nur durch großes Glück entkommen. Ein anderer beschrieb, wie sein Freund beim Schwimmen von einer leuchtenden Masse umfangen worden war und nie mehr gesehen wurde. Andere behaupteten, Singen oder Trommeln unter den Wellen gehört oder unmöglich bunte Haie oder Riesenkrabben gesehen zu haben, mit Krallen so lang wie der Unterarm eines Mannes. Und so wäre es noch weiter gegangen, hätte sich nicht eine einsame Stimme über die anderen erhoben.

»Wir alle haben diese Geschichten gehört«, rief der Mann, »aber was bedeuten sie? Warum sind wir heute hierher gekommen?«

»Um die alten Kräfte zusammenzurufen«, antwortete Latchi. »Die Erinnerungen an die Götter, unsere alten Verbündeten. Dieser Ort war einmal etwas Besonderes. Wir sind hergekommen, um Hilfe zu erbitten.«

Es folgten zustimmende Rufe und Gemurmel.

»Aber wie?« Fen erkannte in dem Redner einen flüchtigen Bekannten von Dsordas. Sein Name war Skoulli. »Was genau sollen wir tun?«

Das brachte die Menge eine Weile zum Schweigen, und schließlich ergriff eine alte Frau in abgetragenen schwarzen Gewändern das Wort.

»Alle Rituale dieses Ortes waren eine Art Geschichte«, rief sie heiser. »Worte, Musik, Erinnerungen. Wir müssen uns an die Geschichten erinnern.«

»Welchen Sinn haben Geschichten?« rief jemand. »Wir müssen handeln.«

Der Streit zersplitterte in Hunderte von Fragmenten, ein Chaos aus Meinungen und Zweifeln.

»So werden sie niemals etwas tun«, sagte Fen zu Gaye.

»Es sieht uns an«, sagte ihre Schwester und klang abgelenkt.

»Was?« Fen blickte instinktiv hoch und schnappte nach Luft, als sie sah, daß die Pupille des Steinernen Auges jetzt schwarz war, als blinzelte das Auge. Sie hätte beinahe aufgeschrien, doch da taumelte ein kleines Kind aus dem Tunnel, und das Stück Himmel war wieder blau. Sie erzitterte, und der Augenblick ging vorbei.

»Ich will gehen«, sagte Gaye. »Ich habe Angst.« Trotz der Hitze zitterte sie.

Du spürst doch *etwas,* dachte Fen. »Wovor hast du Angst?«

»Ich weiß es nicht.«

»Wie können wir das Steinerne Auge wiedererwecken?« beharrte Fen. »Sicher sind wir doch deswegen hier.« Langsam bekam auch sie Angst, ohne zu wissen warum. *Ich fürchte mich. Was geschieht mit uns?*

Gaye schüttelte den Kopf und sah mutlos und unglücklich aus.

»Ich habe keine Ahnung«, flüsterte sie. »Ich will gehen.«

»Nun gut«, entschied Fen. »Hier wird wohl nichts passieren.« Sie stand auf, half ihrer Schwester hoch und spürte noch einmal die überwältigende Traurigkeit des Ortes. Sie wußte genauso wenig wie Gaye, wie sie die schlafenden Kräfte der Arena rufen sollten, die Gesichter, die sie einmal flüchtig gesehen hatte. *Das alles ist ein Traum. Ein hoffnungsloser Traum.* Sie machten sich tief deprimiert auf den Heimweg und wußten, daß alle Gebete, die an jenem Tag in der Arena gesprochen wurden, ungehört bleiben würden.

Als sie nach Hause kamen, war es bereits Abend. Dsordas war den ganzen Tag unterwegs gewesen und hatte von ihrer Abwesenheit nichts bemerkt. Zwar hatte er erfahren, daß das Treffen in der Arena stattgefunden hatte, doch er beschloß, zu ignorieren, daß Fen möglicherweise dort gewesen sein könnte.

In Nkosa war der Tag ruhig verlaufen. Sogar die Fluten hatten nur wenig Schaden angerichtet, und Farrag hatte keine weitere Gewalt provoziert, dennoch litt Dsordas unter fürchterlichen Kopfschmerzen. Denn obwohl seine Bemühungen und die seiner Männer dafür gesorgt hatten, daß sie bereit waren, mußte die schicksalhafte Entscheidung noch gefällt werden – und es war Dsordas, der sie treffen mußte. Er wußte, daß ihm wenig Zeit blieb.

Kapitel einunddreißig

Fühlt es sich so an?

Es ist nicht mein Schicksal, in dieser Welt Liebe zu erfahren. Ich werde niemals ein Kind haben, niemals mit elterlichem Stolz zusehen, wie es die ersten schwankenden Schritte macht in eine neue Welt, seine ersten echten Worte spricht. Doch mein Leben hat ebenso wie Bürden auch Freuden. Dieser Tag erscheint mir so wundersam wie der Tag, als ich fliegen lernte.

»Wir beginnen heute mit der Abendflut«, verkündete Dsordas. Die Entscheidung wurde mit einer Mischung aus Erleichterung, Aufregung und bösen Ahnungen begrüßt. Nachdem sie so lange gewartet und geplant hatten, konnten sie kaum glauben, daß der Zeitpunkt für einen Aufstand tatsächlich gekommen war.

An jenem Morgen waren Nachrichten zu ihnen gedrungen, die allen erneut die Dringlichkeit ihrer Sache klargemacht hatten. Farrag hatte anscheinend über Nacht die Geduld verloren, und jetzt schmückten acht weitere Köpfe blutige Pfähle auf dem Fournoi-Platz. Das neue Grauen mitternächtlicher Überfälle hatte das Leiden der Einwohner Nkosas nun unerträglich gemacht.

»Alles bereit, Maus?« fragte Dsordas.

»So bereit wie man nur sein kann«, erwiderte er. »Die Flut heute nacht wird uns für eine Weile die letzte Chance bieten, doch wenn sich das Wetter nicht ändert, glaube ich nicht, daß wir viel Schaden anrichten können.«

»Tu einfach, was du kannst. Zumindest sollte es ein wenig Durcheinander geben.« Maus nickte, und Dsordas wandte sich an Yeori. »Kommst du schnell genug zu Panos?«

»Ja. Er ist leicht zu finden.«

»Du weißt, was du ihm sagen sollst?«

Yeori nickte.

»Mach dir keine Sorgen. Wir werden uns um ihn kümmern – und um die Fernrufer.«

»Ich hätte einige von ihnen gerne lebend, wenn es geht, aber nicht um den Preis einer Nachricht, die nach Xantium durchdringt. Falls irgendeine Gefahr besteht, müssen sie getötet werden.«

»Ich weiß.« Es hieß, daß einige der Fernrufer noch kleine Kinder waren, doch Yeori wußte, daß er unbarmherzig sein mußte. Es stand zu viel auf dem Spiel.

»Und wer übernimmt die Aufgaben von Phylo?« fragte Skoulli.

»Malo. Ich habe schon mit ihm gesprochen.«

»Ich dachte, er wäre tot«, sagte Maus.

»Er ist untergetaucht. Malo weiß, was er zu tun hat«, versicherte ihr Anführer. »Ihr werdet eure Unterstützung bekommen.«

Skoulli, schon immer der methodischste unter den Rebellen, wollte sichergehen, daß sie alle wichtigen Punkte der Operation bedacht hatten.

»Bist du sicher, daß das so kurz nach dem Treffen in der Arena klug ist? Der alte Latchi hat ein paar ziemlich dumme Sachen gesagt ...«

»Ich glaube, das weiß er jetzt auch«, bemerkte Yeori grimmig. »Sein Sohn war unter den Männern, die gestern nacht getötet wurden.«

Skoulli fluchte leise.

»Das wußte ich nicht. Aber wird Farrag nicht auf der Hut sein, nachdem ...«

»Ich hoffe, er versteht das richtig«, schnitt ihm Dsordas ungeduldig das Wort ab. »Als das Gewäsch eines alten Narren und einiger abergläubischer Idioten. Falls Farrag wirklich glaubt, daß die Leute gestern in der Arena seine Feinde sind, dann wird er auf uns nicht so gut vorbereitet sein.«

»Es hat Ärger geradezu herausgefordert«, fügte Maus hinzu, »aber ich schätze, es macht unsere Sache eher dringender.«

»Wie auch immer, ich hoffe, daß wir Farrag in die Irre führen können, was den Zeitpunkt betrifft«, sagte Dsordas.

Seine Stellvertreter wußten über die Kinder und die Amberinanhänger Bescheid, doch jetzt erklärte er ihnen die ganze Geschichte.

»Also war Natali für Phylos Tod verantwortlich?« fragte Yeori vorsichtig.

»Unwissentlich, ja«, erwiderte Dsordas. »Ich auch. Ich hätte merken müssen, was vor sich ging. Wir müssen dafür sorgen, daß sie sich nicht umsonst geopfert haben.« Er wirkte gehetzt.

»Was also wirst du Farrag sagen?« fragte Skoulli.

»Ich weiß es noch nicht. Es darf nicht allzu offensichtlich sein, aber was es auch ist, ich hoffe, daß wir ihn dadurch in einem unvorsichtigen Moment erwischen.«

»Ich habe eine Idee«, rief Yeori. »In ungefähr drei Tagen soll ein Schiff aus dem Norden einlaufen, doch alles ist ein wenig geheimnisvoll, weil niemand weiß, welche Ladung es an Bord hat. Ich hörte die Burschen am Hafen darüber sprechen. Könntest du nicht andeuten, daß es Waffen an Bord hat ...«

»Schamottsteine und so weiter«, fügte Maus grinsend hinzu.

»... und sagen, daß wir nichts unternehmen können, bis die Ladung eingetroffen ist«, schloß Yeori.

Dsordas nickte nachdenklich.

»Noch besser«, warf Skoulli ein. »Sag, daß es vor einem der nördlichen Dörfer vor Anker gehen wird, um die Ladung zu löschen, bevor es in Nkosa einläuft. So kriegen wir vielleicht noch ein paar Truppen aus der Stadt raus.«

»Ja!« rief Yeori und sah Dsordas an.

»Wie heißt das Schiff?«

»*Eisstern*«, antwortete Yeori. »Ein romantischer Name aus dem Norden!«

»Was, wenn Farrag die Ladung kennt?«

»Nicht sehr wahrscheinlich«, erwiderte sein Stellvertreter. »Es ist kein imperiales Schiff.«

»Hast du eine bessere Idee?« fragte Skoulli, als ihr Anführer weiter grübelte.

Dsordas schüttelte den Kopf.

»In Ordnung. Sonst noch etwas?«

»Du wirst auf ziemlich starken Widerstand stoßen«, sagte Skoulli. »Einige der Familien der Geiseln sind immer noch gegen direkte Aktionen. Costa Folegandros zum Beispiel«, nannte er den Namen von Bowens Vater.

»Laufen die denn mit geschlossenen Augen herum?« explodierte Maus. »Sind diese Köpfe auf dem Fournoi-Platz nicht direkt genug für sie?«

»Sie gehören nicht zu ihren Familien«, erklärte Skoulli. »Und sie haben schon genug Schwierigkeiten.«

»Falls wir die Fernrufer rausholen«, sagte Dsordas ruhig, »werden die Geiseln zumindest ein wenig Zeit haben, bis Xantium weiß, was hier vor sich geht. Vielleicht fällt uns auch ein Weg ein, sie zu warnen, aber wir können uns von ihrer Lage nicht aufhalten lassen. Wir sind schon zu weit gegangen.«

»In der Zwischenzeit«, fügte Yeori hinzu, »erzählt niemandem, dem ihr nicht hundertprozentig vertraut, *irgend etwas* über heute abend.«

»Richtig«, stimmte Dsordas zu. »Wir müssen planmäßig vorgehen, also sagt es weiter. Aber seid vorsichtig – und vor allem, niemand darf uns durch Panik dazwischenfunken. Niemand darf sein Haus verlassen oder Frauen und Kinder aus der Stadt schicken. Wir stecken zusammen in dieser Sache, und wir können es uns nicht leisten, daß uns persönliche Gefühle den Plan gefährden.«

Die Männer nickten ernst.

»Richtig. Gehen wir.«

Die Zusammenkunft löste sich auf, und Dsordas ging los, um Natali zu suchen. In seinem Kopf hämmerte es wieder, doch er ignorierte den Schmerz. Seine Gedanken waren bei seiner Familie – und ganz besonders bei Fen. Hatte er wirklich das Recht, ihr Leben ebenso zu riskieren wie sein eigenes? Diese Last war schwer zu tragen.

Seit ihm der Mann aus dem Garland-Tunnel entkommen war, richtete Farrag Eismanns ganze Konzentration ausschließlich auf den Amari-Jungen und hatte die Überwachung der anderen Kinder anderen Fernrufern übertragen. Eismann war eifersüchtig gewesen, als er die Verantwortung für das Projekt verloren hatte und war eine Weile unkooperativ gewesen, ganz besonders, als nichts Interessantes mehr zutage trat. Doch jetzt schien sich die neue Strategie auszuzahlen.

Farrag war bei Eismann, als dieser sagte, Natali habe Gesellschaft bekommen. Dann veränderte sich die Stimme des Fernrufers, und er wiederholte ein Gespräch – vermutlich von demselben Paar wie zuvor –, das praktisch vollständig übermittelt wurde.

»›Sollten wir nicht sofort angreifen, bevor noch weitere Menschen hingerichtet werden?‹«

»›Nein. Wir müssen auf die Waffen warten. Bis dahin können wir nichts machen.‹«

»›Aber die *Eisstern* ist erst in drei Tagen fällig. Was sollen wir tun, bis sie ankommt?‹«

Farrag sah verwirrt aus. Sprachen sie über das richtige Schiff?

»›Nichts‹«, sagte die Stimme des Mannes ausdruckslos.

»›Wird sie in Nkosa anlegen?‹«

»›Nein. Das wäre Wahnsinn. Wir würden niemals unerkannt .... Sie wird vor der Nordküste ankern und das Zeug an Land bringen, bevor sie hier einläuft.‹«

»›Ich hoffe, du weißt, was du tust.‹«

»›Wir haben keine andere Wahl. Das Schiff wäre schon eher hier, wenn es ginge, aber . . .‹«

Es entstand eine Pause, dann sprach wieder die Frau.

»›Komm her, mein Kleiner. Zeit für dein Bad.‹«

»Übertragung beendet«, sagte Eismann mit seiner eigenen Stimme. »Ich habe die Verbindung verloren. Sie müssen ihm den Anhänger abgenommen haben.«

Farrag lächelte.

Nun gut, dachte er. *Ich frage mich, wie sie bewaffnet mit Korn, sauren Gurken, Holz und Ziegen kämpfen wollen?*

Du mußt mit mir kommen, Gaye.

Gaye zuckte zusammen. Sie war ausnahmsweise einmal allein in ihrem Zimmer, was in den letzten paar Tagen nur selten vorgekommen war, und sie hatte niemanden näherkommen hören.

»Wer ist da?« fragte sie, bevor ihr klar wurde, daß niemand laut gesprochen hatte.

Ein Freund.

»Seid Ihr ein Geist?«

In dieser Welt ja. Du mußt mit mir kommen, wiederholte er.

»Was meint Ihr damit? Wohin?«

Zum Steinernen Auge.

»Ich kann nicht dorthin gehen«, protestierte Gaye, und Angst schlug in ihr hoch. »Ich bin blind!«

Ich werde dich führen.

»Wie?« wollte sie wissen. Fast hätte sie hysterisch gelacht. »Ich kann Euch nicht sehen, und Ihr könnt mich nicht berühren!«

Ich zeige es dir.

Und dann kroch ein Gefühl über Gaye, das so zermürbend und so anders war als alles, was sie je erlebt hatte, daß sie sich bemühen mußte, nicht aufzuschreien. Es fühlte sich an, als wuchsen in ihrem ganzen Körper Ranken, die ihr Bewußtsein verschärften, weder angenehm noch schmerzhaft – aber *lebendig* –, und sie wurden ein Teil von ihr und blieben doch fremd, eine Invasion in ihrem Körper selbst. Gaye erzitterte.

»Was geschieht mit mir?«

Der Geist antwortete nicht. Gaye war sich nicht einmal sicher, daß er noch da war. Doch dann verschwand der Besucher aus ihren Gedanken, denn – ganz plötzlich – konnte sie sehen! Doch was sie sah, war nicht die Welt, die sie kannte.

Ihr Zimmer war verschwunden, auch das Haus. Nkosa existierte nicht mehr. Sie schwebte in einer endlosen, schwerelosen Schlucht, und das warme Licht reichte bis in die Unendlichkeit. Gaye schwebte, verloren in der Stille, und sie wußte, daß sie nicht mit ihren eigenenAugen sah und fragte sich, ob sie jetzt wahnsinnig wurde.

Zunächst war das allumfassende Glühen unveränderlich, doch dann sah sie – fühlte sie – schnelles Flügelschlagen und schwarze Schatten. Sie flog mit den Freunden aus ihren Träumen und lauschte ihren Stimmen, die den Weg vermaßen. Das Wissen machte sie mächtig, dunkle Umrisse in einem irrealen Himmel, im Flug.

Du mußt mit uns kommen, Gaye.

»Wie?«

Das Gesicht einer Frau erschien, unvorstellbar blaß, doch es lächelte.

Du hast gelernt zu fliegen, Gaye.

Gaye flog.

Hier. Wo ist hier? In dieser Unterwelt gab es kein Gefühl der Bewegung, kein Pfeifen des Windes und keine Veränderung der Perspektive. Keine Mühe, keine Entfernungen, keine Zeit. Und doch flog Gaye.

Da brach der Traum in Dunkelheit zusammen, und die Stille ihrer eigenen Welt verschaffte sich wieder Geltung. Eine warme Brise zerzauste ihr weißes Haar und brachte den Duft von Blumen, Erde, Bäumen und sonnendurchglühten Felsen mit sich. Sie saß irgendwo und tastete ihre Umgebung ab. Ihr Bett war verschwunden, und unter ihr befanden sich staubtrockene Grashalme.

»Wo bin ich?« Ihre Worte hallten leise wider – und sie wußte, wo sie war, wußte, daß man sie beobachtete, und sie hatte Angst.

Die Arena begrüßte sie mit aufmerksamem Schweigen.

Etha war außer sich vor Sorge. Ihre sonst überirdische Gelassenheit war in den letzten Tagen durch die unerwarteten Ereignisse und die neu hinzugekommenen Haushaltsmitglieder, die alle ihre eigenen Sorgen hatten, sehr strapaziert. Doch Gayes Verschwinden brachte das Faß zum Überlaufen. Ihre Tochter war seit dem Frühstück allein in ihrem Zimmer gewesen, die Tür geschlossen. Sowohl Etha als auch Fen waren die ganze Zeit im Haus gewesen, und beide hätten schwören können, daß Gaye ihr Schlafzimmer nicht verlassen hatte. Dennoch war sie verschwunden, als Etha hinauf ging, um ihr das Mittagsmahl zu bringen.

Niemand wußte eine Erklärung dafür. Sie konnte kaum aus dem Fenster geklettert sein – ihre Blindheit machte ihre Bewegungen langsam und unbeholfen –, doch eine Suche führte zu nichts. Etha brach zusammen und weinte, denn ihre Nerven streikten, und Antorkas hielt sie fest und sah sehr hilflos aus. Er hatte sich immer darauf verlassen, daß seine Frau mit den Herausforderungen des Lebens fertig wurde und ihn dabei führte. Jetzt waren ihre Rollen vertauscht, und beide wußten nicht, was sie tun sollten.

Fen tappte genauso im dunkeln wie ihre Eltern und hatte ebenso viel Angst. Sie wußte nicht, was sie machen sollte, und sie wünschte, daß Dsordas nach Hause käme. Sie hatte ihn nicht gesehen, seit sie an jenem Morgen die Szene für Farrag gestellt hatten. Fen wußte, daß die Kämpfe bald beginnen würden, und nicht zu wissen, wo Dsordas war, erfüllte sie mit Schrecken und gab ihr das

Gefühl, etwas verloren zu haben. Und jetzt war auch noch ihre Schwester verschwunden. *Ich glaube einfach nicht, daß das alles passiert.*

Fen konnte nicht stillsitzen und ging hinaus, um ihren Liebsten zu suchen.

Die Mittagssonne schien noch hell in die verlassensten Gassen von Nkosa, doch Panos sah überall Schatten. Er ging schnell und sah sich häufig um und überprüfte im Vorbeigehen jeden Hauseingang und jeden Winkel. Der Geheimdienstoffizier hatte allen Grund, nervös zu sein. Seine Schulden waren immer noch nicht beglichen, er war ein Verräter, und falls er aufflog, war sein Leben verwirkt. Nun war er der Gnade der Inselbewohner ausgeliefert, die seine natürlichen Feinde waren. Von allen Seiten umzingelt, lebte er von Augenblick zu Augenblick und war dankbar für jeden neuen Atemzug.

Als er das abgesprochene Zeichen sah, das ihn zu einem Treffen mit seinem Kontaktmann im Untergrund bestellte, dessen Kodename *der Falke* lautete, raste Panos' Herz, doch er ging sofort zum verabredeten Ort. Eine Tür wurde geöffnet, und er trat nach einem letzten nervösen Blick über die Schulter ein. Das Zimmer war warm, dunkel und muffig, offensichtlich irgendein altes Lagerhaus, und wie üblich konnte Panos das Gesicht des Mannes, mit dem er sprach, nicht sehen.

»Ich habe gute Neuigkeiten«, sagte *der Falke*. »Wir werden heute abend den Komplex der Fernrufer überfallen.«

»So schnell?« keuchte Panos.

»Ich dachte, das wolltet Ihr.« Yeori alias *der Falke* klang belustigt.

»Natürlich.«

»Ich hoffe, Ihr habt jetzt keine Bedenken.«

»Nein!« Panos hatte sich entschieden. Er hatte nur eine geringe Chance auf Rettung, doch das war besser als nichts.

»Gut. Hört genau zu. Folgendes müßt Ihr tun.«

Kurze Zeit später, nachdem Panos seine Anweisungen gewissenhaft wiederholt hatte, verließ er das Haus durch eine andere Tür und überließ *den Falken* sich selbst. Er ging direkt zum Komplex der Fernrufer und war froh, daß er sich laut Dienstplan am Nachmittag und Abend ohnehin rechtmäßig dort aufhielt. Es wäre ungünstig gewesen, wenn er irgendeine Entschuldigung hätte erfinden müssen, um die Schicht zu tauschen. Statt dessen meldete er sich einfach bei den Wachen vor den Außentüren und ging hinein, und in Gedanken ging er noch einmal durch, was er zu tun hatte – und fügte eilig noch ein paar eigene Pläne hinzu.

Doch das alles löste sich in Luft auf, als der diensthabende Offizier, den er ablösen sollte, ihm mitteilte, er solle sich sofort in Eismanns Zelle melden. Als Panos dort ankam, war der Fernrufer nicht da. Es war nur eine Person anwesend, und diese lächelte böse. Panos wurde plötzlich schlecht.

»Ihr solltet wissen, daß ich in den letzten paar Tagen großes Interesse für Eure Aktivitäten gezeigt habe«, sagte Farrag mit ruhiger Stimme. »Ich glaube, es wird Zeit, daß wir uns mal unterhalten.«

Kapitel zweiunddreißig

Ich lausche Schreien. Es birgt Gefahren, mit dem dunklen Feuer zu spielen – es verbrennt von innen und von außen, durch alle Welten. Aber das heißt nicht, daß es keine Macht hat. Daneben wirken die reineren Flammen hell wie Kerzen in der Sonne.

Wie können wir siegen, wenn unser ganzes Wesen gegen uns ist? Roll die Würfel und trotze der Prophezeiung. Wer würde darauf wetten, den Kreis mit einem Wurf zu werfen?

Fen hatte Dsordas nicht finden können. Jetzt war sie wieder auf dem Heimweg, und Gayes Verschwinden lastete schwer auf ihr. Sie ruderte gleichmäßig und fühlte sich erschöpft und elend, als ein Zischen sie innehalten ließ. Sie sah sich um und konnte niemanden sehen, doch das Geräusch wiederholte sich. Sie erspähte Nason, der aus einem Lukendeckel hervorsah und sie eilig zu sich winkte. Fen brachte das Boot näher an ihn heran. Das Gesicht des Jungen war rot, ob vor Anstrengung oder vor Wut, konnte sie nicht sagen.

»Ich muß dich warnen«, flüsterte er. »Farrags Männer sind auf dem Weg zu eurem Haus.«

Fen stockte das Herz. Sie war so müde, und sie konnte das alles kaum noch ertragen. Sie wollte weinen, aber irgendwo fand sie noch neue Kraft.

»Woher weißt du das?«

Nasons Gesicht wurde noch dunkler.

»Ich habe gehört, wie mein Vater ihnen den Weg beschrieben hat. Ich hasse ihn!« In seinem jungen Gesicht mischten sich Scham und Zorn. »Du mußt verschwinden!«

Also ist die List gescheitert, schloß ein kleiner klar denkender Teil in Fens Gehirn. *Irgend etwas ist schiefgegangen, und er weiß, daß wir Natali benutzen.* Gleichzeitig flehte ein weitaus größerer Teil ihres Verstandes um Hilfe. *O Dsordas, wo bist du?*

»Ich war gerade auf dem Weg zu euch«, fuhr Nason fort, als er ihre Verzweiflung erkannte. »Soll ich sie warnen?«

»Nein.« Fen schob ihre Ängste beiseite. »Mit dem Boot bin ich schneller. Du gehst nach Hause.«

»Du mußt dich beeilen. Laß dich unterwegs nicht erwischen.«

Fen nickte abwesend.

»Danke«, flüsterte sie geistesabwesend, während sie fest in die Ruder griff.

Sie brauchte ihre ganze Willenskraft, um die Panik zu zügeln, denn sie wußte, daß ein leichter Ruderschlag sie schneller vorwärts treiben würde. Je näher sie ihrem Heim kam, um so mehr formte sich in ihrem Kopf ein Plan. Sie kannte die Fluchtwege. Dsordas hatte sie ihr alle erklärt, doch sie hatte niemals erwartet, daß sie sie einmal wirklich benutzen müßte. Sie hoffte verzweifelt, daß Nasons Vater – der Mann sollte verflucht sein! – nichts von den unterirdischen Wegen wußte.

Als sie die Anlegestelle erreichte, sprang sie an Land, ohne sich um die sorgfältige Vertäuung des Bootes zu kümmern, und rannte zur Vordertür. Zu ihrer großen Erleichterung sah sie keine Anzeichen von Soldaten, dennoch verschwendete sie keine Zeit. Sie platzte in die Küche, wo sie ihre Eltern, Anto und Effi Gallo vorfand. Sie saßen am Tisch und sahen sehr besorgt aus.

»Wir müssen hier raus. Sofort! Wir alle!« schrie Fen ihre verwirrten Fragen nieder. »Soldaten kommen! Runter in den Keller. Schnell!« Die Dringlichkeit in ihrer Stimme riß die anderen mit, so verblüfft sie auch waren.

»Wo sind die Kinder?« wollte Fen wissen.

»Sie sind alle in Gayes Zimmer, glaube ich«, erwiderte Etha. »Ich hole sie.«

»Nein. Du hilfst Effi. Anto und ich holen sie. Papa, du gehst hinunter und öffnest die Wandverkleidung zum Bootskanal.«

Ihre fast manische Kraft war so überzeugend, daß alle taten, wie ihnen geheißen wurde. Anto war schon die Treppe hinauf, und Fen rannte hinter ihm her. In Gayes Zimmer fanden sie nur Kato und Ia.

»Wo sind die Jungs?« brüllte Anto.

»Pauli ist unter dem Bett«, antwortete Kato. Im selben Augenblick kam der Junge mit großen Augen hervorgekrochen. »Die anderen sind zum Spielen auf den Dachboden gegangen.«

Fen fluchte verhalten.

»Runter in den Keller, ihr beiden. Bewegt euch!« schrie sie und hob Pauli hoch, während Anto die Leiter zum Dachboden erklomm. Die Mädchen weinten, als Fen sie die Treppe hinunterscheuchte.

Im Keller hatte Antorkas die Wandverkleidung abmontiert, und Etha und Effi bahnten sich langsam ihren Weg durch den dunklen Kanal. Die Mädchen wurden hinter ihnen hergeschoben, und Pauli wurde Antorkas in die Arme gedrückt.

»Geht!« befahl sie ihrem Vater. »Macht das Boot fertig. Die anderen kommen gleich.«

Während sie sprach, erklang das Fußgetrappel von Anto, Tarin und Yermasi, die die Steintreppe hinunterliefen.

Wir schaffen es! dachte Fen ungläubig. »Kommt schon!« drängte sie die anderen laut.

Sie bahnten sich vorsichtig ihren Weg in die Freiheit und erreichten bald das geheime Bootshaus, wo zwei besorgte Mütter bereits in den Ersatzbooten saßen. Doch sie waren noch nicht außer Gefahr. Fen wollte ablegen.

»Wo ist Natali?« rief Etha mit schriller Stimme.

»Götter!« Fen fiel ein, daß Dsordas den Jungen nach seinem ›Bad‹ in seinem Zimmer eingesperrt hatte, um eine mögliche Entlarvung zu verhindern. »Ich hole ihn«, sagte sie schnell. »Ihr fahrt los. Wir können schwimmen.«

»Nein!« brüllte ihr Vater.

»Doch, Papa, das *müßt* ihr«, beharrte sie. »Sonst erwischen sie uns alle.« Sie warf das Seil an Bord und schob das Boot von den Stufen weg. »Seid so leise ihr könnt.«

Anto hantierte bereits verzweifelt mit den Rudern, und sein Vater eilte ihm zur Hilfe, während die übrigen Passagiere versuchten, einander zu trösten. Fen kehrte um und rannte die zwei Treppen wieder hinauf. Sie erreichte die Tür und war dankbar, daß der Schlüssel noch im Schloß steckte. Als sie ihn umdrehte, erzitterte das Haus, weil jemand durch die Vordertür brach, und sie hörte Soldaten schreien. *Was jetzt?* Sie konnte sich nirgendwo verstecken. Wohin sollte sie gehen?

Fen öffnete die Tür und sah Natali auf dem Bett sitzen. Sie trat einen Schritt vor und blieb abrupt stehen. Neben ihrem Bruder stand ein Geist, beobachtete ihn aufmerksam, und während sie noch beide anstarrte, verschwand sowohl die Erscheinung als auch Natali ganz langsam vor ihren Augen und lösten sich in Luft auf.

»Nein!« schrie sie und warf sich aufs Bett. Zu spät. Sie war allein im Zimmer.

Fen schluchzte noch wie betäubt, als die Soldaten sie fanden und mit sich zerrten.

Gaye spürte das Gewicht ihrer Gegenwart überall um sich herum, spürte ihre Augen auf sich ruhen. Aber sie war wieder blind und wagte es nicht einmal, sich von der Stelle zu bewegen. Es gab viele Stellen in der Arena, wo ein falscher Schritt zu einem tödlichen Sturz führen konnte.

»Was wollt Ihr?«

Das weißt du. Es war die Stimme eines Mannes, eine, die sie noch nie gehört hatte.

»Ich weiß nicht, wie ich es erwecken soll!« sagte sie zu ihnen. »Ich würde es tun, wenn ich könnte.«

Jegliches Wissen steht zu deiner Verfügung. Verlaß dich auf uns. Dieses Mal sprach eine Frau.

»Wer seid Ihr?«

Unsere Namen bedeuten nichts. Wir sind deine Freunde.

»Dann laßt mich nach Hause gehen«, bettelte Gaye.

Das können wir nicht. Du hast hier etwas zu tun.

Jedesmal sprach eine andere Stimme, und Gaye fiel ein, daß Fen von einer funkelnden Vielfalt gesprochen hatte.

»Nein. Ich kann nicht. Ich habe Angst ... ich bin blind!«

Dennoch bist du hier.

Es gibt noch andere Möglichkeiten zu sehen.

Du hast noch Zeit.

Wir lassen dich allein, damit du nachdenken kannst.

Der Druck der Beobachtung verschwand, und Gaye blieb ganz allein zurück und erzitterte trotz der Wärme der Nachmittagssonne. Das alles ergab überhaupt keinen Sinn. Wie konnte sie hergekommen sein? Was sollte sie denn tun? Fragen erfüllten ihren Kopf, doch sie hatte keine Antworten. Gaye saß lange da, doch als die Geister zurückkehrten, war sie zu keiner Lösung gelangt.

Es ist Zeit.

»Wofür?«

Das Steinerne Auge zu erwecken.

»Schaut her!« rief Gaye, und Wut vermischte sich mit ihren Tränen. »Ich weiß nicht, wer Ihr seid oder was Ihr von mir erwartet, aber Ihr habt kein Recht dazu! Ich kann das nicht. Ich weiß nicht wie. Ich bin hergekommen – die Götter wissen, wie –, aber ich stehe im Dunkeln, weiß nichts, bin allein ...«

Nicht allein.

Da erklang eine andere Stimme, eine junge, vertraute, nicht in ihrem Kopf, sondern in ihren Ohren, und eine kleine Hand schob sich in die ihre.

»Der Mann mit dem Schwert hat gesagt, du willst meinen Anhänger haben«, sagte Natali. »Aber er gehört *mir.*«

Eismann schrie auf.

Farrag sah zu, wie der Fernrufer sich wand und mit den Augen rollte, bis nur noch das Weiße zu sehen war.

»Was ist los?« fuhr der Marschall ihn mitleidlos an.

»Es ... tut weh ... tut weh«, keuchte Eismann. »Es brennt ...«

Farrag schlug ihm ins Gesicht.

»Reiß dich zusammen!« Er fragte sich, ob Eismann nun endgültig an seine Grenzen gestoßen war.

Der Fernrufer blickte starr, von Schmerzen geschüttelt und zitterte.

»Brennen ... Licht ... hat ihn mitgenommen ... nicht mehr da ...«

»Wovon redest du?« wollte Farrag wissen. »Haben sie ihm den Anhänger wieder abgenommen?«

»Nein«, erwiderte Eismann unter Keuchen. »Jemand anderes ... ahh.« Plötzlich entspannte er sich. »Wieder da«, verkündete er mit größter Erleichterung, und seine Stimme veränderte sich zu der eines kleinen Jungen.

»›Der Mann mit dem Schwert ...‹«

Dann wurde Eismann ohnmächtig, und Farrag konnte ihn nicht wieder zu Bewußtsein bringen. Mißmutig murmelnd verließ er die Zelle, um einen anderen Fernrufer auf das Amari-Kind anzusetzen. Doch er wurde von einem Soldaten abgefangen.

»Und?« bellte er.

»Das Haus der Amari wird in diesem Augenblick gestürmt, Sir. Wohin sollen wir die Gefangenen bringen?«

»Bringt sie hierher und steckt sie in Einzelzellen, nicht in die Nähe der Fernrufer.«

Der Hauptmann salutierte und ging seiner Wege. Farrag fragte sich, warum die Erstürmung des Hauses für Eismann so ein Problem war. Etwas anderes war geschehen, da war er sicher. Allmählich freute er sich auf die Vernehmung der Familie. Sie hatten sicherlich ein paar interessante Geschichten zu erzählen.

Das Gespräch über die *Eisstern* war sehr erhellend gewesen. Farrag kannte das Schiff. Der Kommandeur war ein alter Bekannter von ihm. Er hatte schon mehrere Lieferungen für den Marschall erledigt, die dieser vor seinen imperialen Herren geheimhalten wollte. Farrag kannte auch die derzeitige Fracht. Daher sagte ihm die Behauptung, sie bringe Waffen für den Untergrund, drei Dinge: Erstens hatte irgend jemand – er würde schon bald wissen, wer – das Geheimnis der Anhänger entdeckt und benutzte sie für seine eigenen Zwecke. Das hieß, daß das Amari-Kind jetzt als Informationsquelle nicht einfach nur nutzlos war, sondern schlimmer. Zweitens bestätigte es, daß die Familie mit dem Untergrund zu tun hatte, und drittens versuchten sie, ihn über den Zeitpunkt der Aktion in die Irre zu führen. Folglich hatte er die Festnahme des gesamten Haushalts angeordnet und die Garnison in höchste Alarmbereitschaft versetzt. Er hatte sogar ein paar Einheiten gen Norden aus der Stadt geschickt, damit es so aussah, als reagierten sie auf die falsche Nachricht. Die Soldaten hatten den Befehl, innerhalb von zwei Stunden nach Nkosa zurückzukehren, doch es würde sicher interessant werden, die Reaktionen der Inselbewohner auf diesen Schachzug zu sehen.

Und natürlich hatte Panos ihm noch faszinierendere Informationen geliefert. Die Sache mit der Entführung war natürlich Unsinn, doch die Geschichte des Geheimdienstoffiziers bestätigte, daß noch in dieser Nacht irgend etwas passieren würde.

Man hatte Panos zu einem Geständnis zwingen müssen, aber das war ziemlich leicht gewesen. Sobald ihm eine der giftigen Lösungen des Marschalls verabreicht worden war, gab sich Panos nur allzu kooperativ. Er würde lange genug leben, um seine Rolle in dieser Falle zu übernehmen, die Farrag für die *Kinder* vorbereitete, aber dann – sofern er nicht das versprochene Gegenmittel bekam – würde er einen besonders unangenehmen, schmerzhaften Tod sterben. Solche Aussichten reichten, um sich sogar die Loyalität einer Ratte wie Panos zu sichern. Farrags geduldige Überwachung seines närrischen Offiziers zahlte sich jetzt aus.

Der Marschall gestattete sich ein Lächeln, mit dem er sich selbst beglückwünschte. Selbst ein paar unbedeutende Rückschläge, wie Eismanns offensichtlicher Zusammenbruch, konnten ihn jetzt nicht mehr aufhalten. Seine Feinde spielten ihm sogar in die Hände.

Fens Verstand verweigerte jegliche Funktion. Sie bemerkte das Licht, die Geräusche und die Welt um sich herum nur als abstrakte Schemen. Sie sah, hörte und fühlte nichts, als die Soldaten sie zum Boot brachten und ins Stadtzentrum ruderten. Zuviel war passiert, zuviel war schiefgegangen. Das Grauen, das sie ertragen konnte, hatte eine Grenze – und dieser Punkt war schon lange überschritten. Gaye, und jetzt Natali, waren verschwunden, ihr Bruder sogar direkt vor ihren Augen. Sie hatte keine Ahnung, wo Dsordas war, doch sie wußte, daß er sie jetzt nicht retten konnte. Noch schlimmer war, daß die Pläne der *Kinder* offenbar scheiterten und das Ende all ihrer langgehegten Hoffnungen gekommen war … Sie klammerte sich an ein winziges Stück Hoffnung – daß ihre Familie entkommen konnte –, doch noch nicht einmal dessen konnte sie sicher sein.

Das Boot machte an einem kleinen Anleger in der Nähe des Fournoi-Platzes halt, und man brachte sie an Land in ein labyrinthähnliches Gebäude, das ein winziger Teil ihres gequälten Verstandes als Hauptquartier der Garnison erkannte. Nachdem sie scheinbar endlose Flure entlangmarschiert waren, kamen sie zu einem kahlen Durchgang mit verschlossenen Zellen zu beiden Seiten. *Der Komplex der Fernrufer?*

Und genau dort sah Fen etwas, was den letzten dünnen Faden ihres Verstandes zum Reißen brachte. Während sie weitergeführt wurde, kamen ihnen zwei Soldaten in makellosen Uniformen entgegen und grinsten sie im Vorbeigehen an. Fen fühlte sich, als hätte sie ein Bleigewicht geschluckt. Es waren die beiden Männer, die Panos ausgeraubt und zusammengeschlagen hatten. Farrag hatte es die ganze Zeit gewußt!

Dunkelheit füllte ihre Sinne, passend zu der schwarzen Leere in ihrem Herzen, und Fen hieß das Vergessen dankbar willkommen.

Dsordas hörte die Nachricht von der Erstürmung seines Hauses, als er vorsichtig seine Runde machte, um sich auf den Angriff am Abend vorzubereiten. Sein Gesicht war starr wie eine Maske, als er dem Überbringer der schlechten Neuigkeit lauschte, und der Mann redete schnell weiter, als könne er diesen Schlag mit ein wenig Hoffnung mildern.

»Doch wir glauben, daß die Familie entkommen ist.«

»Alle?«

»Wir sind nicht sicher. Wir überprüfen das, sobald wir können.«

Dsordas merkte, daß er zu den Göttern betete, an die er nicht glaubte. *Bitte, laßt es ihnen gut gehen,* flehte er. *Fen, bitte sei in Sicherheit!*

»Schlagen wir heute abend trotzdem zu?« fragte der Mann.

»Ja«, erwiderte Dsordas so ruhig er konnte. »Die Flut hat bereits eingesetzt. Wir können nicht mehr zurück.«

Der Bote ging seiner Wege und versprach, bald weitere Nachrichten zu bringen. Dsordas wappnete sich dafür weiterzumachen und wartete hilflos auf weitere Informationen. Als er sie bekam, boten sie ihm nur wenig Trost. Die meisten Mitglieder der Familien Amari und Gallo hatten vorübergehend einen sicheren Hafen gefunden – doch Gaye, Natali und Fen wurden vermißt. Gaye war anscheinend schon vorher auf geheimnisvolle Weise verschwunden, doch man nahm an, daß man Fen und Natali gefangengenommen hatte. Dsordas hätte am liebsten all seine Pläne aufgegeben und versucht, seine Liebste zu retten – aber er wußte, das konnte er nicht. Er konnte nicht erwarten, daß die anderen den Regeln, die er aufgestellt hatte, gehorchten, wenn er selbst sie mißachtete. *Wir können es uns jetzt nicht leisten, uns von persönlichen Gefühlen ablenken zu lassen.*

Seine einzige Hoffnung war, daß Fen und Natali gerettet werden konnten, wenn der Komplex der Fernrufer und das Hauptquartier der Garnison gestürmt wurde. Doch Dsordas war viel zu realistisch, um ernsthaft mit dieser Möglichkeit zu rechnen.

Fen, es tut mir leid! schrie er lautlos. *O Götter, bitte beschützt sie!*

Kapitel dreiunddreißig

Meine Augen wurden von den Geistern geöffnet. Ich wünschte, ich hätte die Zeit, all ihren Geschichten zu lauschen, doch die Asche ist zu hoch. Ich werde es ihr überlassen.

Sie hat genug Feuer für uns alle.

»Es ist gut, Natali«, sagte Gaye. »Ich will deine Kette nicht.«

Sie merkte, wie sich der Junge entspannte und sich an sie kuschelte.

»Woher kommen all diese Leute?« fragte er.

»Sie sind Geister. Sie leben ... sie gehören hierher. Wie bist du hierher gekommen?«

»Ich bin geflogen«, erwiderte Natali und klang nicht im mindesten furchtsam, als mache er so etwas mit Leichtigkeit jeden Tag. »Was wollen sie?«

Ich wünschte, das wüßte ich, dachte Gaye. »Sie wollen meine Hilfe.«

»Bei was?« fragte er mit kindlicher Hartnäckigkeit weiter. »Hat es mit dem Stein mit dem Loch in der Mitte zu tun? Da gefällt es mir. Ich habe da drin geschlafen«, fügte er stolz hinzu. »Nach den Schweinen.«

Natalis unschuldige Fragen rissen Gaye mit einem Ruck aus ihren Grübeleien. Was wußte er über das Steinerne Auge? Sogar ein kleiner Junge konnte sehen, daß es wichtig war. *Ich muß es versuchen!*

»Wir können es zusammen versuchen«, sagte Natali.

Er liest meine Gedanken! dachte Gaye erstaunt.

»Willst du das nicht?« fragte er und klang verwirrt.

Laß dir von ihm helfen.

Einige Augenblicke lang hatte Gaye ihr für sie unsichtbares geisterhaftes Publikum vergessen.

Er liest keine Gedanken, aber er erspürt deine Gefühle. Nur wenn etwas ganz stark projiziert wird, dringt es durch.

Gaye erkannte, daß dies einen Sinn ergab und auch der Grund war, warum sie Paulis Spielzüge hatte vorhersehen können. Der Junge hatte sich einzig und allein darauf konzentriert.

Halt den Anhänger fest, riet ihr eine andere Stimme. *Er braucht ihn nicht abzunehmen.*

»Aber ...«, wollte Gaye widersprechen, doch da wurde ihr klar, daß sie die häßliche Macht hinter dem Kristall nicht mehr spüren konnte. Sie hatte immer noch Angst, aber sie war bereit, es zu versuchen, einen Schritt nach dem anderen zu machen. »Natali, darf ich deine Kette mal anfassen? Du kannst sie anbehalten.«

Ihr Bruder legte ihr den polierten Amberin in die Hand. Gaye zuckte zurück, denn sie erwartete die Berührung des Bösen, doch alles, was sie fühlte, war eine warme, weiche Oberfläche. Und plötzlich war ihr ganzer Verstand erfüllt mit Klängen, Schwingungen und Echos. Musik hallte wider, Worte ergossen sich in verworrenen Kaskaden und Erinnerungen überschwemmten sie in Wellen von Klängen. Das Tosen sturmgepeitschter Wellen, Wind in den Olivenbäumen, die Lieder der Vögel und das Schwirren von Insekten. Es war eine freudige und traurige Kakophonie – wunderschön und abscheulich, ruhig und hektisch, prächtig und besudelt. Widersprüchliche Emotionen wüteten in ihr.

Und durch das alles hindurch hörte Gaye wieder die Worte der alten Frau. *Alle Rituale dieses Ortes waren eine Art Geschichte. Worte, Musik, Erinnerungen.*

»Es ist zuviel!« schrie Gaye auf. »Ich kann das nicht kontrollieren!« Neben ihr gluckste Natali voller Entzücken auf.

»Es glitzert und es hat geblitzt!« rief er glücklich aus.

Gaye hatte keine Ahnung, was er damit meinte.

»Helft mir«, bettelte sie.

Such dir eine Geschichte aus.

»Aussuchen? Welche?« Es gab so viele. »Was bringt das?«

Du wirst dich konzentrieren können. Um sie wahr zu machen.

»Wahr?«

Ein Gesicht erschien in Gayes ständiger Dunkelheit, dieselbe blasse Frau, die sie gesehen hatte, als sie flog.

Vertraue deinen Instinkten, sagte die Fremde ruhig, *ganz gleich, wie dumm sie dir erscheinen. Suche aus, was dein Herz dir sagt.*

»Und was dann?«

Die Geister werden ihre Rolle spielen. Durch die Kraft ihrer Erzählung wird es wahr werden, aber sie brauchen dich, damit es in dieser Welt wahr wird.

»Ihr seid kein Geist, oder? Wer seid Ihr?«

Mein Name ist Alasia. Wir sehen uns durch das Steinerne Auge. Und du mußt es benutzen, um die Geschichte gen Himmel zu schicken.

»Um sie wahr werden zu lassen?«

Ja. Suche sie dir jetzt aus. Das Gesicht verschwand aus Gayes Blickfeld, und der Lärm kehrte zurück. Gaye wollte, daß Alasia zurückkam, damit sie ihr sagte, *wie* sie das machen sollte, aber die Frau war verschwunden.

»Es ist alles voller Blitze, und es hat gezwinkert!« berichtete Natali aufgeregt.

»Was?«

»Das Loch in dem Stein.«

Wähle. Der geisterhafte Befehl machte mit seiner Dringlichkeit alles andere zunichte.

»Ich kann nicht nachdenken«, protestierte Gaye. »Es ist zu laut!«

»Die da«, sagte Natali. »Die großen Wellen.«

Im Strom der Klänge ragte abrupt ein Element heraus, und Gaye war plötzlich erleichtert und voller Dankbarkeit. Instinkt überwand Logik, und sie suchte eine Geschichte aus. Auf einmal verschwanden alle anderen Geräusche, und die Geschichte begann.

Der Sturm wütete nur ein paar Stunden, doch in dieser Zeit richtete er großen Schaden an. Regen und Gischt peitschten die Insel, angetrieben von dem dunklen Ostwind ...

»Das kann nicht stimmen!« protestierte Gaye schwach. »Es wird Nkosa zerstören!« Doch in ihrem Herzen wußte sie, daß es richtig war, daß es so kommen *sollte*. Und sie mußte es wahr machen.

»Jippie!« rief Natali vor Vergnügen. »*Rumms*!«

Gaye hörte aufmerksam zu und fragte sich, was sie jetzt tun sollte. Die Beschreibung war so lebensnah, daß sie vor ihrem inneren Auge den Sturm nahen sah. *Benutz es, um die Geschichte gen Himmel zu schicken*. Das Steinerne Auge. Sie spürte es über sich, merkte, wie es heruntersah. Nein! Sie sah nach oben, zum Himmel. *Es blitzt und funkelt!*

In diesem Augenblick wußte Gaye, was sie zu tun hatte. Sie nahm ihre innere Vorstellung von der Geschichte, die Worte der Geist-Erzähler und die Bilder, die sie hervorzauberten, konzentrierte ihre gesamten Gefühle und schickte sie wirbelnd hinaus in die Welt. Wie ein umgekehrter Trichter kanalisierte das Steinerne Auge die Geschichte und warf sie in den blauen Himmel auf der anderen Seite. Die Arena sprach mit den Stimmen der Götter.

Weit entfernt, am östlichen Horizont brauten sich ganz allmählich Sturmwolken zusammen.

Als Fen wieder zu sich kam, lag sie in einer kahlen Zelle. Sofort stürzte die schreckliche Erinnerung an die vergangenen Stunden wieder auf sie ein, und sie fühlte sich viel zu ausgelaugt und elend, um zu weinen. Ihr eigenes Schicksal erschien ihr jetzt unwichtig. Alles ging schief, alles, was sie liebte, war zum Untergang verdammt.

Sie zog sich hoch und lehnte sich an die Wand, als sich die Tür öffnete und Farrag hereinglitt, ein haßerfülltes Lächeln auf dem Gesicht. Fen sackte in sich zusammen und wünschte, sie wäre noch bewußtlos, wünschte fast, sie wäre tot.

»Ich freue mich, daß Ihr wach seid«, bemerkte er. »Ich habe einige Fragen an Euch.«

»Ich habe Euch nichts zu sagen.«

»Auf die eine oder andere Weise *werdet* Ihr mir antworten«, sagte er. »Aber Eure Kooperation würde es für den Rest der Familie so viel leichter machen.«

Fen sah auf und versuchte zu ergründen, ob sie sich ebenfalls in der Hand des Ungeheuers befanden, doch sein Lächeln verriet nichts. Sie senkte wieder den Kopf, denn sie wollte ihn nicht ansehen.

»Ich glaube nicht, daß Euch wirklich klar ist, mit wem Ihr es hier zu tun habt«, grinste er schadenfroh. »Ihr solltet Euch geehrt fühlen, daß ich mich persönlich um Euch kümmere. Ich werde einer der mächtigsten Männer der Welt werden.«

Fen reagierte nicht auf die Prahlerei.

»Soll ich es Euch zeigen?« Seine Stimme klang plötzlich giftig.

Er stieß mit einem dicken Zeigefinger in die Luft, und eine gewaltige Kraft schleuderte Fens Kopf schmerzhaft gegen die Wand. Sie starrte ihn, wohl oder übel, mit weit aufgerissenen Augen an.

»Glaubt Ihr, daß so viel Macht normal ist?« wollte Farrag wissen. »Nicht einmal der große Verkho weiß von den Geheimnissen, von den Kräften, die ich entdeckt habe.« Seine Stimme troff vor Sarkasmus.

Doch Fen antwortete immer noch nicht. Je länger ihr Peiniger schadenfroh grinste, um so länger würde es dauern, bis er ihr wieder seine Aufmerksamkeit schenkte.

»Seid Ihr denn gar nicht neugierig?« fragte er geringschätzig.

»Sagt es mir«, erwiderte Fen apathisch.

Farrag lachte.

»Ich sehe schon, ich werde mehr als nur diese kurze

Demonstration brauchen, um eine Frau wie Euch zu beeindrucken. Vielleicht sollte ich Euch erst einmal Manieren beibringen.«

Fen wartete gespannt auf weitere Strafen, doch nichts geschah. Der Marschall hatte anscheinend eine bessere Idee.

»Fernrufer werden aufgrund ihres angeborenen Talents ausgewählt«, begann er, als wolle er einen Vortrag halten. »Wie Euer kleiner Bruder. Aber damit sie gut arbeiten, müssen sie ausgebildet werden. Nektar verbessert ihr Potential natürlich enorm, und der Amberin konzentriert ihre Gedanken, so daß sie über weite Entfernungen miteinander sprechen können. Aber wir haben sie niemals alle gleichzeitig benötigt, also habe ich eine Methode entwickelt, damit sie träge und lustlos sind und keine Energie verschwenden. Dann fand ich heraus, daß die Energie nicht verschwand. Sie war immer noch verfügbar, wenn man wußte, wie man sie zähmen konnte, und ich tat es, indem ich selbst Nektar benutzte!« Jetzt funkelten seine grausamen Augen, und sein Gesicht belebte sich, während er in seiner selbstgemachten Herrlichkeit schwelgte. »Und je mehr von ihnen zusammengebracht wurden, um so mächtiger wurde das Netz, das ich auswerfen konnte. Zwei der Fernrufer hier befinden sich jetzt in immerwährender Trance, geben mir all ihre Energie, und ich kann auch die anderen benutzen, wann immer ich es wünsche.«

»Sehr beeindruckend«, murmelte Fen halbherzig. Sie war viel zu benommen, um das alles aufzunehmen, aber sie wußte, daß er irgend etwas von ihr erwartete.

»Ich hätte es besser wissen müssen und keine Wertschätzung von einer Bäuerin erwarten sollen«, sagte Farrag wegwerfend. »Ihr habt Euer nordisches Erbe ganz verloren – Ihr seid nicht anders als diese idiotischen Inselbewohner.« Sein Gesicht wurde ernst. »Wir haben genug Zeit verschwendet. Jetzt werdet Ihr mir meine Fragen beantworten.«

Unter Aufbietung des letzten Tropfens Widerstand sagte Fen ihm, was er mit seinen Fragen machen konnte.

»Dann laßt Ihr mir keine andere Wahl«, sagte er kalt und brachte eine kleine irdene Phiole aus seinem Gewand zum Vorschein. »Ich habe keine Zeit mehr zu verlieren. Einer Eurer Kollegen war äußerst kooperativ, nachdem die Wachen ihn dazu gebracht hatten, davon zu trinken. Ich bin sicher, es wird ihnen noch mehr Spaß machen, Euch den Trank zu verabreichen.«

»Könnt Ihr das nicht selbst? Soviel zu Eurer Macht.« Innerlich zitterte sie, doch sie legte so viel Verachtung wie möglich in ihre Stimme. Wenn sie ihn nur dazu bringen könnte, nahe genug zu kommen ...

Aber Farrag ließ sich nicht täuschen. Er betrachtete sie belustigt.

»Wachen!«

Fen hatte gar keine Chance, sich zu wehren. Sie schluckte und würgte an der übelriechenden grauen Flüssigkeit und wurde dann wieder auf den Boden geworfen. Die Soldaten gingen unbemerkt hinaus, während das Böse sich in ihren Körper brannte. Ihr bereits gequälter und gefolterter Verstand schwankte am Rande der schwarzen Leere, doch sie blieb bei Bewußtsein. All ihre Willenskraft verdampfte. Nichts spielte noch eine Rolle. Farrags Augen leuchteten wie Leuchtfeuer.

»Wer ist der Anführer der *Kinder von Zalys*?«

Fen hörte eine Stimme, die sie kaum erkannte, sagen: »Dsordas. Dsordas Nuyn.«

»Aha. Gut. Weiter ...«

Seine Worte wurden durch unerwartetes Donnergrollen unterbrochen, das über den unsichtbaren Himmel rollte. Der ganze Raum wurde gewaltig erschüttert, und aus dem Flur hallten Rufe wider. Farrag sah sich bestürzt um und glitt hinaus.

Fen merkte nicht einmal, daß er sie verließ. In ihren Adern spürte sie Nadeln, hinter ihren Augen Feuer und in ihren Ohren hörte sie formlose Musik. Überall war Schmerz, und unter ihr lauerte die unergründliche Dunkelheit. Einen Augenblick lang glaubte sie, Gayes Gesicht zu sehen, ein sonderbares Licht in ihren blinden Augen. *Hilf mir!*

Fen begann zu fallen, herumzuwirbeln in einem Alptraum, und glitt immer näher an die Dunkelheit unter ihr.

Der Sturm traf Nkosa mit der Wucht von tausend Rammböcken.

Der Wind hatte sich so plötzlich und so vollständig gedreht, daß es niemand begreifen konnte, doch Maus und seine Männer hatten ihr Glück nicht angezweifelt und sofort die Sequenz ausgelöst, um die Welle zu den imperialen Kasernen maximal zu verstärken. Eine Stunde später machten sie sich Sorgen, ob die Welle möglicherweise zu stark wurde und sich ihrer Kontrolle entzog. Das Wasser der Lagune stieg mit beängstigender Geschwindigkeit, und als aus dem Osten die Wolken wie eine violette Mauer des Untergangs nahten, verwirbelten die Strömungen so gewaltig wie nie zuvor.

Als die Sonne unterging, kam der entscheidende Augenblick, und die Überschwemmung wurde entfesselt. Der Sturm erreichte die Stadt im selben Augenblick. Die von Menschenhand ausgelöste Flutwelle rauschte den ihr vorbestimmten Weg und riß alles mit sich, während der Regen herunterprasselte, der Wind heulte und Blitze über den Himmel zuckten. Der Himmel tobte.

Die erste Welle kochte und bebte. Sie war doppelt so groß wie ein großer Mensch und bewegte sich schneller vorwärts als ein galoppierendes Pferd. Auf ihrem Weg zerschmetterte sie Boote oder schleuderte sie beiseite, riß Seitenwände von Gebäuden, und mehrere Menschen wurden mitgerissen, obwohl Maus versucht hatte, das zu verhindern – sowohl seine eigenen Männer als auch andere starben. Die unerwartete Größe und Wucht führte dazu, daß die Welle an vielen Stellen ihr vorgesehenes Ufer überflutete, so daß sich kleinere Wellen durch die Stadt schoben, doch im wesentlichen war der Plan von Erfolg gekrönt – sogar allzu sehr.

Die Hauptgebäude der Kaserne, das Ziel der allerersten Welle, waren noch voller Menschen, da niemand Zeit gefunden hatte, eine Evakuierung anzuordnen. Eine riesige Wand aufgewühlten Wassers rammte gegen das Gebäude, das einfach wie ein Kartenhaus unter einer Explosion aus Gischt und Schotter in sich zusammenstürzte. Innerhalb weniger Augenblicke hatte die immer größer werdende Wucht des angestauten Flusses so gut wie alles mit sich gerissen – vom kleinsten Stück Holz bis zum größten Felsblock. Die Männer in der Kaserne hatten keine Chance.

Aber dort machte die Welle noch nicht Halt. Sie rollte weiter, und obwohl ihre Wirkung nicht mehr so verheerend war, gelang es ihr dennoch, auch andere Teile der Stadt unter Wasser zu setzen und in äußerstes Chaos zu stürzen.

Maus überwachte wie gelähmt vor Ehrfurcht seine Arbeit und wußte, daß sie ihm aus der Hand geglitten war. Selbst in sicherer Entfernung von der gewollten Zerstörung hatte der Sturm die Fluten in eine schreckliche Naturgewalt verwandelt, und es wurde von Minute zu Minute schlimmer. Nkosa würde nach dieser Nacht nie wieder so sein wie vorher. Auch wenn die *Kinder* einen großartigen Sieg davontrugen, würde von der befreiten Stadt nur noch wenig übrig bleiben.

Seine Gedanken gingen zu Dsordas und Yeori, die den Angriff auf den Komplex der Fernrufer anführten.

Sie müßten jetzt drin sein, dachte er und wünschte ihnen Glück.

Farrag packte einen vorbeilaufenden Soldaten.

»Was war das?«

»Ein Sturm ist ausgebrochen, Sir. Überall Überschwemmungen. Die Kasernen sind schwer getroffen.«

»Und der Komplex?«

»Hier sollten wir sicher sein, Sir. Es gibt keinen Grund, unsere Pläne zu ändern. Panos ist auf seinem Posten, ebenso die anderen Männer.«

»Gut.« Für den Augenblick hatte Farrag Fen vergessen. »Ich komme mit Euch. Das will ich selbst sehen.«

Als sie sich den äußeren Bereichen des Komplexes näherten, bemerkten sie wartende Truppen, die Waffen in Bereitschaft. Eine Tür wurde zugeschlagen und verbarrikadiert, als Panos auftauchte, und in der Ferne erklang weiteres Grollen.

»Wie Ratten in der Falle«, lächelte Farrag.

Panos kam näher. Er war außer Atem und schwitzte und hatte einen flehenden Blick.

»Sie sind alle drinnen«, keuchte er. »Kein Ausweg mehr. Ich habe getan, was Ihr verlangt habt. Bitte gebt mir jetzt das Gegenmittel.«

Das Grinsen des Marschalls wurde boshaft.

»Es gibt kein Gegenmittel, jämmerlicher Narr. Und selbst wenn es eines gäbe, Abschaum wie Euch würde ich es nicht geben.«

Panos' Gesicht verzerrte sich, und er eilte zu Farrag hinüber, der verächtlich einen Finger hob. Ein pulsierender blauer Blitz streckte Panos nieder.

»Werft ihn in eine Zelle«, befahl der Marschall. »Und jetzt wollen wir mal sehen, was wir in unserer Falle gefangen haben.«

Noch während er die Worte sprach, erklang von der anderen Seite der inneren Tür krachender Lärm.

Kapitel vierunddreißig

Ich schwebe inmitten von behauenem Stein, auf einer ganz anderen Insel. Eine Insel der Wolken. Ich sehne mich danach, woanders zu sein, im Auge des Sturms, doch ich wage es nicht, ihre Träume zu stören.

Das dunkle Feuer schläft.

Gaye lauschte dem Sturm, der um sie herum wütete. Sie und Natali waren sicher, eingehüllt in ruhige Wärme, Trockenheit und Stille. Irgend etwas beschützte sie. Die Geister? Aber sie konnten in der wirklichen Welt nichts bewirken. Die Arena? Das ergab keinen Sinn. Nichts ergab einen Sinn.

Sie hörte das Dröhnen des Donners um die Hügel und stellte sich die aufgewühlten Wellen vor, den heulenden Wind. Sie sah Nkosa unter der Belagerung, völlig verwüstet. *Was habe ich getan?* Doch das Gefühl, das Richtige getan zu haben, war stärker. Gaye hielt Natali in den Armen und wartete. Die Stimmen schwiegen jetzt, die Geschichte erzählte sich von selbst.

Hilf mir!

Aus dem Feuer drang Fens Stimme zu ihr und brachte eine dunkle, übelkeiterregende Häßlichkeit mit sich, vor der Gaye instinktiv zurückschreckte, doch sie zwang sich, ihren Ängsten nicht auszuweichen. Fen konnte kaum die Quelle dieses Bösen sein. Irgend etwas hatte man ihr angetan, sie war in Schwierigkeiten und brauchte Hilfe. Aber wie?

Suche eine Geschichte aus. Laß sie wahr werden.

Ohne zu zögern verließ sich Gaye auf ihre Freunde.

»Erzähl mir noch eine Geschichte«, bat Natali schläfrig.

»Ich werde dir eine neue Geschichte erzählen«, erwiderte Gaye, und plötzlich wuchs in ihr Zuversicht. *Und ich werde sie wahr machen!*

In einer weit entfernten Zwischenstation stand Bowen auf seinem Bett und sah durch die Gitter seines Zellenfensters hinaus in den Nachthimmel. Doch seine Augen sahen mehr als Sterne.

Der Sturm spielte sich in seinem Verstand ab. Er sah den schrecklichen Angriff und genoß es, als er stechend den Regen auf seiner Haut spürte, und er hörte den Wind in seinen Ohren schreien. Er liebte den Sturm. Und er wußte, wer ihn geboren hatte.

»Gaye«, flüsterte er jubelnd und begann zu fliegen.

Die Kreaturen mit ihren Flügeln waren überall, und ihre Absicht war klar. Sie ließen die Berge hinter sich und stießen zu Tausenden nieder. Ihre Welt wurde durch den Umriß der Klänge definiert. Er war belebend, dieser Flug der Freiheit. Doch am besten daran war, daß *sie* neben ihm flog. Kein Absturz mehr.

Ein paar kostbare Augenblicke lang waren sie wieder vereint, und Bowen durfte glücklich sein und sich ganz fühlen. Er schwelgte in diesen Momenten, badete im Leuchten ihrer Liebe. Er spürte ihre Reaktion, fühlte ihre Freude. Die Zeit schwand für Bowen dahin – und als sie zurückkehrte, fühlte er sich doppelt bestohlen. Blut rann an seinen Handgelenken hinunter, so fest hatte er das rauhe Metall umklammert, und seine Kehle war heiser von den Schreien, die er nicht gehört hatte, und sein Gesicht war feucht von Tränen.

Hauptmann Ofiah, den der zornige Gefängniswärter geholt hatte, damit er seinen ungebärdigen, wahnsinnigen Gefangenen ruhigstellte, sah zu, wie Bowen auf seinem Strohlager zusammenbrach. Seine Schreie waren nur noch ein Flüstern.

»Gaye. Gaye«, hörte Ofiah ihn sagen. »Wir haben

gelernt zu fliegen, aber wir sind noch immer nicht zusammen.« Die Qualen in seiner Stimme waren kaum zu ertragen, obwohl die Worte keinen Sinn ergaben. Später klang er noch verwirrter und wiederholte immer wieder ein Wort.

»Fliegen, fliegen, fliegen ...«

Der Sturm hatte alle völlig überrascht, aber die *Kinder* verloren keine Zeit und zogen ihren Vorteil daraus. Gemeinsam mit ungefähr zwanzig handverlesenen Männern bahnten sich Dsordas und Yeori ihren Weg zu den äußeren Gebäuden des Hauptquartiers der Garnison auf der anderen Seite der zum Untergang verdammten Kasernen. Viele der Gassen waren bereits von Regen und Flut überschwemmt, und die meisten Wachen hatten sich nach innen zurückgezogen. Alle anderen wurden mit unerbittlicher Härte beseitigt.

Selbst an ihrer entlegenen Position war der Lärm durch die Wucht der Flutwelle kolossal und übertönte das Donnern des Gewitters, das Zischen des Regens und den brüllenden Wind.

»Jetzt«, rief Dsordas, und das Zeichen wurde weitergegeben.

Zwei Türen und zwei Fensterläden wurden gleichzeitig mit Äxten attackiert. Das Geräusch splitternden Holzes ging im Sturm unter, und die Männer drängten hinein und überrumpelten mehrere Soldaten. Dsordas führte eine Gruppe an, das Schwert bereit, und er kümmerte sich selbst um zwei Wachen, noch bevor diese ihre Waffen ziehen konnten. An anderer Stelle kam es zu heftigen, aber kurzen Kämpfen, denn dieser Teil der Garnison war ziemlich unwichtig und nicht allzu gut bewacht.

Als die Angreifer erst einmal im Gebäude waren, war ihr wichtigstes Kapital die Geschwindigkeit. Die Männer fanden sich wieder zusammen, und Dsordas führte sie gemäß Panos' Anweisungen über einen Flur direkt zum

Komplex der Fernrufer im Herzen der imperialen Enklave.

Zwar wurden sie gelegentlich von den Verteidigern des Komplexes aufgehalten, trotzdem kamen sie unaufhaltsam voran. Endlich gelangten sie an eine solide, eisenbeschlagene Tür, die den Eingang zum Komplex bildete. Hier trafen sie wie erwartet auf erbitterten Widerstand. Der Kampf auf dem Raum war brutal und grausam. Die Männer schwitzten und knurrten, schlugen vernichtend um sich und wehrten Schläge ab, eroberten sich mehr Raum, und nasse Stiefel glitten auf dem Boden aus, der vom Blut bereits trügerisch glänzte. Ihre Ohren waren erfüllt von Flüchen und Todesschreien, ihre Nasen mit metallischem Gestank.

Dsordas kämpfte wie ein Besessener und entfesselte all seine inneren Dämonen zu einem wütenden Gemetzel. An seiner Klinge rann Blut hinunter, und einiges davon stammte von seiner eigenen Wunde am Unterarm. Er hätte noch viel stärkere Verletzungen erlitten, wäre nicht Yeori mit seiner Axt dazwischengegangen und hätte den Schädel des Gegners gespaltet.

Es dauerte nicht lange, die Wachen zu überwältigen, aber es schien Stunden voller Todesqualen zu währen. Dann konnte Dsordas endlich an die Türe treten und mit dem Heft seines Dolches das Zeichen hämmern. Panos, dachte er, *laß uns jetzt nicht im Stich*. Zu seiner großen Erleichterung hörte er, wie die Riegel zurückgeschoben wurden, und die Tür öffnete sich einen Spalt breit, als ihr Komplize hinausspähte. Dsordas stieß die Tür weit auf, und die überlebenden Männer drangen hinter ihm ein. Drinnen sah es genauso aus, wie Panos es ihnen beschrieben hatte. Ein langer Flur mit Zellen zu beiden Seiten, doch der Offizier – der verständlicherweise nervös wirkte – ergriff seinen Arm.

»Farrag hat sie fortgebracht!« schrie er. »Heute nachmittag.«

Dsordas fluchte. »Wohin?«

»Ich zeige es Euch. Kommt.« Panos rannte mit erstaunlicher Geschwindigkeit den Flur hinunter, und die anderen folgten ihm auf dem Fuße. Er bog um die Ecke in einen weiteren Flur, und die anderen hatten Schwierigkeiten, Schritt zu halten. Vor ihnen stand eine weitere solide Tür offen, und bevor sie es verhindern konnten, stürzte Panos hindurch, und die Tür wurde mit lautem Knall zugeworfen. Als sie hörten, wie die Sicherheitsriegel vorgeschoben wurden, schloß sich hinter ihnen auch schon eine andere Tür, und das dumpfe Geräusch hallte durch die dunklen Flure und leeren Zellen.

Sie saßen in der Falle.

Dsordas fluchte leise und verzweifelt, doch dann merkte er, daß einige der Männer kurz davor waren, in Panik auszubrechen. Das konnte er nicht zulassen. Er mußte sie beschäftigen.

»Überprüft alle Flure und Zimmer«, befahl er barsch. »Seht nach, ob es einen Weg raus gibt.«

Die Männer schwärmten gehorsam aus, rannten Innentüren ein und liefen durch den still daliegenden Komplex. Schon bald erstatteten sie Bericht, und alle waren sich einig. Yeori drückte es kurz und bündig aus.

»Alle Zellen sind kahl und leer. Es gibt nicht einmal Möbel. Die einzigen Fenster liegen hoch oben und sind unerreichbar, und sie sind vergittert. Der einzige Weg rein oder raus führt durch diese beiden verschlossenen Türen.«

»Nun, es hat keinen Zweck, den gleichen Weg zu nehmen, den wir gekommen sind.« Dsordas versuchte, zuversichtlich zu klingen. »Versuchen wir es mit der anderen Tür.«

Schon bald donnerte ein halbes Dutzend Äxte gegen das harte verstärkte Holz. Zunächst lösten sich nicht mehr als ein paar Splitter ab, doch ganz allmählich machten sie Fortschritte. Aber es war eine ermüdende Arbeit, und sie alle wußten, wenn ihnen ein Durchbruch gelang, würden sie sich einem Feind gegenübersehen, der viel Zeit gehabt hatte, sich auf sie vorzubereiten. Und die ganze Zeit mußten sie sich auf einen Hinterhalt gefaßt machen, der sie auch von hinten ereilen konnte.

Endlich sah es so aus, als würde die Tür nachgeben, und Dsordas gebot seinen Männern Einhalt, um ihr Verschwinden zu organisieren. Jetzt, wo die Äxte nicht mehr gegen die Tür schlugen, war es beunruhigend still geworden. Nichts rührte sich hinter der zerschmetterten Tür, und im stillen fragten sich alle, welcher Alptraum ihnen noch bevorstand. Niemand wußte, was dahinter lag, niemand kannte den Grundriß des möglichen Schlachtfeldes, das schon bald ein Ort zum Sterben werden konnte. Man brauchte nur ein paar Bogenschützen, strategisch gut plaziert, und die ersten Männer, die durch diese Tür liefen, wären schon nach ein paar Schritten tot. Aber sie hatten keine andere Wahl. An ihrem Platz zu verharren, würde das Unvermeidbare nur hinauszögern und dem Feind noch mehr Zeit geben, sich für sie zu rüsten.

»Na schön. Weiß jeder, was er zu tun hat?« fragte Dsordas.

Im Dämmerlicht nickte jeder einzelne grimmig entschlossen. Alle rechneten damit, im nächsten Augenblick zu sterben.

»Dann auf die Plätze.«

Die Männer, die mit ihren Äxten die letzten Schläge anbringen sollten, standen bereit. Dsordas und Yeori waren sofort an ihrer Seite, bereit, den Angriff anzuführen, als der Posten am Scheidepunkt der beiden Flure aufschrie. Innerhalb weniger Augenblicke hörten sie es alle – ein unwirkliches Kreischen, fast unhörbar, und gleichzeitig das immer lauter werdende Geräusch von Schwingen im Flug.

In den Schatten über ihnen flitzten dunkle Schatten hin und her.

»Fledermäuse?« fragte Yeori ungläubig. »Woher kommen sie?«

Hinter der Tür waren weitere Geräusche zu hören, Kreischen und Schreie der Wut und Verwirrung.

»Jetzt!« schrie Dsordas den Männern mit den Äxten zu. »Los! Los!«

Die schweren Klingen sausten nieder wie ein Schwert, und die Tür brach in tausend Stücke. Die beiden Anführer sprangen hindurch und sahen sich einer makabren, von Lampen erhellten Szene gegenüber. Vor ihnen lag ein offener Raum, von dem wie Speichen eines Rades mehrere Flure abgingen. Überall waren Soldaten, doch sie alle waren mit den dunklen, flatternden Wesen beschäftigt, die ihnen um die Köpfe schwirrten. Ihre fuchsähnlichen Nüstern und riesigen Ohren gaben den Fledermäusen ein dämonisches Aussehen. Niemand hatte sie je so erlebt. Sie hatten offensichtlich vor, die imperialen Truppen zu attackieren, und jeder Mann wurden von mehreren gleichzeitig angegriffen. Scharfe Zähne blitzten auf, und klauenbewehrte Arme streiften durch die Luft, als die dünnen Flügel wie wild auf und nieder schlugen. Wurde ein Tier fortgescheucht, ersetzten es zwei von den Hunderten, die über den Köpfen der Männer herumflatterten. Und ständig kamen mehr durch die hohen Fenster hereingeflogen und gesellten sich zu der dunklen, schwirrenden Masse.

Einige von Dsordas' Männern spähten nervös nach oben, als sie mit ihren Anführern durch die Tür drängten, doch nicht sie waren das Ziel, und so gesellten sie sich zu ihren Gefährten in die Schlacht, deren Chancen durch die Fledermäuse völlig verändert worden waren. Sie hatten keine Zeit, sich über die sonderbare Wendung der Ereignisse zu wundern.

Der Kampf wurde das reinste Gemetzel. Die Waffen der Bogenschützen waren nutzlos, wenn sie ihr Ziel nicht sehen konnten, und die anderen Soldaten waren so sehr mit den fliegenden Furien beschäftigt, daß sie leichte Beute für die Klingen der Inselbewohner waren. Schon bald verteilte sich der Konflikt auf mehrere Gänge, und die Garnison befand sich trotz der beträchtlichen Überzahl auf dem Rückzug.

Am Endes eines Flures erspähte Dsordas Farrag, und er lenkte den Angriff auf ihn. Der Marschall schrie und kreischte – auch er war von Fledermäusen umgeben –, aber die Soldaten zwischen ihm und den Inselbewohnern zogen sich zurück und ignorierten seine Befehle. Farrag bog um eine Ecke und verschwand, bevor Dsordas und seine Leute ihn erreichen konnten.

Yeori bekam seinen Anführer am Arm zu fassen.

»Sieh mal!« keuchte er und zeigte auf die Zellen zu beiden Seiten. »Fernrufer!«

Während die anderen Männer hinter den geschlagenen imperialen Kräften herhechteten, überprüften Yeori und Dsordas schnell die Zellen. Die Fernrufer, mit ihren verdreckten, lose sitzenden Gewändern und den Stirnbändern aus Amberin, waren leicht zu identifizieren und lagen hilflos da.

Dsordas rannte in jede der vier Zellen auf einer Seite des Flures. Einer der Fernrufer war tot. Ihm lief noch das Blut aus seinen Wunden in Brust und Kehle. Die anderen drei lebten noch, aber offensichtlich waren sie ohne Bewußtsein. Als Dsordas zurück in den Durchgang eilte, hoffte er allmählich wieder, daß sie doch noch Erfolg haben würden.

»Vier auf dieser Seite«, berichtete Yeori. »Zwei tot, die anderen beiden in einer Art Koma. Ich kann sie nicht aufwecken.«

»Alle acht!« rief Dsordas aus und grinste. »Wir haben es geschafft!«

Die beiden Männer umarmten sich kurz. Sie waren erleichtert über ihr Glück.

»Das Zeichen?« fragte Yeori.

»Ja!« erwiderte Dsordas. »Jetzt oder nie.«

»Ich mache es selbst«, erklärte sein Stellvertreter und rannte den Flur hinunter. Schon bald, das wußte Dsordas, würden auf mehreren Dächern Leuchtfeuer brennen, das Zeichen für alle *Kinder*, daß der erste, wichtigste Schritt ihrer Bemühungen vollendet war, und daß sie sich der lange erwarteten Revolte anschließen konnten. Es würden noch viele Kämpfe folgen, doch zumindest hatte die Schlacht begonnen!

Erst jetzt, als Dsordas so langsam begriff, was da geschehen war und die Kämpfe weitergingen, fand er Zeit, sich über ihre unglaublichen Retter zu wundern. Ohne die Fledermäuse wäre alles vergebens gewesen.

Einer Eingebung gehorchend machte sich Dsordas daran, die Fernrufer genauer zu untersuchen, und er begann mit denen, die Yeori gezählt hatte. *Wie jung sie sind,* dachte er und war bekümmert über den Mißbrauch ihrer Talente. Einer der Toten war blutüberströmt und offensichtlich kämpfend gestorben, doch der andere lag zusammengerollt in einer Ecke ohne äußere Anzeichen von Verletzungen. Man hatte seine Kleider über ihn geworfen, und nur sein Hinterkopf war sofort zu sehen. *Kein Stirnband,* erkannte Dsordas, und Zweifel erfaßten ihn. Hastig zog er das Gewand zurück und brachte die Kleider des Inselbewohners darunter zum Vorschein, und er sah das Gesicht des Mannes.

Dsordas fluchte lautstark. *O Yeori, du Idiot!*

In der Eile hatte Yeori nur überprüft, ob der Mann tot war, denn er hatte angenommen, daß es einer der Fernrufer sein müsse. Der Fehler war verständlich, aber unverzeihlich.

Die Leiche war Marath Kellaki, einer von Phylos Männern. Einer der Fernrufer fehlte.

Kapitel fünfunddreißig

Er ist wütend. Ich kann es spüren durch all die Schreie. Das gefällt mir, aber das sollte es nicht. Seine Wut wird Leiden verursachen, und ich werde es nicht verhindern können.

Er singt mehr Lieder als ich.

Farrag war unglaublich wütend, und blaue Flammen flackerten um seinen korpulenten Körper. Er wußte jetzt von der Zerstörung der Kasernen und fand sich langsam mit dem Gedanken an den Verlust fast aller Fernrufer ab. Daß seine Feinde Zauberei einsetzten, war so gut wie sicher, und schon bald würde die ganze Stadt von Kämpfen erschüttert werden. Der Marschall selbst befand sich nicht in unmittelbarer Gefahr, trotzdem war es immerhin möglich, daß die Garnison völlig zerstört wurde. Und das ließ nur einen Schluß zu, so sehr ihm der Gedanke auch zuwider war.

»Nachricht an Kanzler Verkho«, fuhr er den verbliebenen Fernrufer an. »Streng vertraulich.«

Eismann und er hatten sich in Farrags sichere Gemächer zurückgezogen, und der Fernrufer war in hypnotischer Lähmung blind hinter ihm hergestolpert. Nachdem er es sich im privaten Arbeitszimmer des Marschalls bequem gemacht hatte, nickte Eismann gehorsam.

»Die Garnison von Zalys liegt unter schwerem Angriff eines Großaufstands von Verrätern. Möglicherweise geht die Kontrolle über die Insel verloren. Empfehle dringendst Entsendung von Truppen zur Rückeroberung. Es ist unbedingt erforderlich, daß ich geschützt werde, da neueste Entdeckungen ...« Hier hielt Farrag inne, um die beste Formulierung zu finden. »Neueste Entdeckungen bei der Manipulation überschüssiger Energien von Fernrufern werden von größtem Wert für das Reich sein. Fügt meinen Kode hinzu und schickt die Nachricht unverzüglich ab.«

»Nachricht übermittelt und empfangen«, sagte Eismann einen Augenblick später.

»Gut. Laßt die beiden Monde außer acht, Eismann.« Als der Fernrufer in sich zusammensackte, richteten sich die Gedanken des Marschalls auf sein eigenes Überleben, und er überlegte, wie er seine Kräfte am besten anwenden sollte, um die Überreste der Garnison zu schützen.

Verkho folgte der dringenden Aufforderung des Herzstücks, riß die Augen von dem brennenden Schwert los, in dessen Bann Xantium stand, und ging hinein.

»Eine Nachricht von Farrag aus Zalys, Kanzler«, berichtete seine Assistentin und überreichte ihm eine Mitschrift. Als Verkho die Worte überflog, wurde er immer wütender. Eine solche Inkompetenz war einfach unglaublich! Und diese Arroganz! ›Unbedingt erforderlich, daß ich geschützt werde‹, also wirklich! Doch da fielen dem Kanzler die jüngsten Berichte ein. Was genau hatte Farrag entdeckt?

»Schickt eine Nachricht an Admiral Barvick in Brighthaven. Höchste Dringlichkeit«, befahl er. »Weist ihn an, zwei ganze Schwadrone der südlichen Flotte und genügend Armeedivisionen auszusenden, um Zalys zurückzuerobern.« Er beschrieb die Situation und gab genaueste Anweisungen. »Die Bevölkerung von Zalys muß schwer bestraft werden«, schloß er. »Alle Anführer und alle an der Revolte Beteiligten sollen hingerichtet werden. Marschall Farrag soll wegen Pflichtversäumnis in Haft genommen und unter Bewachung nach Xantium gebracht werden. Das ist alles.«

Das Herzstück übermittelte die Nachricht und bestätigte den Empfang in der Hafenstadt. Verkho schäumte immer noch, und seine Gedanken wanderten zu den Geiseln von der Insel. Sie würden ebenso wie ihre Landsleute teuer für diesen Aufstand bezahlen!

In den regenüberfluteten Straßen und Kanälen von Nkosa war die Revolution in vollem Gange. Als die erste der öldurchtränkten Signalfackeln Feuer fing, gaben andere die glühende Nachricht weiter, und die *Kinder* schritten zur Tat. Jeder, der willens und in der Lage war, ein Schwert zu halten oder einen Bogen zu spannen, wurde angewiesen, sich eine Waffe aus den geheimen Lagern zu holen. Unter ihnen waren auch Antorkas und sein Sohn Anto. Gemeinsam mit vielen anderen wollten sie sich ihren Weg zum Fournoi-Platz bahnen und von dort aus zum Hauptquartier der Garnison, wo die schlimmsten Kämpfe tobten. Um sie ging es apokalyptisch zu. Die Kanäle schäumten über vor wilden Strömungen und plötzlichen Wellen, Gebäude standen in Brand, und überall erklangen die Schreie des Krieges und das Aufeinanderprallen der Waffen über den Lärm der Elemente. In Nkosa herrschte Krieg, und überall war Chaos.

Doch Antorkas und sein Sohn kannten ihr Ziel. Falls Fen und Natali irgendwo in Nkosa waren, dann in der imperialen Festung – und die beiden Männer würden sich durch nichts von der Suche nach ihrer Familie abhalten lassen.

Dsordas zögerte nur einen Augenblick, bis ihm klar war, was er tun mußte. Er versuchte, sich zu erinnern, welchen Weg Farrag genommen hatte – denn dort würde er sicher auch den vermißten Fernrufer finden. Doch vielleicht war es schon zu spät – vielleicht war die Nachricht bereits unterwegs nach Xantium und besiegelte ihrer aller Schicksal. Dennoch mußte er es versuchen.

Er rannte den jetzt leeren Flur hinunter und blickte an der Abzweigung in beide Richtungen. Leichen lagen still im Schein der Lampen, der auf dem blutbefleckten Steinboden funkelte, doch von Farrag war nichts zu sehen. Dsordas ging langsam den Gang zu seiner Linken hinunter und warf im Vorbeigehen einen Blick in jedes Zimmer. In einem sah er Panos, der zusammengerollt auf dem Boden lag. Dsordas stieß die Tür auf und schüttelte den zweifachen Verräter heftig.

»Wo ist der letzte Fernrufer?« schrie er. »Wohin hat Farrag ihn gebracht?«

Panos reagierte nicht. Er rollte mit den Augen, sein Mund schnappte nach Luft und zeigte eine schwarze Zunge, und er zitterte unkontrolliert. Es war offensichtlich, daß Dsordas nichts Vernünftiges aus ihm herausbekommen würde. Er warf ihn wieder zu Boden und ging seiner Wege.

Von der anderen Seite des Flures rief ihn eine Stimme an.

»Dsordas, komm schnell! Farrag hat sich in seinen eigenen Gemächern verkrochen.« Es war Yeori, der die Signalfeuer gezündet hatte und nun zurückgekehrt war. Er klang ganz verzweifelt vor Sorge. »Einige der Männer glauben, einen Fernrufer bei ihm gesehen zu haben«, fügte er hinzu. »Schnell, Mann!«

»Geh du!« schrie Dsordas und rührte sich nicht.

»Aber ...« Yeori starrte ihn verständnislos an.

»*Geh du*!« brüllte Dsordas. Er hatte nicht die Absicht, Yeori jetzt schon zu folgen. Farrag, die Fernrufer, die *Kinder*, ganz Zalys konnte seinetwegen zur Hölle fahren. Er mußte Fen finden.

Sie lag bewegungslos auf dem Boden einer Zelle, und ihre zusammengerollte Körperhaltung erinnerte ihn an Marath.

Nein. Bitte laßt sie nicht tot sein. Bitte.

Dsordas' ruhiger und berechnender Verstand hatte an Halt verloren. Er trieb auf einem unbekannten Meer dahin. Denn trotz all seiner selbstlosen Worte – *wir können uns keine persönlichen Gefühle leisten* – war er jetzt, wo er sie so vor sich liegen sah, völlig hilflos. Sie bedeutete ihm mehr als alles andere. Alles! Und jetzt war es vielleicht zu spät.

Er warf sich neben sie auf den Boden und bettete sie in seine Arme. Er fühlte an ihrem Hals nach ihrem Herzschlag, und sein Herz machte einen Satz, als er den Puls fand – wenn auch ganz flach und rasend schnell.

»Fen, meine Liebe, wach auf. Ich bin's.«

Aus einem tiefen Brunnen heraus hörte Fen eine Stimme über sich, gedämpft und weit entfernt. Irgendwie schien es ihr die Mühe nicht wert herauszufinden, wer es war, doch etwas zwang sie, ihre Augen zu öffnen. Dsordas' besorgtes Gesicht so nahe dem ihren brachte für einen Augenblick das Leben zurück, und sie lächelte trotz der unerträglichen Schmerzen. War er es wert zurückzukehren? Sie war in die Dunkelheit gesunken, und der Schmerz war allmählich zurückgegangen, aber jetzt ... er wollte, daß sie zu ihren Todesqualen zurückkehrte. Verzweifelt versuchte sie, ihre wirren Gedanken zu ordnen und zu sprechen.

»Dsordaaa ...«

Er sah ihre schwarzgefleckte Zunge und wußte, daß es schlimm stand.

»Ich bin hier, meine Liebe. Ich helfe dir.«

Da traten Tränen in ihre Augen, und Fen fragte sich warum. Sie entspannte sich in seinen Armen und spürte den Trost seiner Umarmung, seinen Wunsch zu helfen, doch sie wußte, es war hoffnungslos.

»Gift«, flüsterte sie. »Sterbe.«

»Sag das nicht«, weinte er. »Du wirst wieder gesund.«

»Nein. Halt mich einfach fest. Das ist schön.« Fen schloß wieder die Augen.

Der Kloß in seiner Kehle machte es Dsordas unmöglich zu sprechen. Instinktiv weigerte er sich, die Niederlage einzugestehen, aber sein Verstand kannte die Wahrheit. Und obwohl seine Umarmung ihr offenbar Linderung verschaffte, sah er, wie sie starb und ihm langsam entglitt. »Nein!« Er tobte gegen das Schicksal an und heulte seinen Schmerz wortlos in den Himmel.

Fen öffnete noch einmal die Augen.

»Sei nicht wütend«, sagte sie leise, als mache sie sich mehr Sorgen um ihn als um sich selbst.

Da hörte Dsordas, durch den hämmernden Schmerz in seinem Kopf, durch das quälende Bedauern und die Selbstvorwürfe, Ethas Stimme: »Deine Mutter war Heilerin, und du bist ebenfalls Heiler!« »Und was hat es meiner Mutter gebracht?« hatte er erwidert. »Sie ist gestorben.« Jetzt würde er gerne sterben, um Fen zu retten.

Hilf mir! bettelte Dsordas leise.

Er spürte, daß noch jemand im Raum war. Er hob sein tränenüberströmtes Gesicht und sah seine verstorbene Mutter vor sich stehen, mit verschränkten Armen, die Augen voll geduldiger Liebe.

Das hat ja lange genug gedauert, bemerkte der Geist.

Dsordas starrte sie an.

»Ich kann dich hören!« rief er aus.

Das liegt daran, daß du endlich zuhörst.

»Bitte, heile sie«, flehte Dsordas. Ganz sicher war sie doch deswegen gekommen.

Das kann ich nicht. Du kannst es.

»Wie?«

Lege deine Hände auf sie. Dann laß die Heilkraft fließen. Es ist nicht schwer, sagte sie mit einem Anflug von Ungeduld.

Dsordas' Welt brach um ihn herum zusammen. Nichts ergab mehr einen Sinn. Er wollte so viel sagen, doch er hatte keine Worte, und er hatte keine Zeit. Er schob Fen ein wenig zur Seite und glitt mit seinen Händen über ihre weiche Haut. Mit einer Hand stützte er ihren Nacken, mit der anderen berührte er eine Schulter unter ihrem Hemd. Die feuchte Kühle jagte ihm großen Schrecken ein.

Schließe die Augen. Vergiß alles andere außer Fen. Laß es einfach geschehen.

Dsordas versuchte, alles zu tun, was seine Mutter sagte, aber es schien ihm unmöglich. Er wußte nicht, was er da tat, und seine Gedanken kreisten und kreisten unentwegt.

Hör auf, dich selbst zu bemitleiden, schalt ihn seine Mutter. *Tu, was ich dir gesagt habe!*

Vielleicht bin ich für sie immer noch ein kleiner Junge, dachte er, und dieser Gedanke entspannte ihn ein wenig. Gleichzeitig merkte er, daß seine Hände ungeheuer heiß geworden waren. Er konzentrierte sich auf sie und versuchte, soviel zu spüren und zu fühlen, so sehr er konnte.

Die Zelle, der Geist seiner Mutter, der gesamte Komplex verschwand aus seinem Bewußtsein. Nur noch Fen war da. Zunächst merkte er gar nicht, was vor sich ging, und ihm war übel, und er spürte einen stechenden Schmerz. Dann sah er, daß es nicht sein Schmerz war, sondern ihrer. Aus seinen Fingerspitzen wuchsen Ranken des Bewußtseins, bis er ihren ganzen Körper spüren konnte, ihr ganzes Wesen. Die verheerenden Wirkungen des Giftes erschreckten ihn. Wie konnte ein Mensch das nur ertragen? Es war kein Wunder, daß sie im Sterben lag.

Nein! Das würde er nicht zulassen.

Sein Gefühl für Gerechtigkeit trieb seine Entschlossenheit an, seine Liebe gab ihr Form, und er ließ die Energien frei, die lange in ihm geschlummert hatten. Es geschah urplötzlich, kam wie eine Flutwelle – zu schnell, zu heftig. Er spürte, wie Fen erzitterte und sich in seinen Armen hin und her warf, und er beruhigte den Fluß und ließ es einfach geschehen.

Letztlich war es so einfach wie atmen. Er brauchte nicht darüber nachzudenken. Ranken wanden sich zu ihr, nährend, wärmend und heilend. Er sah, wie sich das Gift zurückzog, spürte, wie sich die Nadeln der Todesqualen in ihren Adern auflösten, wie Wärme und Farbe in ihre bleichen Wangen zurückkehrten.

Dsordas öffnete die Augen und sah, daß Fen mit fragenden, klaren grünen Augen zu ihm aufblickte. Der Geist war verschwunden.

»Was ist geschehen?« fragte sie heiser. »Warum weinst du?«

Dsordas konnte nicht sprechen. Er zog sie näher an sich heran und weinte, und lange stille Schluchzer erschütterten seinen ganzen Körper, während Fen ihn festhielt und nichts verstand.

»Was ist los?« fragte sie schließlich.

»Geht es dir wirklich gut?« Er lehnte sich zurück, um sie anzusehen.

»Ich habe das Gefühl, als hätte ich im ganzen Körper Zahnschmerzen gehabt«, erwiderte sie, »aber das ist vorbei. Es geht mir gut.«

»Danke«, keuchte Dsordas und sah sich in dem leeren Raum um. Er bemerkte, daß auch sein eigener Kopfschmerz zum ersten Mal seit Tagen verschwunden war.

»Was ist?« Fen sah immer noch verwirrt aus.

»Egal. Wir haben etwas zu erledigen!« Er umarmte sie noch einmal und konnte sein Glück kaum fassen, seine zweite Chance. »Ich liebe dich«, flüsterte er.

»Ich weiß. Ich liebe dich auch.« Da fiel ihr plötzlich ein, daß sie schreckliche Neuigkeiten hatte. »Panos hat uns verraten!« rief sie aus.

»Ich weiß, aber das spielt keine Rolle mehr«, sagte Dsordas ruhig. »Wir haben alle Fernrufer außer einem gefaßt. Der Kampf hat begonnen. Jetzt müssen wir nur noch Farrag finden.«

Noch eine Erinnerung rührte sich in Fens Verstand.

»Sind die anderen Fernrufer tot oder lebendig?«

»Zwei sind tot. Fünf liegen in einer Art Koma. Einer ist entkommen, also brauchen wir uns nur um ihn Gedanken zu machen.«

»Nicht unbedingt.«

»Was meinst du damit?«

Fen erklärte, daß Farrag Energie aus den bewußtlosen Fernrufern abzog.

»Daher kommt seine Magie!«

»Du meinst, wir müssen sie alle töten?« Dsordas würde es tun, wenn es nötig wäre, doch der Gedanke an einen so kaltblütigen Mord stieß ihn ab.

»Vielleicht auch nicht. Was wäre, wenn wir ihnen einfach das Amberin abnehmen?« schlug Fen vor. »Ohne Amberin kann er ihre Energie vielleicht nicht verwenden.«

»Einen Versuch ist es wert. Kannst du stehen?« Dsordas stand auf und fühlte sich unendlich erschöpft. Er half Fen auf.

»Mit wem hast du da gerade gesprochen?« wollte Fen wissen.

»Mit niemandem. Komm.«

Kapitel sechsunddreißig

Das dunkle Feuer erwacht.

Kann ich meine Hand in die Flamme halten, ohne zurückzuzucken?

Der Kampf um Nkosa konzentrierte sich auf den Fournoi-Platz. Die meisten Außenposten der Garnison und die Patrouillen waren von der ersten Welle der Rebellion angegriffen und überrannt worden. Diese Operationen waren sämtlich von Skoulli geleitet worden. Das unerwartet schwere Wetter und die Überschwemmungen spielten beiden Seiten übel mit, doch die Inselbewohner konnten die bei weitem größeren Vorteile daraus ziehen, ganz besonders, weil so viele imperiale Soldaten in den zerstörten Kasernen ertranken. Dennoch war in jener Nacht jede Bewegung – von den Kämpfen ganz zu schweigen – eine gefährliche Angelegenheit, und auch die Verluste unter den Stadtbewohnern waren hoch. Es wurden ebenso viele vom Wasser mitgerissen wie von den Feinden niedergestreckt. Selbst die erfahrensten Bootslenker hatten Schwierigkeiten, ihre Schiffe in den wirbelnden Fluten auf Kurs zu halten.

Zunächst kämpften nur die *Kinder* mit ihren Waffen aus den geheimen Verstecken, aber es dauerte nicht lange, bis die Leute aus der Stadt aus ihren Häusern kamen – entweder waren sie von ihrer Angst vor der Flut oder vor dem Einsturz des Hauses dazu gezwungen oder wurden durch die Möglichkeit der Rache an den verhaßten imperialen Streitkräften angelockt. Frauen, alte Männer und sogar Kinder ließen sich vom Fieber der Rebellion anstecken und kämpften mit allem, was sie in die Hände bekamen: Messer, Ruder und Heugabeln. Die imperiale Garnison war den gut ausgerüsteten und vorbereiteten *Kindern* trotz ihrer horrenden anfänglichen Verluste immer noch zahlenmäßig überlegen, doch schon bald sahen sie sich auch dem aufgebrachten Mob gegenüber. Die langen Jahre der geraubten Würde, des Leidens und der ungerechten Unterdrückung hatten bei den Menschen von Zalys unauslöschliche Spuren hinterlassen – und jetzt waren sie fest entschlossen, diese Spuren mit einem Meer aus Blut fortzuwaschen.

Skoulli und die anderen Kommandeure der *Kinder* taten ihr Bestes, um besonders verletzbare Menschen von jeglichen Kämpfen fernzuhalten, doch im Chaos der Schlacht war das nicht immer möglich.

Kommandant Niering für seinen Teil tat alles, was in seiner Macht stand. Er selbst war ein tapferer, aber unfähiger Anführer, völlig ungeeignet für seinen Posten, doch als die Kämpfe schwerer wurden, reorganisierte er seine zerschlagenen Truppen so gut er konnte. Trotzdem wurden sie immer weiter zurückgedrängt, und das Kampfgebiet wurde immer kleiner und konzentrierter. Niering starb mit einem Pfeil im Hals, und der Rückzug ging weiter. Die imperialen Truppen schienen dem Untergang geweiht – bis Farrag auf dem Fournoi-Platz auftauchte.

Antorkas und Anto befanden sich bereits im dicksten Getümmel und versuchten, sich einen Weg zu bahnen. Dabei dachten sie nur an Fen und Natali. Obwohl Antorkas eine häßliche Wunde in der Seite hatte, war er nur um so entschlossener, während Anto völlig erschöpft, aber nicht bereit war, seinen Vater alleinzulassen. Sie waren unter den ersten, die Farrag auftauchen sahen, und ebenso wie alle anderen wichen sie voller Ehrfurcht zurück.

Der Marschall kam mit hoher Geschwindigkeit heran, und eine blaue Aura der Macht funkelte um ihn wie ein Schutzschild. Seine Augen glühten, als er auf den nächstbesten Inselbewohner zuhielt und seine Hand vorschnellte. Kaltes Feuer loderte auf und riß vier Männer mit voller Wucht von den Beinen. Sie fielen bewegungslos zu Häuflein zusammen. Spiegelungen des Zauberlichtes tanzten auf den feuchten Steinen des Platzes wie sichtbare Echos des Todes.

»So werden alle Verräter erledigt!« brüllte Farrag, und seine Truppen jubelten ihm mit neuer Hoffnung zu, während ein weiterer Blitz drei Rebellen zerschmetterte und viele andere mitriß.

»Xantium weiß bereits über Eure Narretei Bescheid!« bellte der Marschall. »Ihr werdet für diesen Verrat teuer bezahlen. Vorwärts Männer!«

Durch diese spektakuläre Verstärkung wurden die Soldaten wieder aufgerüttelt, und sie drängten vorwärts und wandten sich zum Angriff. Die ziellos prügelnde undisziplinierte Menge hatte den erstarkten Wachen nichts entgegenzusetzen, und das folgende Gemetzel war entsetzlich. Gleichzeitig rückte Farrag weiter vor, glitt scheinbar mühelos über die wasserbedeckten Steine und die Leichen der Gefallenen, und sein blaues Feuer konzentrierte sich auf jene wenigen Männer, die erbitterten Widerstand leisteten.

Antorkas und Anto wurden mit den anderen zurückgedrängt, bis sie an der nördlichen Seite des Platzes standen und nur noch die rasenden Wasser des Kanals hinter sich hatten. Zwar trieben viele Boote auf der anderen Seite der Barriere auf dem Wasser, doch konnten sie kaum hoffen, sie zu erreichen und zu entkommen. Es war ein Kampf bis auf den Tod.

Sie kämpften weiter, und die wahnsinnige Szene wurde von Lampen, Feuern und gelegentlichen Blitzen aus Farrags Hand erhellt. Beide Männer waren jetzt schrecklich erschöpft und hatten Angst. Es gelang ihnen, ihren letzten Gegner zu töten, doch als sie sich schwer keuchend umsahen, standen sie dem Marschall gegenüber, der sicher in seinem pulsierenden Schild saß. Farrag hob einen Finger, zeigte auf sie und lächelte.

»Du nimmst diese Seite, ich die andere«, befahl Dsordas. »Schnell!«

Fen stürzte in die erste Zelle und riß das Stirnband vom Kopf des bewußtlosen Fernrufers, dann schoß sie zurück in den Flur und weiter in die nächste Zelle. Dsordas tat das gleiche.

»Er ist tot!« rief er im Laufen. »Weiter in die nächste.«

Fen gehorchte und kam zum Durchgang zurück, als Dsordas aus der letzten Zelle auf seiner Seite trat.

»Fertig!« erklärte er.

»Nimm auch die von den Toten«, sagte Fen. »Nur zur Sicherheit.«

Danach schob Dsordas alle Steine in seine Tasche.

»Jetzt muß ich Farrag finden«, sagte er. »Um zu sehen, ob er noch immer über so viel Macht verfügt. Du bleibst hier. Das ist sicherer.«

»Bist du wahnsinnig geworden?« rief sie aus. »Ich lasse dich nicht mehr aus den Augen.«

Dsordas zögerte. Er wollte Fen gerne an seiner Seite haben, aber er wollte nicht, daß sie in die Gewalttätigkeiten verwickelt wurde. Fen beugte sich hinunter, um einem der toten Soldaten ein Kurzschwert abzunehmen.

»Komm schon«, sagte sie entschlossen. »Gehen wir. Du kannst mich aus diesem Kampf nicht heraushalten. Ich habe noch eine Rechnung zu begleichen.«

»Sei nur vorsichtig.« Er sah sie besorgt an. »Ich könnte es nicht ertragen, wenn du ...«

»Ich bin immer vorsichtig«, sagte sie energisch. »Gehen wir!«

Antorkas wußte, daß er sterben würde. Er war schon einmal von Farrags Macht getroffen worden, das war noch nichts im Vergleich zu dem Zorn, der jetzt freigesetzt wurde. Er konnte sich nicht bewegen.

Doch Anto hatte noch nicht aufgegeben. Er sprang seinen Vater an, und beide gingen zu Boden in der Hoffnung, dem Blitz zu entgehen. Doch der Blitz kam nicht. Gerade als Farrag sie töten wollte, flackerte seine Aura und wurde kaum merklich dunkler. Wenige Augenblicke später noch einmal dasselbe. Der Marschall zögerte, runzelte die Stirn – und bekam plötzlich Angst. Seine Opfer waren vergessen.

Antorkas und sein Sohn sahen auf und beobachteten erstaunt das Geschehen. Der Schutzschild flackerte noch dreimal auf, und schließlich war die blaue Aura kaum noch sichtbar. Der Marschall versuchte, sich in die Sicherheit seiner Truppen zurückzuziehen, doch er konnte sich nicht bewegen, und die jubilierenden Inselbewohner strömten schnell zusammen, die Waffen bereit zum Gemetzel. Das erste Schwert fuhr hernieder und prallte in einem Schauer aus blauen Funken an den Resten des Schildes ab. Farrag zeigte auf seinen Angreifer, der sich schnell duckte – doch kein Blitz folgte. Weitere Angriffe wurden zum wachsenden Ärger der Inselbewohner durch die schwindende Macht des Marschall abgewehrt.

Da schrie jemand: »In den Kanal mit ihm!« und alle nahmen den Ruf auf.

Eine Menschenmenge schloß ihn ein, hob das hilflose Opfer über die Flutmauer und warf es ins sprudelnde Wasser. Farrag sank wie ein Stein, und Blasen der Angst und des Zorns stiegen aus seinem aufgerissenen Mund. Der letzte Rest seiner Aura bot ihm offensichtlich keinen Schutz gegen das Ertrinken.

Ohrenbetäubender Jubel brandete von den Inselbewohnern auf, als die Nachricht sich über den Platz verbreitete. Noch einmal wendete sich das Kampfesglück, und die Besatzung der Garnison löste sich auf und zog sich in ihre letzten Bollwerke zurück.

Genau zu diesem Zeitpunkt fanden Fen und Dsordas einen Ausweg aus dem Komplex und mischten sich in die regendurchnäßten Kämpfe ein. Sie bahnten sich ihren Weg zum Fournoi-Platz und kamen gerade rechtzeitig für den letzten Angriff, der die Soldaten an die südliche Mauer zurückdrängte. Antorkas, der sich nach seiner Rettung in letzter Minute unbesiegbar fühlte, stand in vorderster Front des Kampfes und schwang erbittert sein Schwert. Anto war schon lange in dem Durcheinander zurückgeblieben. Fen sah ihren Vater und versuchte, ihn zu rufen, doch konnte sie sich über dem Lärm kein Gehör verschaffen. Sie und Dsordas kämpften sich durch, aber noch bevor sie sich auf dreißig Schritte genähert hatten, sah Fen, wie ihr Vater ausglitt, beinahe fiel und seine Klinge verlor. Ein imperialer Soldat sah seine Chance und rammte einen Speer in Antorkas' Brust. Fen schrie auf, als ihr Vater, die Augen vor Unglauben weit aufgerissen, auf dem nassen Boden zusammensackte. Er war tot, noch bevor der Soldat seinen Speer aus dem Körper zog.

Fen stand wie festgewachsen, sprachlos und gelähmt vor Schmerz, und Dsordas sah sich hilflos um, bereit sie zu verteidigen. Doch da erregte ein Tumult auf der anderen Seite des Platzes ihre Aufmerksamkeit. Farrag tauchte in einem Vulkan aus Gischt und blauem Feuer aus dem Kanal auf, schoß in die Luft und schwebte zehn Schritte über den Köpfen der erstaunten und entsetzten Zuschauer.

»Macht Euch auf Euren Tod gefaßt!« brüllte die Erscheinung mit einer Stimme, die wie das Donnern des Untergangs klang.

Blaue Flammenblitze schossen nach links und nach rechts und verbreiteten Panik und Verwüstung in der entsetzten Menge.

»Es hat nicht funktioniert«, keuchte Fen bestürzt.

»Doch, das hat es!« erwiderte Dsordas. Er hatte den erstaunten Bemerkungen der Menschen um sie herum zugehört und erkannt, was vor ihrem Eintreffen auf dem Platz geschehen war. »Er bekommt die Kräfte jetzt von woanders.«

Als Gaye auf Fens Bitte instinktiv aus der Ferne reagierte, hatte sie nicht erwartet, sich selbst im Flug neben Bowen wiederzufinden. Sie hatte keine Ahnung, wie das geschehen war – oder *was* überhaupt geschah –, aber sie spürte seine Freude und teilte die ihre mit ihm. *Wir haben gelernt zu fliegen.*

Und jetzt, obwohl er verschwunden war, blieb ein Rest dieser Freude bestehen. Die Asche eines einstmals prächtigen Feuers wärmte sie immer noch. Bowen lebte. Vielleicht würden sie eines Tages wieder miteinander fliegen. Das war nicht genug, doch im Augenblick reichte es.

Sie und Natali hatten ihren außergewöhnlichen Zufluchtsort in der Arena nicht verlassen, und die Fledermäuse flogen noch immer. Sie hörte mit ihren Ohren, spürte ihre Zufriedenheit und wußte, daß sie für Fen getan hatte, was sie konnte. Jetzt mußte sie warten – und hoffen.

Natali schlief in ihren Armen, und Gaye war ebenfalls sehr erschöpft. *Mit den Geistern zu reden macht müde,* dachte sie und lächelte in sich hinein, zufrieden, daß sie jetzt nur noch ruhen konnte. Da erklang Alasias beunruhigte Stimme in ihrem Kopf.

Farrag bedroht sie immer noch.

»Was meint Ihr?«

Er sollte tot sein. Er hat Kräfte aus dem dunklen Feuer der Fernrufer auf Zalys gezogen, doch diese sind ihm jetzt verwehrt. Also wird er wagemutiger. Er nimmt die Macht aus einer anderen Quelle. Alasia hielt kurz inne. *Er übernimmt sich und wird letztlich dafür bezahlen, aber bis dahin kann er noch großen Schaden anrichten.*

»Welche andere Quelle?«

Die Kinder.

Als Gaye klar wurde, was Alasia damit meinte, war sie entsetzt. Sie schüttelte Natali, doch sie konnte ihn nicht wecken. Er lag schlaff in ihren Armen.

»Was tut er ihnen an?« Sie stand kurz vor einer Panik.

Sie sind noch ungeformte Talente, trotzdem ist die Macht

latent vorhanden. erwiderte Alasia sorgenvoll. *Es wird nicht lange so gehen – Farrag weiß das –, aber er hofft dennoch, die Kräfte der Fernrufer zurückzubekommen, und dabei wird er den Verstand der Kleinen zerstören. Wir müssen ihn aufhalten.*

»Wir?«

Zweifelst du immer noch an deinem Talent, kleiner Stern? Sieh dich um.

»Ich bin bl ...«, begann Gaye, kam jedoch nicht weiter.

Die Welt war zu einem Netz aus funkelnden Linien geworden, grenzenlos und sonderbar – und sie war ein Teil davon. Auf einmal sah sie inmitten der Pracht Krankheit und ein verderbtes Feuer, das von einem einzigen Punkt ausging.

»Farrag.«

Ja. Wir können ihn nicht angreifen – das liegt außerhalb unserer Kräfte. Wir können ihn nur davon absondern, ihm die Kräfte der Kinder verwehren.

»Wie?« fragte Gaye eifrig. »So etwa?« In Gedanken zog und zerrte sie und versuchte, einen der Stränge zu zerreißen.

Nein! sagte Alasia hastig. *So wirst du dem Kleinen schaden. So.*

Ein feines flackerndes Licht reinigte einen winzigen Bereich des besudelten Netzes und gab dem damit verbundenen Strang die Kraft, sich selbst zu heilen. Doch während Gaye zusah, leckte die Krankheit wieder an dem Strang und breitete sich erneut aus.

Wir müssen alle Stränge gleichzeitig heilen, erklärte Alasia. *Solange er ein Kind hat, hat er alle.*

Sie teilten sich die Arbeit auf.

Fertig?

»Ja.«

Jetzt.

Alle Linien, die vom Zentrum des Bösen ausstrahlten, flackerten einen Augenblick lang hell auf und verwandelten sich dann von schändlichem Unrecht in natürliche

Perfektion. Das dunkle Feuer in der Mitte verschwand – und ebenso das ganze Netz und Alasias Stimme. Gaye war wieder allein in ihrer eigenen dunklen Welt.

Natali regte sich unbehaglich in ihren Armen.

Farrag erhob sich über die versteinerte Menge und setzte blaue Blitze frei, die töteten und verstümmelten. Er griff nach dem Zentrum des Platzes und strahlte wie eine Sonne.

»Verbeugt Euch vor Eurem Gott, Ihr Narren!« brüllte er, und seine Stimme hallte über das Getöse des Sturms hinweg. »Oder blickt Eurem Tod ins Auge!«

Plötzlich schlingerte er zur Seite und war gezwungen, sich wieder in eine stabile Lage zu bringen. Augenblicke später verschwand das blaue Feuer und Farrag stürzte.

Die Zeit zwischen dem Fall und dem Augenblick, als Farrag auf den unerbittlichen Stein aufschlug, kam allen wie eine Ewigkeit vor. Die Menge stand bewegungslos und wie gebannt auf dem Platz und beobachteten seinen Absturz.

Als Farrag auf dem Boden aufschlug, zerschmetterte der ›Wagen‹ unter seinem Gewicht.

Es war ein einfacher Stuhl. Der Marschall lag ausgestreckt auf dem Pflaster, mit gebrochenen Knochen und mitleiderregend. Ganz allmählich kamen die Menschen näher, bildeten einen Kreis und sahen schweigend zu, wie Farrag sich wand. Sein aufgeblähter Körper war hilflos, seine wabbeligen, verkümmerten Beine zerschmettert und blutig.

Niemand wollte sich ihm nähern. Zwar verspürte die Menge immer noch etwas von der Angst, die Farrag zuvor verbreitet hatte, doch den meisten wurde bei diesem Anblick übel. Farrag war nur noch bemitleidenswert, nicht einmal mehr annähernd menschlich. Ekelhaft und böse, aber keine Bedrohung mehr.

Dsordas zog Fen in den schweigenden Ring. Sie hatte

zu ihrem Vater gehen wollen, obwohl jede Hilfe für ihn zu spät kam, aber sie wußte, daß Dsordas seine Arbeit beenden mußte – und er ließ sie nicht von seiner Seite weichen. Ihm zuliebe mußte sie das durchstehen. Doch als sie an den Rand des Kreises kamen, um einen Blick auf ihren gefallenen Feind zu werfen, konnten sie beide nicht weitergehen.

»Nun, worauf wartet Ihr noch?« krächzte Farrag. »Hat niemand den Mumm, mich zu erledigen?«

Er lachte unter Schmerzen, und Blut lief ihm aus dem Mund.

Noch immer rührte sich niemand. Keiner brachte es fertig, sich diesem Wesen zu nähern.

Bis ein kleines Mädchen langsam vortrat und sich die Augen rieb, als sei es soeben aus tiefem Schlaf erwacht. Um ihren zarten Hals hing ein Anhänger. Es war dasselbe Kind, das Farrag gezwungen hatte, seinen eigenen Vater zu verurteilen.

Sie ging ganz sicher, während alle Augen – einschließlich die des Marschalls – ihr folgten. Sie stand einen Augenblick vor ihm und sah dann Dsordas direkt an.

»Es tut ihm weh«, sagte sie leise. »Ihr solltet die Schmerzen beenden.«

Dsordas blickte in ihre unschuldigen Augen und nickte schließlich ernst. Als er vortrat, ging das Mädchen zurück, um seine Mutter zu suchen.

Dsordas starrte Fen ein letztes Mal an und war entsetzt über die Boshaftigkeit, die immer noch in den Augen des Marschalls aufglomm. Dann schob er gleichmäßig, fast sanft, seine blutüberströmte Klinge zwischen die Rippen des Mannes und in sein verderbtes Herz. Es war der letzte Akt der alten Ära. Farrag schnappte nach Luft, und nach einem letzten Zittern blieb er still liegen.

In der folgenden Stille merkten nur wenige Menschen, daß es aufgehört hatte zu regnen. Der Sturm flaute ab. Über ihnen kreiste unbemerkt ein riesiger Schwarm Fledermäuse, drehte dann ab und flog zurück in die Berge.

In der Ferne brannte noch eines der Signalfeuer auf dem höchsten Lagerhaus in der Nähe des Hafens, und Fen mußte es unweigerlich ansehen.

Es sieht aus wie ein brennendes Schwert, dachte sie benommen. Dann drehte sie sich um und machte sich mit Dsordas an ihrer Seite auf die Suche nach ihrem Vater.

Kapitel siebenunddreißig

Stein betäubt Stahl. Wasser löscht Feuer. Bald schon werden größere Mächte in das Spiel eingreifen, doch zumindest haben wir den Anfang gemacht.

Kleine Siege sind manchmal die wichtigsten.

Irgendwie ging die Zeit immer weiter.

Die Nacht ging ihren Weg, das Meer zog sich zurück, und der Wind blies wieder einmal sanft von Westen. Der Morgen kam, und mit ihm kam der Anfang von neuen und in gewisser Weise noch mühsameren Aufgaben für die Inselbewohner. Der letzte Widerstand der imperialen Armee war schon lange gebrochen, und die verbleibenden Soldaten waren gefangen genommen. Jetzt begannen die langen Nachwirkungen des Krieges. Man mußte die Verwundeten versorgen, die Trümmer beseitigen, die endlosen Reparaturen in Angriff nehmen, den Obdachlosen wieder ein Heim verschaffen. Und natürlich mußte man die zahllosen Toten beerdigen.

Dennoch hatte ein neuer Geist Nkosa ergriffen, war mit der neuen Ära gekommen, und obwohl die Menschen trauerten und das Ausmaß ihrer Probleme kannten, machten sie sich entschlossen und voller Energie an die Arbeit. Sie hatten die Freiheit, die vielleicht nicht lange währen würde, mit einem schrecklichen Preis bezahlt. Beinahe jede Familie trauerte um ein oder mehrere Mitglieder, doch das vereinte die Überlebenden in ihrem Kummer und in ihrer Hoffnung auf eine bessere Zukunft.

Die meisten Menschen akzeptierten Dsordas als ihren Anführer. Er schwor öffentlich, alles zu tun, was Zalys von ihm verlangte und versprach, ihre Verteidigung gegen den erwarteten Angriff der imperialen Flotte zu organisieren. Aber zunächst einmal mußte er sich um seine Familie kümmern, und er überließ die Leitung der Aufräumungsarbeiten seinen Stellvertretern.

Die Familie Amari kehrte in ihr Haus zurück, das sie relativ unversehrt vorfand. Die Vordertür mußte ersetzt werden, mehrere Räume zeigten Anzeichen einer Durchsuchung durch die Wachen, und die Keller waren überflutet, doch das Wasser war bereits zurückgegangen. Ansonsten war das Haus unzerstört. Aber es war auch voller Tränen.

Antorkas lag in seinem Schlafzimmer, man hatte seinen Körper für die Beerdigung gereinigt und vorbereitet. Etha war gebrochen und unfähig, den Tod ihres Mannes zu akzeptieren. Sie saß neben ihm, redete leise und hielt immer wieder inne, als erwarte sie seine Antwort. Anto quälte sich mit Schuldgefühlen und machte sich Vorwürfe, daß er sich nicht besser geschlagen hatte, und durch sein Überleben schien ihm sein Versagen um so schlimmer. Fen versuchte, beide zu trösten, aber auch ihr Herz war schwer, und sie haderte mit dem Schicksal, das ihren Vater getötet hatte, als der Sieg schon greifbar war. Sie vermißte ihn bereits jetzt, sein schönes Lächeln, das sie nie wieder sehen würde.

Fen brach unter der Last ihrer Verantwortung fast zusammen, denn sie mußte sich außerdem noch um den ernsten, verschlossenen Tarin und die ständig weinende Ia kümmern, und sie war froh, daß Dsordas ständig an ihrer Seite war und ihr half, wo er konnte. Er kümmerte sich um die weltlichen Belange des Lebens und tat sein Bestes, mit Anto zu reden, ihn davon zu überzeugen, daß das, was geschehen war, nicht sein Fehler war. Doch am wichtigsten war, daß er einfach da war und Fen das Gefühl gab, daß das Leben trotz allem lebenswert, daß Liebe in einer grausamen Welt möglich war.

Zu allem Überfluß wurden Gaye und Natali immer noch vermißt. Der Rest der Familie lauschte Fens

Geschichte über Natalis Verschwinden, aber obwohl sie anscheinend alle ihre Worte akzeptierten, war Fen sich nicht sicher, ob sie ihr wirklich glaubten. Sie hatten versucht, eine Suche zu organisieren, aber in den Trümmern war dies unmöglich gewesen, und es überraschte sie nicht, als sie zu nichts führte. Konnten ein blindes Mädchen und ein kleiner Junge die Ereignisse der Nacht überstanden haben? Sie konnten nur noch warten und hoffen.

Am Nachmittag hatten Fen und Dsordas einen seltenen Augenblick allein zu zweit. Sie waren in der Küche, an einem Ort so voller glücklicher Erinnerungen, daß das Grauen der letzten Tage kaum zu glauben war. Sie hatten all ihre Worte des Trostes den anderen gegeben, und jetzt umarmten sie sich wortlos und weinten leise.

Das Geräusch langsamer Schritte auf der Treppe unterbrach sie. Etha erschien in der Tür, und ihr Gesicht war blaß und ausgezehrt, aber sie weinte nicht.

»Mama?« fragte Fen und wischte ihre eigenen Tränen fort.

»O Fen. Er ist wirklich tot«, rief Etha, als wäre es ihr erst jetzt klar geworden.

Fen warf schnell einen Blick zu Dsordas, der ermutigend lächelte und wieder zu Anto ging. Fen streckte ihrer Mutter die Arme entgegen, und endlich weinte Etha zum ersten Mal, und hilflose Schluchzer erschütterten ihren Körper. Fen hielt sie fest, denn sie wußte, so mußte es sein. Schließlich setzte sich Etha auf und blickte in die tränenerfüllten Augen ihrer Tochter.

»Dieser dumme Mann«, sagte sie. »Warum hat er das getan?«

»Weil er es tun mußte«, erwiderte Fen sanft.

Etha nickte.

»Er hat seine eigenen Grenzen nie gekannt«, sagte sie mit einem matten, halbherzigen Lächeln.

»Hätte er sie gekannt«, stellte Fen fest, »so hätte er dich nie vom Norden hierher bringen können.«

Dsordas klopfte derweil fest an Antos Tür. Er bekam keine Antwort, doch er ging trotzdem hinein und fand den jungen Mann auf dem Bett. Anto starrte an die Decke.

»Soldaten sterben im Kampf«, begann Dsordas. »Das lernt man als erstes.«

Zunächst bekam er keine Reaktion.

»Er wäre nicht getötet worden, wenn ich bei ihm gewesen wäre«, sagte Anto schließlich.

»Du bist also unbesiegbar, ja?«

Anto setzte sich auf, und mit seinem wütenden Gesicht sah er aus wie eine jüngere Ausgabe seines Vaters.

»Er hatte kein Recht zu sterben!« Er klang sogar wie Antorkas.

»Er hatte das gleiche Recht wie alle«, erwiderte Dsordas mit ebensolcher Leidenschaft. »Er ist gestorben im Kampf um das, woran er glaubte, für das, was er liebte. Und er hat Erfolg gehabt!«

»Er ist tot!« rief Anto ungläubig.

»Aber Fen, Etha und ihr alle lebt – und Zalys ist frei.«

»Aber wie lange?« fragte sich Anto verbittert.

»Das spielt keine Rolle. Ja, es wird noch einige Kämpfe geben, bis es vorbei ist. Du wirst die Chance bekommen, dich selbst zu beweisen. Aber in der Zwischenzeit tust du dem Andenken deines Vaters keine Ehre, wenn du Schuld auf dich nimmst, die dir nicht zusteht.« Seine Stimme hatte barsch geklungen, aber jetzt sprach er sanfter weiter. »Vergib ihm. Und vergib dir selbst.«

Anto wollte schon eine wütende Antwort geben, doch dann ließ er den Kopf sinken.

»Wo ist er?« fragte er leise.

»In seinem Zimmer.«

Anto stand auf und ging langsam ins Schlafzimmer seiner Eltern. Dsordas folgte ihm, blieb aber ein paar Schritte zurück und wartete draußen, damit der Junge sich allein verabschieden konnte. Unten konnte er das

Murmeln weiblicher Stimmen hören. Ein plötzlicher Schrei schreckte ihn auf, und er stürzte die Treppe hinunter, gefolgt von Tarin und Ia, die vom Dachboden heruntergelaufen kamen. Kurz darauf kam auch Anto.

Als Dsordas in die Küche stürzte, sah er den Grund des Aufruhrs. Gaye stand auf der Schwelle der zerschmetterten Tür, Natali in den Armen, und Fen und Etha umarmten sie unter ungläubigen und freudigen Rufen. Hinter ihr stand ein erfreuter, aber nervös wirkender Fischer. Dsordas begrüßte ihn und überließ die Frauen ihrer Wiedersehensfreude.

»Kommt herein, Freund. Ihr habt große Freude in dieses Haus gebracht.«

»Danke, Sir, aber ich muß zurück«, erwiderte der Mann mit rauher Stimme. »Der Sturm hat letzte Nacht großen Schaden in unserem Dorf angerichtet.«

»Dorf?«

»Moulia, in der Nähe der Arena.«

»Wie ...?« begann Dsordas.

»Diese beiden sind heute morgen aus den Hügeln heruntergekommen.« Der Fischer schüttelte den Kopf. »Der Junge hat sie geführt, glaube ich. Sie waren die ganze Nacht draußen im Sturm, aber trotzdem waren sie trocken und hatten ein warmes Plätzchen gefunden. Völlig unversehrt. Sie haben mir gesagt, sie kommen aus Nkosa, also habe ich sie in meinem Boot hergebracht.« Die ganze Angelegenheit verblüffte ihn ganz offensichtlich.

»Vielen Dank«, sagte Dsordas. »Seid Ihr sicher, daß Ihr nicht hereinkommen wollt?«

»Nein. Ich gehe besser wieder.« Er ging zurück zu seinem Boot.

Als Dsordas sich umdrehte, um die wiedervereinte Familie anzusehen, verstummte das aufgeregte Gespräch, und alle wurden sich plötzlich klar, daß noch eine schmerzliche Neuigkeit weitergegeben werden mußte.

»Gaye«, begann Etha, »dein Vater ...«

»Er ist tot. Ich weiß«, sagte das blinde Mädchen leise.

»Was? Woher weißt du das?« fragte ihre Mutter.

»Sein Geist hat in der Arena mit mir gesprochen.«

»Was hat er gesagt?« Die Gefühle schnürten Etha die Kehle zu.

»Nur auf Wiedersehen. Seine Geschichte ist jetzt Teil der Arena.«

In jener Nacht hielten Fen und Dsordas sich in den Armen.

»Wird es jemals wieder so sein wie früher?« flüsterte Fen.

»Nein. Wir können nicht zurück. Aber wir können wieder glücklich sein.«

»Gaye wird niemals mehr glücklich sein, wenn Bowen nicht zurückkommt.«

»Vielleicht«, gestand Dsordas. »Aber sie lernt dabei viel über sich selbst.«

»Ja. Und du kannst jetzt nicht mehr abstreiten, daß es magische Kräfte gibt. Selbst wenn du ihr nicht glaubst, was sie über den Sturm sagt, die Fledermäuse kannst du nicht erklären. Ganz zu schweigen davon, wie Natali und sie zur Arena gekommen sind.«

»Es gibt vieles, was ich nicht verstehe.« Deutlicher konnte er seine Niederlage nicht eingestehen.

»Einschließlich deiner Heilkräfte?« lächelte sie.

»Du bist hier«, sagte er ernst. »Das ist alles, was zählt.«

»Aber dein eigenes Talent kannst du nicht mehr bestreiten, oder?« beharrte sie.

»Nein«, gab er zu und grinste. »Ich könnte niemals mit meiner Mutter streiten.«

Kapitel Epilog

Er schrie, als er die Oberfläche durchschnitt.

Die riesigen dreieckigen Flügel schlugen langsam in massiven Wellen, als der riesige Teufelsrochen aus dem Meer emporbrach und in einer Explosion aus Gischt in die Luft stieg. Doch dieses Mal fiel die prächtige Kreatur nicht wieder mit dem üblichen ohrenbetäubenden Donnern ins Wasser zurück. Statt dessen flog der Rochen blind weiter, immer höher. Endlich war er befreit aus den Grenzen des Meeres und schrie seinen bösen Triumph 'gen Himmel. Dann drehte er bei und flog schwerfällig auf die Insel zu.

Tief in ihren Berghöhlen maßen die Wache haltenden Fledermäuse den Klang seiner Schreie und reagierten nervös auf die Ankunft ihres neuen Feindes.

ENDE

Band 20 314
Jonathan Wylie
Die Stadt im Salz
Deutsche Erstveröffentlichung

Zuerst dachten die Menschen, Schnee fiele, doch dafür war es zu warm. Ein vertrauter Geruch lag in der Luft, dennoch dauerte es eine Zeitlang, bis jeder begriffen hatte, was da aus den Wolken kam ... Es war Salz!

Rebecca wird von Alpträumen geplagt, die ihr Bilder aus der Vergangenheit offenbaren; Bilder, die sie lieber nicht sehen möchte. Doch als sie erkennt, daß eine Verbindung zwischen diesen Visionen und der Gegenart besteht, muß sie sich ihren Ängsten stellen. Ein Bürgerkrieg bedroht das Land, und die Armeen der Finsternis rücken immer näher. Nur die seltsamen Talente der Traumweberin Rebecca können die Geheimnisse der Vergangenheit und Zukunft miteinander verknüpfen und alle Rätsel lösen ...

Band 20 278

Jonathan Wylie
Der Traumstein
Deutsche Erstveröffentlichung

So steht es in der Legende geschrieben: Der Erd-Geist schläft und träumt, und er träumt die Welt, die Menschen und alles, was geschieht. Doch die Menschen haben den Erd-Geist aufgeweckt, und so kam es zur Großen Verwüstung, die alles verändert und die Magie als Kraft der Natur ausgelöscht hat. Vierzehn Jahre ist dies nun her. Gemma, die Schülerin des großen Crais, glaubt fest daran, daß irgendwo auf dieser Welt die Magie doch noch existiert. Und so macht sie sich auf eine gefährliche Reise, begleitet nur von Arden, dem skeptischen Abenteurer, um Ordnung in die Welt zu bringen, die wahnsinnig zu werden droht und in der seltsame Träume die Menschen quälen. Gemma und Arden erfahren, daß es Magie tatsächlich noch gibt, doch ihr Gebrauch ist mehr als riskant . . .

Band 20 289

Jonathan Wylie

Das Schattenreich

Deutsche Erstveröffentlichung

Nachdem es Gemma gelungen ist, die magische Balance des Traumsteins wiederherzustellen, beginnt sie mit der Suche nach dem geheimnisvollen Schattenreich – und nach ihrem Gefährten Arden, den sie dort zu finden hofft. Dieser wurde inzwischen in einen gnadenlosen Machtkampf verstrickt, der das geheimnisvolle Tal, in dem stets Dunkelheit herrscht, von der Herrschaft eines machtbesessenen Tyrannen befreien soll. Gegen jede Chance kämpfen Gemma und Arden darum, der träumenden Welt den verlorenen Sinn zurückzugeben und die Ordnung wiederherzustellen ...

BASTEI LÜBBE